OBLADÌ OBLADÀ

James Grippando

L'ULTIMO A MORIRE

Traduzione di Marisa Castino Bado

POLILLO
EDITORE

Dello stesso autore:

OLTRE LA VERITÀ
L'INFORMATORE
DODICI GIORNI A NOVEMBRE
AL DI SOPRA DI OGNI SOSPETTO

www.polillo.it

ISBN 978-88-8154-276-5

PUBBLICATO D'INTESA CON
HARPERCOLLINS PUBLISHERS, INC.

TITOLO ORIGINALE DELL'OPERA:
«LAST TO DIE»

I EDIZIONE: GENNAIO 2007

L'ULTIMO A MORIRE

Per Tiffany.
Va di bene in meglio.

PROLOGO: 1996

Finalmente sulla vecchia casa era sceso il silenzio. Sally Fenning era seduta da sola al tavolo della cucina davanti a tre pile di conti: in scadenza, scaduti e irrimediabilmente scaduti.

Non sapeva da dove incominciare. Le mance della serata erano state patetiche e non compensavano minimamente la fatica del lavoro come cameriera. In effetti l'appellativo "cameriera" nobilitava quello che faceva realmente: sgobbare distribuendo boccali di birra e piatti di ali di pollo piccanti a turisti ubriachi che le lanciavano occhiate lascive ogni volta che si muoveva. Considerati i minuscoli short da jogging di nylon e la canottiera con la profonda scollatura che indossava, a volte pensava che avrebbe anche potuto ballare nuda sui tavoli. Per lo meno la paga sarebbe stata meno schifosa.

Gettò nella pattumiera l'avviso di interruzione del servizio telefonico. Ne mandavano sempre due prima di tagliare i fili.

Le cose non erano sempre andate così male. Un tempo lei e suo marito avevano un piccolo ristorante italiano a Miami Shores: dopo un buon successo iniziale, si erano ingranditi e immediatamente erano andati a picco. La sua opinione riguardo all'espansione di un'attività era che non bisogna cambiare una cosa che funziona. Ma suo marito Mike aveva voluto a tutti i costi ampliare l'attività, convinto che nel giro di cinque anni avrebbero ricavato una fortuna. Avevano usato le carte di credito personali per finanziare i lavori, ingannati dai bassi interessi per i primi sei mesi, seguiti poi da altri così esosi da far surriscaldare il calcolatore quando facevano i conti di quello che si pagava per la durata del prestito. La pittura sulle pareti del locale non era ancora asciutta quando una tempesta tropicale senza nome si era abbattuta sul loro quartiere facendo volare fin sul parcheggio le loro tovaglie a quadretti bianchi e rossi. Nessuna assicurazione contro le inondazioni. Il ristorante non aveva più riaperto. A distanza di tre anni suo marito faceva due lavori e lei la Ragazza Tuttatette: ed erano ancora ben lontani dal saldare i debiti del ristorante.

Qualcuno diceva che lei non aveva orgoglio. Ma lei ne aveva troppo: troppo per gettare la spugna e dichiarare bancarotta.

«Mamminaaa», giunse una vocina dalla stanza da letto in fondo al corridoio. La loro bambina di quattro anni non era una dormigliona, e chiamare la mamma a mezzanotte era diventata un'abitudine.

Sally alzò gli occhi dai suoi conti ma non si mosse dalla sedia. «Katherine, dormi, ti prego».

«Ma voglio che mi leggi una storia».

Esitò. Era tardi, ma lavorare fino alle undici, cinque sere alla settimana, non le concedeva il lusso di mettere a letto la sua bambina. Toccava a Mike, prima di andare a fare il turno dalle otto a mezzanotte come guardia giurata, o alla madre di lui, tanto gentile da venire ogni sera a guardare la televisione mentre Katherine dormiva, per non lasciarla sola da quando Mike usciva per il suo secondo lavoro a quando Sally tornava a casa. Sally si sentì intenerire all'idea di leggere una storia alla figlia. Si alzò e andò in camera da letto. «D'accordo. Una sola».

«Sì!».

«Ma poi dormi. Promesso?».

«Promesso».

S'infilò nel letto accanto a Katherine, con la schiena appoggiata alla testiera. Sua figlia si rannicchiò contro di lei. «Che storia vuoi?».

«Questa». La bambina prese il libro dal comodino.

«*Dove regnano i mostri*», disse Sally, leggendo il titolo. Conosceva bene quel libro, la storia di un ragazzino la cui immaginazione trasforma la sua stanza da letto in un posto terrificante dove lui deve affrontare un'isola piena di mostri e diventare il loro sovrano. Sally ricordava che sua madre le leggeva la stessa storia quando da bambina attraversava il periodo degli incubi. Vent'anni dopo il messaggio era lo stesso. La paura è tutta nella tua testa.

«Hai ancora gli incubi, tesoro?».

«Mmm, mmm».

«Perché?».

«Ho paura».

«Di che cosa?».

«Del mostro».

«Non ci sono mostri».

«Sì, là», disse, indicando i tendaggi che coprivano la porta scorrevole di vetro.

«No, tesoro mio. Non ci sono mostri laggiù».

«E invece sì».

«Su, leggiamo la storia».

Mentre leggeva ad alta voce, Sally sentì che la figlia le premeva il viso contro il petto. Lei dava una voce diversa a ciascun mostro, non troppo terrificante, per non spaventarla. Katherine si addormentò prima che il ragazzino di nome Max tornasse da quell'isola lontana nel porto sicuro della sua stanza. Sally scivolò via dal letto, diede un bacio alla figlia sulla fronte e uscì in punta di piedi dalla stanza.

Di nuovo ad affrontare i conti. Finanziaria Greenleaf. Fantastico. Duemila dollari di attrezzature per il computer e il software per il ristorante per i quali avevano fatto un leasing di cinque anni per un pagamento complessivo di ventottomila dollari. Che affare.

«Mammina». Di nuovo la vocina dalla camera da letto.

«Cosa c'è, tesoro?».

«Ho paura. Ci sono i mostri».

Si alzò dal tavolo della cucina e si diresse verso la stanza da letto, ma si fermò sulla soglia, rifiutandosi di farsi convincere a entrare. «I mostri non esistono».

«Ma mamma...».

«È ora di dormire».

«Puoi lasciare la luce accesa?».

«Lascio accesa quella del corridoio».

«Grazie, mammina. Sei la migliore».

Era duro essere inflessibili con qualcuno che ti dice che sei la migliore e che ne è convinto. Sorrise e rispose: «Buona notte. Ti voglio bene».

«Anch'io ti voglio bene».

Ritornò in cucina, ma le mancò il coraggio di affrontare di nuovo quelle pile di conti. L'affitto era scaduto, e Dio solo sapeva dove avrebbe preso il denaro necessario. Affittare una villetta invece di un appartamento era uno sperpero nella loro precaria situazione finanziaria, anche se si trattava di un'orribile vecchia costruzione con due camere da letto e un solo bagno che qualsiasi costruttore avrebbe considerato buona solo per essere demolita. Ma Sally era cresciuta in un appartamento, senza cortile, senza privacy, senza un camino da cui potesse scendere Babbo Natale la notte della vigilia. Katherine meritava di meglio, anche se questo poteva significare essere buttati fuori dal padrone di casa.

Aprì il frigorifero e si versò un bicchiere di succo d'arancia.

«Mammina, voglio qualcosa da bere».

Si voltò, ma Katherine non c'era. Era ancora a letto. *Questa bambina ha delle percezioni extra-sensoriali.* «Dormi, tesoro».

«Ti prego, mammina. Non ti ho visto per tutto il giorno».

In Sally scattò il senso di colpa tipico di una madre che lavora. Andò un'ultima volta dalla figlia e si sedette sul bordo del letto. La luce del corridoio era sufficiente a rivelare la paura negli occhi della bambina.

«Sei ancora spaventata?».

Katherine annuì.

Sally le toccò la fronte. Era appiccicosa per il sudore, ma non aveva la febbre. Era solo molto calda per essersi tirata le coperte fin sopra la testa. «Perché sei così spaventata?».

«Il mostro».

«Se mi sdraio con te per un po', ti addormenti?».

«Voglio dormire in camera tua. Solo fino a quando torna papà».

«Tesoro, adesso sei grande. Questa è la tua stanza».

«Ma il mostro».

«Non c'è nessun mostro».

«Sei sicura?».

«Sicurissima».

«Guarda, ti prego».

Sally sospirò, esasperata. «Sì, guardo». Scese a sbirciare sotto il letto. «Qui non c'è niente».

«No, no, laggiù». Katherine aveva indicato di nuovo le tende, quelle che coprivano la porta scorrevole.

Sally esitò. Anche se la luce era fioca riusciva a vedere le giocose immagini rosa di uccelli, coniglietti e altri animali delle filastrocche che danzavano sui tendaggi. Dei motivi non esattamente adatti al mantello di un mostro, ma Sally sentì accelerare i battiti del cuore. La paura negli occhi di sua figlia sembrava tanto reale.

«Non c'è nessun mostro».

«Controlla, mamma. Ti prego».

Questa volta guardò con maggior attenzione. Strano, ma si sorprese a chiedersi se il coniglietto fosse nello stesso posto in cui si trovava un minuto prima, o se si fosse mosso. Sembrava che non fosse più allineato con la paperetta gialla sull'altro riquadro delle tende. Si disse che gli occhi le stavano giocando uno scherzo, ma l'effetto ottico si ripeté.

Il coniglietto si era mosso. In modo impercettibile, ma si era indiscutibilmente mosso.

Il condizionatore si spense, e il nodo allo stomaco si allentò mentre le tende tornavano al loro posto. Evidentemente il getto d'aria fredda del condizionatore aveva provocato quel lieve spostamento del tessuto. Nessun mostro.

«Per favore, mammina, guarda se c'è il mostro».

«D'accordo. Vado a controllare».

Sally non si mosse.

«Vai, mammina».

All'improvviso si sentì una sciocca. Aveva davvero pensato di accendere la lampada, poi si era rimproverata per aver anche solo pensato di fare qualcosa che potesse trasmettere alla figlia la sua irrazionale paura. Tutto quel parlare di mostri la stava influenzando, la faceva sentire sola, le faceva capire quanto fossero indifese, quanto potessero diventare vulnerabili, separate com'erano dal mondo esterno solo da una fragile serratura e da una semplice porta-finestra di vetro.

Smettila. Cominciò ad attraversare la stanza, un passo alla volta. Le parve un percorso interminabile. Si rese conto di fare dei mezzi passi, un altro sintomo di paura.

Tutto questo è pazzesco.

Finalmente raggiunse la porta-finestra. Si volse a guardare il letto e vide Katherine che sbirciava da sotto la coperta, lasciando scoperti solo gli occhi e la parte superiore della testa. Sally sentì accelerare le pulsazioni mentre afferrava delicatamente tra il pollice e l'indice il bordo del tessuto senza avvicinarsi alla porta scorrevole più di quanto fosse necessario. Katherine si rintanò sotto le coperte. Sally fece un respiro profondo. Con un movimento lento ed esitante fece scorrere la tenda.

Niente.

«Hai visto? Te l'ho detto. Niente mostri».

Katherine era ancora nascosta sotto le coperte. Disse, con voce soffocata: «L'altra parte. Controlla anche l'altra parte».

Sally esitò. Non sapeva se fosse l'istinto o la paranoia che le suggeriva di non farlo, ma non poteva permettere che sua figlia si accorgesse dei suoi sciocchi timori. Fece un mezzo passo, poi un altro, avvicinandosi alla tenda dove aveva visto muoversi il coniglietto.

«Attenta, mammina».

«Non c'è niente di cui preoccuparsi, tesoro». Non le piaceva il suono della sua voce. Era come se cercasse di convincere se stessa.

Scrutò i tendaggi, con gli allegri disegni di paperelle danzanti e uccelli canterini. Finalmente i suoi occhi si fermarono sul coniglietto, in attesa. Non sapeva esattamente quello che stava cercando, forse solo un qualche movimento. Ma sapeva che se si guarda qualcosa abbastanza a lungo si ha l'impressione che si muova, così come sembra che le stelle girino vorticosamente nel cielo notturno se si rimane sdraiati a fissarle abbastanza a lungo. Tuttavia, non riusciva a distogliere gli occhi. Il coniglietto era immobile, ma poi accadde. Forse era un'illusione ottica, come le stelle roteanti, ma il torace dell'animaletto sembrava essersi sollevato e abbassato. Come se il coniglietto stesse respirando.

Come se qualcosa dietro di lui avesse appena fatto un profondo respiro.

«Va tutto bene, mamma?».

D'impulso, Sally afferrò il cordone e tirò. Le tende si aprirono e lei rimase impietrita. Stava fissando la propria immagine indistinta nel vetro della porta scorrevole. Alle sue spalle, la testa di Katherine emergeva da sotto le coperte.

Sally si concesse qualche attimo per dare il tempo alle sue paure di placarsi, poi cercò di sdrammatizzare. «Hai visto? Te l'avevo detto che non c'era nessun mos...».

La porta dell'armadio a muro si spalancò, e con la coda dell'occhio Sally vide una figura indistinta che avanzava verso di lei nell'oscurità. Sentì il proprio urlo e subito dopo quello di sua figlia. «Mamma!».

La figura indistinta le si scagliò contro di lato a grande velocità, mandandola a sbattere contro la parete. Lei si voltò e cercò di sferrare un pugno con tutte le sue forze; ma tutto era avvenuto troppo in fretta e lui era decisamente troppo forte. Un colpo allo stomaco le tolse il respiro. L'aggressore l'afferrò per i capelli facendole scattare la testa all'indietro. Lei cercò di graffiargli il viso con le unghie, ma era coperto da una calza di nylon. Il corpo di lei si contorse, sua figlia gridò, Sally spalancò gli occhi vedendo la lama che luccicava nel fascio di luce proveniente dal corridoio. Veniva verso di lei, come al rallentatore, ma lei si sentiva impotente a fermarla. Si contorse ancora una volta, nel vano tentativo di sfuggire.

Vide la camicetta sollevarsi, e la lama sparire mentre il pugno dell'uomo veniva a contatto con la sua carne.

Cadde a terra con un urlo, senza fiato, cercando di fermare il fiume rovente di dolore che fluiva dalla ferita al di sotto delle costole.

Sangue. Tanto sangue.

«Mamma, mamma!».

Le urla di Katherine le diedero forza: in qualche modo

riuscì a reagire afferrando le caviglie del suo aggressore. Cercò di risollevarsi, ma la stanza ruotava intorno a lei.

«Non fare del male... a mia figlia», disse, con uno sforzo enorme.

Lui le sferrò un altro calcio, questa volta più forte. Sentì i denti spezzarsi, mentre il gusto salato del sangue le riempiva la bocca. Cercò disperatamente di sollevare la testa, ma la sentì ricadere pesantemente sul pavimento.

«Mammina, il mostro! Il mostro!».

Le urla di Katherine si affievolirono, e il mondo intorno a Sally piombò nel buio.

PARTE PRIMA

Cinque anni dopo

1

Cadeva una pioggia violenta e accecante e Sally era molto in ritardo. Non era stato nelle sue intenzioni farsi aspettare, per darsi un tono o quant'altro. Semplicemente non era brava a seguire le indicazioni, e quella non era la sua zona.

Gli scrosci di pioggia martellavano il parabrezza con lo stesso rumore delle biglie che rimbalzano sul vetro. Sally regolò i tergicristalli, ma stavano già andando alla massima velocità. Da anni non ricordava una pioggia simile, da quando lei e il primo marito avevano perso il loro ristorante per colpa di quella tempesta tropicale senza nome.

Davanti ai suoi occhi balenava una serie di fanalini di coda arancioni. Un fiume di auto avanzava lungo l'autostrada alla velocità della lava che si raffredda. Sally rallentò per controllare l'orologio. Le undici e venticinque.

Maledizione. Il tizio avrebbe dovuto aspettare. Lei sarebbe arrivata, prima o poi.

Il loro appuntamento era stato fissato per telefono. Si erano parlati una volta sola, e le istruzioni di quell'uomo erano state piuttosto semplici. Giovedì alle undici. Non arrivi in ritardo. Lei non aveva osato spostare l'appuntamento, nonostante quel tempo orribile. Quello era il suo uomo. Non aveva il minimo dubbio.

Davanti ai suoi occhi un'insegna al neon lampeggiava in modo irregolare, come se fosse scossa dalla burrasca. Era come cercare di leggere il cartello di un oculista in fondo a un lago. Sally riusciva solo a distinguere parzialmente le lettere. S-P-qualcosa-qualcosa-K-Y-apostrofo-S.

«Sparky's», lesse ad alta voce. Era quello il posto. Svoltò nel parcheggio inondato di pioggia. Con tutta quell'acqua poteva solo cercare d'indovinare il punto in cui parcheggiare. Spense il motore e si controllò il viso nello specchietto retrovisore. Balenò un lampo, molto vicino, inondando di luce l'interno dell'auto e scatenando un tuono che la fece rabbrividire. La spaventò, poi le fece nascere sulle labbra un sorriso sbigottito. Che ironia se dopo aver architettato tutto quel piano fosse stata uccisa da un fulmine.

Fece un respiro profondo ed espirò. *Adesso non si torna indietro. Buttati.*

Saltò giù dall'auto e si lanciò in una folle corsa attraverso il parcheggio, sotto la pioggia battente. Quasi immediatamente una folata di vento le strappò di mano l'ombrello e lo scaraventò chissà dove. Non avendo un impermeabile, si coprì la testa con le mani e continuò a correre, facendo schizzare acqua a ogni passo. Nel giro di pochi secondi raggiunse la porta: era inzuppata fino alla biancheria, e i jeans e la camicetta bianca erano incollati al suo corpo.

Un tizio muscoloso con indosso una T-shirt Gold's Gym, in piedi presso l'entrata, le aprì la porta. «La gara per Miss Maglietta Bagnata è domani sera, signora».

«Le piacerebbe», rispose, prima di dirigersi verso la toilette per vedere se poteva asciugarsi. Si guardò nello specchio e restò senza fiato. I capezzoli la stavano fissando, attraverso il reggiseno e la camicetta bagnati.

Santo Dio!

Premette il pulsante dell'asciugamani elettrico, sperando in un getto di aria calda. Niente. Riprovò, ma senza alcun successo. Il distributore degli asciugamani di carta era vuoto. Si sarebbe dovuta accontentare della carta igienica. Afferrò un rotolo e prese a tamponarsi furiosamente dalla testa ai piedi. Era carta a un solo strato, non molto assorbente. Consumò l'intero rotolo. Diede un'altra occhiata alla sua immagine riflessa dallo specchio e il respiro le si strozzò in gola. Tutto il suo corpo era coperto di frammenti di carta igienica da poco prezzo.

Sembri un fungo velenoso.

Scoppiò a ridere, senza sapere bene il perché. Una risata così forte da farle quasi male. Poi si afferrò al bordo del lavabo, si chinò e piegò la testa. Sentiva la sua energia emotiva spostarsi a quel costante nodo di tensione alla base del cranio. Le sue spalle cominciarono a sussultare e la risata si trasformò in pianto. Riuscì a ricacciare le lacrime e a riprendere rapidamente il controllo di sé.

«Sei un vero disastro», disse alla sua immagine nello specchio.

Si strofinò per liberarsi quanto più possibile dei residui di carta igienica, si rifece il trucco, e disse a se stessa che poteva andare tutto al diavolo. Niente sarebbe riuscito a impedire a quell'incontro di avvenire. Fece un respiro profondo per darsi coraggio e uscì nel bar.

Tutta quella folla la sorprese, non tanto per le persone che la componevano, erano esattamente quelle che si era aspettata, quanto per il fatto che ci fosse così tanta gente in una serata orribile come quella. Un gruppo di camionisti giocava a blackjack presso il jukebox. Motociclisti vestiti di pelle con le loro ragazze dai capelli ossigenati avevano monopolizzato il tavolo da biliardo, come se stessero aspettando la fine della burrasca. T-shirt, camicie di flanella e jeans sembravano essere l'abbigliamento obbligatorio per sedersi a quel bar. Questa gente era lo zoccolo duro, e chiaramente quello era un posto che dipendeva dai suoi clienti abituali.

«Cosa posso servirle, signorina?», chiese il barista.

«Niente, per il momento. Cerco qualcuno».

«Ah, sì? Chi?».

Sally esitò: non sapeva esattamente cosa rispondere. «Be', una specie di appuntamento al buio».

Sally si allontanò dal bancone, prima che quegli uomini rivolgessero il loro interesse alla ragazza sola con i vestiti bagnati. Il suo sguardo si fissò sul terzo séparé a partire dal fondo del locale. Un uomo di colore con degli occhi penetranti la fissava a sua volta senza sorridere. Indossava una camicia blu scuro e pantaloni neri: Sally sorrise tra sé. Non l'aveva mai visto, ma il suo aspetto e l'abbigliamento erano proprio quelli che aveva descritto al telefono. Era lui.

Si avvicinò al séparé e disse: «Sono Sally».

«Lo so».

«Come fa a...», ma non terminò la domanda. Nel locale non c'era nessuna donna che le assomigliasse.

«Si sieda», disse l'uomo.
Lei scivolò di fronte a lui nel séparé. «Mi scuso per il ritardo. Una pioggia pazzesca».
Lui allungò una mano e le tolse dalla manica un frammento di carta. «Cosa sta piovendo, neve finta?».
«È carta igienica».
Lui inarcò un sopracciglio.
«Una lunga storia», spiegò Sally. «Ne avevo dappertutto. Cinque minuti fa sembravo un fungo velenoso».
«Con le tette».
Lei incrociò le braccia sopra il petto. «Be', sì. Certe cose non si possono evitare».
«Vuole qualcosa da bere?».
«No, grazie».
Lui fece roteare i cubetti di ghiaccio nel bicchiere mezzo vuoto. Rum e Coca, immaginò Sally, visto che era la promozione della serata. La Coca aveva l'aria di essere del tutto sgasata, come si era aspettata di trovare da Sparky's.
«L'ho vista arrivare. Bella macchina».
«Se le piacciono le macchine».
«Sì. In apparenza sembra che questo valga anche per lei».
«Non proprio. Piacevano a mio marito».
«Intende il primo o il secondo marito?».
Lei si agitò sulla sedia, a disagio. Al telefono non avevano parlato della sua situazione coniugale. «Il secondo».
«Il francese?».
«Cos'ha fatto, delle indagini su di me?».
«Indago su tutti i miei clienti».
«Non sono ancora una sua cliente».
«Lo sarà. Capita di rado che le persone come lei arrivino fin qui e se ne vadano avendo fatto il viaggio a vuoto».
«Cosa intende con "persone come me"?».
«Giovani. Ricche. Splendide. Incazzate».
«Trova che il mio aspetto sia splendido?».
«Sto solo supponendo che adesso non sia nella sua forma migliore».
«Supposizione esatta».
«E per quanto riguarda l'incazzatura. Anche qui la mia supposizione è esatta?».

«Non lo sono esattamente».
«Allora com'è?».
«Non vedo come i miei sentimenti possano avere qualche rilevanza. L'unica cosa che conta è se lei è disposto a fare l'affare, Mr... qualunque sia il suo nome».
«Può chiamarmi Tatum».
«È questo il suo nome?».
«Soprannome».
«Come Tatum O'Neal?».
Fece una smorfia e bevve un sorso del suo drink. «No, non come la fottuta Tatum O'Neal. Tatum come Jack Tatum».
«Chi è Jack Tatum?».
«Il giocatore di football più fetente che sia mai vissuto. Un difensore degli Oakland Raiders. È lui che ha menato Darryl Stingley e lo ha fatto diventare quadriplegico. Lo chiamavano Assassino. Dannazione, gli piaceva il nome Assassino».
«Anche lei si chiama Assassino?».
Si chinò sul tavolino, con un'espressione diventata improvvisamente molto seria. «Non è per questo che lei è qui?».
Lei stava per rispondere, ma il barista era comparso presso il loro séparé. Lanciò a Sally un'occhiata di fuoco e disse: «Per quale motivo ha un appuntamento con questo tipo?».
«Mi scusi?».
«Questo pezzo di merda seduto di fronte a lei. Perché si è incontrata con lui?».
Sally guardò Tatum, poi di nuovo il barista. «Non sono affari suoi».
«Questo è il mio bar. Sono fatti miei eccome».
Tatum intervenne. «Theo, chiudi il becco, d'accordo?».
«Voglio che tu te ne vada».
«Non ho ancora finito il mio drink».
«Ti do cinque minuti», disse Theo. «Poi te ne devi andare». Girò sui tacchi e ritornò al suo posto dietro il bancone.
«Che cos'ha?», chiese Sally.
«È un puritano. Trova un avvocato che lo toglie dal braccio della morte, ed è convinto di essere migliore di tutti gli altri».
«Non crede che sappia di cosa stiamo parlando, vero?».

«Ma no! Probabilmente pensa che io cerchi di convincerla a battere».

All'improvviso Sally ebbe la sensazione che i suoi vestiti bagnati fossero ancora più aderenti. «Me la sono cercata, immagino».

«Non si occupi di lui. Piantiamola con le cazzate e torniamo a noi».

«Non ho portato denaro».

«Naturalmente. Non le avevo ancora indicato un prezzo».

«Quanto sarà?».

«Dipende».

«Da cosa?».

«Da quanto è complicato l'incarico».

«Cosa le serve sapere?».

«Tanto per incominciare, che cosa vuole esattamente? Due costole rotte? Una commozione cerebrale? Dei punti di sutura? Rovinargli la faccia, non rovinargli la faccia? Posso mandare il tizio in ospedale per un mese, se vuole».

«Voglio molto di più».

«Di più?».

Sally si guardò attorno, come per assicurarsi che fossero soli. «Voglio morta la persona in questione».

Tatum non rispose.

«Quanto per questo?», chiese Sally.

Lui affondò la lingua nella guancia, riflettendo, come se volesse di nuovo valutare la sua interlocutrice. «Anche questo dipende».

«Da cosa?».

«Be', chi è il suo bersaglio?».

Lei abbassò gli occhi, poi lo guardò fisso. «Non ci crederà».

«Mi metta alla prova».

Sally represse una risatina. «Parlo seriamente. *Davvero* non ci crederà».

2

Finalmente era arrivato il gran giorno.

Sally avvertì una scarica di adrenalina mentre seduta al tavolo della cucina si godeva il suo caffè mattutino. Niente panna, due bustine di dolcificante. Un bagel tostato senza burro o formaggio cremoso, solo una porzione di conserva di lamponi rimasta intatta. Un piccolo bicchiere di succo appena spremuto dai pompelmi rosa che il giardiniere aveva raccolto sull'albero del suo frutteto. Era la sua solita colazione dei giorni feriali, e quello non doveva essere un giorno diverso dagli altri.

Tranne che lei sapeva benissimo che quel giorno avrebbe cambiato ogni cosa.

«Ancora caffè, signora?», chiese Dinah, la domestica fissa.

«No, grazie». Mise da parte il giornale e salì al piano di sopra, in camera sua. Al primo piano c'erano due grandi appartamenti padronali. Il suo era sul lato est: guardava sulla baia ed era arredato in un allegro stile coloniale che richiamava le isole caraibiche. Quello di lui era a ovest: un ambiente molto più cupo con i soffitti a travi e decorazioni africane. A Sally non piacevano tutti quegli animali morti sulle pareti, perciò usavano la stanza di lui solo quando non era all'estero, il che era accaduto più o meno a mesi alterni nei diciotto mesi del loro matrimonio. La loro unione era durata solo il tempo necessario perché lei raggiungesse la prima pietra miliare di un complicato accordo finanziario prematrimoniale. Diciotto mesi corrispondevano a diciotto milioni di dollari, più la casa: una grossa cifra per Sally, solo spiccioli per Jean Luc Trudeau. Per sua fortuna, lei era stata così lungimirante da prendere i diciotto milioni non in contanti ma in azioni della compagnia del marito, che ben presto si era trasformata in una società di capitali, con il risultato che il patrimonio di Sally ora ammontava a quarantasei milioni di dollari. Avrebbe potuto guadagnare un altro quarto di milione per ogni mese in più, e di sicuro c'erano uomini ben peggiori di Jean Luc con i quali essere sposate. Era ricco, di successo, ragionevolmente attraente, ed estremamente generoso con la sua terza moglie tanto più giovane di lui. Ma Sally non era felice. La gente diceva che non era mai felice. Lei non si scusava per non esserlo. Aveva le sue buone ragioni.

Entrò nello spogliatoio, posò la vestaglia sullo schienale di una sedia e infilò un paio di collant velatissimi. Nuda dalla vita in su, si sistemò in silenzio davanti allo specchio a tre facce. Lentamente alzò le braccia e il suo corpo ventinovenne parve sfidare la forza di gravità mentre si voltava. Dopo tutto quel tempo la cicatrice era ancora ben visibile. Rosa, di cinque centimetri, alla base del costato. La sfiorò con la punta delle dita, poi aumentò la pressione fino a sentir male, come se volesse fermare di nuovo l'emorragia. Erano passati anni, ed era ancora lì. La chirurgia estetica avrebbe potuto nasconderla, ma l'intervento avrebbe solo distrutto il più importante promemoria quotidiano del fatto che lei era sopravvissuta all'aggressione. Tristemente, il suo primo matrimonio non era sopravvissuto.

Tragicamente, neppure sua figlia.

«Niente da stirare oggi, Miss Sally?».

Istintivamente si coprì i seni al suono di quella voce, ma era sola nello spogliatoio. Dinah aspettava al di là della porta chiusa.

«Non credo», rispose, indossando la vestaglia.

Sentendo allontanarsi i passi di Dinah, Sally aprì la porta ed entrò in bagno per sistemarsi i capelli e truccarsi. Tornò nello spogliatoio per scegliere cosa indossare, un'operazione che richiese più tempo del solito perché voleva essere vestita nel modo giusto. Optò per un tailleur blu di Chanel con una camicetta color pesca e scarpe nuove di Ferragamo. Come tocco finale, un giro di perle e orecchini coordinati. La fede nuziale di platino e diamanti – due file di pietre per un totale di quattro carati – le sembrava come al solito eccessiva, ma la portava comunque. Con il divorzio avrebbe dovuto togliersela per sempre, ma in quella giornata particolare serviva a uno scopo.

Diede un'ultima occhiata, lunga e accurata, alla sua immagine riflessa dallo specchio. Per la prima volta dopo un'eternità, si concesse un accenno di sorriso spontaneo.

Questa è la tua giornata, ragazza mia.

Prese la borsa, scese al piano di sotto e uscì nel cortile dov'era parcheggiata la sua Mercedes decappottabile, con il tettuccio aperto. Aveva raccolto i capelli in uno chignon, e con un foulard bianco e gli occhiali scuri si era data un tocco da principessa Grace. Si mise al volante, accese il motore e percorse il vialetto di mattoni fino al cancello di ferro, che si aprì automaticamente.

Attraversò il quartiere a un'andatura tranquilla, con il tiepido sole della Florida sul viso. Era una giornata splendida, anche per lo standard abituale di Miami. Ventidue gradi, umidità relativamente bassa, cielo azzurro sgombro di nubi. Crescendo, aveva sempre desiderato vivere nelle Venetian Isles: una accanto all'altra nella baia, come quattro giganteschi gradini tra la terraferma e l'isola più grande di Miami Beach. Le case sul lungomare erano un sogno per gli appassionati di barche: molte di esse avevano una vista mozzafiato sulle navi da crociera ancorate in porto, con lo sfondo del profilo colorato del centro di Miami. Tecnicamente parlando, era il suo sogno divenuto realtà avere una casa di tremila metri quadrati nel mezzo di quel paradiso urbano.

Fai attenzione quando esprimi un desiderio.

Sally si fermò a pagare il pedaggio, poi proseguì per la Venetian Causeway. Un paio di anziani cubani pescavano dal ponte, proprio sotto l'insegna che intimava ASSOLUTAMENTE VIETATO PESCARE.

In quel momento Sally si trovava nella parte nord di Miami, non proprio il posto più sicuro della città, ma era una zona in trasformazione. In un passato abbastanza recente, avrebbe fatto una deviazione di molti chilometri pur di non passare di lì.

Attraversò il Biscayne Boulevard, svoltò un paio di volte e si fermò a un semaforo. Proprio davanti a lei c'era la rampa di accesso all'interstatale, la sola via di fuga per una dozzina di corsie da est a ovest, proprio sopra la sua testa. Intorno a lei echeggiava il frastuono costante di una moltitudine di auto e di camion. Di solito Sally calcolava i tempi di avvicinamento per poter passare velocemente evitando i semafori rossi, ma non sempre era possibile. Puntualmente i barboni uscivano dai loro scatoloni di cartone sotto la rampa. Armati di stracci e di spruzzatori in plastica pieni d'acqua sporca, sembravano decisi a pulire i tergicristalli del mondo intero. Ce n'erano due. Uno si diresse verso l'auto di Sally, l'altro verso il SUV davanti a lei.

Il SUV partì sgommando con il semaforo rosso, lasciando Sally sola all'incrocio, lei e i lavavetri. Era mattina inoltrata, ma con quelle ombre scure sembrava di essere al crepuscolo. In alto, l'interstatale 395 e le rampe di accesso s'intersecavano come nastri di cemento. Il lavavetri di Sally aveva adottato una strategia diversa da quella del tipo che aveva avvicinato il SUV, accostandosi non di lato ma dalla parte anteriore del veicolo. Sally non avrebbe potuto passare con il rosso senza travolgerlo.

«No, grazie», gridò.

Lui continuava ad avanzare, sorridendo, prendendo la mira con il suo spruzzatore. L'altro barbone era tornato al suo riparo sotto la rampa, apparentemente lasciando la Mercedes alle cure del suo rivale.

«Ho detto no grazie».

L'uomo si era avvicinato tanto da poter strappar via lo stemma dal cofano. All'improvviso l'oscurità sembrò dissolversi. Tutto intorno s'irradiavano raggi di sole, come se le nubi si fossero spostate quel tanto da lasciar passare chiazze di luce diurna attraverso il labirinto di strade sopra le loro teste. Il raggio più lungo e più luminoso sembrava essersi concentrato sul suo grande anello di diamanti, che scintillava come un fuoco d'artificio. In qualsiasi altra occasione, Sally avrebbe discretamente fatto scivolare la mano dal volante per posarsela in grembo. Ma non quel giorno.

L'uomo la stava ancora fissando attraverso il parabrezza. Poi, lentamente, sollevò il braccio e prese la mira, puntando dritto al viso di lei. Sally aspettò che il getto d'acqua unta colpisse il vetro, ma non arrivò niente del genere. Un attimo dopo si rese conto che l'uomo non impugnava uno spruzzatore.

Sally, impietrita, fissò il foro nero all'estremità della canna di metallo lucido. La sensazione durò solo la frazione di un secondo, ma fu come se all'improvviso lei fluttuasse fuori dal proprio corpo, assistendo alla scena. Con gli occhi della mente, vide il lampo di polvere da sparo uscire dal tamburo, il parabrezza che andava in frantumi, la sua testa che scattava all'indietro, il suo corpo che si accasciava in avanti e lo spruzzo di sangue sui sedili di cuoio. Sentì perfino il clacson suonare quando il suo viso colpì il volante senza più muoversi. E per la seconda volta nello stesso giorno vide spuntare sulle sue labbra un vero sorriso.

Con quello sparo riecheggiato sul cemento il suo incubo vivente era giunto finalmente al termine.

3

Il sole stava tramontando quando Jack Swyteck imboccò il vialetto di casa. Abitava a Key Biscayne, un'isola praticamente all'ombra del centro di Miami, ma del tutto diversa da quest'ultima. Attraverso la baia, al di là della metropoli cresciuta disordinatamente e in lontananza sopra le Everglades, stracci vaporosi di rosa, arancio e cremisi si dissolvevano lentamente nel buio della notte. Solo quando ogni traccia di colore fu svanita dal cielo, Jack si rese improvvisamente conto di che giorno fosse. Era trascorso esattamente un anno da quando lui e Cindy avevano iniziato la separazione che si era conclusa con un divorzio dopo cinque anni di matrimonio.

Buon anniversario, si disse.

Jack era un avvocato specializzato in diritto penale, anche se era aperto a qualunque cosa suscitasse il suo interesse. In base a quel principio scartava i casi che non trovava interessanti, con il risultato che gli piaceva quello che faceva senza però ricavarne molto denaro. Il profitto non era mai stato il suo obiettivo. Aveva passato i suoi primi quattro anni dopo la facoltà di legge al Freedom Institute, un gruppo disordinato di idealisti che difendevano i carcerati rinchiusi nel braccio della morte. In quel periodo Harry Swyteck, il padre di Jack, era l'intransigente governatore della Florida, rigorosamente a favore della pena di morte. Non approvava affatto il lavoro del figlio, ma questo in un certo senso faceva parte dell'idea. Quattro anni di provocazioni nei confronti del suo vecchio si erano rivelati sufficienti, e nel caso qualcuno lo avesse liquidato come un liberale dal cuore troppo tenero, aveva voltato completamente pagina e si era fatto una reputazione come pubblico ministero federale, giusto ma aggressivo. Aveva poi lasciato il suo incarico mantenendo buoni rapporti, ma dopo quasi due anni stava ancora cercando di trovare una collocazione definitiva nella professione privata. Certo, lungo il percorso qualunque cosa, da un divorzio complicato a una cliente morta nella sua vasca da bagno, gli era servita da "distrazione", ma prima di cambiare ancora indirizzo alla sua professione era deciso a dare un'ultima possibilità al suo studio privato.

«Ehi, Theo!», chiamò al di là del prato.

Theo non parve sentirlo. Era occupato a pulire la sua barca, un sette metri per la pesca sportiva, che al momento era sospesa con delle gru al di sopra dell'acqua. L'unico pregio della modesta casa in affitto di Jack era il fatto che disponeva di un pontile proprio. Quella era la sua terza casa in affitto dopo il divorzio, parte della sua affannosa ricerca dell'abitazione perfetta per un divorziato senza figli, senza vizi e con un interesse sorprendentemente scarso per le avventure. Il suo tentativo più recente era una "Mackle home", una semplice struttura composta da tre camere da letto, un bagno, un portico coperto e, naturalmente, senza aria condizionata. Nei primi anni '50 i fratelli Mackle avevano costruito un'infinità di queste semplici case sul bordo del mare, destinate principalmente ai reduci della seconda guerra mondiale e alle loro giovani famiglie. A quel tempo Key Biscayne era poco più che una palude infestata dalle zanzare, per cui le case Mackle erano le abitazioni meno costose della zona, intorno ai dodicimila dollari. Adesso solo il prezzo del terreno era salito a quattromila dollari al metro quadrato. Sembrava che ogni tre o quattro giorni un costruttore bussasse alla porta di Jack, ansioso di infilarsi nel soggiorno con un bulldozer e un progetto da realizzare. Quella di Jack era l'ultima Mackle rimasta sul bordo dell'acqua.

«Ehi, Theo!».

Ancora nessuna risposta. Lavorare su una barca con la musica a tutto volume era sufficiente per trasportare Theo in un altro mondo. Jack non possedeva una barca, perciò lasciava che Theo ancorasse la sua al pontile. Era una soluzione perfetta per Theo che gestiva il suo bar la sera e per tutto il giorno pescava e dormiva sulla sua barca. Era uno di quei rari amici che apparentemente non invecchiano mai, il che non significava che anno dopo anno non sembrasse più vecchio. Semplicemente si rifiutava di crescere, il che rendeva divertente la sua compagnia. A volte.

Quando Jack si avvicinò, Theo stava lavando il ponte.

«Preso qualcosa?», chiese Jack.

Continuando a pulire Theo rispose: «Un fottutissimo niente».

«Per questo lo chiamano pescare invece che...».

Theo rivolse il getto verso di lui, spruzzandogli abbondantemente il vestito.

«Prendere», terminò Jack. Sgocciolava ma fece finta di niente, limitandosi ad asciugarsi il viso.

«Sai, Swyteck, qualche volta sei così pieno di...».

«Saggezza?».

«Già. Proprio la parola che stavo cercando. Saggezza».

«Credo che solo a un autentico genio possa venire in mente di sfottere un ex galeotto armato di una canna per innaffiare», disse Jack togliendosi le gocce d'acqua dal gessato.

Theo scese dalla barca, sorrise e strinse Jack in un abbraccio così vigoroso da sollevarlo da terra. Aveva l'altezza di un campione di basket e la forza di un giocatore di football.

Jack fece un passo indietro, sorpreso. «A cosa è dovuto?».

«Buon anniversario, amico».

Jack non sapeva esattamente come facesse Theo a saperlo, ma immaginò di avergli parlato lui di quella data. «Non lo chiamerei esattamente un *buon* anniversario».

«Andiamo. Ce l'hai con me perché ti ho spruzzato con un po' d'acqua?».

«Di quale anniversario stai parlando, esattamente?», chiese Jack.

«E tu, di quale anniversario stai parlando?».

«Oggi è un anno da quando Cindy e io ci siamo separati».

«Cindy? Chi se ne frega di lei? Io parlavo di noi».

«Noi?».

«Sì. Dieci anni fa questa settimana. Tu e io ci siamo incontrati per la prima volta. Ricordi?».

Jack rifletté qualche secondo. «Non proprio».

«Adesso stai ferendo i miei sentimenti. Io ricordo tutto perfettamente. Era un venerdì mattina. Arriva la guardia, mi fa uscire dalla cella e mi dice che devo incontrare il mio nuovo avvocato d'ufficio, un tizio del Freedom Institute. Naturalmente io sono rinchiuso nel braccio della morte senza un cazzo da fare, tranne starmene sdraiato e chiedermi: "Theo, preferisci la senape o il burro fuso per la tua ultima cena di granchi e patate dolci fritte?". Perciò mi metto in agitazione al pensiero di un nuovo avvocato. Scendo, ed eccoti lì, seduto dall'altra parte del vetro».

«Cos'hai pensato quando mi hai visto?».

«Sinceramente?».

«Sinceramente».

«Tipico laureato bianco della Ivy League con un complesso di colpa da salva-il-negro».

«Gesù. E dire che per tutto questo tempo ero convinto di averti fatto una pessima prima impressione».

Theo strinse gli occhi, come per studiarlo. «Ricordi la prima cosa che ti ho detto?».

«Probabilmente qualcosa del genere "Hai dei soldi, amico?"».

«No, saccentone. Ti ho guardato dritto negli occhi e ti ho detto: "Jack, c'è una cosa che devi sapere da subito; sono innocente"».

«Lo ricordo bene».

«E ricordi anche quello che hai risposto?».

«No».

«Hai detto: "Mr. Knight" – allora mi chiamavi Mr. Knight – "c'è una cosa che lei deve sapere da subito: credo che lei sia un grosso, fottutissimo bugiardo"».

«Davvero l'ho detto?».

«Sì. Testualmente».

«Uauh. Devi aver pensato che ero un cazzone».

«Lo penso ancora».

«Grazie».

Theo sorrise, poi lo afferrò per le spalle e gli piantò un grosso bacio sulla guancia. «Buon anniversario, Cazzone».

Jack sorrise. Theo e i suoi baci. Essere salvati all'ultimo

minuto dal braccio della morte dove si è rinchiusi per un crimine che non si è commesso potrebbe dare a una persona il desiderio di abbracciare tutti per il resto della vita. Oppure potrebbe avere l'effetto opposto. Dipende tutto dall'uomo.

«Acchiappa quel frigo portatile», disse Theo.

Jack lo prese per i manici e Theo raccolse le canne e gli altri attrezzi da pesca. Bottiglie vuote tintinnarono all'interno del frigo mentre i due uomini attraversavano il prato diretti al vialetto. Theo aprì il bagagliaio. Jack sistemò il frigo all'interno, poi aiutò Theo a smontare le canne da pesca e a sistemarle sul portabagagli.

«C'è dell'altro?», chiese Jack una volta finita l'operazione.

«Be', sì. Ho bisogno di un favore. Un grosso favore».

«Che cosa?».

«Hai letto nella cronaca locale di qualche giorno fa l'articolo su quella donna ricca uccisa con un colpo alla testa mentre aspettava al semaforo per infilarsi nell'autostrada?».

«Può darsi che ci abbia dato un'occhiata. Sono stato impegnato in un processo troppo a lungo. Non ho avuto molto tempo per le notizie dei giornali».

Theo aprì la portiera, prese qualcosa dal cruscotto e la passò a Jack. Era un ritaglio di giornale. «Leggi».

C'erano solo alcuni paragrafi con una foto della vittima. Jack lesse rapidamente. «Triste».

«È tutto quello che hai da dire?».

«È triste. Che altro posso dire?».

«Potresti guardare la sua foto e dire, accidenti, è la donna più bella che abbia mai visto in vita mia».

«Okay, è molto bella. Questo significa che dovrei essere più triste?».

«Sì, Mr. Politicamente Corretto, questo rende la storia più triste. Lei era tutto quello che ognuno vorrebbe essere. Giovane, ricca, bella. E ora è morta. Niente di più triste».

«Theo, dove vuoi arrivare?».

«Hai letto a quanto ammontava il suo patrimonio?».

«Sì. Qualcosa come...».

Theo riprese il ritaglio di giornale e indicò la cifra. «Quarantasei milioni».

Jack lo rilesse. «Un mucchio di soldi».

«Proprio così. Ora, questa non è una domanda trabocchetto, ma voglio che provi a indovinare quando è stata l'ultima volta che un autentico schianto di donna con un patrimonio di quarantasei milioni di dollari è entrato nel mio bar».

«L'hai vista allo Sparky's?».

«Circa due settimane e mezza fa».

«Cosa ci faceva nel tuo locale?».

«Parlava con un killer su commissione».

«Che cosa?».

«Mi hai sentito benissimo».

«Vuoi dire che aveva incontrato un tizio che ammazza la gente per denaro?». Jack si grattò la testa, riflettendo. «Sei sicuro che fosse lei?».

«Credi che possa dimenticare una faccia come quella?», replicò Theo, mostrando ancora una volta la foto.

«Allora, la donna parla con uno che uccide su commissione e dopo due settimane è lei quella che ci lascia la pelle».

«Esatto», rispose Theo.

«Cosa ne pensi?».

«Mi puzza».

«Te lo concedo. Ma cosa vuoi che faccia?».

«Prima di tutto, c'è una lettera su cui voglio il tuo parere. È dell'avvocato della defunta».

«Indirizzata a te?».

«No, al killer con cui la donna ha parlato nel mio bar».

«Hai la lettera?».

«No. L'ho vista».

«Come?».

«Non importa. Diciamo che io fungo da intermediario».

«Tra chi e chi?».

Theo prese un pacchetto di sigarette dal cruscotto, e ne accese una. «Fra te e... lo sai».

«Il killer? Non se ne parla proprio».

«Lasciami finire. La lettera è solo di due frasi. Gli dice semplicemente di andare nello studio legale di Vivien Grasso lunedì per una importante riunione riguardante la morte di Sally Fenning».

«Perciò tu vuoi che io dia il mio parere a un killer professionista sull'opportunità o meno di andare a quella riunione?».

«No. Voglio che tu vada con lui».

Jack tossì, come se l'incredulità lo facesse soffocare. «Cosa ti fa pensare che io sia minimamente interessato a una cosa del genere?».

«Perché te l'ho chiesto io».

«Perché me lo chiedi?».

Theo tirò una boccata dalla sua sigaretta, sbuffando il fumo nel parlare. «Perché penso che quel ragazzo sia in un grosso guaio».

«È un tuo amico?».

«Niente affatto».

«Allora dimmi una sola buona ragione per cui io dovrei presentarmi nello studio di un altro avvocato per rappresentare un killer professionista».

«Prima di tutto, tranne me e qualche poco di buono fra qui e Las Vegas, nessuno sa che lui è un killer».

«Dimmi un'altra buona ragione».

«Perché tu sei mio amico».

«Hmm».

«Perché ho cercato di ripagarti da quando mi hai tirato fuori dal braccio della morte, e non ti ho mai chiesto niente in cambio».

«Okay. Ci stiamo arrivando. Tirane fuori un'altra».

Theo abbassò gli occhi, come se fosse riluttante a rispondere. Finalmente guardò Jack e disse, con un tono sommesso e serio: «Perché è mio fratello».

Anche Jack si fece serio.

«Allora, lo incontrerai?», chiese Theo.

Jack non rispose immediatamente, ma non c'era alcun dubbio su quale sarebbe stata la sua risposta. «Certo», disse. «Per te, lo incontrerò».

4

La prima impressione di Jack fu che l'uomo assomigliava molto a Theo. A Theo in versione da duro.

Jack aveva dato appuntamento a "Tatum", il fratello di Theo, nel cortile soleggiato davanti alla biblioteca pubblica del centro. Era vestito in modo semi-casual, giacca sportiva e niente cravatta, come se Theo gli avesse detto di cercare di sembrare rispettabile. La giacca gli era un po' stretta sulle spalle, un problema comune agli uomini muscolosi che acquistano abiti confezionati in serie. Era l'ora di pranzo, e c'erano molte persone sedute ai tavoli sotto dei grandi ombrelloni bianchi. Alcuni leggevano, altri chiacchieravano e pranzavano in compagnia di amici, alcuni cercavano di scacciare i piccioni fastidiosi. I tavoli erano abbastanza lontani da impedire che la loro conversazione potesse essere ascoltata da qualcuno. Non era un ambiente consueto per l'incontro tra un avvocato e un cliente, ma un killer di professione non era esattamente un normale cliente. Jack non era preoccupato, ma seguendo il suo istinto aveva fissato l'incontro non nella solitudine del suo studio ma in un luogo pubblico con molti potenziali testimoni. Per prudenza.

«Piacere di rivederti, Mack».

«Sono Jack», rispose mentre si stringevano la mano.

«Scusa».

Andiamo bene, pensò Jack. *Un killer che non distingue Jack da Mack.*

Si sedettero a un tavolo, uno di fronte all'altro. Jack era arrivato presto e aveva già finito la sua insalata di pollo. Non c'era servizio ai tavoli, e Jack si offrì di aspettare che

Tatum facesse la coda, ma questi rifiutò: sembrava ansioso di venire al punto.

«Quanto tempo è passato?», chiese. «Dieci anni?».

«Otto», rispose Jack. «Da quando Theo è stato rilasciato».

«Immagino che Theo ti abbia messo al corrente di quello che ho combinato da allora in poi».

«Forse più di quanto tu non avresti voluto».

«E ti sta bene?».

«Mettiamola così. Sono qui perché Theo mi ha chiesto un favore».

«Ma sei il mio avvocato, giusto? Tutto quello che diciamo è... sai cosa intendo».

«Tutelato dal segreto professionale, sì».

«Mangi quel sottaceto?», chiese, indicando il piatto di Jack.

«Serviti».

Tatum lo prese, staccò la punta con un morso, e nel parlare agitò il resto del cetriolo come fosse un dito supplementare. «Allora, Theo ti ha detto che non sono più in attività come killer di professione, vero?».

«Ha detto che, per quanto ne sapeva, non hai svolto incarichi del genere negli ultimi tre anni».

«È la verità. Questo ti fa sentire meglio?».

«Senti, il mio cliente tipo non è una suora. Ho anche difeso persone che hanno ucciso per denaro, proprio come te. Io non ti giudico. Faccio un favore a un amico».

«Theo dice che sei bravo».

«Abbastanza da far uscire un innocente dal braccio della morte».

«Non è facile come sembra. Specialmente visto che tutti pensavano che fosse colpevole».

«Tutti tranne il suo avvocato».

«E suo fratello», aggiunse Tatum.

«E suo fratello», ammise Jack. «Tu sei stato al suo fianco».

«Sono stato *l'unico*».

«Forse questo è il suo modo per ringraziarti. Hai trenta minuti».

Tatum si cacciò in bocca il resto del cetriolo. «Da dove cominciamo?».

«Cominciamo da Sally Fenning. Voi due vi siete incontrati?».

«Finisci quelle patatine?», chiese, indicando ancora il piatto di Jack.

«Prendile pure».

Theo parlò con la bocca piena di patatine. «Mi ha telefonato lei».

«Inaspettatamente?».

«Esatto».

«In qualche modo lei deve aver trovato il tuo numero. Cos'ha fatto, ha cercato nelle Pagine Gialle alla voce "Risolutori di Problemi"?».

«Non ho idea di come mi abbia trovato».

«Piantala con queste cazzate, o i tuoi trenta minuti finiscono qui».

Cercò un tovagliolo per pulirsi le dita, poi le leccò, una dopo l'altra. «L'amico di un amico ci ha fatto incontrare».

«Quale amico?».

Tatum si appoggiò allo schienale della sedia e accavallò le gambe. Jack sentì che il suo interlocutore stava per divagare.

«Non so quanto tu sappia di quella donna», disse Tatum, «ma nel suo passato ci sono stati alcuni problemi».

«Vuoi dire che aveva dei guai con la legge?».

«No. Problemi emotivi. È stata aggredita, o qualcosa del genere, non so esattamente. Ma di tanto in tanto assumeva una guardia del corpo, quando era spaventata, qualunque fosse la ragione. Comunque, la sua guardia del corpo mi conosceva».

«Ti ha telefonato?».

«No, una sera abbiamo giocato a biliardo insieme».

«Cosa ti ha detto?».

«Mi ha detto: "Ho una cliente che vuole mettersi in contatto con te. Posso darle il tuo numero?". Ho risposto di sì».

«Di cosa pensavi si trattasse?».

«Probabilmente aveva bisogno di me per riempire di botte qualcuno».

«Pensavo avessi detto che avevi smesso».

«Non uccido più. Mandare la gente all'ospedale è tutt'altra cosa».

«Ti sta bene infliggere gravi danni fisici, ma ti rifiuti di uccidere. È così?».

«Qualcosa del genere. A essere onesti, è più una questione di denaro».

«Non ti seguo».

«È dura a Miami di questi tempi. Ci sono colombiani, russi, giamaicani, arabi, israeliani, cubani, italiani, nicaraguensi... tutti disposti a fare qualunque cosa per cinquecento miserabili dollari. Come può un disgraziato come me guadagnarsi da vivere?».

«S'iscrive al sindacato?».

«Tu credi che sia uno scherzo? Qui si tratta di affari, amico, ed è come in tutto il resto di questi tempi. Bisogna specializzarsi. Nel mio caso, sono diventato una persona che sa come infliggere la giusta dose di sofferenza, una persona che può ottenere dei risultati senza uccidere la gallina dalle uova d'oro. Questo è autentico talento. E frutta dei bei soldi».

«Perciò tu saresti uno specialista in estorsioni».

«No. Sono nel ramo dell'arte».

«L'arte di cosa? Della ristrutturazione delle facce?».

Tatum si chinò in avanti, appoggiando i gomiti sul tavolo. «L'arte della persuasione».

Il suo sguardo si fece più penetrante e intenso, come se cercasse di far capire a Jack quanto poteva essere persuasivo. Jack non batté ciglio. «E così Sally Fenning voleva servirsi dei tuoi poteri di persuasione?».

Tatum si appoggiò di nuovo allo schienale, rilassandosi leggermente. «Quella è stata la mia prima impressione».

«E tu sei andato a incontrarla?».

«Esatto. Le ho dato un appuntamento da Sparky's».

«Perché proprio là?».

«Incontro sempre la gente in un luogo pubblico. Per tutelarmi da ogni possibile imprevisto».

«Ma perché nel bar di Theo?».

«Lui è mio fratello. Detesta quello che faccio per vivere, qualche volta mi minaccia perfino di cacciarmi fuori a pedate. Ma se vado da Theo posso essere sicuro di una cosa: non c'è nessun barista ficcanaso che sta a sentire la mia conversazione. Theo non ne vuol sapere niente. Se vado in un altro bar non posso essere altrettanto sicuro della mia privacy».

«Okay. Sei andato nel bar di Theo. E poi?».

«Lei voleva ingaggiarmi».

«Per fare che cosa?».

«Come ho già detto, pensavo che volesse farmi pestare qualcuno».

«Ma non era così?».

«No. Voleva qualcuno morto».

«Chi?».

Ridacchiò. «È qui che la cosa si fa... strana».

«Cosa vorresti dire?».

«Voleva che io facessi fuori lei».

Jack esitò. Nel corso della sua carriera aveva sentito un'infinità di storie strane, ma questa le batteva tutte. «La definiresti una richiesta insolita?».

«Non senza precedenti. Ma, come ho già detto, strana».

«Perché una persona dovrebbe ingaggiare qualcun altro per farsi ammazzare? Perché non andare a casa e mettere la testa nel forno?».

«Scherzi? La gente ha sempre le sue buone ragioni. Un mio amico una volta ha fatto fuori un tizio che aveva perso una fortuna nel mercato azionario. Milioni. Non poteva andare avanti, ma non voleva che la moglie e i figli pensassero che era un vigliacco. Perciò ha ingaggiato un killer perché desse l'impressione che lo avessero ucciso sparando da un'auto in corsa. Ha funzionato a meraviglia. Avresti dovuto leggere il necrologio», disse con una risatina. «Su come il povero compianto John amasse la vita».

«Era di questo che si preoccupava Sally? Di quello che avrebbe pensato la gente?».

«Non lo so».

«Sei stato tu a spararle?».

Tatum distolse lo sguardo, ridendo.

Jack insistette e chiese di nuovo: «Le hai sparato tu?».

Il sorriso di Tatum svanì. «No».

«Perché no?».

«Te l'ho detto: ho smesso di fare quel tipo di lavoro».

«Lo hai detto a lei?».

«Le ho detto un sacco di cose. Soprattutto che si stava comportando da stupida. È uno schianto di donna, chiaramente piena di soldi. Le dico che è una cosa da pazzi. Di farsi aiutare. Questo non è come cambiare il colore dei capelli o farsi rifare le tette. Non si può tornare indietro. Sai cosa intendo?».

«È così che l'hai liquidata? Lei ti ha chiesto di ucciderla, e tu hai detto no?».

«Esatto».

«Lei ti ha chiesto il nome di qualche tuo amico che poteva fare il lavoro al posto tuo?».

«No. Ma io non do i nomi in quel modo». Sembrò trattenersi, poi aggiunse: «Perché non ho più amici del genere».

«Dimmi della lettera che hai ricevuto dall'avvocato di Sally».

«Non c'è molto da dire. Dice solo che mi vorrebbe nel suo studio per un'importante riunione riguardo la morte di Sally Fenning».

«Posso vederla?».

«Certo. Ce l'ho qui». La prese dalla tasca interna della giacca e la diede a Jack, che la esaminò rapidamente.

«Clarence Knight è il tuo vero nome?».

«Sì. Non so come l'avvocato lo abbia saputo».

«Deduco che non hai dato a Sally il tuo vero nome».

«No. Solo Tatum, il soprannome».

«Come Tatum O'Neil?».

«Cazzo, no, non come Tatum O'Neil. In quale pianeta del cavolo vivete voi bianchi? Jack Tatum, il giocatore di football più cattivo...».

«Sì, va bene... Dunque in qualche modo Sally ha saputo il tuo vero nome e lo ha dato al suo avvocato».

«Come ho già detto, la sua guardia del corpo ci ha fatto incontrare, perciò potrebbe aver dato lui a Sally il mio vero nome. Cosa che dimostra ulteriormente che non sono stato io a uccidere quella donna. Credi che il mio amico le avrebbe dato il mio nome o che io le avrei dato il soprannome che uso di solito se avessi avuto l'intenzione di commettere un omicidio? Avrei dato un falso nome, puoi star certo».

«In un assassinio normale, sì. Ma forse non devi essere così prudente nel rivelare il tuo nome quando la persona che ti ingaggia sarà morta, a cose fatte».

Con uno strano sorriso Tatum osservò: «Sei un tipo piuttosto intelligente, Swyteck».

«Vivien Grasso», disse Jack, leggendo il nome dell'avvocato sul foglio di carta intestata.

«La conosci?», chiese Tatum.

«Indirettamente. È stata una grande sostenitrice di mio padre quando si è candidato per la carica di governatore. È specializzata nell'omologazione dei testamenti. Perciò deduco che la sua lettera abbia qualcosa a che fare con la curatela del patrimonio di Sally».

«E questo cos'ha a che fare con me?».

«Glielo hai chiesto?».

«Speravo che lo facessi tu. Come mio avvocato».

Jack posò la lettera sul tavolo. «Ho promesso a Theo che ti avrei incontrato. Non ho detto che mi sarei spinto oltre».

«Posso pagarti».

«Non è questione di soldi».

«Allora cosa, non ti piaccio?».

«Questo non è un appuntamento galante. Non è necessario che tu mi piaccia».

«O forse pensi di essere Perry Mason e di rappresentare solo gli innocenti. Be', lascia che ti dica una cosa. Se qualcuno cerca di attribuirmi l'uccisione di quella donna, be', io sono innocente. Allora cos'hai da dire, Perry? Sei il mio avvocato?».

«Non è così facile. In questo momento sono molto occupato».

«Questo promette di essere molto più appetitoso di qualunque altra cosa tu abbia nel piatto».

«Potresti restare sorpreso».

«Giusto. Dai un'occhiata a questa foto». Passò a Jack lo stesso ritaglio di giornale che gli aveva mostrato Theo.

Jack lo prese senza fare commenti. Tatum disse: «Ecco una splendida donna di ventinove anni. Ha appena rimediato quarantasei milioni di dollari da un vecchio imbecille pieno di soldi con cui è stata sposata per un anno e mezzo. La prima cosa che fa è andare in giro a cercare qualcuno che le faccia saltare le cervella. Non ti sembra per lo meno strano?».

Jack guardò gli occhi di Sally, in cerca di qualche traccia di turbamento. Lei ricambiò lo sguardo dalla foto.

«Non ti sembra, Jack?».

«Ha un certo fascino».

«Dimmi una cosa: se tu fossi in me, andresti da questa esperta in testamenti?».

«Non senza un mio avvocato».

«Allora vieni con me. Il peggio che può capitare, mi fatturi un tanto all'ora».

«Se fosse una questione di denaro, lavorerei per la malavita».

Tatum si piegò in avanti, come in un empito di sincerità. «Lascia che ti chiarisca una cosa. Sì, ho fatto fuori alcune persone. Ma tutto questo appartiene al passato. Credimi, il mondo non sente la mancanza della gentaglia che ho eliminato. Non ho mai ucciso nessuno come questa donna, questa Sally Fenning».

Jack lo guardò con durezza.

«Andiamo», disse Tatum in tono lamentoso. «Credo che ci sia qualcuno che cerca di fottermi. D'accordo, in vita mia ho fatto qualche cattiva azione. Ma questa volta, maledizione, sono innocente. Per un vero penalista che difende i criminali, dovrebbe essere il massimo, no?».

Jack fu sul punto di sorridere. Il tizio non aveva tutti i torti. «Più o meno».

«Perciò sei con me?».

«Ci penserò».

Jack fece per restituire la lettera, ma Tatum sollevò le mani, rifiutandola. «Tienila tu. Potresti averne bisogno».

Jack piegò la lettera e se la infilò in tasca. «*Potrei*», rispose.

5

Venerdì sera Jack tornò al liceo. I Cavaliers of Coral Gables Senior High si battevano sul campo da football contro i Miami Lakes, e lui aveva pensato che sarebbe stato divertente portare il suo fratellino a fare il tifo per la sua vecchia scuola. Jack faceva parte del programma locale di volontariato "Big Brothers Big Sisters of America", e niente gli piaceva tanto quanto portare Nate nei posti dove non lo portava sua madre: alle partite di football e ancora alle partite di football. Gli sembrava una cosa bella da fare per una madre single che cercava di crescere da sola un figlio: per questo Jack si era offerto di dare una mano. Nate si era rivelato un ragazzino fantastico, e questo era la ragione per cui a Jack piaceva molto occuparsi di lui.

Però quella sera aveva anche un motivo personale.

Come al solito c'era una gran folla. Jack e Nate si erano infilati nella fiumana di sostenitori eccitati che oltrepassavano il cancelletto girevole all'ingresso principale. La banda era già sul campo, mettendo il cuore nella familiare canzone di battaglia della scuola. Le tribune si riempivano rapidamente, mentre un tabellone luminoso all'estremità del campo faceva il conto alla rovescia dei minuti che mancavano all'inizio della partita. All'improvviso accanto a lui e Nate passò di corsa una lunga fila di giocatori. Il riscaldamento era finito, e si stavano avviando rumorosamente verso gli spogliatoi per gli ultimi minuti di preparazione prima della partita.

Erano passati quasi vent'anni da quando Jack aveva giocato una partita con la scuola, e per un attimo non riuscì a credere di essere potuto sembrare così giovane con quella divisa grigia e cremisi.

«Portavate il casco ai tuoi tempi?», chiese Nate. Aveva otto anni, e qualche volta faceva sentire Jack un ottantenne.
«Non sempre», rispose. «Il che spiega un sacco di cose».
«Per esempio?».
«Niente», disse tirando Nate verso le tribune.
«Perché dici sempre così?».
«Che cosa?».
«Tutte le volte che ti chiedo cosa vuoi dire, rispondi sempre "niente"».
«Non lo faccio sempre».
«Uh-huh. Anche la mamma dice che lo fai».
«Ah, davvero?».
«Dice che hai paura che la gente sappia che cos'hai veramente in testa».
«Davvero ha detto questo?».
«Ti sembra che m'inventerei una cosa del genere?».
Jack sorrise, anche se lo turbava pensare che la madre di Nate lo considerasse una persona che alzava delle barriere emotive. Strano, la sua ex moglie diceva la stessa cosa. «Io non voglio che la gente entri nella mia testa, eh? Cosa vorrebbe dire di preciso?».
«Niente», rispose Nate compiaciuto.
«Furbacchione».
Era la sesta partita della stagione; fino a quel momento non avevano mai perso, e Jack avvertiva intorno a sé una grande eccitazione. Erano arrivati troppo tardi per assicurarsi i posti migliori, ma Jack non aveva nessuna fretta di sedersi. Aspettava dietro le gradinate, guardando passare i tifosi. Quella era la zona solitamente riservata ai genitori dei calciatori, e il quarterback dei Cavaliers era Justin Grasso. Sua madre, Vivien Grasso, non perdeva mai una partita.
Jack avrebbe voluto telefonare a Vivien prima del weekend, ma era stato impegnato in un arbitrato a Orlando. La lettera a Tatum Knight fissava la misteriosa riunione per lunedì pomeriggio. Jack si era ripromesso d'imbattersi con finta casualità in Vivien alla partita, per scoprire di cosa si trattava e decidere se sembrava abbastanza interessante da compensare il fastidio di avere per cliente una mina vagante come Tatum. Jack non era eccessivamente difficile, ma

era stata una di quelle settimane in cui sembrava che l'esercizio della sua professione sarebbe stato un modo niente male per guadagnarsi da vivere se non fosse stato per i clienti, i giudici e gli altri avvocati.

«Andiamo», disse Nate.

«Solo un minuto», rispose Jack. Vivien si stava dirigendo verso di loro, e Jack l'aveva messa a fuoco tra la folla. Non la vedeva dalla festa d'addio da governatore di suo padre, ma era sempre la stessa: magra e atletica, praticamente senza trucco, come se avesse appena fatto una corsa di trenta chilometri e si fosse fatta velocemente una doccia prima di precipitarsi a vedere il figlio fare a pezzi la squadra ospite. Nessuno si chiedeva da chi la star dei Gables High aveva preso il suo talento.

«Jack Swyteck», gli sorrise. «Come sta tuo padre?».

«Benone. Credo che questo mese sia a pescare nel North Carolina».

«Fannullone. Dobbiamo sradicarlo dalla pensione e convincerlo a candidarsi per il senato. A meno che suo figlio non sia interessato alla politica».

«Il mio interesse è limitato a votare. Anche in questo caso è limitato a votare per i familiari più diretti».

Lei scoppiò a ridere. Jack stava per presentarle Nate, ma il ragazzo era già impegnato in una fitta conversazione a proposito di Harry Potter con il figlio di dieci anni di Vivien. Era il diversivo di cui Jack aveva bisogno.

«Curioso che ti abbia incontrata per caso», disse, mentendo. «Volevo telefonarti».

«A che proposito?».

«Un problema dell'amico di un amico. Un tizio di nome Clarence Knight».

Lei dette l'impressione di cercare nella memoria, poi ricordò. «Ah, sì. Uno degli eredi di Sally Fenning».

«*Eredi*?».

«Gli ho mandato una lettera invitandolo ad assistere alla lettura del testamento. Tu vieni con lui?».

«Non lo so ancora».

«Una disputa testamentaria non è proprio il tuo genere, eh?».

«C'è una disputa?».

«Non avrei dovuto dirlo. Potrebbe succedere. Ma nessuno ha detto niente. Non ancora».

«Mi stai dicendo che dovrei o non dovrei farmi coinvolgere in questa faccenda?».

«Dimentica quello che ho detto», aggiunse Vivian, sorridendo. «È solo cinismo da avvocato. Ogni volta che in ballo c'è tanto denaro come in questo caso, ti aspetti che gli eredi si diano battaglia».

«Sei sicura che Tatum Knight sia un erede?».

Nate s'intromise, prossimo a piagnucolare: «Andiamo, Jack. Ci perdiamo il calcio d'inizio».

«Solo un minuto, amico».

Intervenne Vivien. «Il ragazzo ha ragione. Ci perdiamo il calcio d'inizio. Chiamami in studio lunedì mattina. Ne parliamo. E saluta tuo padre da parte mia», disse prima di allontanarsi.

«Lo farò. In bocca al lupo per stasera».

«Forza Cavaliers!».

Jack guardò Vivien e il figlio sparire tra la folla. Il flusso costante di spettatori diretti ai loro posti continuava a passargli accanto. Nate lo tirò per un braccio.

«Ehi, lassù!», disse. «Adesso possiamo andare a guardare la partita?».

Tatum Knight un erede? Jack non riusciva a togliersi quel pensiero dalla testa.

«Cos'è quella faccia da tonto?».

«Quale faccia da tonto?».

«Sembra che tu abbia appena calpestato del vomito di pipistrello».

«Forse è proprio così».

«Che schifo! Veramente?».

«No, non intendevo veramente».

«Cosa intendevi?».

«Niente».

«Niente, niente, niente. Lo hai fatto *di nuovo*!», esclamò Nate.

Jack sorrise. «Già. E adesso andiamo a vedere la partita». Gli mise un braccio intorno alle spalle e lo condusse verso le gradinate.

6

Kelsey stava incominciando a conoscere Sally Fenning.

Kelsey Craven lavorava per Jack Swyteck. Il suo incarico più recente consisteva nel raccogliere informazioni sulle due tragedie che avevano segnato la vita di Sally: l'insensato colpo di pistola che l'aveva uccisa a un incrocio e l'assassinio di sua figlia cinque anni prima. Kelsey non era un'investigatrice, perciò raccoglieva materiale pubblico soprattutto da Internet, come articoli di giornale, e da un vecchio sito Web sulle ricerche effettuate da Sally per trovare l'assassino di sua figlia.

Il suo non era un lavoro a tempo pieno: qualche ora alla settimana era tutto ciò che poteva dedicare a Jack. Oltre a essere la madre di Nate, Kelsey frequentava il terzo anno di legge alla University of Miami. La giurisprudenza era la sua seconda carriera, una decisione presa dopo aver divorziato dall'uomo che l'aveva convinta che una ballerina classica era troppo stupida per laurearsi. Era stata una ballerina professionista per due anni prima che una lesione al ginocchio mettesse fine alla sua carriera; poi si era sposata e aveva avuto Nate. Dal giorno in cui il bimbo aveva iniziato a camminare era stato chiaro che non sarebbe mai stato un ballerino, ma lei aveva seguito comunque il suo sogno e aveva aperto una scuola di ballo, condividendo la sua passione con i bambini, soprattutto con le femminucce. Continuava a insegnare danza ma non aveva più la scuola: l'aveva venduta per pagarsi l'università. Guadagnava qualche soldo extra facendo ricerche in campo legale e scrivendo per Jack Swyteck. Qualche volta lui la incaricava di trovare del materiale, come nel caso di Sally Fenning. Non era l'incarico più stimolante dal punto di vista intellettuale, ma si era rivelato uno dei più interessanti.

Senza dubbio, era l'unico che l'avesse fatta piangere.

Sentì il suono del campanello della porta. Kelsey mise da parte gli appunti e i ritagli di giornale, poi si alzò dal tavolo e raggiunse la porta d'ingresso. Dallo spioncino vide Jack con la testa di Nate su una spalla: il ragazzino era profondamente addormentato. Aprì e li fece entrare.

«Dritto in camera da letto», sussurrò.

Jack percorse il corridoio, Kelsey lo precedette in camera da letto e regolò l'illuminazione in modo che ci fosse abbastanza luce per vedere, poi tirò indietro le coperte. Jack posò il ragazzino sul letto, quindi bisbigliò: «Mi dispiace di averlo tenuto fuori fino a quest'ora».

«Nessun problema. Domani non deve andare a scuola. Sono sicura che si è divertito moltissimo».

«Uno sballo».

«Grazie per averlo portato con te».

«Figurati».

I loro sguardi s'incontrarono. All'improvviso si era creato un certo imbarazzo, come se nessuno dei due sapesse esattamente come darsi a vicenda la buona notte, essendo da soli, senza Nate che correva come un matto intorno a loro. «Sarà meglio che vada», disse finalmente Jack.

«Puoi fermarti un minuto?».

«Io... be', sì».

«Ho trovato qualcosa d'interessante su Sally Fenning. Potremmo prendere un caffè e parlarne».

«Ottima idea».

«Arrivo tra un minuto».

Jack si diresse verso la cucina. Kelsey cercò d'infilare il pigiama a Nate senza svegliarlo, ma si rivelò una battaglia persa. Per quanto piano provi a sfilare una T-shirt a un bambino addormentato, sembra sempre che venga via anche la testa.

«Smettila, mamma».

«Lascia che ti aiuti».

«No, no. Sono grande. Posso fare da solo».

«D'accordo. Allora fallo».

«Ho bisogno della mia privacy».

Era capriccioso, chiaramente esausto. Lei gli porse il pigiama. «Portalo in bagno. E finché sei sveglio, lavati i denti».

Con un grugnito Nate si diresse verso il bagno. Kelsey sorrise tra sé, anche se un po' la rattristava il pensiero del suo bambino ormai cresciuto e troppo imbarazzato per spogliarsi di fronte alla madre. Tornò dopo trenta secondi, con la parte superiore del pigiama al contrario.

«Buona notte, mamma», disse Nate infilandosi nel letto.

«E il mio abbraccio e il mio bacio?».

Le si avvicinò e l'abbracciò stretta.

«Che forza!». Kelsey si staccò e chiese: «Lavati i denti?».

«Sì».

«Vediamo».

Nate strinse le labbra, come se fosse stupito dal modo in cui sua madre sapeva sempre tutto. Abbassò gli occhi e chiese: «Hai mai pensato a... tu e Jack?».

Kelsey gli sollevò il mento e lo guardò dritto negli occhi. «Jack e io... che cosa?».

«Lo sai. Trovi che sia bello?».

«Sì. Jack è molto attraente».

«È anche simpatico, giusto?».

«Molto».

«Ti piace?».

«Sì», rispose prudentemente, consapevole di quello che stava passando per la testolina del figlio. «Ma tra noi non ci sarà mai niente di romantico».

«Perché no?».

«Perché...». Non sapeva cosa rispondere. Era una domanda che si era fatta più di una volta. Perché *non* Jack? «Perché è anche peggio di te a cercare di cambiare discorso».

«Io non cambio...».

«Fammi vedere i denti».

Nate aprì lentamente la bocca. Le tracce di biscotto lo tradivano inconfutabilmente. Kelsey gli indicò la stanza da bagno. «Fila. E non dimenticarti di quelli di dietro».

Lo sentì brontolare mentre percorreva veloce il corridoio. Era un bravo bambino ubbidiente, l'unica nota positiva del suo breve matrimonio. Il suo ex marito era un brillante e affascinante professore universitario che insegnava studi comparati. Peccato che la cosa che preferiva comparare di più fosse il sesso coniugale con quello collaterale.

Quando ritornò dal bagno, Nate praticamente camminava nel sonno. Lo mise a letto, e prima che lei uscisse dalla stanza era già piombato nel mondo dei sogni.

Jack era in cucina a osservare con interesse le fotografie attaccate sulla porta del frigorifero. Una vera e propria rassegna della vita di Nate, dalla nascita in poi, dalle tettarelle ai guantoni da baseball. Alcune foto raffiguravano Nate da solo, ma per la maggior parte erano di Nate e della madre. Avevano gli stessi grandi occhi nocciola, lo stesso sorriso. Crescendo il ragazzino le assomigliava sempre di più, il che era una buona cosa. Tutte le ballerine classiche quando erano sul palcoscenico avevano un certo alone di bellezza, e Kelsey era una di quelle realmente belle, che non davano l'impressione di dissolversi in pelle e ossa quando ci si avvicinava.

«Hai visto l'ultima di te e Nate?».

Jack sobbalzò al suono della sua voce. Kelsey entrò in cucina e indicò un'istantanea vicino alla maniglia del frigorifero. Raffigurava Nate, Jack e un pupazzo a grandezza naturale.

«Uauh! Ho conquistato il frigorifero», osservò Jack.

«In questa casa non c'è un posto d'onore più importante».

«Come ottenere una stella nell'Hollywood Boulevard».

«Be', non montiamoci la testa. Si tratta solo di nastro adesivo e calamite. Oggi Jack Swyteck, domani Derek Jeter. Sai cosa intendo?».

Jack sorrise e disse: «Ha otto anni».

«Sì, ha otto anni». Dal tono di voce sembrava che quella constatazione la turbasse. Si avviò verso la macchinetta del caffè. «Un po' di decaffeinato? L'ho fatto appena prima che tu arrivassi».

«Sì, grazie».

Jack si sedette. Lei versò due tazze di caffè e le portò al tavolo. Si mise di fronte a lui, vicino al suo computer portatile.

Jack mescolò un cucchiaino di zucchero nel caffè e disse: «Stasera ho incontrato per caso Vivien Grasso. L'avvocato che si occupa del patrimonio lasciato da Sally».

«E?».

«Ha scritto una lettera a Tatum perché è nominato nel testamento di Sally».

A Kelsey andò di traverso il caffè. Jack le aveva raccontato tutto di Tatum, visto che le loro discussioni erano protette dal segreto professionale, anche se lei era ancora solo un assistente legale. «Aspetta un momento», disse Kelsey. «Vuoi dire che lei ha ingaggiato un tizio perché la uccidesse e poi lo ha nominato nel suo testamento?».

«Così mi è stato detto».

«Non lo trovi piuttosto strano?».

«Sì. Ammesso che Tatum mi dica la verità».

«Be', per il momento ammettiamo che sia così. Perché Sally avrebbe dovuto nominarlo suo erede?».

«Potrebbe essere stato il suo compenso per aver accettato di ucciderla», osservò Jack. «Ma è un modo decisamente stupido per farlo».

«Potrebbe essere un trucco», disse Kelsey.

«Cosa vorresti dire?».

«Che lui non sia veramente un beneficiario. Vivien Grasso ha solo detto che lo è. Forse pensa che Tatum abbia ucciso Sally, e vuole semplicemente convocarlo in un posto dove possa torchiarlo».

«Vivien non mi ha dato l'impressione di essere una persona del genere».

«E quest'altra ipotesi? Forse Vivien pensa che qualcun altro presente nel suo studio – uno degli altri beneficiari – abbia ingaggiato Tatum per uccidere Sally. Magari potrebbe solo voler testare le reazioni di ciascun beneficiario quando Tatum entra nella stanza».

«Mi piace come lavora la tua mente, ma in questo momento penso che stia facendo gli straordinari».

Lei aprì una scatola dei biscotti e gliela passò. I biscotti farciti, i preferiti di Nate, erano tutti spariti e non restavano che le briciole. Jack avrebbe dovuto accontentarsi dei frollini.

Kelsey richiuse la scatola e chiese: «Allora, cosa pensi che succederà?».

«Sono già contento di andare a quella riunione sperando di scoprirlo».

«Non ti preoccupa l'idea di rappresentare quel killer?».

«No. Mi preoccupa difendere qualcuno che mi mente».

«Perciò tu difenderesti un assassino ma non un bugiardo?».

«Non ho detto questo».

«Allora non difenderesti né gli assassini né i bugiardi?».

«C'è solo un tipo di persona che mi rifiuto categoricamente di assistere. Potrei rappresentare un assassino oppure no. Potrei rappresentare un bugiardo oppure no. Ma non accetterei assolutamente di rappresentare qualcuno che mente a *me*».

«Si direbbe che tu sia stato scottato».

«Puoi dirlo».

«Personalmente o professionalmente?». Sembrò ripensare alla domanda, poi aggiunse: «Scusa. Non sono affari miei».

«Non c'è problema. La risposta è: in entrambi i modi».

«Credi che Tatum Knight ti stia mentendo?».

«È questo il problema con cui sono alle prese».

«Per quel che può valere, spero che ti occuperai del caso».

«Perché?».

«Non conosco neppure questa donna, perciò può sembrare sciocco dire che mi sta a cuore. Ma in un certo senso, mi sento coinvolta da questa vicenda. Tutta la sua vita è stata una tragedia».

Jack diede un'occhiata al computer e disse: «Si direbbe che tu abbia trovato qualcosa su Sally Fenning».

«Mi hai detto che qualche anno fa è stata aggredita. Ma c'è dell'altro».

«È tutto quello che mi ha detto Tatum».

«Ha tralasciato la parte più importante». Scorse i suoi appunti, poi si concesse qualche secondo prima di raccontargli rapidamente della prima aggressione e della morte della figlia di Sally. Jack ascoltò in silenzio, chiedendosi perché Tatum non lo avesse messo al corrente di quei dettagli. Ammesso che li conoscesse.

«È orribile», osservò Jack.

«Davvero».

«Ma potrebbe servire a spiegare alcune cose», aggiunse Jack. «Forse Sally non riusciva a sopportare il fatto che la sua unica figlia fosse stata uccisa. Sposa un ricco signore più anziano di lei, pensando che forse il denaro potrebbe farla felice. Ma la fa sentire ancora più infelice. Perciò ingaggia qualcuno che la uccida».

«Il che significa che forse Tatum ti ha detto la verità. Lei gli ha chiesto veramente di ucciderla».

«O forse lui mi sta dicendo solo una mezza verità. Forse lei gli ha chiesto di ucciderla, e lui non ha rifiutato».

«È possibile», disse Kelsey. «Tranne che io non ci credo del tutto».

«Perché no? Se, Dio non voglia, succedesse qualcosa a Nate non credi che perlomeno ti passerebbe per la mente che la vita non merita di essere vissuta?».

«Non nel caso di Sally».

«Cosa vorresti dire?».

«Se a mio figlio succedesse qualcosa di altrettanto orribile, non avrei pace fino a quando non avessero inchiodato il colpevole».

«Vuoi dire che non hanno mai preso il tizio che ha ucciso la figlia di Sally?».

«Neppure un arresto. Questo pomeriggio ho telefonato per sapere se potevo prendere il dossier dagli archivi della polizia, ma non ho ottenuto nessun risultato. Non è stato archiviato. Tecnicamente le indagini sono ancora aperte».

«Interessante», osservò Jack, con la mente che lavorava freneticamente. «Questa donna subisce la peggior tragedia immaginabile. La sua bambina di quattro anni viene assassinata a casa sua. Passano cinque anni, lei ha appena messo le mani su quarantasei milioni di dollari, gentile omaggio del suo secondo marito, ed è allora che decide che non vale più la pena di vivere».

«Ammesso che si debba credere a Tatum».

«Questo è il grosso problema».

«Allora, cos'hai intenzione di fare?».

«L'appuntamento con Vivien Grasso è per lunedì. Non mi resta molto tempo, perciò credo che farò l'unica cosa possibile».

«Abbandonare il caso e voltare pagina?».

«Proprio no». Bevve l'ultimo sorso di caffè, poi la guardò negli occhi. «Voglio scoprire se Tatum Knight è credibile».

7

Sabato mattina, per prima cosa, Theo Knight fece una visita al Mo's Gym di Miami Beach.

Miami Beach aveva una lunga tradizione in fatto di pugilato, che risaliva a prima ancora che un giovane e presuntuoso Cassius Clay vi si allenasse e combattesse per strappare il titolo di campione del mondo di pesi massimi a Sonny Liston, il pugile più temuto del tempo. Quella di Mo's era una palestra senza fronzoli, frequentata solo da dilettanti. Non quelli che affollavano le lezioni di autodifesa dopo gli attacchi terroristici dell'11 settembre. Questi erano dei tipi davvero duri, dilettanti solo nel senso che non avevano la licenza di pugile e non aspiravano affatto a essere il prossimo Muhammad Ali. Volevano combattere, da uomo a uomo, e Mo's era un buon addestramento per le lotte più importanti che affrontavano fuori dal ring. Chiunque entrasse da Mo's faceva meglio a conoscere i trucchi del mestiere e a non perdere la testa alla vista del proprio sangue.

Theo trovò una sedia vicino al ring centrale, dove suo fratello Tatum stava massacrando un tizio che evidentemente non aveva idea di chi fossero i fratelli Knight.

Theo e Tatum avevano combattuto parecchio, senza ring, senza guantoni e senza gloria. Affrontare le gang non era esattamente la vita che Theo avrebbe scelto per sé, ma i figli illegittimi di una drogata non avevano molte possibilità di scelta. La loro zia aveva fatto del suo meglio per crescere Theo e il fratello maggiore, ma avendo già cinque figli non era stato facile. Tatum si cacciava sempre nei guai, e Theo aveva automaticamente ereditato la reputazione di cattivo soggetto e una quantità di nemici. Non che Theo fosse un santo. Prima di abbandonare le scuole superiori aveva già al suo attivo un certo numero di furti d'auto, roba di poco conto. Paragonato a Tatum, lui era il fratello buono; fino alla notte in cui aveva deciso di prelevare un po' di contanti in un negozietto ed era entrato in un incubo vivente. Era il genere di guaio in cui ci si aspettava che si cacciasse Tatum, non Theo. Col passare degli anni era riuscito a relegare quella notte in un angolo del cervello che non sfiorava mai. Ma mentre era seduto a guardare suo fratello che faceva a pezzi il suo avversario, si ritrovò a scivolare indietro nel tempo: i ricordi evocati dagli odori e dalle immagini di Mo's, dai combattimenti intorno a lui, dai graffiti delle gang sulle pareti, dal modo di camminare e di parlare di ragazzi senza un futuro.

Alle quattro del mattino i marciapiedi erano ancora caldi. Era la metà di luglio a Miami, e per tre giorni consecutivi non c'era stata neppure un po' di pioggia pomeridiana a rinfrescare l'aria. Il quindicenne Theo era seduto accanto al guidatore in una vecchia Chevy, con i finestrini aperti, la musica che usciva a tutto volume dagli altoparlanti che riempivano per metà il bagagliaio. Theo aveva in testa il suo berretto Nike al contrario, con l'etichetta del prezzo ancora appesa. Il sudore gl'incollava alla schiena l'informe maglia nera dei Miami Heat. Da una grossa catena d'oro appesa al collo pendeva lo stemma della Mercedes-Benz. Era l'uniforme obbligatoria dei Grove Lords, una gang di punk adolescenti di Coconut Grove al comando del capo dei ladri Lionel Brown.

L'auto si era fermata a un semaforo rosso di Flager Street, una grande strada che correva da est a ovest, dal centro di Miami alle Everglades. Erano appena al di là del quartiere di Little Havana, fuori dai confini della città, in una scalcinata zona commerciale che attirava clienti in cerca di pneumatici usati, gioielli rubati o un buon film porno. Nei fine settimana era sempre congestionata, ma durante le prime ore di mercoledì mattina il traffico era scarso.

«Caccialo giù», disse Lionel dal posto di guida.
Theo prese la bottiglia di rum, espirò e tracannò il liquore. Sentì la gola bruciargli, poi i suoi sensi si annebbiarono e provò un senso crescente di eccitazione. Trangugiò il rum fino all'ultima goccia.
«Bravo, amico», disse Lionel.
Theo si sentì improvvisamente stordito. «Dove andiamo?».
«Da Shelby's».
«Cos'è?».
«Che cos'è?». Lionel sorrideva senza un apparente motivo. «Quello che ci vuole per te, amico». Lionel svoltò a destra. La Chevy imboccò veloce una strada laterale, poi si fermò bruscamente all'estremità di un vicolo buio.
«Davvero, di cosa si tratta?», chiese ancora Theo.
«Un negozietto».
«Cosa vuoi che compri?».
«Non devi comprare niente. Percorri questo vicolo, gira a sinistra in fondo al marciapiede. Shelby's è aperto ventiquattr'ore su ventiquattro. Tu entri, arraffi i contanti e te la batti. Io ti aspetto qui».
«Come faccio a prendere i soldi? E se lui ha una pistola?».
Lionel ridacchiò e scosse il capo. «Theo, amico, non fare la femminuccia».
«Non sono una femminuccia».
«Hai rimediato un lavoretto facile. Non è sempre così semplice diventare un Grove Lord, ma tuo fratello Tatum, be', ha un certo ascendente. Capisci quello che dico?».
«No. Cosa cazzo c'è di tanto facile nel rapinare un negozio senza una pistola?».
«Non ti serve una pistola».
«Cosa vuoi che faccia, che entri e chieda per favore?».
«Non c'è nessuno a cui chiedere per favore».
«Come sarebbe?».
Lionel controllò il suo grosso orologio sportivo. «Adesso sono le quattro e venticinque. Dalle tre e mezza alle cinque e mezza Shelby's ha un solo commesso. Ogni mattina alle quattro e mezza, quell'unico commesso deve uscire nel vicolo a organizzare le consegne».

«E non chiude a chiave la porta principale?».

«Qualche volta sì. Qualche volta se ne dimentica». Lionel gli porse un piccolo piede di porco e disse: «Prendi questo. Nel caso non se ne sia dimenticato».

Theo fissò il piede di porco che aveva in mano.

Lionel disse: «Vuoi essere un Grove Lord, no?».

«Cazzo, sì».

«Hai cinque minuti per dimostrarlo. Poi me ne vado, con o senza te».

Si fissarono negli occhi, poi Theo tirò con forza la maniglia della portiera e saltò giù dall'auto. Non era un fondista, ma un centinaio di metri da percorrere velocemente lungo un vicolo non sarebbero stati un problema. La stradina era stretta e buia, con un unico lampione all'imboccatura. Lo percorse a grande velocità, zigzagando tra una fila di bidoni per la spazzatura e superando con un balzo un mucchio d'immondizia. Sul marciapiede rallentò, mettendosi a camminare con aria indifferente poi svoltò a sinistra in direzione di Shelby's. Il piede di porco era infilato nella cintura, nascosto dalla lunga maglietta nera.

Shelby's si trovava di fronte a un parcheggio in comune con una lavanderia automatica che aveva chiuso da ore. Con grande sollievo Theo notò che il parcheggio era vuoto. Continuò a camminare, di buon passo ma non tanto velocemente da attirare l'attenzione. Sulla facciata del negozio brillava un'insegna al neon. Il bidone accanto alla porta d'ingresso traboccava di spazzatura e dei sacchetti di plastica bianca punteggiavano il marciapiede come se fosse un campo di soffioni.

Erano solo pochi metri, ma sembrò ci volesse un'eternità per raggiungere la porta. Theo sbirciò all'interno. Nessuna traccia del commesso. Doveva essere uscito sul retro, come aveva assicurato Lionel. Mentre Theo abbassava la maniglia della porta, aveva la sensazione che il piede di porco fosse aumentato di peso. La serratura scattò e la porta si aprì. Theo provò quasi un senso di stordimento: il commesso si era dimenticato di chiudere a chiave.

Coglione.

Theo entrò, percorse gli scaffali di bibite in lattina, di

merendine, di settecento diversi tipi di chewing-gum e di caramelle. Avanzava veloce ma con cautela, senza fare il minimo rumore con le scarpe da ginnastica. Arrivato davanti alla cassa si fermò. Il registratore era proprio davanti a lui. Tese le orecchie per percepire anche il minimo cenno della presenza del commesso, ma sentì solo il ronzio del banco frigorifero alle sue spalle.

Theo controllò l'orologio. Erano passati due minuti. Gliene restavano tre per prendere i soldi e raggiungere di nuovo Lionel. Sentì accelerare le pulsazioni. Stava sudando, e per qualche istante non riuscì a muoversi, paralizzato dalle voci che sentiva nella testa: quella di sua zia che gli diceva di andarsene alla svelta, quella di suo fratello maggiore Tatum che gli gridava che era una femminuccia. Senza pensarci un attimo di più, scavalcò con un salto la cassa, tirò fuori il piede di porco dai pantaloni e fracassò il registratore per aprirlo. Il cassetto si spalancò, e Theo allungò la mano per prendere i contanti. Ma non ce n'erano. Il cassetto era completamente vuoto.

Che diavolo?

«Aiuto».

Theo si raggelò al suono di quella voce maschile. Era debole, così debole che si chiese se non l'avesse immaginata.

«Per favore, qualcuno...».

La voce proveniva dalla stanza sul retro. Theo aveva il cuore in gola e i suoi pensieri erano confusi. D'istinto, superò d'un balzo la cassa e si precipitò verso la porta.

«Mio Dio, *per favore*, aiutatemi!».

Theo si fermò di colpo, a pochi passi dalla porta. Lionel se ne sarebbe andato tra novanta secondi, ma quelle patetiche implorazioni di aiuto lo avevano catturato come un pesce arpionato. Quell'uomo sembrava sul punto di morire, e Theo non aveva mai lasciato morire nessuno fino a quel momento. Non sapeva cosa fare, ma se quello era il suono della morte, di sicuro lui non voleva essere un Grove Lord.

Si voltò, corse verso il ripostiglio, poi si fermò impietrito sulla porta.

«Oh, no!».

Il commesso era sdraiato sul ventre, e respirava affannosamente sollevando e abbassando con fatica il torace. Lungo tutta la stanza, dalla cella frigorifera fino alla porta del ripostiglio, si snodava una traccia color rosso scuro. Era larga esattamente come il corpo dell'uomo, e indicava il percorso che aveva compiuto strisciando centimetro dopo centimetro, mentre sanguinava.

L'uomo alzò lo sguardo su Theo e tese una mano. Aveva il viso pesto e insanguinato, i vestiti inzuppati di sangue. Non sembrava molto più vecchio di Theo: praticamente un ragazzo, forse dell'età di Tatum.

«Aiutami», disse con voce che si affievoliva.

Theo rimase fermo, come impietrito: terrorizzato, non sapeva esattamente cosa fare.

Il ragazzo boccheggiò e il suo volto colpì il pavimento. Poi, con una rapidità che raggelò Theo, il torace cessò di muoversi, i polmoni smisero di sforzarsi di respirare. Theo lo guardò inorridito, poi si mise a tremare alla vista del piccolo piede di porco che aveva in mano, quello che gli aveva dato Lionel: c'era una cosa che non aveva notato prima.

Una macchia di sangue secco.

«Merda», disse ad alta voce, poi l'istinto ebbe il sopravvento. Si voltò e si precipitò verso la porta principale: andò a sbattere contro lo scaffale degli snack e cadde a terra, rovesciando le bibite in lattina. Si stortò una caviglia, e rotolò sul pavimento in preda a un dolore lancinante.

Poi lo sentì: il rumore di sirene che si avvicinavano.

D'impulso, si rimise in piedi, si precipitò verso la porta del negozio, scattò verso il vicolo lottando contro il dolore della caviglia slogata, sapendo in cuor suo che il suo amico Lionel se n'era già andato da un pezzo.

«Theo, amico mio!».

Era Tatum che lo chiamava dal ring, impudente come al solito: si stava allenando con un giovane sudamericano che pesava circa la metà di lui. Non era nel suo stile boxare con delle mezzetacche, ma lui era pur sempre Mr. Macho che amava provocare il tipo peggiore della palestra. Era come se quei ragazzotti tutti muscoli avessero sempre qualcosa da dimostrare, allo stesso modo di quei barboncini nel parco che attaccano i rottweiler. Prima o poi il cane più grosso avrebbe morsicato.

Tatum roteava le braccia come un mulino a vento, giocando con l'avversario a beneficio di Theo.

Theo si limitò a sorridere. Non tutto di suo fratello gli andava a genio, ma non poteva fare a meno di volergli bene. Jack Swyteck, il suo avvocato d'ufficio, era quello che alla fine era riuscito a strapparlo al braccio della morte dov'era rinchiuso per l'assassinio di quel commesso. Ma in tutta quella vicenda, c'era stata solo una persona che era restata sempre al suo fianco. In una vita di amore e odio fraterni, quello era l'unico elemento di disparità, il debito che non avrebbe mai potuto saldare. Per lo meno, era così che la vedeva Theo.

Si avviò verso l'angolo del fratello e si chinò sulle corde del ring. L'inconfondibile odore di sudore e di cuoio vecchio gli stuzzicò le narici. Sentiva i pugili che grugnivano a ogni colpo, percepiva l'intensità della loro concentrazione. Solo gli snob intellettuali pensano che il pugilato non sia un gioco della mente.

«Ti sei mai chiesto perché un ring, che vuol dire cerchio, in effetti è un quadrato?», chiese Theo.

Riusciva a mandare in confusione la testa di suo fratello meglio di chiunque altro, distraendolo con pensieri irrilevanti, osservandolo mentre incassava una sconfitta. Anche dall'esterno del ring, poteva rendersi conto di avere interrotto il ritmo di Tatum.

«C'è il circo a tre piste rotonde», proseguì Theo, con un tono da filosofo. «Ci sono i cerchi olimpici. Gli anelli di cipolla. Gli anelli di fumo».

«Chiudi il becco!», esclamò Tatum.

Il ragazzotto stava acquistando fiducia: si muoveva intorno a Tatum come un moscerino intorno a una lampadina.

Theo ridacchiò maliziosamente. «Anelli di diamanti, anelli ai capezzoli, anelli all'ombelico, anelli allo scroto. Tutti cerchi».

«Ho detto chiudi il becco!!!».

«Poi c'è il ring della boxe», proseguì Theo imperterrito. «Com'è che ha degli angoli?».

Un rapido diretto alla mascella fece sussultare Tatum. «Basta così», disse con un gancio sinistro che fece volare il moscerino all'altra estremità del ring. «Porta qui le chiappe, Theo».

«Pensavo che non me lo avresti mai chiesto». Theo scavalcò le corde. Il ragazzotto malmenato lo aiutò a infilare i guantoni. Poi Theo avanzò nel ring con il suo stile consueto, senza mettersi il paradenti per non privarsi della sua arma più efficace: la provocazione verbale.

«Regolamento internazionale?», chiese.

«Regolamento Knight», replicò Tatum.

Theo si era sempre mosso meglio del fratello maggiore, caratteristica che era particolarmente evidente quella mattina, perché era fresco e riposato. E sembrò particolarmente agguerrito quando si trattò di confondere l'avversario. «Ehi, Tatum. Quante volte al giorno pensi che colpisca il fulmine?».

Tatum non rispose. Theo lo colpì con una combinazione sinistro-destro.

«Prova a indovinare», disse ancora Theo, muovendosi leggero sui piedi.

«Colpisce dove?», grugnì Tatum. Il paradenti rendeva la sua voce impastata.

«In tutto il mondo. Quante volte al giorno?».

Theo vide il fratello pensare, perdendo la concentrazione sul combattimento solo per un attimo di debolezza. Questa volta iniziò con un destro violento, in un'altra combinazione che fece scattare all'indietro la testa di Tatum.

«Quante?», chiese ancora Theo.

«Non lo so. Cinquanta?».

«Ah, ah!», disse con un pugno veloce al ventre del fratello. Tatum strabuzzò gli occhi, come a confermare che il colpo era andato a segno.

«Prova di nuovo a indovinare», disse Theo.

Tatum stava palesemente soffrendo. Theo non gli risparmiava niente. «Cento», disse Tatum.

«Cento volte al giorno?», lo schernì Theo. «È questa la tua ipotesi?».

Tatum allungò una sventola, ma Theo si spostò rapidamente e lo colpì con un altro pugno alla testa. Tatum barcollò ma restò in piedi.

Theo gli concesse di riacquistare l'equilibrio, giusto perché la cosa non perdesse d'interesse. «Prova con cento volte *al secondo*», disse ancora. «È il numero delle volte in cui un fulmine colpisce al giorno».

Si giravano attorno lentamente, soppesando la situazione, cercando un'apertura. Tatum attaccò, ma Theo lo respinse con un pugno alla fronte, così forte da stordirlo.

«Adesso arriva la parte difficile», disse Theo, continuando a danzare sul ring. «Quante persone credi che vengano uccise dai fulmini?».

Tatum non rispose. Sembrava che stesse lottando solo per restare concentrato.

«Circa cinquanta», precisò Theo, rispondendo alla propria domanda. «*All'anno*».

Tatum barcollò. L'ultimo pugno alla fronte era stato un diretto. Theo proseguì: «Ogni secondo di ogni minuto di ogni giorno, i fulmini si abbattono sulla terra cento volte. Ma solo poche persone in un anno vengono colpite direttamente. Questo che cosa ti dice, Tatum?».

«Stai fermo e te lo dico». Allungò un'altra sventola.

«Quando qualcuno sostiene che le probabilità che Theo Knight esca dal braccio della morte, o che Tatum Knight stia fuori dalla prigione sono quasi pari a quelle di essere colpiti da un fulmine, questo cosa ti dice?».

Sferrò un'altra combinazione, poi arretrò prima che Tatum potesse reagire.

«Cosa diavolo stai dicendo, Theo?».

«Non capisci? Non è che i fulmini non colpiscano. Devi solo trovarti nel posto giusto».

«Stai dicendo delle cazzate».

«Sto parlando di opportunità mancate. Ci sono molti modi per mancare le opportunità. Non è così, Tatum?».

Tatum si limitò a grugnire.

«Puoi sprecarle tutte da solo», aggiunse Theo piazzando un altro pugno prima di ritrarsi prontamente. «O qualche volta non c'è bisogno che tu faccia niente. Le opportunità ti passano accanto e basta. Perché il tuo fratello maggiore ha pensato bene di fotterti la vita».

Theo sentiva montare da dentro l'antica rabbia. Con una scarica di pugni si gettò su Tatum e lo inchiodò alle corde. Continuò a colpire, e Tatum non poté fare altro che cercare di parare i colpi raggomitolandosi su se stesso.

«Basta!», gridò.

Per un momento, fu come se non fossero più sul ring. Erano all'angolo della strada fuori dalla casa della loro zia in Liberty City, e Theo stava picchiando il fratello perché aveva impegnato la fede della zia per comperarsi della droga. A quel punto Theo smise di boxare e atterrò suo fratello, imprigionandogli la testa con una stretta a due mani che avrebbe potuto spezzargli il collo. Gli parlò all'orecchio con un sussurro rabbioso e sommesso per non farsi sentire da nessuno. «Ho garantito per te con Swyteck. Gli ho detto che non hai ucciso quella donna».

«Non l'ho uccisa».

«Non mentirmi».

«Non ti sto mentendo, fratello. Non l'ho uccisa».

«Swyteck è stato come il fulmine per me, capisci? Credi che uno come me sarebbe potuto uscire dal braccio della morte senza Jack Swyteck? Credi che uno come me possa andare da qualsiasi parte senza un amico come Swyteck?».

«Ho capito, okay?».

Theo gli premette la faccia sul tappeto. «Aiuterà anche te, se glielo permetti. Ma l'ultima cosa di cui ha bisogno è un altro stronzo di cliente che gli racconta delle balle».

Theo rafforzò la presa sulla testa. Suo fratello fece una smorfia e disse: «Niente bugie, prometto».

«Te lo giuro, fratello. Se menti e metti in imbarazzo il mio amico, se ti giochi questa opportunità che ti sto offrendo, ti spacco in due».

«Non sto mentendo».

«Sally Fenning ti ha ingaggiato per ucciderla?».

«Ci ha provato».

«L'hai uccisa?».

«No. Non l'ho neppure toccata quella puttana».

Theo gli diede una ginocchiata nel ventre, poi lo sbatté

contro il tappeto. «Non era una puttana», disse mentre si avviava verso le corde. «Era una madre».

Theo si slacciò i guantoni con i denti, poi se li tolse e li gettò nel cesto di plastica sistemato in un angolo. Mentre si dirigeva verso lo spogliatoio prese a pugni la fila di punching ball, colpendoli a ritmo con i suoi passi. Tirò fuori dall'armadietto il cellulare e compose il numero di Jack, trattenendo il respiro mentre il telefono squillava cinque volte nel suo orecchio.

«Ehi, Jacko, sono io».

«Cosa c'è?», chiese Jack.

Theo si strofinò via dal polso una macchia di sangue. Era sicuro che non fosse suo. «Non ti devi preoccupare, mio fratello non ti racconterà più delle balle».

«Cosa vuoi dire?».

«Diciamo che Tatum ha passato il test della macchina della verità. Non ha ucciso Sally Fenning».

«Sei sicuro?».

«Sicurissimo».

«Lei lo aveva ingaggiato per farsi uccidere?».

«Ci ha provato. Tatum continua a sostenerlo».

Theo si sedette sulla panca, aspettando che Jack parlasse. Sentiva che c'era ancora qualcosa che lo preoccupava. «Cosa c'è?», chiese.

«È la stessa cosa di cui parlavamo Kelsey e io ieri sera. Siamo in presenza di una donna che ha vissuto il peggior incubo immaginabile, l'assassinio di sua figlia; ma le servono cinque anni, un nuovo matrimonio, un accordo prematrimoniale megamilionario per decidere di non poter continuare a vivere».

«Forse è stato qualcosa che l'ha divorata col tempo».

«Probabile, o forse è stato qualcos'altro che l'ha spinta oltre il limite. Qualcosa di più orribile di avere tua figlia assassinata nella tua stessa casa».

«Cosa potrebbe esserci di peggio?».

«Non lo so. Ma ho intenzione di scoprirlo».

Theo si concesse un lieve sorriso prima di dire: «Come al solito, capo, io ho intenzione di aiutarti».

8

All'una del pomeriggio di lunedì, Jack era seduto nello studio di Vivien Grasso. Il suo assistito, Tatum Knight, era accanto a lui.

Vivien non era ancora comparsa. La sua segretaria si era limitata ad accompagnare Jack e il suo cliente nella sala riunioni, dove tre uomini e una donna erano seduti in attesa al lungo tavolo di mogano. Jack supponeva che fossero gli altri beneficiari, anche se era riluttante a trarre delle conclusioni definitive.

Jack presentò se stesso e il suo assistito agli altri, che si limitarono a ricambiare con un frettoloso scambio di nomi. Sembravano tutti molto cauti, se non addirittura sospettosi, riluttanti a divulgare qualsiasi cosa sul loro conto.

«Deidre Meadows», disse Jack, avendo riconosciuto il nome. La donna aveva anche un aspetto familiare. Insignificante ma potenzialmente attraente, abbigliamento semplice, trucco ridotto al minimo, pratici riccioli castani, adatti a una donna che ha sempre una scadenza improrogabile da rispettare.

«Lei scrive per il *Tribune*, vero?», chiese Jack.

«Esatto», ripose la donna.

«Le fanno fare un servizio sulla vicenda dall'interno?».

«No. Sono stata invitata a questa riunione. Come tutti gli altri».

«Conosceva Sally Fenning?».

«Un po'». Distolse lo sguardo, come se si fosse sorpresa a mentire. «Non proprio».

«Lei è una beneficiaria del testamento?».

«Immagino che lo scopriremo».

Jack fece scorrere lo sguardo intorno al tavolo. «Qualcun altro trova strana questa situazione? Ho la sensazione che tutti sappiano che c'è in gioco un sacco di denaro, ma nessuno sa esattamente perché si trova qui».

«Io so perché sono qui», disse l'uomo dall'altra parte della scrivania. Si chiamava Miguel e si era presentato solo con il nome di battesimo, come se gli avessero imposto di parlare il meno possibile.

«Zitto», borbottò l'uomo più anziano seduto accanto a lui. Era basso e tarchiato, simile a un barilotto in doppio petto. I capelli tinti erano lisci e pettinati all'indietro, i baffi molto curati, il ventre flaccido e rotondo, come se passasse tutto il giorno a guardarsi nello specchio dalle spalle in su. Si era presentato come Gerry, solo Gerry: evidentemente usava la stessa brillante strategia del solo nome di battesimo.

«Voi due siete insieme?», chiese Jack.

Risposero contemporaneamente. «Più o meno», disse Miguel. «Non sono affari suoi», aggiunse Gerry.

«Fatemi indovinare», disse ancora Jack. «Gerry, lei è l'avvocato di Miguel».

Gerry non rispose.

«Lui è Geraldo Colletti», spiegò la reporter. «L'avvocato divorzista. Sono sicura che ne ha sentito parlare. Si è fatto una reputazione nei tribunali che si occupano di diritto di famiglia ingannando gli altri avvocati. Per prima cosa dice al suo assistito di spendere un po' di soldi consultando i cinque migliori divorzisti della città. Così l'altro coniuge non può ingaggiarli perché il cliente di Gerry gli ha già rivelato abbastanza dettagli confidenziali da impedire loro, per etica professionale, di rappresentare l'altra parte».

«Sono tutte cavolate», dichiarò Gerry.

«Ho sentito parlare di lei», disse Jack. «Io non mi occupo di divorzi, ma lei non è lo stesso Gerry che si è cacciato nei guai per aver fatto un'inserzione pubblicitaria in cui si definiva "Gerry il Genio"?».

«Gerry il *Gentiluomo*», precisò l'interessato, palesemente seccato. «E l'inserzione non mi ha cacciato nei guai. È semplicemente stata inutile. Apparentemente, nessuno vuole un avvocato divorzista che sia un gentiluomo».

«Capisco. Mi dica, Gerry il Gentiluomo. Lei cosa ricava da questa storia?».

«Lo sapremo quanto prima».

Miguel fece una smorfia. «Perché diavolo dobbiamo essere così abbottonati? Io sono Miguel Rios, il primo marito di Sally».

«Cosa ci fa *lei* qui?», chiese Jack sorpreso.

«Sono stato invitato, come tutti voi».

«Non sapevo che lei e Sally foste in buoni rapporti».

«Non li chiamerei buoni rapporti. Non mi fraintenda. Non che mi aspettassi che mi lasciasse un mucchio di merda e un grosso cucchiaio. Solo non mi aspettavo che mi lasciasse qualcosa. Ma quando hai un patrimonio di quarantasei milioni di dollari, puoi distribuirne un po' a chiunque. Anche al tuo ex. Perciò sono qui».

«Per i soldi?», chiese ancora Jack.

L'avvocato intervenne, come se fosse preoccupato per le parole di Miguel. «Basta con le informazioni, Mr. Rios. Siamo venuti qui per stare a sentire quello che hanno da dirci, ricorda?».

«Andiamo, Gerry, dacci un taglio. Tu non mi rappresenti, perciò non dirmi cosa devo fare».

«Un momento», disse Jack. «Sta dicendo che Gerry il Genio partecipa a questa riunione in una veste diversa da quella di suo legale?».

«Prego, Gerry il *Gentiluomo*», precisò l'avvocato.

«Il nostro Genio ha ricevuto la stessa lettera che hanno mandato a me», spiegò Miguel. «Anche lui è nominato nel testamento di Sally».

Jack si appoggiò allo schienale, per riflettere. «Interessante», disse finalmente. «Abbiamo un patrimonio di quarantasei milioni di dollari, ma fino a questo momento le sole persone che sembrano in lizza per ereditarne una parte sono una reporter, un ex marito, l'avvocato divorzista dell'ex marito e il mio cliente». Tutti gli occhi si spostarono sull'uomo all'altra estremità del tavolo. «Lei chi è, signore?».

«Sono un avvocato».

«Un altro», commentò Jack.

«Sono qui per conto di Mason Rudsky».

Rudsky era un nome che tutti tranne Tatum parvero riconoscere immediatamente. «Mason Rudsky, il vice procuratore generale?», chiese Jack.

«Esatto».

«Lo stesso Mason Rudsky che ha condotto le indagini sull'omicidio della bambina di Sally?», chiese ancora Jack.

Miguel gli lanciò un'occhiata di fuoco e disse: «Lo stesso Mason Rudsky che in cinque dannati anni non è riuscito a incriminare nessuno per l'omicidio di mia figlia».

Dalla voce del padre trapelò una rabbia che percorse la stanza come un gelido vento siberiano.

La porta si aprì, e tutti si alzarono vedendo entrare Vivien Grasso. «Sedete, prego», disse prendendo posto a capotavola. «Grazie per essere venuti. Scusate il ritardo, ma volevo dare a tutti la possibilità di arrivare. Vorrei cominciare dicendo che c'era un'altra persona invitata, ma fino a questo momento non sono stata in grado di reperire il suo attuale indirizzo. Devo dedurre che ci priverà della sua presenza».

«Chi è?», chiese Jack.

«Non è importante per il momento. Lo verrete a sapere abbastanza presto quando il testamento verrà registrato in tribunale. Lui non perderà nessuno dei suoi diritti come beneficiario solo perché non è presente alla lettura del testamento».

«Questo significa che tutti quelli che sono qui sono beneficiari?», chiese ancora Jack.

«Lasciamo che sia il testamento a parlare, d'accordo?». Vivien aprì la sua cartella di cuoio ed estrasse le ultime volontà di Sally Fenning. Quando cominciò a parlare Jack sentì il cuore martellargli nel petto, mentre cercava d'immaginare come dovessero sentirsi gli altri. Quelle persone, o per lo meno una di loro, potevano essere a un passo dall'ereditare quarantasei milioni di dollari.

Ma perché?

«Io, Sally Fenning, nel pieno possesso delle mie facoltà fisiche e mentali...».

Vivien leggeva lentamente, e Jack ascoltava con attenzione ogni parola. Dopo tutto era un avvocato. Le parole erano il suo mestiere, e le parole sono la sola cosa di cui si dispone quando si ha a che fare con i desideri di un defunto. Ma incominciava a pensare che chiunque avesse scritto quel testamento doveva essere stato pagato un tanto a parola. Pagine e pagine di parole aride e ripetitive, sopportabili quasi quanto una riunione della famiglia Swyteck senza l'aiuto di un tranquillante.

«Quando arriviamo alla parte interessante?», chiese Tatum. Jack lo guardò. Gli occhi del suo assistito sembravano sul punto di appannarsi per la noia.

«Ci sto arrivando», disse Vivien sfilando un altro documento dalla cartella. «L'atto del negozio fiduciario».

«Negozio fiduciario?», chiese Jack.

«Un po' di pazienza», rispose Vivien. «Questo è un patrimonio multimilionario. È un po' più complicato che lasciare allo zio Ralph un paio di vecchie scarpe da bowling».

«Fai pure con comodo», disse Jack.

Vivien lesse per altri quindici minuti. Anche se il linguaggio era arido e forense come prima, lei riuscì a catturare l'attenzione di tutti i presenti. In particolare alla fine, quando citò uno per uno tutti i beneficiari.

Jack prese nota dei cinque nomi mentre Vivien li leggeva. «Il sesto?».

«Te l'ho detto. Saprete chi è dopo che avrò avuto l'opportunità di conoscerlo». Vivien ritornò al documento e completò la lettura fino alla data e al luogo in cui era stato redatto. Quando ebbe finito, posò le carte sul tavolo, davanti a sé, senza aggiungere altro.

Gli altri la guardarono, poi si scambiarono delle occhiate, come se non fossero del tutto sicuri di aver sentito bene. O forse erano ammutoliti per lo stupore.

Finalmente l'ex marito di Sally parlò. «Sta dicendo che ci ha lasciato davvero i suoi soldi?».

«Quarantasei milioni di dollari?», disse il Genio. Sembrava sbalordito, a metà tra lo stordimento e l'approssimarsi di un attacco di panico. «Non posso credere che abbia lasciato tutto a noi», disse, quasi parlando a se stesso.

Intervenne Vivien. «Be', tecnicamente non ha lasciato i suoi soldi a tutti voi, bensì a uno di voi».

Tatum si grattò la testa e fece una smorfia. «Non capisco niente. Chi riceve che cosa, e quando?».

Con un sorriso paziente, Vivien disse: «Mr. Knight, lasci che lo spieghi con parole che tutti i presenti potranno capire. Tutto il patrimonio di Ms. Fenning andrà in un deposito fiduciario. Ci sono sei potenziali beneficiari. I diritti di ciascuno di voi si estinguono all'atto della vostra morte. Fino a quando resterà solo uno di voi. A quel punto il superstite avrà diritto all'eredità, compresi gli interessi accumulati. L'ultima persona in vita avrà tutti i diritti sui beni della defunta».

«Parli chiaro», disse Tatum.

Vivien lo guardò con freddezza e disse: «In parole povere, l'ultimo a morire prende tutto».

La giornalista alzò gli occhi dai suoi appunti. «È legale?».

«Certo», rispose Vivien.

«Vediamo se ho capito bene», intervenne Tatum. «Se tutti questi buffoni campano ottantanove anni, e io vivo fino a novanta, prendo i soldi, ma devo aspettare fino a novant'anni senza vedere il becco di un quattrino».

«Esatto. Ma prenderà gli interessi».

«Stronzate».

«Lasci che le descriva un altro caso», intervenne il Genio. «Supponiamo che uscendo di qui queste brave persone vengano investite da un autobus. E io no. Questo significa che sono milionario?».

«No. Esiste anche un altro beneficiario che non è presente».

«Diciamo che anche lui è su quello stesso autobus», proseguì il Genio. «E che l'autobus precipita giù da un burrone. Parlo per assurdo, naturalmente».

«Allora sì, è lei il fortunato. Non appena tutti gli altri sono morti, lei eredita quarantasei milioni di dollari. L'unica condizione è che lei sia ancora vivo quando tutti gli altri sono morti».

«Importa come muoiono?».

«No. Quello che importa è quando muoiono».

La stanza si riempì di un silenzio carico di tensione, che venne prolungato da uno scambio ansioso di occhiate tra un gruppo di estranei che da quel momento, per un qualche motivo, sembravano legati per sempre l'uno all'altro.

Alla fine Gerry il Genio disse: «È come se lei c'incoraggiasse a farci fuori a vicenda».

Altro silenzio.

Vivien guardò ciascuno di loro negli occhi, poi disse: «Non credo che qualcuno dei presenti sia propenso a fare una cosa del genere, ma se uno qualsiasi dei beneficiari dovesse uccidere gli altri con la speranza di ereditare tutto il malloppo, be', se lo scordi. Il movente sarebbe fin troppo ovvio, perciò non avrebbe nessuna speranza di cavarsela».

Miguel ridacchiò, più rassegnato che arrabbiato, come se all'improvviso avesse compreso chiaramente tutta la bellezza del piano della sua ex moglie. «E così ci ha preso in giro. Ci fa sentire a un passo dal denaro, ma nessuno può metterci le mani sopra. Per lo meno non abbastanza presto perché possa servirgli nel corso della vita. Dovremo continuare a vivere nella speranza di essere ricchi un giorno, ma moriremo tutti poveri come siamo sempre stati».

«Se si sente trattato ingiustamente, può sempre decidere di escludersi», disse Vivien. «Nulla vieta a un beneficiario di rinunciare al suo diritto a un'eredità».

Miguel si guardò attorno, con l'aria di fare mentalmente un rapido calcolo delle sue probabilità di sopravvivere a tutti gli altri presenti nella stanza. «No. Starò al gioco di Sally. Sarei felice di prendermi i suoi quarantasei milioni».

«E Sally sarebbe felice se toccassero a lei, Miguel», aggiunse Vivien. «Lo dico sinceramente».

«Allora tutto quello che possiamo fare è aspettare?», chiese la giornalista. «Continuare a vivere la nostra vita e aspettare che tutti gli altri muoiano?».

«Proprio così», rispose Vivien.

Gerry il Genio fece lampeggiare il suo sorriso affettato. «E, naturalmente, dovremmo riposare molto più tranquilli e vivere molto più a lungo sapendo che nessuno dei presenti è un killer di professione».

Rise un po' troppo forte alla sua battuta. Tutti gli altri gli fecero eco, ma ciò rese quel momento ancora più inquietante.

«Già», disse Tatum, cogliendo l'occhiata di Jack. «Sia ringraziato il cielo».

9

Le cose procedevano veloci. Martedì mattina Jack e Tatum erano già in tribunale. Il piano consisteva nel far procedere le cose ancora più rapidamente. A Jack non capitava spesso di frequentare la corte di giustizia che omologava i testamenti, e la cosa aveva richiesto un certo adattamento. Per certi aspetti quello era il posto più incivile di tutto il sistema giudiziario civile, l'arena insanguinata in cui le sorelle combattevano contro i fratelli e i figli tradivano le madri, tutti per accaparrarsi le fortune familiari. Eppure era considerato un ambiente stranamente improntato alla cortesia, per lo meno tra i membri del tribunale. Gli avvocati si tenevano la porta aperta l'un l'altro, si davano il buon giorno, si stringevano la mano, si chiamavano per nome. Sembrava perfino che parlassero sommessamente quando si rivolgevano alla corte, come per rispetto nei confronti dei defunti. Lì la posta in gioco era alta come in qualsiasi altra aula del tribunale, ma lo stile era diverso. Per questo veniva chiamata "Corte dei Sussurri".

«Buon giorno», disse il giudice Parson dallo scranno. Era uno dei membri più rispettati della magistratura della Miami-Dade County: un instancabile afroamericano con delle folte sopracciglia grigie e la testa rasata che luccicava come una palla da bowling nuova di zecca.

«Buon giorno, Vostro Onore». La risposta era stata un coro di avvocati e clienti. Dopo l'incontro nello studio di Vivien Grasso, il numero di persone coinvolte era cresciuto notevolmente. Era chiaro che nessuno dei beneficiari era disposto a partecipare a quel gioco da quarantasei milioni di dollari organizzato da Sally senza avere dei rappresentanti legali di prim'ordine. L'ex marito Miguel Rios aveva assunto Parker Aimes, presidente al quinto mandato della sezione per l'omologazione dei testamenti del foro della Florida. La giornalista Deirdre Meadows era rappresentata non da uno ma da due avvocati del più importante studio legale di Miami. Il vice procuratore generale Mason Rudsky aveva già scaricato il suo primo avvocato e lo aveva sostituito con un ex docente di giurisprudenza che aveva letteralmente scritto il testo della legislazione patrimoniale della Florida. Con Vivien Grasso come esecutrice testamentaria di Sally, le presentazioni incominciavano a sembrare l'annuario delle personalità più importanti del tribunale per l'omologazione, con una sola rilevante eccezione.

«Vostro Onore, sono Gerry Colletti... in rappresentanza e per conto di Gerry Colletti».

Si udì una risatina in sottofondo, che apparentemente irritò Gerry. Era l'unica persona presente nell'aula a non trovare sciocco che il cliente si presentasse come il proprio avvocato.

«Mr. Swyteck», disse il giudice, «è la sua mozione che ci ha portato qui. La prego di procedere».

«Si tratta di una mozione molto semplice, signor giudice. Come lei sa, Vivien Grasso è l'esecutrice testamentaria di Sally Fenning. La legge le concede dieci giorni dalla data della morte di Ms. Fenning per depositare presso il tribunale una copia del testamento della stessa Ms. Fenning. I dieci giorni sono trascorsi e il testamento non è stato depositato».

«Ma secondo quanto dichiarato da Ms. Grasso, lei stessa ha letto il testamento a tutti gli interessati nel suo studio».

Vivien si alzò e disse: «Esattamente, Vostro Onore».

«Non è *esattamente* così», replicò Jack. «Ci ha letto tutto il testamento, ma non ci ha rivelato l'identità del sesto beneficiario».

«Se mi è consentito spiegare, Vostro Onore», intervenne Vivien.

«La prego».

«Parliamo di un patrimonio di quarantasei milioni di dollari. Consideri l'interesse che suscita un caso del genere», disse indicando il pubblico seduto alle sue spalle.

Jack e tutti gli altri si voltarono a guardare. La galleria era quasi piena, sei file di posti ravvicinati.

«Da dov'è venuta così all'improvviso tutta questa pubblicità intorno al caso in questione?», chiese il giudice.

«Chiaramente lei non ha visto il giornale di stamane», rispose Vivien. «Un articolo molto ben confezionato sull'erede che non si trova in una partita per la sopravvivenza da quarantasei milioni di dollari. Non ci vuole molto tempo perché la notizia trapeli quando uno dei beneficiari è una giornalista».

Deirdre Meadows sprofondò sulla sedia.

Vivien proseguì. «Ora, perché pensa che l'aula sia quasi piena per una mozione da poco come questa? Le dico io il motivo. Perché ogni persona seduta nella galleria riservata al pubblico lavora per un avvocato. Stanno mordendo il freno, in attesa che io renda noto il nome del sesto beneficiario, per poterlo inseguire con un biglietto da visita in mano».

Jack diede un'altra occhiata, scrutando il mare di facce dall'aria colpevole.

Il giudice fece un breve sorriso e disse: «È buffo, ma all'improvviso mi è venuto in mente una cosa che ho visto l'altra sera su Discovery Channel. Un cervo indifeso era circondato da un branco di coyote affamati con i denti scoperti. Il branco avanzava lentamente, pronto ad azzannare; poi uno di loro ha fatto un balzo in avanti e ha afferrato uno zoccolo del cervo. Gli altri si sono avventati a loro volta. Nel giro di pochi secondi il cervo era a pancia all'aria, con le zampe tese, sbudellato, mentre quegli animali voraci strappavano senza pietà la loro porzione di carne. Ma sto divagando. Immagino che questo sia il mio modo di dire che un terzo di quarantasei milioni di dollari significa un onorario per cui vale la pena di lottare».

«Non c'è dubbio», ammise Vivien. «Per questo non voglio rendere noto il nome del sesto beneficiario finché non sono in grado di trovarlo. Se sarò costretta a svelare il suo nome, temo che uno di questi coyote, come li chiama lei, potrebbe arrivare a lui prima di me. Francamente, ritengo che questo sia un modo assolutamente sgradevole per scoprire di essere beneficiario di un testamento».

«Sono d'accordo», disse Jack. «Per questo non ho chiesto alla corte di ordinare a Ms. Grasso di depositare il testamento».

«Allora che cosa chiede?», domandò il giudice.

«Questa è una situazione molto particolare», rispose Jack. «Il testamento di Ms. Fenning è strutturato in modo che il beneficiario sopravvissuto erediti l'intero patrimonio».

«La stessa cosa affermata da Ms. Grasso», disse il giudice. «A meno che i beneficiari non siano disposti ad aspettare il denaro cinquanta o più anni, dovranno trovare il modo di far escludere gli altri beneficiari, oppure dovranno giungere a un accordo. Il che significa che avranno bisogno di un avvocato molto agguerrito, e non ho dubbi che ce ne saranno molti pronti a dare la caccia al nostro beneficiario misterioso non appena il suo nome verrà svelato».

«Questo è un aspetto della faccenda, Vostro Onore. Ma consideri un'altra possibilità. Immediatamente dopo la lettura del testamento nello studio di Ms. Grasso, credo sia stato Mr. Colletti a fare una battuta su come sia una buona cosa che nessuno dei beneficiari sia un killer di professione; altrimenti avrebbero dovuto incominciare a guardarsi alle spalle. Dopo aver lasciato lo studio, mi sono chiesto: Come facciamo a sapere che questo sesto beneficiario non identificato non sia *davvero* un killer di professione?».

«Ha qualche motivo per ritenere che sia una persona pericolosa?», chiese il giudice.

Jack esitò. Non poteva certo informare il giudice del fatto che Sally Fenning aveva cercato di ingaggiare il suo cliente, Tatum Knight per farsi uccidere, o che il vero motivo della sua mozione era quello di verificare la sua teoria secondo cui il beneficiario numero sei era il killer che non aveva rifiutato la proposta di Sally.

«Non so niente di lui», rispose finalmente Jack. «Ma per la propria sicurezza e tranquillità personale, ciascuno dei beneficiari dovrebbe conoscere il nome del sesto uomo. Perciò chiedo alla corte di ordinare a Ms. Grasso di rivelarci immediatamente questo nome, esclusivamente per nostro uso. Poi, non appena Ms. Grasso lo avrà trovato, potrà rendere pubblico il suo nome».

«Qualcosa in contrario, Ms. Grasso?», chiese il giudice.
«In teoria, niente», rispose. «Ma qui dobbiamo essere realistici. Se mi limitassi a passare il nome a Mr. Swyteck, che conosco e di cui mi fido, non sarei minimamente preoccupata. Ma diciamo la verità. Appena i coyote che stanno da *quella* parte della balaustra si renderanno conto che tutti quelli da *questa* parte sanno chi è il sesto beneficiario, è impossibile prevedere quanto sarebbero disposti a pagare uno di noi per quell'informazione».
Gerry balzò in piedi. «Mi sento oltraggiato, Vostro Onore! Ms. Grasso stava guardando me quando ha fatto quell'implicita accusa».
«Non è vero».
«Che balla!».
«Basta così!», esclamò il giudice alzando le mani. «Non permetto agli avvocati di accapigliarsi nella mia aula».
Per l'amor del cielo, no, pensò Jack. *Non nella Corte dei Sussurri.*
Gli avvocati si scusarono, ma il giudice aveva già preso la sua decisione. «Ms. Grasso, apprezzo le sue preoccupazioni, ma non posso sospendere la determinazione delle scadenze sulla base dei suoi astratti timori che qualche avvocato possa agire immoralmente per procacciarsi un cospicuo onorario». Sbirciò al di sopra degli occhiali da lettura, scrutando il settore riservato al pubblico. «Detto questo, voglio che alla galleria sia del tutto chiara una cosa. Se qualcuno oltrepassa i limiti dell'etica e del buon gusto per dare la caccia al sesto beneficiario, dovrà vedersela con me».
«Questo significa che devo depositare il testamento in tribunale?», chiese Vivien.
«Sì. Entro oggi. E per evitare che sia preso d'assalto l'ufficio competente, facciamo così. La prego di annunciare il nome del sesto beneficiario».
«Proprio qui, adesso?».
«Non c'è un momento migliore».
«D'accordo. Se è questa la decisione della corte».
«È la mia decisione».
«Si chiama Alan Sirap».
Dal pubblico seduto alle spalle di Jack si levò un mor-

morio, mentre un manipolo di spie del tribunale afferrava carta e penna per prendere nota del nome. Jack lanciò un'occhiata al suo cliente, ma Tatum si strinse nelle spalle, come se quel nome non gli dicesse niente.

«C'è dell'altro?», chiese il giudice.

Nessuno rispose.

«La seduta è tolta». Con un colpo di martelletto, il giudice scese dallo scranno e uscì velocemente da una porta laterale dirigendosi verso il suo ufficio.

Gli avvocati e i loro clienti si alzarono e raccolsero le loro carte. Colletti girò intorno al grande tavolo di mogano e si fermò solo quando venne a trovarsi vicino a Jack. Parlò con decisione ma a voce bassa, così da farsi sentire solo da lui. «Se credi di essere favorito perché sei amico di Vivien Grasso, pensaci bene. Io non sono qui per perdere. Specialmente a favore di un cliente come il tuo».

«Lo preferisco decisamente al tuo, Gerry».

«Lo vedremo».

Jack lo guardò dirigersi verso l'uscita principale in fondo all'aula, facendosi largo tra la folla, come se fosse determinato a condurre fuori dal tribunale il branco di coyote.

10

Mancava un'ora al tramonto e pochi minuti all'inizio della partita dei Knicks contro Heat alla TV mentre Jack preparava un vassoio di birre e di patatine. La posta in gioco era alta. Se gli Heat avessero perso di nuovo, Jack avrebbe ricevuto una marea di telefonate e di e-mail dagli amici di New York. Ma era una di quelle magiche notti di Miami in cui lui si sarebbe addormentato facendosi cullare dai suoni confortanti e dai profumi di Biscayne Bay appena al di là della finestra aperta della sua camera da letto mentre i suoi amici al nord avevano semplicemente un giorno di più per decidere quale paio di mutande lunghe indossare sotto il costume di Halloween. Perciò chi erano i veri perdenti?

«Ho una notizia buona e una cattiva», disse Theo, sbirciando attraverso un binocolo. Era in piedi nel patio di Jack, accanto al televisore portatile che aveva portato lì per vedere la partita. Jack sistemò l'antenna, poi posò il vassoio sul tavolo sotto l'ombrellone. Niente di meglio della birra, del tuo migliore amico e di una partita di basket sotto le stelle.

«Cosa c'è adesso?», chiese Jack.

Theo abbassò il binocolo. «La buona notizia è che al tuo vicino piace andare in giro nudo per la casa».

«Il mio vicino è un signore di settantotto anni», disse Jack con una smorfia.

«Già. E questa è la cattiva notizia».

Jack rise, prese una birra e si sedette sulla sdraio. Theo si sistemò vicino a lui con in grembo la ciotola di patatine.

«Me ne lasci qualcuna?», chiese Jack.

«Prenditi le tue». Theo fece per prendere il telecomando, ma Jack glielo portò via.

«Questo no, amico», disse.
«Volevo solo vedere se parlano ancora di Sally Fenning al telegiornale».
«Cosa ti fa pensare che sia così?».
«Ora si è saputo il nome del sesto beneficiario. Non sarei per niente sorpreso se i media scoprissero questo Alan Sirap prima degli avvocati».
«Non hai tutti i torti».
«Certo che no. Io ho sempre ragione. Non apro la bocca se non so di aver ragione. A meno che non debba ruttare». Ruttò fragorosamente.
«Potresti essere più disgustoso di così?».
«Solo in una buona giornata». Theo mise di lato la ciotola di patatine e chiese: «Allora, cosa farai con Tatum? Hai intenzione di rappresentarlo?».
«Lo sto già facendo».
«Non parlavo di questo cazzo di servizio a ore che fai per fare un piacere a me. Hai intenzione di occuparti di questo caso per tutto il tempo necessario oppure no?».
«Non lo so ancora».
«Andiamo. Come ha detto il giudice, bisognerà essere preparati ad affrontare parecchi attacchi legali, visto che ciascuno dei beneficiari potrebbe cercare di far fuori gli altri a uno a uno. E si tratta di un caso di alto profilo. Quando è stata l'ultima volta che hai avuto una causa di cui si parla nei telegiornali come questa?».
Jack gli lanciò un'occhiataccia.
Theo tossì, come se si fosse ricordato all'improvviso che l'ultima causa di alto profilo aveva quasi fatto incriminare lo stesso Jack. «Okay, lasciamo perdere l'aspetto pubblicitario. Parliamo di dollari e di buon senso. Sei uscito piuttosto male dal divorzio. Le uniche cose che Cindy non ti ha portato via sono state la macchina e il tuo miglior amico, e probabilmente avrebbe potuto ottenere anche quelle. Immaginami con un fottuto berretto da autista mentre porto in giro Miss Daisy per Coral Gables in una Mustang decappottabile».
«Non valeva la pena lottare. Volevo solo voltare pagina».
«Questo non cambia i fatti. Qui hai una bella casa, Jack, ma non è di tua proprietà; e siamo seduti fuori a guardare la

TV non perché è una serata così bella, ma perché non hai neppure un condizionatore».

«Dove vuoi arrivare?».

«Un terzo di quarantasei milioni di dollari, *ecco* dove voglio arrivare».

«Credi che dovrei farmi assumere come avvocato di Tatum?».

«Se non lo fai tu, lo farà qualcun altro. Perché non dovresti essere tu? Tutti gli altri beneficiari hanno assunto avvocati di alto livello».

«Gli altri avvocati hanno la consolazione di sapere che il loro cliente non ha ucciso Sally Fenning».

«Anche tu».

Jack bevve la sua birra, senza fare commenti.

Theo proseguì. «Non ti posso provare al cento per cento che Tatum non l'ha uccisa. Ma mi ha dato la sua parola, da fratello a fratello, sul ring, e per i fratelli Knight non esiste un posto più sacro di quello. Non c'è niente di sicuro nella vita, soprattutto quando si parla di un onorario a percentuale che corrisponde a un terzo di quarantasei milioni di dollari».

«So cosa intendi».

«Non credo. Non parlo solo di soldi. Parlo di chi sei tu, e di chi sarai per il resto della tua patetica vita».

«Non lasciamoci prendere la mano».

«Queste non sono cazzate. Tatum e io avevamo un modo di dire. Al mondo ci sono due categorie di persone: quelle che rischiano e quelle che mangiano merda».

Jack scoppiò a ridere, ma Theo stava parlando seriamente.

«Tatum non sarà il tuo cliente ideale, Jack, ma ti dà la possibilità di rispondere a una domanda molto importante. Perciò pensaci bene prima di dare una risposta. Cosa vuoi essere per il resto della vita, Jack Swyteck? Uno che rischia? O uno che mangia merda?».

Si guardarono negli occhi, poi Jack distolse lo sguardo, lasciandolo vagare sull'acqua e su una barca a vela in lontananza che si dirigeva verso la terraferma. «Di' a tuo fratello di venire nel mio studio domani. Firmeremo il nostro accordo per un patto di quotalite».

Parte Seconda

11

I venti Harmattan avevano cominciato a soffiare puntuali.

Era il terzo autunno che Rene trascorreva nell'Africa occidentale, e non c'era bisogno che qualcuno le dicesse che quei venti carichi di polvere era tornati a imperversare con forza. Gli occhi secchi e le narici irritate di Rene non potevano mentire. I venti soffiavano dai deserti del nord, a partire da ottobre di solito fino a tutto febbraio. Tuttavia con la polvere, di tanto in tanto arrivavano delle temperature più fresche durante la notte, per quanto quello di fresco fosse un concetto molto relativo in un posto dove di giorno si raggiungevano i trentacinque gradi e il caldo si poteva descrivere come asfissiante. Nei cinque mesi successivi ci sarebbero stati solo cinque giorni di pioggia, ma per lo meno sarebbero stati evitati i fiumi rabbiosi di fango che trascinavano a valle il bestiame, i bambini o interi villaggi. La vita nell'Africa occidentale era un compromesso, e Rene aveva imparato ad accettarlo. Nell'immediato futuro sarebbe vissuta con la polvere nei capelli, sugli abiti, sullo spazzolino da denti: un vero peccato che i suoi amici a casa non capissero come mai le foto che mandava loro fossero così piatte e prive di vita. Anche nelle migliori circostanze, era difficile rendere giustizia con una foto alle sconfinate praterie della Costa d'Avorio settentrionale; a meno di essere un fotografo professionista, e Rene non era niente del genere.

Rene era una pediatra che aveva deciso di fare tre anni di volontariato per il Children First, un'organizzazione per i diritti umani che combatteva la schiavitù imposta ai bambini nei campi di cacao. L'ispirazione le era venuta durante l'ultimo anno d'internato nel Children's Hospital di Boston.

Una notte durante una pausa, mentre trangugiava la sua tipica cena composta da una bibita dietetica e una barretta di cioccolato, aveva letto un articolo sulla ricomparsa della schiavitù. Studi delle Nazioni Unite e del Ministero degli Esteri avevano confermato che circa quindicimila bambini, dai nove ai dodici anni, erano stati venduti e costretti a lavorare nelle piantagioni di cotone, caffè e cacao della Costa d'Avorio. Si prevedeva che la situazione sarebbe solo peggiorata, visto che il prezzo del cacao continuava a scendere e quasi la metà della produzione mondiale proveniva proprio dalla regione che sfruttava la manodopera infantile per aumentare i profitti. All'improvviso la sua barretta di cioccolato non le era sembrata più così dolce. Per puro caso era in uno di quei momenti critici in cui si domandava perché avesse fatto medicina. Era arrivato il momento di trasferirsi a Brookline a pulire il naso ai bambini che venivano alla visita medica accompagnati dalle lore bambinaie, o aspirava a qualcosa di più? Prima di avere il tempo di ripensarci si era ritrovata su un aereo per Abidjan: la sua destinazione finale sarebbe stata Korhogo, capitale della regione del Senoufo, a nove ore di autobus verso nord.

La Costa d'Avorio era stata sconvolta da un colpo di stato nel 1999, e Rene era arrivata giusto in tempo per trovarla tormentata da un'infinità di problemi sanitari: malnutrizione, AIDS, mortalità infantile, perfino mutilazioni dei genitali tra alcune tribù nomadi. Si era occupata di tutto, ma aveva cercato di concentrarsi principalmente sulla missione che l'aveva spinta a partire. Ufficialmente il governo locale negava che esistesse la schiavitù infantile. Ma ben presto Rene era stata in grado di dare un volto al problema, quello dei bambini mandati alla sua clinica per essere curati mentre cercavano di trovare la strada di casa nei paesi più poveri confinanti con la Costa d'Avorio. Bambini che le avevano raccontato di uomini che li avevano strappati alle loro famiglie adescandoli alle fermate degli autobus o nei mercati affollati di paesi come il Mali, il Benin o il Burkina Faso. Molti venivano fatti viaggiare per mare, stipati in vecchie navi in porti come Cotonou, ironicamente un fiorente centro per il mercato degli schiavi nei secoli precedenti. Altri arrivavano via terra, in camion attraverso la boscaglia e in canoa sui fiumi, fino a raggiungere delle piantagioni lontane dalla civiltà, e ancora più lontane dalle loro case. Si fermavano solo quando giungeva il momento in cui gli uomini scendevano per trattare con i coltivatori di cacao vicino a Lake Kossou, dove due o tre o dodici bambini alla volta andavano a incontrare altri bambini che subivano il loro stesso destino. Vivevano in capanne sovraffollate, senza brandine, senza acqua né elettricità, ma con regole severissime che impedivano loro di parlare, perché parlare portava a lamentarsi, e lamentarsi portava alla ribellione. I bambini raccontavano a Rene delle dodici ore giornaliere di lavoro nei campi, dall'alba al tramonto, della fame che attanagliava loro lo stomaco a causa del pessimo cibo, principalmente banane bruciate o una patata dolce quando erano molto fortunati. Mostravano a Rene le cicatrici sulle gambe, sulle braccia e sulla schiena, le parlavano delle botte quando non lavoravano abbastanza in fretta. Botte quando non lavoravano abbastanza a lungo. Botte quando cercavano di scappare. Botte, botte e ancora botte. Tutto senza che i bambini ricevessero una paga: solo la promessa di un pagamento forfettario di dieci o quindici dollari alla famiglia del ragazzino, una promessa che spesso non veniva mantenuta. Nessuno voleva definirla schiavitù, ma una delle prime regole che Rene aveva imparato quando frequentava medicina era che se assomiglia a una papera e fa qua-qua come una papera...

Sobbalzò sentendo chiocciare dei polli alle sue spalle.

«*Ysugri, nassara*», disse l'uomo che l'aveva superata sulla strada. Scusami, donna bianca.

Rene si fece da parte. L'uomo teneva sulle spalle un lungo palo di legno, bilanciato alle due estremità da polli vivi che pendevano tristemente appesi per le zampe. La lingua ufficiale della Costa d'Avorio era il francese, ma ben pochi africani lo parlavano, specialmente a nord. Basandosi sulla lingua e sull'abbigliamento, Rene immaginò che l'uomo venisse dal Burkina Faso, un desolato paese del nord, senza sbocco sul mare, in confronto al quale la Costa d'Avorio brillava come un modello di prosperità.

Rene avanzava con il flusso di mucche, di muli e di pedoni diretti al mercato. Alcune strade erano lastricate, ma altre erano solo dei passaggi in terra battuta che si snodavano attraverso la città come sentieri verso i secoli passati. Rene sapeva dove andare, ma in quel periodo dell'anno chiunque sarebbe riuscito a trovare la strada: una moltitudine del genere sollevava una nuvola di polvere rossastra visibile fin dall'altra parte della città. Non c'era molto da fare a Kohorgo, e il mercato del pomeriggio era una sicura fonte di distrazione, se si riusciva a sopportare il caldo torrido.

Rene si fermò a bere un sorso d'acqua dalla borraccia. Due anni prima non sarebbe mai uscita a quell'ora del giorno, ma col tempo era diventata più resistente. O forse più pazza.

«*Wanwana, wanwana?*», sentiva chiedere dai turisti. Molti visitatori, per la maggior parte diretti in qualche altro posto, si fermavano a Kohorgo, quasi sempre in cerca delle sue rozze e insolite *toiles* dipinte: una forma d'arte locale che era arrivata in quasi tutti gli alberghi e nelle case degli espatriati sotto forma di tappezzerie, copriletti, tovaglioli e tovaglie. La domanda nel mercato pomeridiano era sempre la stessa: "Quanto?".

«È un buon prezzo», sussurrò passando accanto a una coppia di australiani che stavano contrattando accanitamente.

«Grazie», disse uno di loro, prima di riprendere a mercanteggiare.

Contrattare sul prezzo era un sistema di vita nel mercato, anche se Rene aveva messo sull'avviso più di un turista inconsapevole del fatto che una volta portato uno di questi artisti ad accettare un certo prezzo, era estremamente oltraggioso non acquistare.

Una raffica di vento fece vorticare la polvere e Rene si coprì il viso con il foulard. Era stata una raffica particolarmente fastidiosa, perché aveva portato con sé il tanfo della fogna. Forse nella notte era caduta della pioggia a nord, oppure le autorità avevano semplicemente deciso che era giunto il momento di scaricare le fogne traboccanti.

Il vento diminuì leggermente e Rene riaprì gli occhi. La polvere continuava a vorticare e sul mercato era scesa una specie di foschia. Rene aveva la sensazione di trovarsi in un sogno. Il labirinto di muri e case marrone, costruiti con mattoni di fango, sembrava mescolarsi con la terra. Gli scialli e le sciarpe svolazzavano nell'aria polverosa. Gli animali si agitavano percependo gli odori del deserto che arrivavano da nord. E i turisti continuavano a mercanteggiare.

Dopo qualche istante Rene fu in grado di mettere di nuovo a fuoco le immagini: i suoi occhi si fissarono su un ragazzino fermo all'angolo della strada, un ragazzino simile a molti altri che aveva visto. Gambe magre, pantaloni infangati, sandali di plastica. La camicia lacera, gli occhi pieni di paura. Chiunque altro avrebbe pensato che si fosse perso. Ma Rene conosceva quello sguardo.

Il ragazzo stava scappando.

Lentamente, si diresse verso di lui, facendo attenzione a non spaventarlo. Lo teneva d'occhio senza incontrare il suo sguardo, insinuandosi tra la folla per raggiungere inosservata l'angolo di strada di cui il ragazzino sembrava essersi impossessato, come tanti altri suoi coetanei che passavano i giorni a chiedere l'elemosina per le strade.

L'assalto ebbe inizio man mano che si avvicinava, un bambino dopo l'altro con la mano tesa.

«*S'il vous plaît, mademoiselle. S'il vous plaît*». Di fronte a un bianco, anche i bambini di strada sapevano abbastanza francese da dire per favore nella lingua ufficiale.

Era difficile ignorarli, ma Rene non poteva aiutarli tutti. Solo quelli che venivano sfruttati come schiavi.

Benché circondata da altri bambini, non perse di vista il ragazzino. Quando si fu avvicinata abbastanza, vide confermati i suoi sospetti. Aveva vesciche sulle mani e un intreccio di cicatrici sui polpacci e sulle caviglie. I ragazzi che lavoravano nei campi spaccavano con il machete i baccelli di cacao. Ci volevano uno o due energici colpi longitudinali per aprire il guscio legnoso da cui estrarre i semi. Un ragazzo in gamba era in grado di spaccare cinquecento baccelli all'ora, anche se per la fatica o l'inesperienza spesso i piccoli raccoglitori si tagliavano. Almeno questo aveva ancora tutte le dita delle mani e dei piedi.

Finalmente, dopo molti sforzi, riuscì ad arrivargli accanto.

«*S'il vous plaît, mademoiselle*», disse tendendo una mano.

Il suo francese era decisamente buono, perciò lei rispose nella stessa lingua. «Non avere paura», disse. «Sono venuta per aiutarti».

Il ragazzo fece un mezzo passo indietro. Evidentemente aveva capito.

«Ho aiutato moltissimi ragazzini come te», disse ancora Rene. «Ragazzini che lavorano nei campi di cacao».

Altri mendicanti cercarono d'insinuarsi a forza tra di loro, ma Rene continuò a parlargli. «Sono un medico».

Prese dalla tasca una fotografia della sua clinica. In casi precedenti aveva trovato utile poter mostrare qualcosa ai ragazzi. «È appena svoltato l'angolo. Vieni con me. Posso aiutarti a tornare a casa».

Il ragazzo scosse il capo, come se avesse già sentito frasi del genere.

Rene fece per avvicinarsi, poi si fermò, temendo di spingersi troppo oltre. «Ti prego», aggiunse. «Tu non sembri come gli altri ragazzini, capisci? Vieni con me. Lascia che ti aiuti, prima che ti ritrovino quei trafficanti di bambini».

Lui la guardò negli occhi, e lei non osò distogliere lo sguardo. Il fatto di essere donna costituiva un enorme vantaggio nel parlare con un ragazzino a cui così tanti uomini avevano mentito.

Lui annuì lentamente, e Rene si affrettò a prendergli la mano. Era la mano ruvida e piena di calli di un vecchio, certo non quella di un ragazzino qual era. Gli fece attraversare il mercato per imboccare una scorciatoia polverosa per la clinica.

«Come ti chiami?».

«Kamun».

«Quanti anni hai?».

«Non lo so».

«Vuoi un po' d'acqua?».

«Sì».

Si fermarono e lei lo fece bere dalla sua borraccia.

«Grazie».

Rene sorrise e gli diede un colpetto affettuoso sulla testa. «Prego».

In fondo al vicolo polveroso sorgeva la clinica della Children First, che non aveva affatto l'aria di una clinica. Era uno degli edifici più vecchi della zona, con muri spessi di mattoni di fango e un tetto in stile adobe. Ma aveva un rumoroso compressore per l'aria condizionata appeso fuori dalla finestra, cosa che parve rallegrare il ragazzo.

«Fresco», disse sorridendo.

«Sì. Vieni dentro».

La seguì all'interno, e lei chiuse la porta alle sue spalle. Il ragazzo sembrava di nuovo nervoso, perciò lo prese per mano, gli permise di mettersi in piedi proprio davanti al condizionatore, e lo accese al massimo. Lui sorrise e fece perfino una risatina mentre l'aria fresca gli asciugava il sudore sulla fronte.

Attraverso i buchi nella camicia vide le cicatrici sulla schiena, e si chiese da quanto tempo quel ragazzino non rideva così.

«Vieni qui». Lo portò nell'altra stanza – ce n'erano solo due – e lo fece sedere sul lettino.

«Voglio ascoltare il tuo cuore», disse. Gli appoggiò lo stetoscopio su un ginocchio e rimase in ascolto.

«Non sento il tuo cuore», disse.

Lui scoppiò a ridere. «Quello non è il mio cuore», disse.

«Oh, scusa». Gli mise lo stetoscopio su un gomito.

Rise di nuovo, e Rene rise con lui. Ma se il ragazzino trovava divertente quella procedura, probabilmente era più giovane di quanto lei non avesse immaginato. Sistemò lo stetoscopio sul cuore e auscultò.

«Un bel cuore forte», disse.

«Sì. È quello che ha detto anche *Le Gros*». L'uomo grande.

«Era per lui che lavoravi?».

«Sì».

«Per quanto tempo».

«Sei».

«Mesi?».

«No. Raccolti».

Rene era vissuta in quel posto abbastanza a lungo per sapere che la maggior parte dei coltivatori di cacao avevano un raccolto principale di parecchi mesi e un raccolto secondario che durava altri mesi ancora. Sei raccolti significava che Kamun aveva lavorato quasi tre anni di seguito.

Non sarà facile riportare a casa questo ragazzo.

«Che cosa ci facevi qui?».

Non rispose, com'era facilmente prevedibile. Generalmente avevano bisogno di un po' di tempo per lasciarsi andare.

«Posso toglierti la camicia?».

Scosse il capo.

«Ho notato che hai dei segni sulla schiena. Voglio solo dare un'occhiata».

Incrociò le braccia in un gesto di rifiuto.

«Okay. Possiamo farlo più tardi».

Rene fece una pausa, preparandosi a fare l'unica domanda che faceva sempre. Sapeva già la risposta, visto che stava parlando a un bambino che non aveva mai conosciuto una casa con latte e zucchero nella credenza. Ma la faceva comunque, sperando che la risposta contribuisse a fornire una motivazione al suo lavoro e a rafforzare la sua determinazione, sperando solo che non la scoraggiasse e non le spezzasse il cuore.

«Kamun, hai mai assaggiato il cioccolato?».

«Il cioccolato?».

«Sì, il cioccolato. Lo hai mai assaggiato?».

Scosse il capo. «Che cos'è... il cioccolato?».

La porta d'ingresso si aprì, ed entrarono un uomo e una donna. «Posta», dissero con il solito cordiale sorriso.

Rene rassicurò con voce tranquilla Kamun, spiegando che erano amici. Jim e Judy Roberts non erano medici, ma volontari che si occupavano dell'amministrazione della Children First. A Rene erano piaciuti fin dal primo giorno dell'incarico: una coppia dell'Oklahoma dotata di senso pratico che non faceva beneficenza per mettersi in mostra, ma aveva trovato un modo per trascorrere insieme gli anni della pensione rendendosi utile. Tornavano dalla visita quotidiana all'ufficio postale, con in testa Jim, ex giocatore di football dell'Iowa. Rene uscì dall'ambulatorio e chiese: «Le solite cose?».

«No», rispose Mr. Roberts. «Oggi c'è una lettera proprio per te».
«Davvero? Mettila sulla scrivania. Sono con un paziente».
«È di un avvocato», aggiunse Mr. Roberts.
La notizia risvegliò l'interesse di Rene. Si avvicinò per dare un'occhiata alla busta. Non riconobbe il nome del mittente.
«Chi è il ragazzo?», chiese Mrs. Roberts.
«Dicevi?», rispose Rene, ancora concentrata sulla busta.
«Il paziente. Chi è?».
«Si chiama Kamun. Ve lo presento tra un minuto. Questa lettera sembra importante. Forse dovrei aprirla».
Mr. Roberts le porse un tagliacarte. Lei aprì rapidamente la busta ed estrasse la lettera. Era lunga una pagina. Rene spostò rapidamente gli occhi sul foglio da sinistra a destra mentre leggeva, poi sbatté le ciglia mentre la sua mano cominciava a tremare.
«Va tutto bene, Rene?», domandò Mr. Roberts.
D'istinto, lei si portò una mano alla bocca. «Si tratta di mia sorella».
«Sta bene, spero».
Rene sollevò gli occhi dalla lettera e disse: «È morta».
Mrs. Roberts si avvicinò e le mise un braccio intorno alle spalle. «Oh, no».
Rene si lasciò cadere sul bordo della scrivania, il posto più vicino dove sedersi. «Le hanno sparato. Una rapina o qualcosa del genere. Non lo sanno con precisione. È successo a Miami».
Mr. Roberts le prese una mano. «Mi dispiace tanto, mia cara».
«Era una ragazza così dolce», disse Mrs. Roberts. «Era come se fosse proprio qui con noi».
«Sono passati più di due anni da quando se n'è andata».
«Davvero? Così tanto? Il tempo vola. Ma era ancora così giovane. Sento che sto per piangere».
«No, ti prego», disse Rene.
Mr. Roberts guardò sua moglie, come per chiederle di essere forte per Rene. Lei si schiarì la gola e ricacciò indietro le lacrime.

«Grazie», disse Rene.

«Era proprio una bella persona», commentò Mr. Roberts.

«Vuoi restare un minuto da sola?», chiese Mrs. Roberts.

«Starò bene, davvero. Ma grazie a tutti e due. Siete molto gentili a dire queste parole».

«Se vuoi, puoi prenderti qualche giorno di vacanza», propose Mrs. Roberts.

«Non credo che andrò da qualche parte».

«Non c'è problema, se vuoi andare a casa».

«Sally era l'unica parente che mi era rimasta. Ora se n'è andata. Non ho nessuno da cui tornare».

La donna più anziana fece un debole sorriso, come se stesse cercando di capire. «Come preferisci, cara».

Rene la ricambiò con un sorriso triste, poi si avviò verso l'ambulatorio. Si fermò sulla soglia, si volse a guardare entrambi. «Non voglio che voi o l'organizzazione vi preoccupiate per me. Non vado da nessuna parte».

«Come abbiamo detto, Rene, decidi tu».

Con un ultimo cenno affermativo, cercò di comunicare loro che la questione era chiusa. Poi entrò nell'ambulatorio e tornò a dedicarsi a Kamun.

12

A mezzogiorno di giovedì, Jack invitò a pranzo l'ex marito di Sally Fenning.

Aveva passato la mattina in tribunale, al Criminal Justice Center, perciò s'incontrarono solo un paio di isolati più in giù lungo il Miami River al Big Fish Restaurant, uno dei posti preferiti da Jack per il pasto di mezzogiorno. A dispetto di chilometri e chilometri di litorale mozzafiato, Miami offriva ben pochi posti dove sedersi al bordo dell'acqua per mangiare frutti di mare. Il Big Fish sorgeva proprio sul Miami River: niente di lussuoso, solo un posto rilassante dove consumare tonno o delfino freschi o gamberetti, immergendosi contemporaneamente in uno storico tratto di fiume dove yacht da trenta metri diretti alle Indie Occidentali condividevano il diritto di passaggio con vecchie e arrugginite navi portacontainer piene di SUV rubati con destinazione Sud America. Una specie di pietra miliare, un pezzo della vecchia Miami dove i marinai delle case galleggianti all'estremità occidentale del fiume stavano timidamente vicini ai banchieri e agli avvocati provenienti dagli uffici nei grattacieli a est, dove il fiume lungo nove chilometri si gettava nella Biscayne Bay. Jack era anche sentimentalmente legato a quel ristorante. Era stato davanti a un piatto di cernia alla griglia e di patatine fritte che, da pubblico ministero, aveva convinto il suo primo malavitoso a testimoniare a favore del governo.

Jack era convinto che non avrebbe mai potuto ripetere il senso di piacere che derivava dal fatto di aver inchiodato Tony Dilabio proprio al Big Fish, ma avvertì comunque una scarica di adrenalina mentre stringeva la mano all'ex marito di Sally.

«Grazie per essere venuto».
«Si figuri».
Si sedettero a un piccolo tavolo accanto alla finestra che dava su un vecchio molo per i pescherecci: Jack lo ricordava da sempre semisommerso dal fiume. Miguel indossava una camicia bianca con le maniche corte e degli aderenti pantaloncini blu da ciclista. Si era arruolato nella polizia della città di Miami verso la fine del suo matrimonio con Sally; ora faceva parte del piccolo corpo di agenti in bicicletta che perlustravano pedalando i parchi e le strade.
Il suo nome per intero era Miguel Ortiz Rios, un cubano-americano di prima generazione. Anche la madre di Jack era nata a Cuba, ma lui non ne aveva parlato a Miguel. Era morta poche ore dopo la sua nascita, perciò il suo legame con la razza ispanica era semplicemente genetico: il suo aspetto era tutto meno che cubano. Sapeva per esperienza che se avesse detto a Miguel di essere mezzo cubano, lui avrebbe incominciato a parlare spagnolo, Jack avrebbe fatto del suo meglio per rispondere nella stessa lingua, e Miguel sarebbe tornato subito all'inglese, pensando che Jack fosse uno stronzo di gringo bugiardo, che cercava di creare immediatamente un rapporto fingendosi ispanico.
«Suppongo che non mi abbia invitato qui per convertirmi alle frittelle di molluschi», disse Miguel.
Jack rispose con un accenno di sorriso: «Esatto. Anche se le frittelle di molluschi sono molto buone».
«Le prendo», disse Miguel alla cameriera. «E da bere, solo acqua».
«Io prendo un trancio di tonno, poco cotto. E tè freddo».
La cameriera ritirò i menu e li lasciò soli. I clienti stavano affluendo, e la conversazione tra gli avventori si era trasformata in un unico, ininterrotto brusio.
«Prima che incominciamo, Mike...», esordì Jack.
«Miguel. Solamente Sally mi chiamava Mike».
«Mi scusi. Volevo solo ricordarle che lei ha il diritto di avere qui il suo avvocato».
«Lasci perdere. Parker Aimes si prende una bella fetta se eredito i quarantasei milioni, ma devo comunque pagargli una parcella oraria ridotta se perdiamo. Lo uso il meno possibile».

Interessante, pensò Jack, che il più importante avvocato di omologazione dei testamenti non avesse abbastanza fiducia nelle possibilità dell'ex marito da accettare solo un onorario a percentuale.

Disse: «Ci sono alcune cose che voglio chiederle su lei e Sally, ma mi lasci incominciare con la domanda più importante. Che cosa crede che avesse in mente Sally?».

«L'ho già detto alla riunione. Per quanto ne so, non c'è una sola persona sulla lista dei beneficiari a cui Sally fosse affezionata. E so per certo che Sally odiava alcuni di loro».

«Perciò ha deciso di lasciare quarantasei milioni di dollari a delle persone che odiava?».

«No», rispose Miguel. «Ha lasciato che i suoi nemici *lottassero* per quarantasei milioni di dollari su cui probabilmente non potranno mai mettere le mani».

«Lei si considera uno dei nemici di Sally?».

«È una storia un po' complicata».

«Provi a spiegarmela».

«Io non ho mai pensato a Sally come a un nemico. Mai. Neppure nei momenti peggiori».

«Ma aveva assunto per sé un avvocato divorzista piuttosto agguerrito».

«Non lo avevo assunto nel vero senso della parola. Gerry Colletti si è occupato del mio divorzio come amico. Gratis».

«È sempre suo amico?».

«Non lo considero tale».

«Cos'è successo?».

«Niente di speciale. Solo che finalmente ho capito che Sally aveva ragione sul suo conto. È una canaglia».

«Crede che sia questa una delle ragioni per cui Sally la considerava un nemico? Perché si è servito di una canaglia come avvocato per il vostro divorzio?».

«Capisco che possa pensarla in questo modo, ma non è così. La verità è che io non ho permesso a Gerry di mettere sotto pressione Sally. Le faccio un esempio. Sally e io avevamo un ristorante. Lo avevamo comperato da Gerry, per la verità. È stato un disastro, e lo abbiamo dovuto chiudere. Tutti i debiti sono toccati a me. La liquidità disponibile era per Sally. Per come la vedevo io, non si sarebbe mai ripresa psicologicamente se l'avessi lasciata in difficoltà finanziarie».

«Un atteggiamento molto onesto».

«Dopo quello che è successo a nostra figlia, le regole sono un po' diverse. Si cerca di risolvere i problemi».

«Era così che la pensava Sally?».

Rivolse a Jack un sorriso triste, scuotendo lentamente il capo. «Purtroppo no. Sally era una persona dolce e affettuosa. Ma poi è cambiata».

«Che cosa l'aveva cambiata?».

Il sorriso era sparito. «Nostra figlia è stata assassinata in casa nostra. Un fatto del genere cambia le persone, non crede?».

Jack abbassò gli occhi, un po' imbarazzato per aver fatto quella domanda. «È la cosa più terribile che io possa immaginare. E mi dispiace che sia successa a lei e Sally».

«Grazie».

Un gruppo di sei persone passò accanto a loro, dirette a un altro tavolo. Jack aspettò che si fossero allontanate, poi riprese: «Ma anche una cosa terribile come la morte di un figlio non sempre distrugge un matrimonio. Talvolta i genitori cercano di sostenersi a vicenda».

«Lei parla di quelli che non s'incolpano a vicenda per quanto è successo».

La cameriera portò le loro bevande e si allontanò con la stessa velocità con cui era arrivata. Jack mescolò una bustina di zucchero nel suo tè freddo e chiese: «È questo che è successo tra lei e Sally? V'incolpavate a vicenda?».

«Non so cosa ci è successo. Ci abbiamo provato. Io ce l'ho messa *davvero* tutta per esserle di sostegno. Ma lei non voleva essere aiutata. Non da me comunque».

«Dava la colpa a lei per quanto era accaduto a vostra figlia?».

«No».

«E lei, Miguel, ne riteneva responsabile sua moglie?».

Fece una pausa, come se non sapesse bene cosa rispondere. Alla fine disse: «Sally *pensava* che lo facessi».

«Come era arrivata a quella conclusione?».

«Non lo so esattamente».

«Ma cosa ne pensa?».

Fece un'altra pausa, come se fosse combattuto. «Sally aveva quel... lavoro, che a me non andava affatto».

«In quel locale di dubbia reputazione?».

Sbatté due volte le palpebre, come se si vergognasse che Jack fosse a conoscenza della cosa. «Senta, non voglio che si faccia un'idea sbagliata sul conto di Sally. Lei era una madre fantastica. Non era come se andasse a ballare sui tavoli o qualcosa del genere. È solo che avevamo quello schifoso ristorante di cui le ho parlato. È arrivata un'inondazione spaventosa, non avevamo un'assicurazione e abbiamo perso tutto. Ci siamo trovati pieni di debiti, avevamo bisogno di soldi come lei non può nemmeno immaginare. Per rimetterci in piedi ci siamo dovuti entrambi accontentare di lavori di merda. Avrei tanto voluto che Sally avesse trovato qualcosa di meglio».

«Le chiese di licenziarsi?».

«Ne avevamo parlato. Ma in locali come quelli le mance sono molto buone. Sa come vanno le cose, i turisti si sbronzano un po'. Comunque, quattro ore a sera in quel posto erano come otto ore da un'altra parte. In questo modo a Sally restava un po' di tempo per Katherine».

«Così si è tenuta quel lavoro?».

«Sì. Un grosso errore».

«Perché?».

Miguel aprì un pacchetto di cracker. «Si è ritrovata con un balordo che la molestava».

«Come sarebbe?».

«Questo era il genere di cose che mi faceva più paura. Alcuni di quei mascalzoni che frequentano quel genere di locali credono che le cameriere siano dei tipi facili, che non vedano l'ora di essere molestate. Sa cosa intendo?».

«Cosa è successo? Qualcuno ha cominciato a chiamarla al telefono, a seguirla fino a casa... che cosa?».

«Non so tutti i dettagli. Sally non me ne ha parlato fino a dopo che è stata uccisa nostra figlia».

«Perché?».

«Sapeva che le avrei fatto lasciare il posto immediatamente se avessi saputo che qualcuno la molestava. E sapeva anche che gli avrei spezzato l'osso del collo se avessi scoperto chi era».

«Ha mai saputo chi era?».

«No. Quel fottuto figlio di puttana. Sally diceva che continuava a tormentarla con telefonate anonime dai telefoni pubblici, squilli a vuoto, cose del genere. Non era mai riuscita a vederlo. Forse la polizia avrebbe potuto fare qualcosa se lei avesse sporto denuncia: ma diceva che non voleva farlo incattivire. Era convinta che se lo avesse ignorato, lui se ne sarebbe andato».

«Ed è andata così?».

«Niente affatto». Miguel abbassò lo sguardo e disse tristemente: «Ed è stata nostra figlia a pagare».

Jack si bloccò a metà della sorsata e posò il bicchiere di tè. «Sta dicendo che è stato lui a uccidere vostra figlia?».

«Non posso provarlo. Specialmente visto che Sally non aveva parlato con nessuno di quel tizio che la perseguitava fino a dopo che era stata uccisa nostra figlia. Se lo avesse denunciato avremmo avuto qualcosa su cui procedere. Il tizio è sparito dopo l'omicidio, e la polizia non aveva nessuna traccia da seguire».

«Perciò non è mai stato incriminato?».

«Nessuno è mai stato incriminato».

«Non hanno mai nominato eventuali sospetti?».

«No. Ma hanno sottoposto *me* alla macchina della verità. Imbecilli. Non riescono a trovare il colpevole, e tormentano il padre».

Jack fece una pausa, cercando di essere delicato. «Come è andato quel test?».

«Esattamente come Sally e io sapevamo che sarebbe andato. Mi hanno posto la domanda in tre modi diversi: Ha ucciso sua figlia? Ha pugnalato sua figlia? Ha fatto in qualche modo del male a sua figlia? Io ho superato il test a gonfie vele».

«Lei è sempre convinto che il colpevole dell'omicidio sia l'uomo che perseguitava sua moglie?».

«Non ho il minimo dubbio. Chi altri? Quanti nemici può avere una bambina innocente?».

«Lei incolpa Sally del fatto che quell'uomo sia riuscito a farla franca?».

«Assolutamente no. Sono un poliziotto. Non sono il tipo di persona che getta la colpa sulla vittima».

«Mi fa piacere saperlo».

«Ma in qualche modo Sally si era messa in testa l'idea che io pensassi che fosse tutta colpa sua. A quel punto, il nostro matrimonio è finito. Sono sicuro che questa è la ragione per cui ora faccio parte del suo giochetto. Probabilmente sono stato il primo della sua lista».

«Ma non è l'unico della lista».

«Certo che no».

«Gli altri perché ci sono? Ha qualche idea in proposito?».

La cameriera portò le loro ordinazioni. «Ecco qui», disse, posando i rispettivi piatti di fronte a loro. «Desiderate qualche altra cosa?».

«No, grazie», risposero all'unisono.

La cameriera se ne andò. Miguel stava versando della salsa cocktail sulle sue frittelle di molluschi. Jack aspettava ancora una risposta, ma con l'interruzione della cameriera, evidentemente Miguel aveva perso il filo della domanda. Jack chiese di nuovo: «Sa perché gli altri sono sulla lista di Sally?».

Miguel aveva la bocca piena di cibo. Si strinse nelle spalle e rispose: «Dovrà chiederlo a loro».

Jack annuì, poi guardò il suo piatto pieno. Ma all'improvviso aveva perso interesse per il cibo. «È quello che intendo fare», disse.

13

Alle tre Jack era di ritorno nel suo ufficio. Si era aspettato che l'udienza del pomeriggio durasse per il resto della giornata, ma l'avversario aveva lasciato l'aula molto presto, quando Jack si era rifiutato di smettere di chiedere al testimone di spiegare come avesse fatto a bruciarsi completamente le sopracciglia se, come dichiarato, era stato il cliente di Jack ad appiccare il fuoco alla sua azienda.

«*Mr. Valentes, continuerò a farle la domanda fino a quando non mi dirà esattamente che cosa è successo a quelle sopracciglia*».

«*Quali sopracciglia?*».

«*Infatti: quali sopracciglia?*».

«*Basta così Swyteck. Facciamola finita*».

Miami era il compendio vivente della Storia dei Criminali Stupidi.

L'intenso profumo del caffè cubano lo avvolse non appena entrò in ufficio. Maria gli aveva già preparato la dose pomeridiana di caffeina. Era la sua segretaria da quasi sette anni; aveva cominciato il secondo giorno di Jack come pubblico ministero federale, e poi lo aveva seguito quando aveva iniziato a esercitare privatamente. Essendo appena uscito da un divorzio, lo consolava il pensiero di essere capace di avere un rapporto stabile e durevole di qualche genere con l'altro sesso. Non si considerava un tipo esigente dal punto di vista delle relazioni sentimentali, ma dopo il matrimonio con Cindy Paige aveva un minimo di esigenze: prima fra tutte la sanità mentale. Naturalmente la sua nonna materna, *Abuela*, come la chiamava lui, avrebbe rinunciato alla sanità mentale se lui avesse portato a casa una bella ragazza cubana. Peccato che Maria fosse già sposata.

«Com'è andata l'udienza, Jack?», chiese nel porgergli la sua *taza* di espresso.

«La solita vecchia storia».

Lei sorrise e scosse il capo: era fin troppo consapevole che una battuta come quella poteva lasciare intendere qualunque cosa, dalla noia più assoluta a una zuffa.

Jack percorse il corridoio verso il suo studio, al di là della sala riunioni che fungeva anche da biblioteca. Vide Kelsey impegnata a fare una ricerca legale al computer. Indossava scarpe da corsa e fuseaux di spandex nero che rivelavano abbastanza del suo fisico di ex ballerina da lasciar intuire che sotto la larga T-shirt da aerobica si nascondeva un corpo fantastico.

«Aspetti dei clienti oggi?», chiese Jack infilando la testa dentro la stanza.

Lei controllò il suo abbigliamento. «Scusa. Mi sono fermata un momento mentre andavo alla Body and Soul».

Jack immaginò che lei non stesse parlando di una religione new-wave. «Buona ginnastica».

«Grazie».

Jack fece per allontanarsi, poi ci ripensò ed entrò nella stanza. «Avrei da chiederti un favore».

«Nessun problema. Dimmi».

«Riguarda la questione Sally Fenning. A pranzo ho visto il suo ex marito».

«Com'è andata?».

In un minuto la mise al corrente di tutto, del balordo che perseguitava Sally, e del fatto che Miguel lo riteneva responsabile della morte della loro figlia. Le disse anche di come Sally fosse arrivata alla conclusione che Miguel la considerava colpevole di quella tragedia.

«Tu cosa ne pensi?», chiese Kelsey. «Lui è il tipo di persona che dà la colpa alla vittima?».

«Lui dice di no. E non mi ha dato questa impressione».

«Una brava persona, o uno che sa giocare le sue carte?».

«Non saprei. Ho preso la pratica del suo divorzio per vedere se poteva esserci qualcosa da scoprire».

«E?».
«È andata esattamente come ha detto lui. Anche se il suo avvocato era quello squalo di Gerry Colletti, Miguel lo ha tenuto molto a freno. Sally ha preso tutta la liquidità e Miguel si è accollato tutti i debiti. C'era poco da litigare».
«Il che porta a chiedersi perché l'avvocato che si è occupato del loro divorzio sia sulla lista dei nemici di Sally».
«Esatto. Ed è proprio qui che entri in scena tu».
Kelsey afferrò carta e penna, ansiosa di assolvere a quell'incarico. «Okay».
«Posa la penna. Questa non è una ricerca».
Lei sorrise. «Vuoi dire che dovrò fare qualcosa fuori dalla biblioteca?».
«Forse. Questa è la situazione. Posso accettare il fatto che Sally abbia predisposto il testamento in modo da tormentare il suo ex marito facendogli pensare che un giorno sarebbe potuto entrare in possesso di una enorme somma di denaro. Io non ho figli, ma dal mio rapporto con Nate sono giunto alla conclusione che se qualcuno m'incolpasse del brutale omicidio del mio bambino, la mia rabbia non avrebbe limiti».
«Idem».
«Ma come hai detto tu, questo non spiega l'avvocato divorzista. In effetti, durante la mia conversazione con Miguel Rios non è emerso niente in grado di gettare qualche luce sulle ragioni per cui Sally nutriva la stessa rabbia nei confronti degli altri beneficiari».
«Credi che ci sia qualcosa che Mr. Rios non ti dice?».
«Qualcosa che non mi dice, o qualcosa che non sa».
«Come facciamo a scoprirlo?».
«Ho parlato con Tatum subito dopo pranzo. Lui ha conosciuto Sally attraverso la sua guardia del corpo. Tatum dice che l'uomo è disposto a parlare con me questa sera. Come secondo lavoro fa il buttafuori in un club di South Beach, e mi dedicherebbe qualche minuto durante la pausa. Potrebbe essere una vera e propria finestra dentro la testa di Sally».
«Indubbiamente. Io come posso essere utile?».
«Vorrei che tu venissi con me».

«Uauh! Un vero lavoro da investigatore. Il genere d'incarico che farebbe impazzire di gioia qualunque studente di giurisprudenza del terzo anno».

«Devo confessare che mi sento un po' colpevole a chiedertelo».

«Per quale ragione? Perché ti serve interrogare una specie di bestione cavernicolo, e credi che parlerebbe più facilmente con una bella donna piuttosto che con Jack Swyteck?».

Per la sorpresa, Jack fece un mezzo passo indietro. «Come... lo hai capito?».

«Prima di tutto, sotto certi aspetti tu sei cavernicolo quanto lui, il che conferisce a noi donne un certo vantaggio nel capire quello che voi uomini avete in mente».

«Già».

«Inoltre, Tatum ha telefonato qui in studio circa mezz'ora fa. Abbiamo parlato. Ha detto che l'incontro sarebbe molto più proficuo se io fossi presente e facessi vedere un po' di décolleté».

«Io non ti ho chiesto niente del genere», si affrettò a dire Jack.

«Vuoi che lo faccia oppure no?».

Nessuna risposta.

«Jack?».

«Sto riflettendo. Non sono sicuro che ci sia una risposta giusta per questa domanda».

«Se ti senti a disagio, possiamo lasciar perdere. Non vengo».

«No, voglio che tu venga. Se non altro, sarà una buona esperienza pratica per te».

«Se non volessi altro che fare esperienza, mi metterei un tailleur gessato e mi proporrei come clone di Jack Swyteck. Ma essendo una donna posso contribuire in un modo che per te non è possibile. E in questo non c'è niente di male».

«Davvero?».

«No», rispose lei esasperata. «Sono stufa di questo dogma del politicamente corretto a cui cerchiamo di sottometterci. Avanti, celebriamo la diversità, ma Dio non voglia che qualcuno faccia notare che siamo diversi. Questo atteggiamento non ti fa impazzire?».

«Voglio solo che tu non pensi di dover fare qualcosa che ti faccia sentire compromessa».

«Santo cielo, andiamo a interrogare un uomo in un nightclub di South Beach. Non mi sento compromessa per il fatto di vestirmi come farebbe qualsiasi donna. Sei troppo all'antica, Jack».

«All'antica?».

«È come la vecchia controversia dell'intelligenza contrapposta alla bellezza. Perché una donna dovrebbe essere umiliata se usa la sua sessualità?».

«Perché è umiliante?», suggerì Jack.

«Lo è? Se ci pensi bene, che cosa c'è di diverso tra mettere in mostra il tuo aspetto fisico e mettere in mostra la tua intelligenza? Siamo nati con il cervello, allo stesso modo in cui siamo nati con un certo aspetto esteriore. Per il novantotto per cento è dovuto alla genetica. Non abbiamo maggiore merito personale per il nostro quoziente d'intelligenza di quanto ne abbiamo per le dimensioni dei nostri pori. Se vuoi il mio parere, le uniche persone che possono legittimamente affermare di essere migliori di tutte le altre sono quelle che scelgono di essere gentili. Quella è una caratteristica su cui abbiamo un assoluto controllo. Ma naturalmente, se sei una persona gentile, non vai in giro a vantarti di essere migliore di tutti gli altri».

Jack rimase un istante in silenzio, riflettendo.

«Hai sentito quello che ho detto?», chiese Kelsey.

«Sì. Mi stavo solo chiedendo una cosa».

«E sarebbe?».

«Questo significa che questa sera metterai in mostra o no il tuo décolleté?».

Kelsey accartocciò un foglio di carta e glielo scagliò addosso. «Cavernicolo».

«Ti vengo a prendere alle dieci», rispose Jack con un sorriso.

«Spero non per i capelli».

«Solo se sarai vestita di pelle di leopardo», replicò lui prima di dirigersi verso il suo ufficio.

14

L'ufficio centrale del più importante quotidiano di Miami si trovava all'estremo nord della città, proprio sulla sfavillante Biscayne Bay, con vista diurna sulle navi da crociera ormeggiate nel porto e con in lontananza il panorama Art Deco di Miami Beach. Al calare della notte, tuttavia, le finestre dai vetri fumé si trasformavano in specchi e senza la vista mozzafiato la redazione al quinto piano del *Miami Tribune* dava la sensazione di un ambiente disadorno, simile a una fabbrica. Tra il pavimento ricoperto di moquette beige e le luci fluorescenti appese al soffitto c'era un intricato reticolo di tramezzi che divideva il grande locale in postazioni aperte di lavoro per i centocinquanta reporter, ciascuna con un terminale video, una scrivania di metallo grigio e un telefono che squillava in continuazione.

Immersa nei suoi pensieri, Deirdre Meadows fissava la propria immagine riflessa nel monitor.

Da quando aveva saputo che Sally Fenning l'aveva nominata tra i sei eredi del suo patrimonio di quarantasei milioni di dollari, Deirdre si stava arrovellando per trovare la migliore angolazione per un articolo. Quella storia possedeva tutti gli elementi necessari. Sally era una bellissima giovane donna con un passato tragico, un secondo marito multimiliardario, e un'intrigante abilità nel disporre del suo patrimonio dettata, così sembrava, da motivi misteriosi che Deirdre smaniava di scoprire. Alla fine aveva deciso per un pezzo investigativo composto di tre parti: Sally e sua figlia come vittime, il matrimonio di Sally con un multimiliardario e la sua morte violenta, e Sally che dalla tomba manipolava la vita di sei eredi apparentemente privi di collegamento tra loro, dei quali solo uno alla fine avrebbe ereditato l'intero patrimonio. Deirdre aveva proposto l'idea al direttore nel tardo pomeriggio, con l'unico risultato di vederla scartata sui due piedi.

«Mi dispiace, Deirdre. In bilancio non c'è posto per un altro articolo investigativo».

«Ma la maggior parte delle ricerche è già stata fatta».

«Questa l'ho già sentita».

«È vero», ribatté Deirdre. «Sono io quella che ha fatto i servizi sull'assassinio di sua figlia cinque anni fa, perciò la prima parte è praticamente già fatta».

«Che è esattamente la parte della storia che non fa più notizia».

«Il resto non sarà tutto quel lavoro straordinario che pensi. Per qualche ragione io sono una beneficiaria del suo testamento. Per il mio bene devo comunque indagare su questa faccenda, perciò perché non farne un articolo?».

Il direttore fece una smorfia. «È questo il problema principale. Di' pure che sono all'antica, ma francamente non mi piacciono gli articoli scritti da giornalisti che fanno parte di una storia».

«Ma io non faccio parte di questa storia. Sono un elemento incidentale. Credo che Sally abbia scelto un reporter come uno dei suoi eredi con il solo intento che fosse scritta questa storia».

«E tu credi che questa sia una buona ragione per cui noi *dovremmo* pubblicarla?», chiese il direttore, palesemente incredulo. «A me sembra una forma ingegnosa di giornalismo che mira solo a far soldi».

Da quel momento era andata sempre peggio. A Deirdre non era piaciuta quella risposta, ma non aveva voluto insistere col rischio di dover trascorrere i due mesi successivi a scrivere articoli su gare tra mangiatori di chili ed elezioni del consiglio studentesco.

Posò le dita sulla tastiera. Un'opzione era quella di incominciare a scrivere, buttare giù alcune pagine avvincenti e infischiarsene del direttore. Era rischioso, ma in quel mestiere era impossibile avere successo senza correre dei rischi. Le redazioni di tutto il paese traboccavano di giornalisti pieni di talento. Nessuno aveva mai vinto un premio Pulitzer per aver abbassato il capo di fronte a un rifiuto. Specialmente quando quello che dispensava i rifiuti era un idiota.

Lasciò che le dita iniziassero a danzare sulla tastiera, componendo parole, finché non venne interrotta dallo squillo del telefono.

«Meadows», rispose.

«Vuoi sapere chi ha ucciso Sally Fenning?», disse l'uomo, con una voce profonda e metallica. Stava chiaramente parlando attraverso uno di quei dispositivi per alterare la voce venduti nei negozi di elettronica disseminati per tutta Miami.

Deirdre non rispose immediatamente. Era circondata dal rumoroso borbottio tipico di una redazione dove si svolgevano infinite altre conversazioni. Si tappò l'altro orecchio, come per assicurarsi di aver sentito bene. «Cosa hai detto?».

«Hai capito benissimo».

«Chi parla?».

«Credi che avrei alterato la mia voce se avessi intenzione di dirti chi sono?».

«Perché mi hai chiamato?».

«Perché ho una storia che deve essere raccontata. Ti andrebbe di raccontarla per conto mio?».

Il cuore di Deirdre aveva cominciato a martellare. Puntellò il ricevitore contro la spalla e si affrettò a prendere carta e penna. «Ti ascolto».

«Ero sulla rampa per la I-395 quando le hanno sparato. Ho visto quello che è successo».

«Che cosa hai visto?».

«Tutto».

«Partiamo dall'inizio. Cosa ci facevi là?».

«No, partiamo dal *vero* inizio. Io cosa ci guadagno?».

Deirdre fece una pausa per scegliere le parole. «Non so cosa intendi».

«Sì che lo sai».

«Stai a sentire, io non posso pagarti».

«Come reporter del famoso *Miami Tribune* è vero, è così.

Ma semplicemente come una curiosa erede del patrimonio di Sally Fenning, cosa c'è di male a ricompensare qualcuno per il suo tempo e per il suo disturbo?».

Deidre strinse più forte il telefono. Voleva accettare quella proposta. Disperatamente. «Perché dovrei credere a quello che dici?».

«Perché posso mostrarti l'anello da quattro carati che Sally Fenning aveva al dito quando le hanno sparato, e che era sparito quando la polizia ha trovato il suo cadavere».

Deirdre fu percorsa da un brivido. Istintivamente si guardò alle spalle, un'inconscia conferma che i suoi capi non avrebbero approvato. «Dovremmo parlarne».

«Vuoi vedere l'anello, vero?».

«Sì».

«Allora ci incontriamo sul mio territorio, non sul tuo».

Dopo un attimo di esitazione, Deirdre chiese: «Dove?».

L'uomo ridacchiò. «Calma. Dammi il numero del tuo cellulare. Ti chiamo per dirti dove andare».

Lei gli diede il numero, poi chiese: «Quando devo aspettarmi la tua telefonata?».

«Lavoro fino a mezzanotte. A quell'ora tieni acceso il cellulare».

«Mezzanotte, questa sera?».

«Sì. A meno che tu non voglia rimandare l'appuntamento. O forse vuoi lasciar perdere tutta la faccenda, e in questo caso io chiamerò qualcuno al *Sun-Sentinel*».

«No», rispose Deirdre, cercando di tenere a freno l'eccitazione. «D'accordo. Va bene per stasera».

«Un'ultima cosa».

«Che cosa?».

«Non voglio avere un pubblico. È una cosa tra me e te. Chiaro?».

Lei deglutì a fatica. «Chiaro».

L'uomo salutò. La linea venne interrotta e l'interlocutore di Deirdre se ne andò.

15

Jack stava guidando la sua Mustang, a dieci minuti dalla casa di Kelsey, quando squillò il cellulare. Era Nate.

«Devi parlare più forte, amico. Ti sento a malapena».

«Non posso», rispose Nate. «La mamma pensa che io dorma. Sono sotto le coperte».

«Allora forse dovresti riattaccare e metterti a dormire».

«No, no, aspetta. Devo chiederti una cosa».

Jack si fermò al semaforo. «Che cosa?».

«Tu e mia mamma uscite perché avete un appuntamento?».

Jack aveva percepito una nota speranzosa nella voce di Nate, esattamente il motivo che aveva trattenuto Jack anche solo dal pensare alla possibilità di una storia con Kelsey. Nel programma Big Brothers Big Sisters era assolutamente escluso un qualsiasi coinvolgimento sentimentale con la mamma. Se la cosa non avesse funzionato, sarebbe stato sempre il bambino a soffrirne.

«No», rispose Jack. «Si tratta di lavoro».

«Allora perché si è provata quindici vestiti diversi?».

Jack ricordò la discussione a proposito del décolleté, ma decisamente non era il caso di parlarne. «È quello che fanno le donne, Nate. Te ne accorgerai, un giorno».

Nate cercò di tornare sull'argomento dell'appuntamento, ma Jack lo bloccò. «Ci vediamo questo fine settimana, okay, amico?».

«Okay», borbottò il ragazzino. Si augurarono la buona notte e riattaccarono.

Jack rallentò mentre si avvicinava alla casa di Kelsey. Era in anticipo di qualche minuto. Aspettò nel vialetto, dandole il tempo di provare il sedicesimo vestito, poi alle dieci in punto andò a bussare alla porta. Kelsey gli aprì con un sorriso.

«Sei pronto?», gli chiese.

«Sì».

Era vestita di rosso, un colore adatto al circuito dei locali di South Beach. Invece dello sfacciato sex-appeal di una scollatura abissale, Kelsey aveva optato per un look più raffinato ma pur sempre sensazionale. E aveva fatto centro. Aveva i capelli raccolti e il vestito era privo di spalline, mettendo in risalto la bellezza del lungo collo e le spalle aggraziate. Jack non lo aveva mai notato prima, ma Kelsey aveva delle splendide braccia scolpite. Il suo modo di muoversi era palesemente quello di una ballerina classica, pieno di grazia; la sua postura era perfetta, senza traccia di rigidità.

«Bel vestito», osservò Jack.

«Questo? Oh, grazie. È la prima cosa che mi è capitata sottomano».

Jack sorrise tra sé, deciso a non rivelare che Nate l'aveva tradita.

Dopo quindici minuti di macchina per arrivare a South Beach dovettero aspettare mezz'ora all'ingresso del Club Vertigo sulla trafficata Washington Avenue. Quando riuscirono a entrare erano passate le undici: prestissimo per quel quartiere di gente che dormiva fino a mezzogiorno e faceva baldoria fino all'alba.

A Jack sembrava fosse passata un'eternità da quando aveva frequentato la zona dei locali di South Beach, soprattutto in compagnia di una donna che faceva voltare le teste come Kelsey. Una cosa che non era mai cambiata a South Beach era l'assoluta mancanza di discrezione nel modo che aveva la gente di squadrarsi a vicenda. Non c'era niente di casuale. Serviva a stabilire chi aveva i requisiti per frequentare un locale. Se South Beach fosse stata nella Silicon Valley, le persone avrebbero indossato intorno al collo l'equivalente high-tech di un misuratore di notorietà. Naturalmente quelli con il punteggio più alto sarebbero balzati immediatamente in testa alla fila, superando il cordone di velluto.

«Vedi da qualche parte il tuo amico guardia del corpo?», chiese Kelsey.

«Non so nemmeno bene che faccia abbia».

«Basta che cerchi il tizio con il collo più grosso».

Jack ridacchiò. «Ha detto di dire il nostro nome alla barista. Ci penserà lei a chiamarlo».

La coda avanzava lentamente, e si stavano avvicinando all'ingresso. Ogni volta che la porta si apriva, Jack veniva investito dal lampeggiare di luci vorticanti e da un'esplosione di musica che gli faceva vibrare i piedi. All'improvviso un pensiero inquietante lo fece rallegrare che quello non fosse un appuntamento galante. Stava per entrare in un nightclub con una ballerina professionista. Quasi come andare a letto con una sessuologa. *No, no, no. Devi muovere i fianchi in questo modo.* Per l'amor del cielo.

Finalmente erano arrivati davanti al cordone di velluto. Il gorilla sulla porta squadrò brevemente Jack, poi si concentrò su Kelsey. Il famoso misuratore di notorietà si stava surriscaldando.

«Sei con lui?», chiese il gorilla, come se non riuscisse a crederci.

Jack stava per reagire, ma Kelsey gli si avvicinò e infilò il suo braccio sotto quello di lui. Chiaramente stava solo recitando la parte e stuzzicando il tizio, ma a Jack quella sensazione piacque comunque.

«È un problema?», rispose Kelsey seccamente

A South Beach regnava l'aggressività, e Jack era divertito e a un tempo incuriosito nel constatare che Kelsey era capace di averne. Il gorilla sganciò il cordone, e con un gesto del capo indicò loro di entrare.

Il Club Vertigo si trovava in un vecchio albergo che era stato sventrato e completamente ristrutturato, con uno stretto atrio a quattro piani. Il bar principale e la pista da ballo erano al piano terreno, e guardando verso l'alto dal centro della pista da ballo si scopriva immediatamente perché il locale avesse quel nome. Numerosi grandi specchi appesi con differenti angolazioni rendevano in alcuni momenti difficile capire se si stava guardando verso l'alto o verso il basso. Bastava essere un po' euforici, e la musica martellante, le luci psichedeliche e quella massa di corpi sudati erano sufficienti a dare le vertigini. La sensazione era la stessa anche nell'altro senso, con orde di spettatori che guardavano i ballerini dalle balconate del secondo, del terzo e del quarto piano.

Jack si presentò alla barista e le disse che voleva vedere Javier. Lei sollevò un telefono e dopo una conversazione di circa dieci secondi guardò Jack. «Secondo piano, stanza B».

Jack e Kelsey si fecero largo tra la folla e salirono al secondo piano. Un tizio muscoloso con un attillato abito nero e una grossa catena d'oro al collo era in piedi fuori dalla stanza B, una piccola suite privata lontano dal frastuono e dalla confusione che assicurava una certa intimità. Una specie di spazio per sesso e droga in un locale di sesso e droga. La notte era ancora giovane e la maggior parte delle suite erano vuote.

«Sei l'amico di Tatum?», chiese.

Jack gli strinse la mano, poi presentò Kelsey.

«Piacere», disse l'uomo guardando oltre le spalle di lei. Javier aveva l'aspetto di un ispanico, ma parlava come un italiano di New York. Apparentemente a South Beach tutti fingevano di essere quello che non erano.

«Prego», disse, invitandoli ad accomodarsi nella suite. Jack e Kelsey entrarono per primi. Javier li seguì e si chiuse la porta alle spalle, chiudendo fuori il rumore. Quell'improvvisa solitudine dava una strana sensazione, come quando ci s'immerge nel silenzio delle profondità marine. La stanza in sé non era niente di speciale: un divano di finto cuoio, una poltrona, un tavolo dal ripiano di vetro fumé, pareti ricoperte da dozzinale velluto rosso.

Jack cominciò a spiegare il motivo della sua visita, ma Javier lo interruppe. «Tatum mi ha già raccontato tutto», disse. «E io posso concedervi solo una decina di minuti».

«Allora non perdiamo tempo», rispose Jack. «Kelsey, comincia tu».

Kelsey gli rivolse un breve sorriso, come per ringraziarlo di aver mantenuto la promessa di lasciarle svolgere un ruolo attivo. Andò a sedersi sul bordo del divano, chinandosi leggermente in avanti nel tentativo di incontrare lo sguardo di Javier. Ma lui sembrava guardare alle spalle di lei, come aveva fatto quando si erano stretti la mano, come se qualcosa sulla parete avesse attirato la sua attenzione.

«Per quanto tempo ha lavorato per Sally?», chiese Kelsey.

«Più o meno un paio di mesi».

Kelsey fece una pausa, come se si fosse aspettata da lui perlomeno un rapido scambio di sguardi insieme alla risposta. Ma Javier sembrava ancora ossessionato da qualcosa al di sopra o dietro di lei.

«Esattamente cosa faceva?», chiese ancora Kelsey.

«La guardia del corpo».

«Sally aveva davvero bisogno di una guardia del corpo?».

«Era una donna molto ricca. E si spaventava facilmente. Stava sola per molto tempo. Il suo vecchio, e intendo proprio *vecchio*, veniva dalla Francia o qualcosa del genere. E avete sentito cos'è successo a lei e alla figlia qualche anno fa».

«Sì», rispose Kelsey, «lo sappiamo».

«Perciò stava parecchio sola, e qualche volta aveva paura di muoversi per andare in qualche posto. Mi aveva assunto per portarla in giro in macchina. Al centro commerciale, ai ristoranti, dovunque. Non sto dicendo che aveva bisogno di me. Ma io la facevo sentire al sicuro».

«Non aveva amiche?», domandò ancora Kelsey.

«Penso di sì. Ma non ne ho mai viste. Lei mi dava l'impressione di essere un tipo solitario. Una donna molto bella, ma niente affatto felice. Capisce cosa intendo?».

Javier stava parlando con Kelsey ma non la guardava in viso. La sua attenzione si era spostata dalla parete dietro di lei alla sommità della sua testa. Kelsey si raddrizzò cercando di incontrare i suoi occhi, ma l'uomo alzò a sua volta lo sguardo, come se avesse sviluppato una strana fissazione nei confronti della testa di lei.

«Per l'amor del cielo, si può sapere cosa sta guardando?».

«Eh?».

«Ho un cacca di uccello sulla testa?».

«Non credo».

«Allora com'è che mi sta guardando la punta della testa dal momento in cui ho aperto la bocca?».

«Non le guardo la bocca», dichiarò.
«Lo so. Non fa altro che guardarmi la cima della testa».
«Mi rendo conto che questa è l'impressione che ha lei. Ma in effetti l'unica cosa che faccio è *non* guardarle la bocca».
«Non la seguo».
«Sono un pornodipendente in via di recupero».
«Che cosa?».
«Ero dipendente dalla pornografia. Non posso guardare la bocca di una donna senza avere pensieri impuri, il che è una cosa che distrae non poco quando cerchi di fare una conversazione intelligente. Perciò non le guardo la bocca».
«Capisco». Kelsey lanciò un'occhiata a Jack e disse: «Perché adesso non subentri tu, capo?».
«Buona idea». Jack passò a Javier la lista dei beneficiari del testamento di Sally: l'ex marito, l'avvocato, la giornalista, il pubblico ministero, Tatum e il sesto erede misterioso, Alan Sirap.
«Ha mai sentito Sally nominare una di queste persone?».
«Tatum, naturalmente. Dopo che li ho fatti incontrare».
«Di questo parleremo tra un minuto. E che mi dice di queste altre persone?».
«Sono sicuro che ha detto qualcosa su Miguel Rios. Mike, come lo chiamava lei. Il suo ex, giusto?».
«Giusto. Che cosa ha detto di lui?».
«Non ricordo niente di particolare».
«E delle altre persone ha mai detto qualcosa?».
Javier scorse la lista e scosse il capo, poi si fermò. «Questo tizio. Gerry Colletti. Se non sbaglio, è stato l'avvocato dell'ex marito durante il divorzio».
«Esatto».
«Mi ricordo che Sally aveva parlato di lui».
«A che proposito?».
«Una sera stavamo andando in macchina da qualche parte, e siamo passati davanti a quel ristorante sulla strada principale. E lei ha detto che un tempo si chiamava Da Alfredo».
«Da Alfredo?».
«Sally e il suo ex marito avevano un piccolo ristorante

che poi è fallito. Ci avevano impegnato tutto quello che possedevano».

«Miguel me ne ha parlato», disse Jack. «In effetti lui dice che è stato Colletti che glielo ha venduto».

«Esatto. Credo che lui e Gerry fossero amici allora».

«Veramente io ho avuto la sensazione che Miguel non sia più molto tenero nei suoi confronti. Ma m'interessa di più quello che diceva Sally di Gerry».

«Se ricordo bene, aveva bevuto un paio di bicchieri di vino e si era messa a parlare piuttosto liberamente. Ha incominciato dicendo che non aveva mai sopportato quel Gerry fin dal loro primo incontro».

«Perché?».

«Da come lo descriveva, doveva essere uno di quegli individui viscidi che fanno rivoltare lo stomaco a una ragazza. Mi ha detto che Gerry una sera aveva portato fuori a cena lei e sua sorella per cercare di convincere la stessa Sally a permettere al marito di acquistare il ristorante da lui».

«Sally ha una sorella?».

«Sì».

«Come si chiama?».

«Non... Rene, credo. Vive in Africa o qualcosa del genere. Secondo Sally, è ancora più bella di quanto non fosse lei. Ma mi sembra difficile da credere».

Jack lanciò un'occhiata a Kelsey, come per dirle: "Ricordati di andare a fondo su questa Rene".

«Comunque», proseguì Javier, «Gerry porta fuori a cena Sally e sua sorella, e offre loro tre bottiglie di vino. Sally è convinta che quel balordo abbia in mente una cosetta a tre con due sorelle assatanate. Nel frattempo, Sally e la sorella fanno del loro meglio per non vomitare al solo pensiero. Ma quello che voglio dire è che Sally aveva un ricordo molto vivo di quella sera. Ricordava tutti i dettagli. Faceva quasi venire i brividi».

«Cosa intende dire?».

«Le faccio un esempio. Arriva al punto della storia in cui Gerry le dice che quel ristorante, Da Alfredo, è una fabbrica di soldi. Continua su quel tono al punto che Sally immagina che lui abbia tenuto due contabilità distinte, perché nei libri contabili non risulta nessun profitto. Alla fine lei fa l'imitazione di Gerry. Per me, quello è stato uno dei momenti più inquietanti, come quando *sai* che una persona ha rivissuto più e più volte nella sua mente quel momento. Sally imitava esattamente gli atteggiamenti, il tono della voce, tutte le caratteristiche di quell'uomo. Stando a quanto lei diceva, Gerry si era chinato sul tavolo, l'aveva guardata negli occhi, le aveva fatto segno di avvicinarsi con l'indice, come un molestatore di bambini che cerca di attirare nel suo furgone una scolaretta. Poi, con un ghigno da ubriaco le aveva sussurrato all'orecchio, come per condividere con lei un grande segreto: "Da Alfredo. È una miniera d'oro, piccola"».

Jack rabbrividì. Il modo in cui Javier aveva imitato un pedofilo era stato fin troppo convincente.

«Che cosa intendeva Gerry con "miniera d'oro"?», chiese Kelsey. «Ci riciclava del denaro sporco?».

«No», rispose Javier. «Gerry era un gran contaballe. Ma il suo piccolo numero aveva funzionato, cosicché Sally aveva dato il benestare al marito perché comperasse il locale. Fin dal primo giorno il ristorante si rivelò una continua emorragia di denaro, fino a mandare in rovina quei due poveretti».

«Per questo Sally odiava così tanto Gerry?», chiese Jack.

«Da quello che mi ha detto, lo considerava l'inizio di tutti i suoi problemi. Ha rappresentato la fine del suo felice matrimonio e della vita con la sua bambina. Solo l'inizio di un'infinità di problemi di denaro. Poi ha incominciato a lavorare in quei locali di basso livello, e a questo punto quel tizio ha iniziato a perseguitarla. Lei lo sa, vero?».

«Sì, me l'ha detto Miguel. Lui è convinto che sia stato quell'uomo a uccidere sua figlia».

«Ecco, arriviamo al punto. Secondo Sally, tutti i suoi problemi, compreso il balordo che la perseguita, risalgono a Gerry che ha venduto loro quel ristorante, acquistato a scatola chiusa».

«Interessante. Come ho già detto, non credo che Gerry sia ancora nella lista dei compagni di bevute di Miguel, ma non mi sembra che l'ex marito di Sally condivida lo stesso odio che nutriva lei».

«Se potesse chiedere a Sally, lei le direbbe che è perché Miguel è uno stupido. Lui è convinto che il loro ristorante sia fallito a causa dell'inondazione che aveva distrutto tutte le loro migliorie. Non vuole ammettere che è stato il suo amico a fregarli fin dall'inizio».

Jack e Kelsey si scambiarono un'occhiata, come se mancasse ancora qualcosa. Poi Jack chiese: «Non le torna in mente nient'altro, Javier?».

«Direi che è tutto».

«Parliamo un attimo di Tatum. Perché è un beneficiario del testamento di Sally?».

«Piuttosto chiaro, non crede?».

«Me lo dica lei».

«Per quanto ne so, Sally ha organizzato tutto come una specie di gioco: la sopravvivenza del più forte».

«In un certo senso sì. L'ultimo a sopravvivere si prende tutto».

«Ma c'è dell'altro, giusto?».

«Cosa intende dire?», chiese Jack.

«Tatum dice che ci sono due modi per prendersi quei soldi. Uno è sopravvivere a tutti. L'altro è essere l'unico che – come si dice – non rinuncia alla sua eredità?».

«Esatto», intervenne Kelsey. «Chiunque può ritirarsi, se vuole».

«Proprio così», disse Javier. «O sopravvivi a tutti gli altri o devi convincere gli altri a gettare la spugna. In un gioco di questo tipo, ha un senso avere nel mucchio almeno una persona come Tatum, che non è schizzinoso nei confronti del sangue».

Jack strinse gli occhi e chiese: «Sta dicendo che Sally voleva che questa gente si scannasse per avere i suoi soldi? Non sotto un profilo legale, ma che si scannasse letteralmente».

«Se il suo ex marito e quel Gerry sono sulla lista, allora sì, assolutamente. Niente l'avrebbe resa più felice che vedere quei due che finivano con uccidersi a vicenda cercando di mettere le mani sui suoi soldi».

«Per quale motivo quindi ha nominato Tatum tra i beneficiari? Perché desse fuoco alle polveri?».

«Posso solo dirle che quella sera Sally mi ha chiesto se conoscevo qualche tipo duro. Veramente tosto. Ho risposto di sì. Senza fare domande. L'ho messa in contatto con Tatum, fine della storia».

«E poi scopre che Sally viene ammazzata, e Tatum è un beneficiario del suo testamento», osservò Jack.

«Più o meno». Javier controllò l'orologio e disse: «Devo andare. Lavoro con le mance, e guadagno bene se riesco a riempire queste suite».

«Certo», disse Jack alzandosi. «Ce ne andiamo».

«A meno che lei e la signora non vogliate restare. Questo è un posticino molto intimo».

«No, no», si affrettò a rispondere Jack.

«Va bene così», ribadì Kelsey.

«Sicuri?», insistette Javier. «Io fornisco un servizio completo. Posso farvi avere tutto quello che volete. Bevande, mentine per profumare l'alito, ecstasy, preservativi».

Sentendo nominare i preservativi Kelsey balzò dal divano, come spinta dal pensiero di quello su cui poteva essere stata seduta. Jack ebbe la sensazione che quel favoloso vestito rosso era destinato a finire in un negozio di abiti usati.

«Magari un'altra volta», disse Jack.

Si strinsero la mano e si salutarono. Poi Jack e Kelsey discesero di nuovo le scale e uscirono dal locale. Era quasi mezzanotte e Washington Avenue pulsava di vita, trasformata in un miscuglio eterogeneo di gay ed eterosessuali, di turisti e di abitanti del luogo. Passò una limousine con i finestrini aperti da cui usciva una musica assordante. La parte posteriore conteneva una vasca d'acqua calda piena di corpi atletici di ragazzi che ridevano forte e parlavano portoghese.

«Mi dispiace molto», disse Jack quando ebbero raggiunto il marciapiede.

«Che cosa?».

«Ti ho chiesto di venire perché credevo che sarebbe stata una cosa divertente per te. Un aspetto un po' più eccitante della professione legale. Non intendevo importi la presenza di un maniaco sessuale in fase di recupero».

«Tu non mi hai imposto niente. Mi sono offerta io. Non

morirò di certo perché un patetico balordo non mi può guardare in faccia senza pensare... be', a qualunque cosa stesse cercando di non pensare».

«Allora va tutto bene?».

«Tutto bene. Ma per quanto riguarda quello che ti ho detto oggi nel tuo ufficio, su come usare il corpo non sia diverso dall'usare il cervello...».

«Sì?».

«Dopo aver conosciuto Javier, diciamo che la mia opinione da quel punto di vista si sta evolvendo».

«Mi sembra giusto», commentò Jack con un sorriso. Rimasero in silenzio per qualche istante, con un certo imbarazzo, mentre Jack rifletteva sulla mossa successiva. La luce gialla dell'insegna al neon del Club Vertigo faceva sprigionare pagliuzze d'oro dalle affascinanti pozze nocciola degli occhi di Kelsey. Il divorzio aveva lasciato Jack piuttosto arrugginito in materia di appuntamenti; ma non aveva perso del tutto la capacità di leggere l'espressione sul volto di una donna o d'interpretare il suo atteggiamento, le piccole cose che dicevano: "E adesso cosa c'è in programma?", invece che: "Sono stanca e voglio andare a casa". Una parte di lui avrebbe voluto fare un tentativo e proporle di andare a prendere un caffè o qualcosa del genere, ma non gli sembrava corretto provarci con la mamma di Nate.

«Devo davvero lasciare andare a casa la baby-sitter», dichiarò Kelsey. «Magari un'altra volta».

«Un'altra volta che cosa?».

Lei fece un sorrisetto ironico. «Negli ultimi trenta secondi hai guardato con un occhio me e con l'altro il caffè al di là della strada. Perciò... magari un'altra volta».

Jack cercò nervosamente in tasca il biglietto del parcheggio. «Certo», disse, chiedendosi se lui era veramente così trasparente, o se era lei a essere particolarmente intuitiva. «Un'altra volta».

16

All'una del mattino la zona dei magazzini a ovest della Palmetto Expressway aveva la stessa attrattiva e lo stesso fascino di un carcere federale. Gli edifici sembravano tutti uguali, semplici costruzioni in blocchi di cemento e lamiere. All'esterno di ciascuno di essi ogni palmo di terreno era coperto da bancali di merci non meglio identificate. Tutto intorno c'era una rete di protezione di oltre due metri e mezzo, con in cima del tagliente filo spinato.

Una fitta coltre di nubi aveva oscurato la luna e i lampioni stradali erano scarsi e lontani tra loro. La piccola Honda rossa sobbalzava rumorosamente sopra buche così profonde che l'intera vettura era coperta di schizzi di fango. In quella zona la manutenzione stradale era una battaglia persa: dall'alba al tramonto, sei giorni alla settimana, la sede stradale veniva percorsa da un numero infinito di camion con carichi più pesanti del consentito.

Deirdre Meadows era molto lontana da casa, ma l'istinto le diceva che si stava avvicinando alla sua destinazione. Si fermò in fondo a una strada deserta per cercare di orientarsi e strizzò gli occhi per decifrare l'insegna scarsamente illuminata.

«JJ's Italian Tile and Marble», lesse ad alta voce.

Controllò i suoi appunti. Esatto. Finalmente, dopo aver girato in tondo e visto almeno una dozzina di posti con nomi simili, aveva trovato quello giusto.

Spense il motore e i fari. L'improvvisa oscurità la fece esitare. Fuori era più buio di quanto avesse pensato. Accese la luce interna per controllare il contenuto della borsa. Carta e penna, naturalmente. Registratore. Cellulare, con la batteria completamente carica. Non era un toccasana, ma finché aveva il suo cellulare Deirdre sarebbe andata ovunque – ovunque per un articolo, ovviamente.

La telefonata era arrivata appena prima di mezzanotte. Deirdre era in soggiorno a guardare Letterman alla televisione, con accanto il cordless. Il display aveva indicato solo che la chiamata proveniva da un telefono pubblico. Aveva risposto dopo il secondo squillo.

Un'ultima volta, ripercorse con la memoria la telefonata.

«Pronto».

«Sei pronta?», chiese l'uomo. Ancora quella voce profonda, metallica, che sembrava venire da sott'acqua.

«Sicuro», rispose lei.

«Vai alla JJ's Italian Tile and Marble, sulla Centotrentadue Court, a ovest della Ottantasei. Gira intorno al capannone fino a trovare il cancello d'ingresso nella recinzione. C'è un lucchetto, ma lo lascerò aperto. Entra e percorri circa cento metri fino alla piattaforma di carico».

«Perché devo andare lì?».

«Perché lo dico io».

«Guarda che non sono così ansiosa d'incontrarmi con uno sconosciuto dietro un capannone nel bel mezzo della notte».

«Allora non venire».

«Mi darai lo stesso le informazioni che hai?».

«No, se non vieni. E per inciso, quando dico venire intendo da sola».

«Perché ti comporti in questo modo?».

«Perché voglio sapere».

«Sapere che cosa?».

«Fino a che punto vuoi conoscere la verità su Sally Fenning».

«Perché pensi che lo voglia fino a questo punto?».

«Perché questa storia rende molto bene. Qualcosa come quarantasei milioni di dollari».

«In che modo l'identità dell'assassino di Sally mi potrà fruttare quarantasei milioni di dollari?».

«Non te lo garantisce al cento per cento, ma ti porterà più vicino all'obiettivo».
«In che modo?».
«L'assassino di Sally non può ereditare niente del suo patrimonio. È la legge, giusto?».
Brividi gelati le corsero lungo la schiena. Aveva pensato che il suo interlocutore non fosse particolarmente intelligente, ma evidentemente era abbastanza in gamba da conoscere lo Slayer Statute. «Giusto», confermò. «Agli assassini viene precluso di ereditare qualsiasi cosa dalla loro vittima».
«Proprio così. Fuori uno, ne restano cinque».
«Mi stai dicendo che l'assassino di Sally è uno dei sei beneficiari del suo testamento?».
«Ti sto dicendo che devi trovarti alla JJ's Italian Tile and Marble entro un'ora e mezzo. Fine della storia. Per ora».

Deirdre controllò l'orologio sul cruscotto. Era passata più di un'ora da quella conversazione, ma la domanda le bruciava ancora nelle orecchie: Fino a che punto voleva davvero quella storia?
Quasi quanto i soldi.
Istintivamente si sorprese ad allungare la mano verso la maniglia. Aprì la portiera e scese dall'auto. L'autostrada era invisibile, da qualche parte al di là dell'isolato di edifici senza finestre, ma lei riusciva a percepire il ronzio ininterrotto del traffico diretto verso est. Sembrava strano che così tanti veicoli passassero lì vicino ogni minuto e che tuttavia lei si sentisse così sola, senza un'altra auto o un altro essere umano intorno. Prima di chiudere la portiera, tese una mano verso il cruscotto e fece lampeggiare le luci di posizione. Si voltò a osservare attentamente la strada buia. Vide lampeggiare per un attimo delle altre luci di posizione in risposta, prima che tutto ripiombasse nell'oscurità. Il suo fidanzato. Deirdre si sentiva un po' più al sicuro sapendo che lui era a un centinaio di metri di distanza, a portata di cellulare. Chiuse la portiera, fece un profondo respiro e si avviò verso il cancello, facendo scricchiolare la ghiaia a ogni passo.
Sarà meglio che ne valga la pena, si disse.

17

Al John Martin's sulla Miracle Mile, il locale di Coral Gables più simile a un autentico pub irlandese, era quasi l'ora di chiusura. Le pareti rivestite di pannelli di legno scuro, la birra Harp alla spina, e il tipico cibo da pub come le salsicce con purè e il pasticcio di carne non erano esattamente la consuetudine nel sud della Florida, ma il John Martin's costituiva un piacevole diversivo. Il lungo bancone in mogano del bar scolpito da artigiani locali era splendido; e di tanto in tanto il proprietario del locale ingaggiava un vero complesso irlandese, con il sicuro effetto di far pestare i piedi sul pavimento e far battere le mani. Tuttavia neppure le graziose cameriere con i capelli rossi e le lentiggini riuscivano a far dimenticare che quella non era la contea di Cork, soprattutto durante l'happy hour, quando il John Martin's era affettuosamente noto come il "Juan Martino's", con una clientela costituita soprattutto da ispanici che anche il giorno di San Patrizio preferivano un mojito color menta a una pinta di birra verde. Poteva sembrare strano, ma bastava assaggiare un mojito per apprezzarlo.

«Un altro whisky con acqua?», chiese la cameriera.

Gerry Colletti fece ruotare i cubetti di ghiaccio nel suo bicchiere quasi vuoto, poi decise che aveva bevuto abbastanza. «No, grazie. Abbiamo quasi finito».

Guardò la cameriera allontanarsi ancheggiando, poi riportò lo sguardo sui documenti posati sul tavolo. Di fronte a lui era seduto Bill Hanson, un uomo con l'aspetto e l'atteggiamento di un ragioniere, che aveva ordinato solo una tazza di caffè. Hanson era un attuario esperto nella scienza di esprimere la lunghezza della vita di una persona in termini di probabilità matematiche. Non appena Gerry si era reso conto di dover sopravvivere agli altri beneficiari per ereditare l'intero patrimonio di Sally, aveva assunto Hanson perché gli fornisse un'analisi statistica su come avrebbe potuto cavarsela nel test di longevità che il testamento di Sally aveva creato.

Gerry guardò ancora una volta le carte e i grafici, poi li spinse da parte. «Ha un aspetto molto impressionante, ma io detesto dover interpretare questa roba. Per favore, me lo vuole spiegare?».

Hanson parve deluso, come se quei diagrammi fossero il suo orgoglio. «Vuole la versione lunga o quella corta?».

«Voglio una risposta alla domanda che è la ragione per cui l'ho assunta. Abbiamo sei beneficiari del testamento di Sally Fenning. Quello che vivrà più a lungo erediterà quarantasei milioni di dollari. Perciò limitiamoci ad applicare il normale criterio che usano le compagnie di assicurazione per valutare i rischi costituiti da chiunque voglia stipulare un'assicurazione sulla vita. Chi è destinato a vivere più a lungo?».

«Non sono in grado di dirglielo. Tutto quello che posso fare è classificarli secondo il punteggio attuariale che ho assegnato loro».

«E cosa significa quel punteggio?».

«Quanto più è alto, tanto maggiore è il rischio per la compagnia di assicurazioni. Il che, nel contesto che la riguarda, significa una maggiore probabilità di una morte prematura».

«Il che significa che ciò che voglio è che tutti quei buffoni abbiano un punteggio alto».

«Esatto. Ma badi bene, questa conclusione non è affidabile come quella a cui potrei giungere nel caso di un'effettiva richiesta per stipulare una polizza. In quel caso agli interessati viene richiesto di fornire ogni genere di informazione relativa alla salute e al background familiare. Nel nostro caso, ho usato solo quello che sono riuscito a scovare su quelle persone».

«Capisco».

«Ho anche inserito alcuni fattori che legalmente non

avrei potuto considerare, nel caso di una polizza assicurativa. Cose che, francamente, potrebbero far querelare una compagnia di assicurazioni».

«Ma io non sono una compagnia di assicurazioni, e chiunque fosse abbastanza stupido da farmi causa dovrebbe farsi esaminare il cervello. Mi dica solo a quali conclusioni è arrivato».

«Okay». Si schiarì la gola mentre controllava i suoi appunti. «Il punteggio più alto è quello del pubblico ministero. Ha una professione ad alto livello di stress, fuma come una ciminiera e sembra sovrappeso di una ventina di chili. Ha cinquattotto anni e suo padre è morto d'infarto a cinquantacinque».

«Fantastico. Potrebbe schiattare da un momento all'altro».

Hanson gli lanciò una strana occhiata, dando l'impressione di essere a disagio.

«Cosa c'è che non va?», gli chiese Gerry.

«Non ho mai fatto un'analisi in cui il mio cliente tifava per il grande scheletro con la falce e il cappuccio nero».

«Non faccio affatto il tifo. Voglio solo che lei mi dica come stanno le cose».

«Mi fa piacere sentirlo. Perché il secondo punteggio più alto riguarda lei».

«Me? Ma non fumo neanche».

«Sì, invece».

«Solo quando sono in compagnia».

«A parte questo, il fattore più importante che agisce contro di lei è una cosa che posso prendere in considerazione solo perché lei è un mio amico e conosco il suo stile di vita. Fondamentalmente, lei è un avvocato divorzista arrapato che si porta a letto metà delle donne che varcano la sua soglia».

«Che cosa?».

«Mi scusi, Gerry. Lei mi ha chiesto di fare un'analisi onesta. A causa delle numerose partner sessuali che ha avuto e che continuerà ad avere, io la pongo ad alto rischio di AIDS».

«Ma io uso il preservativo».

«Non è vero».
«Come lo sa?».
«Perché ho visto le foto che Lisa Bartow ha messo su Internet. Ricorda Lisa, la sua vecchia cliente, vero? Le ha fatto causa perché non voleva pagarle l'onorario, perciò lei si è vendicata mettendo in rete quelle foto di voi due mentre...».
«Sì, sì, ricordo».
«Strano, non ho saputo più niente di quella controversia. Immagino che sia stata risolta».
Gerry non stava sorridendo. «Per essere un contabile, sembra che lei pensi di essere un tipo divertente».
«Mi limito a esaminare i fatti».
«Bene. E così mi ha messo al secondo posto».
«Esatto. Al terzo c'è l'ex marito».
«Ma è ridicolo. Com'è che io e Miguel siamo più a rischio di una morte precoce rispetto a quel nero, quel Tatum Knight?».
«Giusta osservazione. Onestamente, devo dire che ho avuto qualche problema ad assegnare un punteggio a Mr. Knight. Sul suo conto non ho nessuna informazione attendibile. Per esempio, la storia medica della sua famiglia è molto lacunosa. Il padre è ignoto».
«Che sorpresa».
«Lo ha cresciuto una zia. Sua madre era una drogata, e non sono riuscito a scoprire se è viva o morta».
«Non perda il suo tempo in quella direzione. Per quanto mi riguarda, mi limito a pensare che sia il tipo di persona che potrebbe essere fatto fuori la prossima settimana mentre rapina un negozio di liquori».
«Potrebbe aver ragione».
«Perciò, quali sono le conclusioni?», chiese Gerry.
«Difficile trarne di certe. Come ho detto, Tatum Knight è un elemento imprevedibile. E poi c'è il sesto beneficiario che non si è presentato alla lettura del testamento. Se lei non mi fornisce il numero della sua tessera di previdenza sociale non posso procurarmi nessuna informazione utile per classificarlo».
«Mi sta dicendo che l'ho pagata per fare un'analisi inutile?».

«No. Solamente da un punto di vista statistico, non credo che importi chi sia quello sconosciuto o quale sia il suo punteggio».

«Perché dice così?».

«Con tutta probabilità, la sua preoccupazione maggiore continua a essere la giornalista».

«Punteggio basso?».

«Molto basso. Ha compiuto ventinove anni il mese scorso. Vegetariana. Fa le maratone. Non fuma. Inoltre ha una storia familiare straordinaria. I suoi genitori hanno passato la settantina e sono ancora vivi. Entrambe le coppie di nonni sono ancora in vita. Il più vecchio ha novantadue anni. Se dovessi scommettere su chi vincerà la corsa della longevità, punterei i miei soldi sulla giornalista».

Gerry sollevò il bicchiere e strizzò l'occhio. «Non getti via il suo denaro, amico mio».

«Cosa vuol dire?».

«Niente. Grazie per il suo aiuto. La chiamerò se mi dovesse servire qualche altra cosa».

Gerry posò una banconota da venti dollari sul tavolo per saldare il conto del bar. Hanson raccolse le sue carte, strinse la mano a Gerry e si avviò verso l'uscita su Miracle Street. Gerry aveva lasciato l'auto nel parcheggio posteriore, perciò si diresse da solo verso la porta sul retro passando oltre il bagno degli uomini e l'insegna scolpita su una tavola di legno con il vecchio brindisi irlandese: "Che tu possa essere in paradiso un'ora prima che il diavolo sappia che sei morto". L'ultimo tratto del corridoio era la galleria delle celebrità del pub: due pareti con foto in bianco e nero, autografate, di tutti i personaggi famosi del luogo che ne avevano assaporato la birra, da Roy Black, noto penalista, a Dave Barry, l'uomo più divertente che esistesse. Ogni volta la vista di quei ritratti gli provocava una fitta d'irritazione. Era passato quasi un anno da quando aveva regalato al proprietario del locale una sua foto incorniciata e autografata.

Non l'hai ancora appesa, figlio di puttana.

Quando aprì la porta e uscì nel vicolo venne accolto dal puzzo di immondizia. Da un bidone della spazzatura saltò fuori un gatto grigio, che fuggì lungo la scala antincendio.

La sera d'autunno era sgradevolmente calda. Era passata la mezzanotte, eppure faceva più fresco all'interno del pub pieno di fumo. Gerry si appoggiò sulle spalle la giacca sportiva e si diresse verso il parcheggio. La debole luce di un lampione illuminava il retro del pub e gli ingressi posteriori di parecchi altri locali che avevano chiuso da ore. Non era più buio che nel bar scarsamente illuminato che Gerry aveva appena lasciato, ma la luce era diversa, più giallastra, e ci volle un momento perché i suoi occhi si abituassero. Notò che la sbarra di legno a strisce all'uscita nord del parcheggio era alzata. Sembrava che il custode avesse abbandonato ogni speranza di riscuotere il pedaggio dai pochi ritardatari rimasti.

Mentre si avvicinava alla BMW, Gerry cercò le chiavi. Compresa la sua, in tutto il parcheggio erano rimaste solo tre auto e un furgone. Naturalmente quello schifoso furgone era parcheggiato proprio accanto alla sua costosissima BMW in produzione limitata, con la carrozzeria verde smeraldo metallizzato. Si diresse verso la parte anteriore della sua auto e si chinò per ispezionare il lato del guidatore, per vedere se ci fosse qualche segno. Sembrava tutto a posto, ma era troppo buio per essere del tutto certi. Per un attimo pensò di rigare per rappresaglia la fiancata del furgone, ma proprio quando stava per introdursi nello stretto passaggio tra la sua auto e il camioncino, la portiera dalla parte del passeggero si aprì di colpo e lo prese in pieno volto. Gerry cadde all'indietro, finendo sul cofano della sua auto. Qualcuno balzò fuori dal veicolo e lo afferrò per il colletto della camicia.

«Fermo!», gridò Gerry.

L'aggressore lo fece voltare su se stesso e gli sferrò un pugno sull'occhio destro. Seguì una raffica di colpi, uno dopo l'altro. L'uomo indossava dei guanti di pelle, ma questo non attutiva affatto i colpi. I pugni sembravano di ferro, come se fossero appesantiti da rotoli di monete metalliche. Gerry non aveva nessuna possibilità di reagire. Un pugno al ventre gli tolse il respiro, e subito dopo un diretto al lato della testa gli fece fischiare un orecchio.

«Adesso basta!».

La furia dei colpi s'interruppe e Gerry piombò riverso sul cofano della sua auto. Non riusciva a vedere né a pensare con chiarezza, e quando sollevò la testa per cercare di mettere a fuoco, il suo aggressore lo afferrò per i capelli e gli sbatté la nuca sul cofano. Stordito, Gerry scivolò lungo la fiancata dell'auto e cadde a terra.

Non si mosse, non era neppure in grado di sollevare la testa. Sentì sbattere una portiera e rombare un motore. Il furgone si allontanò. Gerry rimase sdraiato con la guancia premuta contro l'asfalto e l'occhio pesto che pulsava mentre guardava sparire nell'oscurità la sagoma indistinta del furgone.

18

La targa sul cancello di metallo, che recitava SOLO CONSEGNA PIASTRELLE, confermò a Deirdre di trovarsi nel posto giusto. Il lucchetto era aperto, come aveva promesso l'uomo al telefono. I cardini cigolarono quando Deirdre aprì il cancello. Avanzò all'interno della recinzione, poi si fermò nel buio e rimase in ascolto. Non udì altro che il suono del suo respiro. La pelle d'oca le faceva prudere la base della nuca, ma la notte era calda, e lei sapeva che si trattava solo di nervosismo.

Certamente stava correndo dei rischi, ma ne aveva affrontati di peggiori per procurarsi del materiale meno importante. Come la notte che aveva trascorso in città, dormendo su una scatola di cartone sotto l'autostrada, quando aveva fatto ricerche sul campo per un pezzo sulla giornata di un barbone drogato di crack: l'articolo non era mai stato pubblicato. O la volta in cui si era intrufolata in un rave party di adolescenti e aveva preso dell'ecstasy per poter descrivere di prima mano gli effetti della droga. Si era quasi bruciata il cervello ed era finita al pronto soccorso, tutto per un articolo di otto colonne che il direttore aveva ridotto a tre. Visti con il senno di poi, quelli sembravano rischi idioti. Ma questa era una storia del tutto diversa. Era in gioco molto di più che la sua firma sotto un articolo.

In un primo momento, Deirdre non aveva dato peso alla prova di sopravvivenza da quarantasei milioni di dollari di Sally Fenning. Non aveva pensato seriamente di poter entrare in possesso di quei soldi. Ma più ci pensava, più si chiedeva: perché non lei? C'erano sei beneficiari. Una persona su sei moriva per cause accidentali: annegamenti, incidenti d'auto, disastri aerei, una partita di caccia con degli idioti che non sapevano distinguere gli amici da un'anatra. Considerato questo, le sue probabilità erano una su cinque. In Florida c'era la pena di morte, perciò se la sua fonte di quella notte fosse stata in grado di eliminare un altro beneficiario dimostrando che era l'assassino di Sally, le sue probabilità si sarebbero ridotte a una su quattro. Chi non avrebbe accettato una simile scommessa? Lei era giovane e sana. Le sue chance erano migliori di quelle di chiunque altro. Sarebbe stata ricca. Schifosamente ricca.

E per di più, con questo articolo sarebbe diventata anche famosa.

Fece un profondo respiro ed entrò nello spazio sul retro. L'uomo le aveva detto di andare alla piattaforma di carico. La vide proprio davanti a sé: era illuminata da due lampade di sicurezza. Arrivarci, tuttavia, significava attraversare un canyon costruito dall'uomo. Il lungo passaggio era a malapena ampio a sufficienza da consentire il transito di due camion in direzioni opposte; su entrambi i lati erano disposti bancali di scatole di piastrelle in ceramica, che formavano pile alte fino a sei metri.

Deirdre fece un passo in avanti, poi sussultò sentendo squillare il suo cellulare. Lo afferrò velocemente, e riconobbe il numero del suo fidanzato.

«Perché mi chiami?».

«Volevo solo assicurarmi che stessi bene».

«Ti avevo detto che avrei chiamato se avessi avuto dei problemi».

«Lo so. Ma c'è troppo buio, e questo posto è deserto. Non mi piace l'aria che tira, piccola».

Deirdre non sopportava che lui la chiamasse "piccola". «Attieniti al piano, okay? Dove sarebbero oggi Woodward e Bernstein se si fossero rifiutati d'incontrarsi con Gola Profonda in un garage buio?».

«Questo non è esattamente il Watergate. Su, andiamocene».

«No, maledizione. Non ho intenzione di bruciarmi questa opportunità. E adesso stattene tranquillo fino a quando non ti chiamo». Interruppe la comunicazione e gettò il cellulare nella borsa. Stranamente, quella telefonata l'aveva resa ancora più determinata ad andare avanti. Proseguì lungo il passaggio buio che portava alla piattaforma di carico superando un bancale di piastrelle dopo l'altro. Tra una pila e l'altra c'erano delle aperture che avrebbero potuto essere nascondigli perfetti. Man mano che avanzava, Deirdre sbirciava in quei profondi spazi neri per assicurarsi che non ci fosse nessuno appostato nell'oscurità. Con quelle file infinite di scatole impilate, sembrava di trovarsi all'ingresso di un labirinto.

Squillò di nuovo il cellulare, e il cuore le balzò in gola. Lo prese dalla borsa e rispose con voce irritata: «Cosa c'è adesso?».

«Calmati, signora».

Deirdre s'irrigidì. Non era il suo fidanzato. Era la voce profonda, metallica e distorta della sua fonte. «Dove sei?».

«Lascia perdere».

«Come sarebbe? Io sono qui. C'incontriamo o no?».

«No».

«Figlio di puttana. Avevi detto...».

«Ho detto che prima potevi vedere l'anello di Sally».

«È qui?», chiese Deirdre cercando di recuperare la calma.

«Continua a camminare verso la piattaforma di carico».

Era arrivata a una trentina di metri. Guardò a sinistra, poi a destra cercando il suo interlocutore negli spazi bui tra le pile di scatole. Ma non vide niente. «Okay», disse, mettendo un piede davanti all'altro. «Sto camminando».

«Continua».

«Mi stai osservando?», chiese.

«Ti senti osservata?».

Lei si guardò alle spalle. «Un po'».

«Bene. Forse questo t'impedirà di scappare con l'anello».

«Che cosa ne devo fare?».

«Puoi guardarlo, ma senza toccarlo».

«Come faccio a sapere che è veramente l'anello di Sally?».

«C'è un'iscrizione incisa all'interno. Leggila. Poi vai a controllare. Vedrai che è proprio l'anello di Sally».

Deirdre era a una quindicina di metri di distanza quando entrò nel cerchio di luce che circondava la piattaforma di carico. «Quando scopro chi l'ha uccisa?».

«Non appena avremo concluso il nostro accordo».

«Quale accordo?».

«La mia parte della tua eredità da quarantasei milioni di dollari».

«Cosa ti fa pensare che sarò io a ereditarli?».

«Perché vivrai più a lungo di tutti gli altri».

«Come lo sai?».

«Perché farò in modo che sia così».

Deirdre si fermò. Non lo aveva fatto consapevolmente, i suoi piedi avevano semplicemente smesso di muoversi. «Cosa stai dicendo?».

«Tu e io. Una squadra».

«Non m'interessa far parte della squadra di nessuno».

«Questa non è la risposta che voglio sentire».

«Non m'importa. Questa storia sta diventando troppo strana».

«Non mandare tutto all'aria, Deirdre. Tu ti prendi una metà, io l'altra. E per di più ottieni il materiale per il tuo articolo».

«Che razza di bastardo malato sei?».

«Un bastardo malato e avido. Proprio come te. Tranne che mi manca la tua ambizione».

Deirdre strinse più forte il telefono. «Credo di sapere cosa intendi, e voglio essere chiara. Non voglio far parte di nessun piano che tu possa avere per fare del male agli altri potenziali beneficiari».

«Allora perché sei venuta fin qui?».

«Per il mio articolo».

«E per i soldi».

«Hai detto di sapere chi era l'assassino di Sally».

«E sono disposto a dirtelo. Ma non senza un accordo sull'eredità».

«Non m'interessa fare un patto del genere con te. Perciò puoi tenerti il tuo anello, le tue informazioni e tutto il resto. E stai alla larga da me, intesi?».

Aspettò una risposta, e il silenzio che seguì non fece che

acuire la sua sensazione di essere osservata. «So che sei ancora lì», disse. «Adesso riattacco. Stai a sentire quello che dico. Non voglio più che mi chiami. Capito?».

«Sì», rispose l'uomo. La sua voce era ancora più profonda e il dispositivo per alterarla sembrava semplicemente enfatizzare ulteriormente la sua rabbia. «Ho capito».

La chiamata terminò, e Deirdre compose immediatamente il numero del suo ragazzo. «Johnny, vieni subito qui».

«Stai bene?».

«Sì, sono solo spaventata. Raggiungimi alla mia auto». Interruppe la comunicazione, ruotò su un piede e si lanciò verso il cancello. Per raggiungere l'uscita bisognava percorrere un tratto di un centinaio di metri nel buio e Deirdre correva a perdifiato, coprendo in un baleno la stessa distanza che poco prima aveva percorso timidamente in parecchi minuti. Con le braccia e le gambe che scattavano, correva oltre le file di scatole impilate. Teneva gli occhi fissi sul cancello, ignorando gli spazi bui tra le pile di scatole che prima l'avevano tanto spaventata. Quando arrivò alla recinzione era al massimo della velocità, e andò praticamente a sbattere contro la rete.

Fuori dal cancello, Johnny fermò la sua auto accanto a quella di lei. Saltò giù e corse al cancello.

Deirdre allungò la mano verso la catena e diede uno strattone al lucchetto, che non si mosse.

«Stai bene?», le chiese Johnny dall'altra parte della recinzione.

«Sì, sì. Solo che... non riesco a uscire di qui!».

Anche lui cercò di aprire il lucchetto. «È chiuso».

«Maledizione!», esclamò Deirdre. «Quel farabutto mi ha chiuso dentro».

«Non riesci a scavalcare la rete?».

Lei alzò gli occhi a guardare il filo spinato che correva lungo tutta la recinzione alta poco meno di tre metri. «Non direi».

L'espressione di Johnny si raggelò improvvisamente. «E invece io direi che dovresti».

Deirdre si voltò e rimase impietrita. Dall'oscurità era uscita una coppia di doberman. Si avvicinavano lentamente, come agili ghepardi che si accostano di soppiatto alla preda; ringhiavano, scoprendo i denti.

«Non ti muovere», le disse Johnny.

I cani da guardia si avvicinavano lentamente. Deirdre guardò prima l'uno, poi l'altro. Il più grosso abbaiò e fece scattare le mascelle, poi si allontanò. Deirdre si gettò contro la recinzione.

«Non ti muovere», sussurrò in tono pressante il fidanzato.

«Ho paura!».

«E non guardarli negli occhi. Penseranno che li stai sfidando».

«Johnny, fa' qualcosa!».

«Sto chiamando la polizia. Tu non muovere neppure un muscolo».

«Ho dell'aerosol lacrimogeno nella borsa».

«Non toccarlo. Questi cani sono addestrati ad attaccare le persone che cercano di prendere un'arma».

I cani ringhiavano, facendo gocciolare la saliva. Deirdre riuscì a dire, con voce tremante: «Mi uccideranno».

«No, se non ti muovi».

«Dobbiamo fare qualcosa!».

«Tu resta immobile».

Il cane più grosso abbaiò di nuovo, una raffica veloce di suoni secchi, come quelli di una mitragliatrice. Deirdre urlò, e l'animale le mostrò i denti. Lei fece per prendere l'aerosol, e l'altro cane si avventò contro la sua gamba. Scalciò per allontanarlo, ma il cane le affondò i denti nel polso trascinandola a terra.

«Deirdre!».

Si mise a sferrare calci e pugni, nel disperato tentativo di ripararsi la testa e rotolare via. I denti del cane le scuotevano il braccio con violenza. Poi, all'improvviso, l'animale mollò la presa ed entrambi i cani si bloccarono di colpo. Deirdre tremava, troppo spaventata per muoversi. I cani avevano smesso di ringhiare, come se all'improvviso avessero perso ogni interesse in lei. Sembrava che stessero ascoltando qualcuno o qualcosa, ma Deirdre non sentiva niente.

Con la stessa rapidità con cui erano arrivati, si voltarono e corsero verso la piattaforma di carico. Deirdre non riusciva a pensare lucidamente, ma era come se avessero sentito un fischietto per cani.

Ancora a terra, Deirdre osservò il suo braccio. I denti del cane avevano lacerato la stoffa ed erano penetrati nella pelle. Boccheggiò alla vista del sangue.

«Tranquilla», disse Johnny, sempre al di là della recinzione. «Stanno arrivando i poliziotti».

Deirdre sobbalzò sentendo squillare il suo cellulare. Durante l'attacco la borsa era volata da qualche parte, ma il suono proveniva da dietro di lei. Strisciando sulle mani e sulle ginocchia, afferrò il telefono e rispose.

«Siamo una squadra?». Di nuovo quella voce metallica.

Deidre fece una smorfia, mentre il suo braccio pulsava di dolore per il morso del cane. «Cosa diavolo hai fatto?».

«Un guardiano notturno farebbe qualunque cosa per un piccolo guadagno extra. Anche sparire e prestarmi questo fischietto per richiamare i cani. Buffo come funziona, vero?».

«Non lo trovo affatto buffo. Fammi uscire di qui!».

«Rilassati. Ti sto offrendo una possibilità, Deirdre».

«Quale?».

«Una scelta molto semplice. Tu puoi essere una vincente oppure una perdente. Tutto qui».

«Di cosa diavolo stai parlando?».

«Ne discuteremo più tardi, dopo che ti sarai calmata. Nel frattempo, se dici anche solo una parola a qualcuno, a *chiunque*, diventerai una perdente. Un'assoluta perdente. Mi hai sentito?».

Lei non rispose.

«Mi hai *sentito*?».

«Sì».

«Bene. La chiave del lucchetto è attaccata con lo scotch al palo della luce. E adesso fuori di qui».

Un piccolo suono acuto del cellulare indicò che la telefonata era finita. Deirdre rotolò su un fianco tenendo premuto il braccio per fermare il sangue, mentre nel buio cercava di cacciare indietro le lacrime.

19

Leonard Parsons, il giudice per l'omologazione dei testamenti, era fuori di sé dalla rabbia. Peggio ancora, dall'alto del suo scranno guardava direttamente il cliente di Jack. La telefonata dall'ufficio del giudice era arrivata alle nove del mattino. Un malconcio Gerry Colletti aveva presentato una mozione urgente, e il giudice aveva ordinato ai sei beneficiari del testamento di Sally Fenning di trovarsi in aula alle undici in punto.

«Buon giorno», disse il giudice. Il tono era cordiale, ma gli occhi erano due carboni ardenti sotto le folte sopracciglia bianche. Un giudice accigliato era un brutto segno in qualsiasi aula di tribunale, ma in particolare nel mondo relativamente cortese della Corte dei Sussurri.

«Buon giorno, Vostro Onore». La risposta fu un coro misto di avvocati e clienti. Perfino Gerry Colletti, nonostante la profonda fiducia nel proprio talento, si era procurato un avvocato patrocinante per quell'udienza. Con Jack e il suo assistito, le persone interessate da quella convocazione erano dieci. Otto di queste – Colletti, l'ex marito di Sally, il procuratore generale, la giornalista e i loro avvocati – erano intorno a un unico tavolo vicino al banco della giuria, dalla parte opposta dell'aula rispetto a Jack e al suo cliente, come se all'improvviso non potessero mettere una distanza sufficiente tra loro e Tatum Knight. Seduta alle loro spalle c'era Vivien Grasso, l'esecutrice testamentaria di Sally. Sembrava voler mantenere una posizione neutrale: non si era seduta a nessuno dei due tavoli, e invece aveva scelto di occupare un posto vicino alla balaustra che separava gli avvocati dalla zona destinata al pubblico.

Jack notò che per il resto l'aula era vuota, il che significava che il sesto beneficiario continuava a non presentarsi.

«Mr. Anderson», disse il giudice, rivolgendosi all'avvocato di Gerry Colletti. «Vuole presentare la sua mozione, prego?».

Colletti rimase seduto. Il lato destro del suo viso era gonfio e violaceo e aveva un grosso cerotto sulla fronte. Il suo avvocato si alzò, ringraziò la corte e si fece avanti.

«Signor giudice, è piuttosto evidente che Mr. Colletti non è affatto in buone condizioni. Anche se questa è un'udienza probatoria, noi chiediamo che la corte accetti la deposizione scritta e giurata del mio cliente, in sostituzione della sua testimonianza diretta. È comunque disponibile per un eventuale controinterrogatorio».

«Mi sembra ragionevole. Qualche obiezione?», disse il giudice.

«Nessuna», risposero in coro dall'altro lato dell'aula.

«Nessuna obiezione», dichiarò Jack.

«Grazie», disse Anderson. «In sostanza la prova che viene portata davanti alla corte è che, la notte scorsa, Mr. Colletti è stato ferocemente aggredito mentre si dirigeva alla sua auto nel parcheggio del John Martin's Pub a Coral Gables. Ha riportato una serie di lesioni, soprattutto ecchimosi e contusioni, per non parlare della commozione cerebrale. Fortunatamente, nessuna delle suddette lesioni è risultata tale da mettere in pericolo la sua vita. Come chiaramente esposto nella dichiarazione scritta e giurata di Mr. Colletti, la persona che ha scatenato l'aggressione è Tatum Knight, beneficiario a sua volta di questo testamento».

«Che idiozia», borbottò Tatum.

«Niente interruzioni, prego», dichiarò il giudice in tono severo. «E lei, Mr. Knight, moderi i termini».

«Ho usato una parolaccia?».

«Ai limiti dell'accettabile. Quando è in dubbio, si ricordi che siamo nella Corte dei Sussurri».

«Ci scusiamo», disse Jack. «Non succederà più».

L'avvocato di Colletti proseguì. «Come ho detto, il pestaggio è avvenuto la notte scorsa. Questa mattina presto Mr. Colletti ha trovato sul suo computer una interessante e-mail spedita ieri sera alle 18,43, poche ore prima dell'aggressione; ma Mr. Colletti l'ha letta solo in seguito. Ne abbiamo stampato una copia per la corte. Il testo è piuttosto corto: "La vita è abbastanza breve. Esci dal gioco, *adesso*"».

Jack lanciò un'occhiata al suo cliente. Tatum si chinò per sussurrargli il più sommessamente possibile: «Non ho neppure un computer».

«Chi ha mandato questa e-mail?», chiese il giudice.

«Non lo sappiamo. È stata mandata da uno di quegli Internet-point di Miami che affittano a ore i terminali di computer, perciò non è possibile risalire al mittente. Tuttavia, io ritengo che questo messaggio abbia un logico collegamento con il pestaggio subito da Mr. Colletti per mano di Mr. Knight. Come la corte sa bene, abbiamo a che fare con un testamento piuttosto insolito. Ci sono sei beneficiari, ma solo uno erediterà il patrimonio. L'unico modo per vincere in questo *gioco*, come è stato descritto nella e-mail, è sopravvivere agli altri beneficiari o convincerli a rinunciare all'eredità. Mr. Colletti ritiene che questo sia stato lo scopo del pestaggio da parte di Mr. Knight. È stato un disgustoso tentativo di spaventare gli altri beneficiari e incoraggiarli tutti, ma soprattutto Mr. Colletti, a ritirarsi».

«Cazzate», borbottò Tatum all'orecchio di Jack.

«Mr. Knight!», intervenne il giudice. «Un'altra uscita come questa, e la incrimino per oltraggio alla corte».

«Ma se persino il mio avvocato quasi non mi ha sentito!».

Jack lo zittì, consapevole che tutto il sussurrare che si faceva in quell'aula doveva aver affinato l'udito del giudice. Oppure aveva alzato al massimo il volume del suo apparecchio acustico. «Chiedo scusa, Vostro Onore», disse Jack.

Il giudice aggrottò la fronte, poi riportò l'attenzione sull'avvocato di Colletti. «Che tipo di risarcimento chiede?».

«Mr. Colletti non ha ancora avuto il tempo per valutare tutte le sue opzioni legali. A questo punto ci limitiamo a chiedere alla corte di emettere un'ordinanza restrittiva per impedire a Mr. Knight di comunicare con gli altri beneficiari, se non tramite il suo avvocato. Inoltre chiediamo che la corte proibisca a Mr. Knight di avvicinarsi a meno di cinquecento metri agli altri beneficiari, tranne che per le udienze o gli incontri richiesti dall'esecutrice testamentaria».

«Bene», disse il giudice. «Mr. Swyteck, cos'ha da dire Mr. Knight a sua discolpa?».

Jack fece per alzarsi, ma Tatum lo afferrò per un braccio e disse: «Voglio sedermi al banco dei testimoni».

«No. Eravamo d'accordo...».

«Non m'interessa. Voglio testimoniare».

«Mr. Swyteck, per favore», disse il giudice.

In preda a una profonda confusione, Jack alzò lo sguardo sul giudice, poi lo riportò sul viso serio del suo cliente. «Vostro Onore, desidererei avere solo un paio di minuti per parlare con il mio assistito».

«D'accordo. Ma sappia che ho concesso un'ora per questa udienza. Ogni minuto che lei passerà a chiacchierare con il suo cliente verrà sottratto al tempo che ha per presentare il suo caso. Facciamo una pausa di cinque minuti», dichiarò con un colpo del martelletto.

«Tutti in piedi», disse l'usciere del tribunale.

Jack e gli altri si alzarono, guardando in silenzio il giudice Parsons allontanarsi dall'uscita laterale. Jack prese per un braccio il suo cliente e disse: «Dobbiamo parlare». Uscirono a passo veloce in corridoio, attraverso la porta posteriore. Jack trovò una sala d'aspetto aperta vicino agli ascensori, spinse dentro Tatum e chiuse la porta.

«Giuro che non ho toccato neanche con un dito Colletti».

«Te l'ho detto questa mattina quando Colletti ci ha notificato la sua mozione: non ha importanza».

«Ha importanza per *me*», dichiarò Tatum, alzando la voce.

«Ti ripeto, agli effetti di questa udienza non è importante che tu sia innocente».

«Hai dato un'occhiata alla faccia di Colletti?», chiese con aria di scherno. «Il lavoro di un fottuto dilettante. Se l'avessi fatto io, ti assicuro che stamattina lui non sarebbe stato in grado di controllare le sue e-mail sul computer. Gli ci sarebbe voluta una settimana per ricordarsi il suo nome, figuriamoci la password».

«È questa la tua difesa, Tatum? Quello che hai intenzione di dire al giudice?».

«Non c'è bisogno che glielo dica. Voglio solo che sappia che non sono stato io».

«Ascolta. Se vai a testimoniare, sarai controinterrogato. L'avvocato di Colletti ti potrebbe incolpare di qualsiasi cosa».

«Non c'è niente che io non sia in grado di controbattere».

«Ah, sì? Facciamo la prova». Jack si avvicinò, assumendo il ruolo dell'avvocato di Gerry durante il controinterrogatorio. «Mr. Knight, la prima volta che ha incontrato Mr. Colletti è stato alla lettura del testamento di Sally Fenning. Martedì dell'altra settimana, giusto?».

«Esatto».

«Meno di due settimane dopo averla conosciuta, Mr. Colletti finisce al pronto soccorso».

«Non ce l'ho mandato io».

«Mr. Knight, visto che è un beneficiario del testamento di Sally Fenning, immagino che qualche volta abbia incontrato anche lei, giusto?».

«Sì, una volta».

«Quando?».

«Un paio di settimane prima che morisse».

«Vuol dire un paio di settimane prima che fosse assassinata, vero?».

«Sì, comunque sia».

«Perciò l'ha vista una sola volta, e due settimane dopo le hanno sparato alla testa».

«E con questo?».

«Posso chiederle quante altre persone sono finite morte o all'ospedale due settimane dopo essersi incontrate un'unica volta con lei?».

Tatum gli lanciò un'occhiata di traverso. «Troppe per poterle contare».

Jack abbandonò la sua parte. «Ottima risposta, Tatum».

«Merda, Jack, voglio solo andare a testimoniare per dire al giudice che non sono stato io».

«Non funziona in questo modo. Mi dispiace, ma se tu vai a testimoniare, l'avvocato di Colletti ti metterà sotto torchio. Nel giro di qualche minuto tutti i presenti nell'aula sapranno cosa facevi per vivere, sapranno del tuo incontro con Sally Fenning, e che lei ha cercato di ingaggiarti perché le piantassi una pallottola in testa. Ora, a meno che tu non voglia finire in cima alla lista dei sospettati per l'omicidio di Sally, farai meglio a seguire il mio consiglio».

Tatum ribolliva d'indignazione, ma sembrava sul punto di farsi convincere. «Esattamente, cosa vuoi che faccia?».

«Tieni per te i tuoi segreti», rispose Jack. «Non andare a testimoniare. Accetteremo l'ordinanza restrittiva».

«E questo che impressione farà?».

«Presenterò la faccenda sotto la miglior luce possibile. Dirò al giudice che Mr. Knight respinge fermamente tutte le accuse, ma comunque non ha nessun bisogno di avvicinarsi nel raggio di cinquecento metri a nessuno degli altri beneficiari. Perciò non ci opponiamo all'ordinanza».

Tatum si avvicinò alla finestra e guardò verso il parcheggio. «Sai, non c'è bisogno che dica loro dell'incontro con Sally».

«Tu prova a giurare il falso, e dovrai cercarti un altro avvocato».

L'altro fece una risata priva di allegria. «Theo me lo aveva detto che eri il classico primo della classe».

«Theo mi ha anche detto un sacco di cose su di te. Ed eccoci qui. Allora, come la mettiamo?».

Tatum si allontanò dalla finestra e andò a piazzarsi davanti a Jack. «D'accordo. Accetteremo l'ordinanza. C'è solo una cosa che devi sapere».

«Che cosa?».

«Se quella mezza tacca di Gerry Colletti si becca tutti quei soldi, io vi massacro di botte, tutti e due».

«Non accetto minacce, Tatum».

Lui rivolse un ampio sorriso al suo avvocato e gli batté affettuosamente la mano su una spalla. «Stavo solo scherzando, amico».

Jack non restituì il sorriso. Aprì la porta e si diresse verso l'aula.

20

Jack aveva la sensazione di essere osservato, e non si sbagliava.

Dopo l'udienza aveva salutato Tatum all'uscita del tribunale, e aveva proseguito da solo verso la sua auto. Mentre attraversava l'asfalto dissestato, due uomini lo avevano seguito passo dopo passo, fino al parcheggio recintato. Il più giovane camminava con un'andatura dondolante e spavalda, il mento alzato, gli occhi puntati a cogliere la propria immagine in tutti i finestrini scuri delle auto alle quali passavano accanto, come se pensasse di trovarsi in un telefilm poliziesco. Il più anziano era leggermente curvo e aveva l'espressione accigliata di una persona tormentata da problemi che non era in grado di risolvere: problemi che lo facevano lavorare fino a tardi, che lo tenevano sveglio di notte, e che facevano sì che avesse un conto aperto al bar. Anche se Jack non avesse conosciuto Rick Larsen, avrebbe immaginato che fosse un detective della omicidi dotato di una grande esperienza.

Non erano esattamente amici, ma lui e Jack avevano un certo rispetto reciproco. Nel corso degli anni molti buoni poliziotti avevano concesso a Jack il beneficio del dubbio, non fosse altro perché suo padre era stato a sua volta un poliziotto prima d'intraprendere la lunga strada della politica culminata con due mandati come governatore. Ma il rapporto personale di Jack con il detective Larsen aveva una base ben più profonda. Nei suoi primi anni di carriera, Larsen aveva messo insieme il dossier su Theo Knight e aveva fatto parte della squadra che aveva mandato nel braccio della morte l'uomo sbagliato. Solo dopo che avevano avuto i risultati del test sul DNA, Larsen aveva potuto confidare a Jack, in via riservata ovviamente, che i suoi dubbi da novellino sulla colpevolezza di Theo erano stati messi a tacere dai suoi superiori.

«Chi è il tuo nuovo partner?», chiese Jack voltandosi verso i due.

Larsen sorrise togliendosi il sigaro spento che teneva tra i denti. «Vuoi dire il nostro Calvin Klein?».

«E questo cosa vorrebbe dire?», chiese l'altro poliziotto.

«Se non lo sai, non ti serve a niente essere un detective». Strizzò l'occhio a Jack e gli chiese: «Hai un minuto?».

Jack posò la valigetta sopra il cofano della sua auto. «Certo. Di cosa vuoi parlarmi?».

«Di Sally Fenning. Di certo saprai che mi occupo del suo omicidio».

«Sì, mi ha fatto piacere saperlo».

«Perché?».

«Voi della polizia non avete mai arrestato l'assassino di sua figlia. Il minimo che Sally si meritasse era un detective abbastanza in gamba da arrestare il suo di assassino».

«Ci sto lavorando».

«Il che ti porta a me», osservò Jack.

«Be', no. Mi porta a Tatum Knight, e di conseguenza a te».

«Vuoi interrogarlo?».

«Mi piacerebbe. Ma lui si rifiuta di parlare con noi».

Jack nascose la sua sorpresa. Tatum non gli aveva detto che la polizia lo aveva contattato. «Glielo hai chiesto con gentilezza?».

«Certo. Gli ho detto che poteva giocare a pallone o essere il pallone. In un modo o nell'altro, intendo averla vinta».

Jack ridacchiò. «Devo riconoscerlo, Larsen. Sei l'unico detective di mia conoscenza che riesca a dire questa battuta con la faccia seria».

«E a volte funziona anche. Ma smettiamola con gli scherzi: se il tuo cliente non parla, sarò costretto a metterlo sotto pressione».

«Cosa vuoi sapere?».

Si tolse gli occhiali da sole, per guardare Jack negli occhi. «È stato lui a uccidere Sally Fenning?».

«La risposta è no».
«Sa chi lo ha fatto?».
«No».
«Ti aspetti che io prenda per buone queste risposte?».
«Assolutamente no».
«È lui quello che ha pestato Gerry Colletti?».
«No».
«Perché non è andato a testimoniare e non ha detto al giudice Parsons che non è stato lui?».
«È stata una decisione del suo avvocato».
«Che cosa stai nascondendo?».
«Niente».
«Ho assistito all'udienza. Tu stai nascondendo qualcosa».
«Sono solo illazioni».

Al di là della recinzione, un autobus passò rombando, riempiendo l'aria con i gas di scarico del suo motore diesel. Ma il detective non si lasciò distrarre. «Dimmi solo perché Sally Fenning ha nominato nel suo testamento un delinquente come Tatum Knight».

«Vorrei che potessimo chiederlo a lei».
«Io vorrei poterlo chiedere a Tatum».
«Che cosa lo aspetta?».
«Può scegliere di giocare a pallone o di...».
«Per favore, andiamo avanti».

Larsen fece un sogghigno. «Quello che mi irrita è non capire cosa c'entra Tatum Knight con gli altri beneficiari finora identificati, quattro dei quali hanno un legame diretto con il primo matrimonio di Sally e con la morte della figlia».

Ovviamente Jack non poteva rivelare niente sull'incontro di Tatum con Sally prima che fosse uccisa, ma parlare un po' non sarebbe stato male. «Interessante», disse. «Tu sembri così sicuro che *tutti e quattro* gli altri beneficiari conosciuti abbiano un qualche legame con la vita precedente di Sally».

«Ho solo fatto un piccolo ragionamento deduttivo».

«Credo che non sia solo questo. L'ex marito di Sally, l'avvocato del loro divorzio e il procuratore generale che non è riuscito a incriminare nessuno per l'assassinio della figlia di Sally sono tutti chiaramente collegati con il passato di Sally. Ma la giornalista ha solo scritto alcuni articoli basati sui fatti su un orribile delitto: non abbastanza per metterla nella stessa vituperata categoria degli altri».

«Te lo concedo. Lei è un soggetto un po' diverso».

«Se ipotizziamo che Sally abbia deciso di lasciare il suo patrimonio ai suoi nemici perché si scannino, che cos'ha fatto esattamente questa giornalista per diventare uno dei peggiori nemici di Sally?».

«Adesso sei tu che fai domande a *me*?».

«Se rispondi a questa domanda, vedrò cosa posso fare per quanto riguarda Tatum».

«Mi servono delle garanzie maggiori».

«Lo incoraggerò a incontrarsi con te. È tutto quello che posso promettere».

Larsen gli lanciò uno sguardo duro. «D'accordo. Ma te lo dirò solo perché so che sei un uomo di parola. Deirdre Meadows ha fatto di più che scrivere qualche articolo su Sally Fenning».

«Quanto di più?».

«Ha scritto un libro intero. Tutto sull'assassinio della figlia di Sally. Per il momento nessun editore lo ha acquistato, ma mi risulta che lei lo stia ancora proponendo in giro».

«E?».

«Tutto qui, per il momento. Almeno fino a quando non riesco a parlare con Tatum Knight».

Jack prese la sua valigetta. «Mi sembra giusto. Grazie per l'interessante notizia. Vedrò cosa posso fare».

«Ti chiamo domani», disse Larsen.

Jack annuì e aprì la portiera. Mentre stava per allontanarsi, Larsen gli fece un breve cenno di saluto con la mano. Poi si fermò, si volse e disse: «Ancora una cosa, Swyteck».

«Cosa?».

«Hai per le mani un tipo tosto come cliente, Swyteck».

«Sì. Proprio come suo fratello».

All'improvviso Larsen si era fatto terribilmente serio. «Ti assicuro che Tatum non assomiglia per niente a Theo».

«Stai cercando di dirmi qualcosa?».

«Assicurati solo di fare bene i tuoi compiti a casa».

«Li ho già fatti, tantissimi».

«Rifalli. Per il tuo bene».

«È quello che mi dicevano una volta di Theo. Fino a quando ho dimostrato che era innocente».

Larsen si volse, come se non avesse davvero afferrato le sue ultime parole. Jack, quasi accecato dal sole, rimase a guardare il detective mentre attraversava il parcheggio diretto al cancello.

21

Theo era troppo bravo per il suo bar. Era così che i componenti della sua band lo insultavano da sbronzi tutte le volte che suonavano allo Sparky's. Non che considerassero degradante esibirsi in una topaia come quella. Il commento era diretto unicamente al pubblico. Anche se Theo avrebbe voluto possedere un vero jazz bar, aveva comunque acquistato un locale ben avviato con una clientela stabile. I suoi avventori erano fedeli, gli consentivano un discreto profitto, e credevano fermamente che la storia della musica avesse raggiunto il suo apice con "Achy-Breaky-Heart", e da allora avesse iniziato il suo declino. Il sax era la passione di Theo, ma i bifolchi gli pagavano l'affitto.

Perdonami, Charlie Parker.

Terminò il pezzo con un potente assolo. Due donne con il cappello da cowboy si precipitarono verso il jukebox. Il tavolo di fronte era occupato dai dipendenti della concessionaria di auto che si trovava dall'altra parte della strada. Non avevano il minimo interesse per la musica: uno di loro rideva così forte che la birra gli usciva dal naso. Ma qualcuno applaudì, e una donna vestita di nero alzò i pollici in segno di approvazione, strappandogli un sorriso. Pian piano il suo locale sarebbe cambiato, Theo ne era sicuro.

Posò con cura il sassofono, un vecchio Buescher 400 che aveva ereditato dall'uomo che gli aveva insegnato a suonare. Il suo prozio Cyrus era stato una star nella vecchia Overtown, l'Harlem di Miami, e sarebbe stato contento di sapere che neppure quattro anni trascorsi nel braccio della morte erano riusciti ad allontanare da Theo la passione con cui il vecchio aveva acceso il suo sangue di adolescente.

«Cosa ti servo, amico?», chiese Theo dopo essere andato dietro il bancone ed essersi messo il grembiule bianco.

«Club soda».

«Andiamo sul pesante, eh?».

«Non posso bere alcolici. Sto prendendo degli antidolorifici».

Theo sollevò lo sguardo per osservarlo meglio. L'illuminazione era scarsa, ma era chiaro che quel tizio stava soffrendo. «Accidenti, che brutta storia. Ho visto della gente strisciare fuori di qui con la faccia massacrata. Ma è la prima volta che vedo qualcuno entrare nel mio locale conciato così».

«Sono stato pestato in maniera professionale».

«Già».

«Da tuo fratello».

Theo posò il bicchiere sul bancone. Non si erano mai incontrati, ma Theo aveva sentito parlare a lungo di lui da Jack. «Tu devi essere Gerry il Genio».

«Tu e il tuo amico Swyteck lo trovate proprio divertente, vero? Te lo dico per l'ultima volta, sono Gerry il Gentleman».

«Che cosa ti ha portato qui, Gent?».

«Tu cosa pensi?».

«La stupidità».

Gerry sorrise, poi fece una smorfia di dolore. «Merda, fa male perfino a ridere».

«Non è un mio problema».

Gerry si portò il bicchiere alle labbra con cautela, ma il lato sinistro della bocca era molto gonfio, tanto che un rivolo di bibita gli corse lungo il mento. «Hai ragione. È un problema mio. E di tuo fratello».

«Solo perché sei bravo a lanciare in giro delle accuse del cazzo».

«Veramente hai intenzione di startene lì a dirmi che non è stato un lavoretto di tuo fratello?».

«Proprio così».

«Tu chi sei, il suo alibi?».

«No. Il suo allenatore. Lui e io boxiamo insieme da anni. Perciò sono in grado di guardare la tua faccia e dirti in due secondi che non è stato Tatum a conciarti così».

«Come?».
«Tatum ha un gancio sinistro micidiale. Nessuno lo vede mai arrivare. Una volta il mio occhio destro è rimasto chiuso per tre giorni tanto era gonfio. Ma il tuo occhio destro è perfetto. È il lato sinistro della faccia che è un macello. Allora dimmi», aggiunse Theo fingendo di sferrare un gancio sinistro all'occhio destro, sano, di Gerry, «come può succedere?».
«Tuo fratello non ha un braccio solo. Può picchiare in altri modi».
«Ma possiede anche un cervello. Se ti pesta, non ti lascia certo vedere la sua faccia».
«Io ho visto quello che ho visto».
«Non ti credo».
Gerry si sforzò di fare un sorriso storto, cercando di ignorare il dolore che gli procurava qualsiasi movimento dei muscoli facciali. «D'accordo. Forse non ho visto bene il mio aggressore come ho cercato di far credere alla corte con la mia deposizione giurata. Ma non sono venuto qui per discutere la mia testimonianza».
«Allora perché sei qui?».
«Perché ho qualcosa da dire a tuo fratello. Francamente, mi sento più al sicuro dicendolo a te. Sono certo che gli farai avere il mio messaggio».
«Forse».
«Ti sto proponendo un accordo». Si guardò alle spalle, come per assicurarsi che non ci fossero nelle vicinanze orecchie indiscrete. «Se Tatum rinuncia alla sua possibilità di ottenere l'eredità ed esce dal gioco, io ritratterò la mia testimonianza».
«Tu che cosa?».
«Dirò al giudice che mi sono sbagliato. Era buio, io avevo bevuto, e tutto è successo molto in fretta. Ripensandoci, non credo che sia stato Tatum Knight a riempirmi di botte».
«E in cambio di questo, vuoi che mio fratello rinunci alla sua possibilità di ereditare quarantasei milioni di dollari?».
Una cameriera si era fermata all'estremità del bancone. «Un paio di Buds, Theo». Lui posò due bottiglie aperte sul vassoio della ragazza, che si allontanò immediatamente.

«Non solo», proseguì Gerry. «Se Tatum rinuncia, io gli do un quarto di milione di dollari in contanti, sui due piedi. Non è subordinato al fatto che sia io a ereditare tutto quel denaro. Se lui abbandona il campo, io gli do i soldi. Semplicissimo».

«Stai cercando di comperarti il modo per mettere le mani sul malloppo?».

Gerry prese dal bicchiere un cubetto di ghiaccio e lo applicò sul labbro gonfio. «Cervello, non forza bruta. È questo che ci vuole per vincere il gioco di Sally Fenning».

«Strano, non sembri così in gamba».

«Non sono io ad aver ricevuto una ordinanza restrittiva dal tribunale, non è così?».

«Devi volere disperatamente tutto quel denaro».

«Non c'è niente di illegale nell'accordarsi con gli altri beneficiari per convincerli a ritirarsi. È solo un affare. Un affare di estrazione». Gerry fece un sorriso storto, facendo segno a Theo di avvicinarsi come se volesse metterlo a parte di un grande segreto. «Questa è quello che io chiamo una miniera d'oro».

«Stai usando delle accuse inventate per liquidare mio fratello a buon mercato e convincerlo a ritirarsi».

«Ho detto che avrei ritirato le accuse. Non ho detto che erano inventate».

Theo scosse il capo, poi ridacchiò. «Con chi credi di parlare, imbecille?».

«Scusa?».

Il sorriso sparì. Theo si chinò verso di lui e disse: «Questo è un ricatto».

«Io non la vedo così».

«Non importa come la vedi *tu*. Io lo considero un ricatto. Tatum lo considererà un ricatto. E non è una buona cosa per te».

«Adesso dovrei essere spaventato?».

Theo premette le sue mani enormi sul ripiano del bancone, e si avvicinò ancora di più al viso del suo interlocutore. Gerry cercò di fare il duro, ma venne tradito dalla contrazione nervosa delle palpebre. Con sua grande sorpresa, tuttavia, Theo si tirò indietro. Gerry sembrò soddisfatto di aver vinto quella sfida di sguardi, fino a quando Theo non salì sul palco, afferrò il microfono e disse: «Signore e signori, la vostra attenzione, prego».

Il rumore nel locale si ridusse, ma senza cessare del tutto.

Gerry si agitò nervosamente sul suo sgabello, visibilmente preoccupato.

Theo proseguì. «Non voglio fare la spia, ma ho appena saputo che questa sera abbiamo con noi Mr. Gerry Colletti, che è seduto là in fondo al bancone. Forse v'interesserà sapere che Mr. Colletti è un ex deputato dello stato del Massachusetts, dove si è fatto promotore della primissima legge sul casco obbligatorio per i motociclisti emanata negli Stati Uniti. Amico, fai un inchino».

Dal locale si levò un coro di brusii di disapprovazione. I motociclisti al tavolo del biliardo lanciarono una raffica di occhiate micidiali che fecero sprofondare Gerry. Due tizi con i bicipiti gonfi si mossero in direzione del bar. Quello brutto aveva tatuaggi identici sugli avambracci, con la parola "carogna" scritta "caronia", come se volesse vantarsi di essere troppo stupido per controllare l'ortografia su un dizionario. Quello alto non aveva la camicia e indossava solo dei jeans laceri e un gilè di pelle nera. Ogni volta che batteva la punta della stecca da biliardo sul palmo della mano, le piastrine metalliche da cane appese ai polsi tintinnavano.

Theo aveva l'aria molto compiaciuta mentre tornava dietro il bancone del bar. «Il club soda te l'offre la casa, Genio. Buona passeggiata fino alla macchina».

22

Jack e Kelsey erano circondati da libri.

La dritta del detective della omicidi che Deirdre Meadows aveva scritto un libro sulla storia di Sally Fenning era una buona pista, ma Jack era stato molto combattuto sulle mosse successive. Una delle opzioni era quella di rivolgersi direttamente a Deirdre, ma lui voleva disporre di altri fatti prima di compiere quel passo. A quel punto era entrato in scena Martin Kapstan.

Just Books era indiscutibilmente il miglior negozio di libri di Coral Gables, e il merito era tutto di Martin. Il negozio di per sé era molto bello, in un vecchio edificio in stile mediterraneo, perfettamente restaurato, con molte stanze piene di libri tra cui curiosare. Con presentazioni di libri e letture pubbliche praticamente ogni sera della settimana, era difficile citare un autore di bestseller nazionali negli ultimi vent'anni che non fosse passato di lì. Ma era stato Martin a dare un'impronta speciale al negozio. Aveva iniziato come insegnante delle superiori, e non aveva mai perso il suo ruolo di guida. Ogni aspirante autore della Florida meridionale ricorreva a Martin per un consiglio, e in qualche modo lui trovava sempre il tempo per darglielo. Alcuni di loro avevano ottenuto successo. Tutti avevano potuto coltivare una piccola speranza. Kelsey era convinta che se c'era una persona che poteva sapere qualcosa del libro inedito di Deirdre, quella era Martin.

«Accidenti, saremmo dovuti venire ieri sera», disse Kelsey. Stava controllando il calendario degli eventi appeso accanto alla porta. Si erano persi Isabelle Allende.

Kelsey aveva lavorato un'estate al Just Books, prima che

nascesse Nate, prima di iscriversi a giurisprudenza, prima di collaborare con Jack, prima che la sua sfera di conoscenze cominciasse a ridursi al punto da darle la sensazione di non sapere assolutamente nulla tranne quello a cui stava lavorando in quel momento. Si sentiva un po' imbarazzata al pensiero di quanto tempo era passato dalla sua ultima visita, ma Martin la salutò con il solito sorriso gentile e la consueta cordialità. Lei presentò Jack, e i tre uscirono per prendere un caffè. Martin e Kelsey dedicarono qualche minuto a raccontarsi le ultime novità, poi lui chiese: «Da quanto tempo state insieme voi due?».

Kelsey e Jack fecero entrambi una risatina nervosa, e lei disse: «Oh, no, noi non...».

«No... siamo solo amici», dichiarò Jack. «E naturalmente lavoriamo insieme».

«Ah. Dall'entusiasmo con cui Kelsey aveva parlato al telefono di...». Martin s'interruppe di colpo, come se qualcuno gli avesse appena pestato un piede.

«Di come Nate è pazzo di Jack», intervenne Kelsey, con un sorriso forzato.

Dall'espressione di Martin, sembrava che lui avesse qualche altra cosa sulla punta della lingua. «Esatto. Mi risulta che tu e Nate siate grandi amici».

«Io sono il suo fratellone».

«Fantastico».

«Proprio così».

Tutti e tre sorseggiarono il loro caffè, come se fossero grati per quel silenzio. Poi Martin disse: «Allora, come posso esservi utile?».

«Hai visto gli articoli su una donna molto ricca di nome Sally Fenning?», chiese Jack. «Le hanno sparato circa due settimane fa».

«Sì, l'ho letto».

«Kelsey e io rappresentiamo uno degli eredi di Sally».

«Sì, me l'ha detto al telefono».

«Abbiamo saputo che uno degli altri eredi ha scritto un libro su Sally. È una giornalista del *Tribune*. Si chiama Deirdre Meadows».

«L'ho conosciuta», disse Martin.

«Per caso sai qualcosa del libro che ha scritto?».

«Sì, in effetti, sì».

Kelsey sorrise molto soddisfatta di sé; guardò Jack e disse: «Te l'avevo detto».

Jack dichiarò: «Non voglio intromettermi in un argomento di cui lei potrebbe averti parlato in confidenza, ma puoi dirmi qualcosa in proposito?».

«Non molto, purtroppo. Non ho mai letto quel libro. Mi ero offerto di leggerlo, ma Deirdre non si sentiva di condividerlo con qualcuno».

«Perché?».

«Mi aveva detto che il suo avvocato le aveva sconsigliato di farlo leggere a qualcuno, tranne che al suo agente letterario e agli eventuali editori a cui lo avessero inviato».

«Di cosa aveva paura? Che qualcuno le rubasse l'idea?».

«Credo che la sua vera preoccupazione fosse una causa per diffamazione».

Jack ebbe una reazione di sorpresa. «Da parte di Sally?».

Martin annuì. «Per quanto ho capito, lei aveva incominciato a scrivere il libro con la collaborazione di Sally Fenning. Dopo sei mesi, Sally decise che non gradiva il taglio che Deirdre stava dando alla vicenda. A dire il vero, l'espressione "non gradire" è un eufemismo. Minacciò di farle causa per diffamazione».

«E così il suo avvocato le ha detto di non farlo leggere a nessuno?», chiese Kelsey.

Jack diede la risposta da avvocato. «Probabilmente stava cercando di mantenere al minimo la sua esposizione da un punto di vista legale. Ovviamente, se le sole persone a leggere quel materiale presumibilmente diffamatorio fossero state una manciata di potenziali editori, il danno per Sally sarebbe stato irrilevante».

«Quella era anche la mia opinione», precisò Martin.

«Sai con esattezza cosa fosse diffamatorio secondo Sally?», chiese Jack.

«Non lo so. Deirdre e io abbiamo avuto una strana conversazione. Lei voleva sapere se secondo me una causa per diffamazione avrebbe favorito o danneggiato la possibilità di trovare un editore. Sembrava ritenere che sarebbe stato un elemento positivo, che gli editori avrebbero gradito quella pubblicità aggiuntiva».

«Cosa le hai detto?».

«Che di sicuro un'azione legale sarebbe piaciuta all'ufficio stampa. So di alcuni addetti stampa che convincerebbero un'autrice a darsi fuoco ai capelli e a correre nuda per la libreria pur di far vendere qualche copia in più. Ma gli editori hanno anche un ufficio legale, ed era improbabile che gli avvocati fossero favorevoli a un procedimento giudiziario di quel genere».

«Non le hai detto esattamente quello che lei voleva sentirsi dire».

«Non credo che l'abbia turbata più di tanto. Disse che poteva provare tutto quello che aveva scritto. Presumibilmente aveva la piena collaborazione del pubblico ministero che si occupava del caso».

«Mason Rudsky?».

«Non ha fatto il suo nome», precisò Martin.

«Doveva essere Mason. Era lui il pubblico ministero assegnato al caso».

«È anche uno dei beneficiari del testamento di Sally. Proprio come Deirdre», osservò Kelsey.

Martin si strinse nelle spalle, come se non sapesse esattamente come interpretare l'ultima osservazione di Kelsey. Il suo cercapersone squillò e lui lo controllò. «Mi scusate un minuto?».

«Certo», disse Jack.

Martin lasciò il suo caffè sul tavolo, come per promettere che sarebbe tornato presto. Appena se ne fu andato, Kelsey guardò Jack e disse: «Una causa per diffamazione. Immagino che sia questo il motivo per cui Deirdre si trova sulla lista di Sally. Raccontava delle menzogne sul suo conto».

«Sarebbe bello sapere quali erano queste menzogne».

«Tu cosa pensi?», chiese Kelsey.

«Non ho idea. Ma se Deirdre stava mettendo in giro falsità su Sally e sull'omicidio della sua bambina, si spiega perché lei la odiasse e abbia deciso di metterla nella stessa categoria degli altri beneficiari che avevano fatto sì che la sua vita non fosse più degna di essere vissuta».

«Ma dobbiamo considerare l'altra possibilità».

«Giusto», disse Jack intuendo il suo pensiero. «E se le accuse contenute nel manoscritto di Deirdre, qualunque esse siano, fossero vere?».

«Forse Sally era arrabbiata non perché Deirdre metteva in giro delle menzogne, ma perché aveva scoperto qualche orribile verità che lei avrebbe voluto tenere segreta».

«Potrebbe essere», commentò Jack.

«Specialmente se lei poteva contare sulla piena collaborazione di Mason Rudsky», osservò Kelsey.

I loro sguardi s'incrociarono, mentre riflettevano entrambi su quella possibilità. Poi Jack disse: «Che il manoscritto sia pieno di bugie o di piccole verità sordide, una cosa è certa».

«Che cosa?».

Jack si appoggiò allo schienale della sedia, lo sguardo rivolto alla vetrina del negozio e alla parete di libri all'interno. «Voglio sapere che cos'ha scritto Deirdre Meadows».

«Anch'io».

Poi Jack spostò lo sguardo su Kelsey e disse: «Quasi quanto vorrei sapere di cosa avete parlato davvero tu e Martin al telefono».

«Che cosa?».

«Quello che hai detto per indurlo a pensare che noi due stavamo insieme».

Lei arrossì e abbassò gli occhi. «Stupido. Non te lo ha mai detto nessuno? Limitati ai misteri che puoi risolvere».

«Nessun mistero è insolubile. Alcuni sono semplicemente più divertenti di altri».

Kelsey si portò la tazza alle labbra e sbirciò al di sopra del bordo, senza parlare.

«Non sei d'accordo?», chiese Jack.

Lei non rispose, ma non distolse lo sguardo.

«Sai, non puoi ignorarmi per sempre», disse Jack.

Ancora silenzio, ma Jack sapeva che dietro quella tazza si nascondeva un sorriso.

«Oh, sì», aggiunse, sorridendo a sua volta. «*Questo* promette di essere divertente».

23

All'udienza, il martedì mattina, Jack si ritrovò a essere il destinatario di un'occhiata tagliente da parte del vice-procuratore Mason Rudsky. Era chiaro che a Rudsky non piaceva il fatto di trovarsi a deporre come teste, soprattutto perché questo significava un controinterrogatorio da parte di un penalista.

A Jack non piaceva assumersi la parte di pubblico ministero, ma aveva incontrato non poco ostruzionismo. Dopo che lui e Kelsey erano usciti da Just Books nel tardo pomeriggio di venerdì, Jack aveva chiamato Deirdre Meadows e le aveva chiesto del suo libro. Lei non ne aveva voluto parlare. Il lunedì mattina successivo era andato da Rudsky e gli aveva detto che Deirdre si era vantata con il proprietario di Just Books che il procuratore le aveva fornito la sua "completa collaborazione". Rudsky si era rifiutato di confermare o di negare quell'affermazione, e aveva fatto lo stesso sorriso falso e dato la stessa risposta preparata ogni volta che Jack gli aveva fatto una domanda. "*Mi dispiace molto, ma le indagini per l'assassinio della figlia di Sally Fenning sono ancora aperte. Non ne posso discutere*".

Jack non era il tipo da accettare un "vaffanculo" come risposta. Se la giornalista non voleva svelargli il contenuto del suo libro, e se il procuratore non poteva parlare delle indagini ancora in corso, Jack si sarebbe procurato di persona l'accesso alla pratica. Decise di fare ricorso al Sunshine Act, l'ampia versione del Freedom of Information Act in vigore in Florida. La legge era stata emanata per assicurarsi che il potere del governo fosse esercitato "alla luce del sole", cosicché i privati cittadini avevano accesso agli atti ufficiali. La legge si applicava alle questioni penali, con l'eccezione delle indagini in corso. Una cosa che Jack aveva imparato quando faceva il procuratore era che i giudici non vedevano di buon occhio i magistrati che cercavano di aggirare la legge sostenendo che indagini ormai stantie erano ancora "in corso".

Jack si avvicinò al testimone. La vecchia aula cavernosa era stranamente silenziosa: dalla galleria non provenivano colpi di tosse né scalpiccio di piedi sul pavimento. L'udienza era a porte chiuse, per lo meno fino a quando la corte fosse stata in grado di decidere se il dossier poteva essere reso pubblico.

«Buon giorno, Mr. Rudsky».

«Buon giorno».

Rudsky era un magistrato in carriera che prendeva se stesso e il suo lavoro troppo seriamente. Aveva una testa insolitamente grossa e quando si arrabbiava diventava paonazzo, come se la sua cravatta a farfalla fosse troppo stretta. Era già rosso come un peperone, e Jack non aveva neppure incominciato.

«Mr. Rudsky, lei era il vice-procuratore generale assegnato al caso di omicidio della figlia di Sally Fenning, cinque anni fa, giusto?».

«Esatto».

«E si occupa anche dell'assassinio di Sally Fenning?».

«No. La causa è affidata a Patricia Compton e al suo gruppo di legali». Indicò con un cenno del capo l'avvocato seduto all'altro lato dell'aula. La Compton era il suo avvocato per quell'udienza.

«Lei fa parte del team dell'avvocato Compton?».

«No».

«Perché?».

«Obiezione», disse la Compton. «Giudice, cosa ha a che fare la composizione di un team di legali del tutto diverso con la questione se le indagini sull'omicidio della figlia di Sally Fenning siano ancora in corso oppure no?».

«Accolta».

«Modificherò la domanda», disse Jack. «Mr. Rudsky, il fatto che lei non si occupi delle indagini sull'omicidio di

Sally Fenning ha qualcosa a che fare con il fatto che lei è un beneficiario della sua eredità?».

«Stessa obiezione».

«Respinta. Il testimone deve rispondere».

«Non lo so», disse Rudsky. «Non sono io che assegno gli incarichi».

«A parte il suo ruolo di procuratore nella causa per l'omicidio di Katherine, la figlia di Sally Fenning, lei ha avuto altri rapporti con Mrs. Fenning?».

«No».

«Si è sorpreso nell'apprendere di essere un beneficiario dell'eredità di Sally Fenning?».

«Assolutamente sì».

«Le viene in mente qualche motivo per cui l'ha nominata suo beneficiario, a parte il suo ruolo di procuratore?».

«Non mi sento neppure di azzardare un'ipotesi».

«Sally Fenning era soddisfatta per come lei aveva gestito il caso?».

La Compton scattò di nuovo in piedi. «Obiezione. Stiamo andando decisamente fuori strada».

«Accolta. Le ho concesso una certa libertà, Mr. Swyteck, ma la prego di non approfittarne».

«Sì, giudice. Porrò la questione in termini più concreti. Mr. Rudsky, non è mai stato condannato nessuno per l'omicidio della figlia di Sally Fenning, vero?».

«Vero».

«Neppure incriminato?».

«Esatto».

«Lei non ha nemmeno mai chiesto a un gran giurì di pronunciarsi per un rinvio a giudizio».

«No, non l'ho mai fatto».

«E non ha neppure nominato un gran giurì, vero?».

Rudsky si agitò sulla sedia. «Lei sta toccando la questione della segretezza del gran giurì».

«Risponda alla domanda», disse il giudice.

«Posso risentire la domanda, per favore?».

«Certo», rispose Jack. «Lei non ha mai nominato un gran giurì, vero?».

«Vuol dire per l'omicidio di Katherine?».

«No, veramente parlavo dell'assassinio di Lincoln».
«Obiezione».
Il giudice si concesse un sorrisino. «Accolta. Ma Mr. Swyteck ha diritto a una risposta».
«No. Non abbiamo nominato un gran giurì».
«Perché?».
La Compton balzò in piedi, borbottando. «Giudice, questo genere d'interrogatorio non porta all'unica questione attinente a questa udienza: semplicemente se le indagini sull'omicidio di Katherine siano ancora in corso oppure no. Questo è un palese tentativo di violare la segretezza e l'inviolabilità dell'operato di un gran giurì».
Il giudice guardò Jack e disse: «Può circoscrivere la sua domanda, Mr. Swyteck?».
Jack si avvicinò ancora di più al testimone e chiese: «È corretto dire che lei non ha nominato un gran giurì perché non disponeva di prove sufficienti per farlo?».
«Immagino che questo sia uno dei motivi».
«Parliamo del suo impegno nel raccogliere le prove, d'accordo? Negli ultimi tre anni quanti mandati di comparizione sono stati emessi?».
«Nessuno».
«Quante deposizioni sono state raccolte negli ultimi tre anni?».
«Nessuna».
«Quanti testimoni sono stati sentiti negli ultimi tre anni?».
«Nessuno».
«Ci sono dei sospettati ai quali state dando la caccia?».
«Non al momento».
«Non negli ultimi tre anni, giusto?».
«Esatto».
«Quando sarà convocato un gran giurì?».
«Non lo so».
«E tuttavia lei sostiene che queste indagini sono in corso, e che non ho diritto di vedere la pratica relativa».
«Il caso è ancora aperto».
«Aperto come è sempre stato?».
«Sì. Aperto come è sempre stato».

«Non c'è da stupirsi che non abbiate preso l'assassino».

«Obiezione».

«Ritiro. Mr. Rudsky, conosce una donna di nome Deirdre Meadows?».

Esitò, come se il semplice nome bastasse a renderlo nervoso. «Sì. È una giornalista del *Miami Tribune*».

«Ha mai discusso con Deirdre Meadows l'assassinio della figlia di Sally Fenning?».

«Sì. Ho parlato del caso in generale con parecchi giornalisti».

«Che lei sappia, quanti di quei giornalisti hanno scritto un libro sull'omicidio della figlia di Sally Fenning?».

Si dimenò nervosamente. «Solo uno».

«Ms. Meadows, giusto?».

«Esatto».

«Le ha fornito qualche aiuto per la stesura di quel libro?».

«Dipende da cosa intende per aiuto».

«Ms. Meadows sostiene di aver avuto la sua piena collaborazione. Lei lo definirebbe un aiuto?».

«Obiezione».

«In base a cosa?», chiese il giudice.

La Compton non rispose, temporeggiando, come se la testimonianza del suo assistito le giungesse nuova. «Non pertinente», balbettò.

«Respinta».

«Mr. Rudsky, Ms. Meadows ha potuto contare sulla sua piena collaborazione?», chiese Jack.

«Dipende da cosa intende con piena collaborazione».

«L'ha intervistata?».

«Sì».

«Le ha fatto leggere il manoscritto?».

«Sì».

«Lei ha passato a quella giornalista del materiale relativo alle indagini?».

Non rispose subito. Jack rimase in attesa. La Compton pure. Finalmente Rudsky disse: «Potrebbe essere così».

La Compton sbiancò in viso. Balzò in piedi e chiese: «Possiamo fare una breve pausa, Vostro Onore?».

«Non *adesso*», rispose il giudice. «La faccenda si sta facendo interessante. Continui, Mr. Swyteck».

Jack si avvicinò al leggio per controllare i suoi appunti, non perché ne avesse bisogno, ma solo per lasciare il testimone sui carboni ardenti in quello sgradevole silenzio. «Mr. Rudsky, è al corrente che Sally Fenning aveva minacciato d'intentare una causa per diffamazione contro Deirdre Meadows se avesse pubblicato il libro?».

«Sì, l'ho saputo».

«È pure al corrente che non si può portare avanti una causa per diffamazione per conto di una persona defunta?».

«Non capisco la domanda».

«Niente di più semplice. Lei è consapevole che di una persona defunta si può dire qualunque cosa? Non ci sono gli estremi per una causa per diffamazione».

«Sì, l'ho imparato alla facoltà di legge».

«Perciò la morte di Sally Fenning lascia libera Deirdre Meadows di pubblicare il suo libro senza correre il rischio di essere perseguita legalmente. È d'accordo?».

«Direi di sì».

«E chiunque abbia fornito a Ms. Meadows la sua piena collaborazione per la stesura di quel libro gode della stessa protezione, giusto?».

Rudsky strinse gli occhi. «Cosa vorrebbe insinuare?».

Jack fece un mezzo passo in avanti, rafforzando la sua stretta metaforica. «Mr. Rudsky, lei ha qualche interesse finanziario nel libro di Ms. Meadows?».

La Compton balzò dalla sedia. «Giudice, la prego».

«Farà meglio a non chiedere di nuovo una pausa».

«No, ma ho una proposta da avanzare».

«C'è una domanda ancora pendente», osservò Jack.

«Allora faccio obiezione», disse la Compton. «Non c'è fondamento per nessuna di queste domande, e l'inchiesta è del tutto irrilevante. Prima di sprecare un'intera giornata con questi inutili tentativi di ottenere informazioni incriminanti, chiedo che per lo meno si prenda in esame il mio suggerimento».

«E quale sarebbe?», chiese il giudice.

«Nel tentativo in assoluta buona fede di sveltire questo

processo, lo stato acconsente a fornire a Mr. Swyteck tutto il materiale e tutte le informazioni che Mr. Rudsky ha passato a quella giornalista, Deirdre Meadows. Forse questo soddisferà le esigenze di Mr. Swyteck».

«E forse no», replicò Jack.

La Compton proseguì: «In questo caso, Mr. Swyteck è libero di rinnovare la sua richiesta in base al Sunshine Act perché venga prodotto l'intero dossier investigativo».

«Perché non lasciamo che Mr. Swyteck finisca con questo testimone, per vedere se non possiamo risolvere l'intera faccenda qui e ora?», chiese il giudice.

«Perché esiste una sovrapposizione tra l'assassinio di Sally Fenning di cui mi occupo io, e quello di sua figlia, di cui si è occupato Mr. Rudsky. Riconosco a Mr. Swyteck il diritto di vedere tutto quello che Mr. Rudsky ha passato a un giornalista. Ma il fatto di ordinare a noi di produrre tutto il dossier costituirebbe un elemento di squilibrio tra il diritto del pubblico di sapere e la necessità di difendere l'integrità delle indagini penali».

Il giudice guardò Jack e chiese: «Trova la proposta soddisfacente?».

«Veramente vorrei che Mr. Rudsky rispondesse alla mia domanda».

«Mr. Swyteck», disse il giudice, «le ho chiesto se trova la proposta soddisfacente».

Jack avrebbe voluto insistere, ma aveva l'impressione che il giudice fosse dalla sua parte e non voleva strafare rischiando di perdere quel vantaggio. «Per il momento mi sta bene», rispose. «Ma se non ottengo tutto quello che mi serve, tornerò alla carica».

«Benissimo», disse il giudice. «Lo stato ha due giorni per produrre il materiale investigativo richiesto da Mr. Swyteck. E vi avviso: niente giochetti. Non gradirei affatto che questa faccenda mi venisse riproposta».

Con un colpo di martelletto, il giudice segnalò che l'udienza era tolta. Rudsky scese dal banco dei testimoni, senza dare neppure un'occhiata a Jack. Patricia Compton si avvicinò a Jack che stava raccogliendo le sue carte e gli disse: «Congratulazioni».

«Grazie».

«È triste che nessuno sia mai stato incriminato per l'omicidio della figlia di Sally».

«Sono assolutamente d'accordo».

«Non intendo avere lo stesso problema per l'omicido di Sally Fenning. La prego di riferirlo al suo cliente».

Jack non batté ciglio. «Sicuro. Non appena avrò visto il dossier. Mi chiami quando è pronto», disse, prima di avviarsi verso l'uscita.

24

Erano le due del mattino, e Deirdre Meadows era sul luogo del delitto. Un furgone bianco era rimasto parcheggiato per circa una settimana fuori dalla drogheria. Le portiere erano chiuse, ma un addetto alla sicurezza aveva sentito il puzzo di qualcosa che assomigliava alla carne guasta e alle uova marce. Deirdre aveva sentito la chiamata sulle frequenze della polizia – teneva sempre l'autoradio accesa su quelle frequenze, nel caso succedesse qualcosa – ed era arrivata qualche minuto dopo che gli agenti avevano isolato la zona. Uno dei poliziotti aveva confermato in via confidenziale che all'interno del furgone c'era un cadavere, e Deirdre aveva sentito il suo cuore accelerare i battiti. Il delitto era il ritmo a cui danzavano i cronisti della "nera" di Miami, e un omicidio era sufficiente a fare *bailar la bamba* a Deirdre.

«Uomo o donna?», chiese. Era in piedi appena al di là del nastro giallo della polizia, e parlava con un agente in divisa.

«Non lo sappiamo ancora», rispose.

Lei snocciolò una serie di domande, mettendo insieme i fatti e scrivendo mentalmente l'articolo man mano che assimilava le informazioni. Era questo che faceva giorno dopo giorno, notte dopo notte, per uno stipendio incredibilmente basso e un apprezzamento anche minore. Sperava che la situazione sarebbe cambiata quanto prima, con un po' della fortuna elargita da Sally Fenning.

Squillò il cellulare. Infilò il taccuino nella borsa e rispose.

«Ciao, Deirdre», disse l'uomo.

Riconobbe immediatamente quella voce contraffatta. Era lo stesso suono metallico e distorto dell'ultima telefonata. «Cosa fai sveglio a quest'ora?», chiese.

«Non sono affari tuoi».

Lei prese dalla borsa il registratore e lo avvicinò al telefono.

«Metti via quell'affare», disse l'uomo un attimo prima che lei schiacciasse il tasto per la registrazione.

Deirdre si bloccò immediatamente, raggelata, senza capire come lui potesse saperlo.

«Ti vedo», disse lui.

Lei si guardò attorno. Due furgoni dei media si erano fermati nel parcheggio e si preparavano a fare delle riprese con le telecamere. Tre auto della polizia e quella del medico legale erano posteggiate sull'altro lato della scena del delitto. Per il resto il grande parcheggio era vuoto, uno spiazzo di asfalto inondato dal bagliore giallastro delle luci di sicurezza.

«Dove sei?», chiese Deirdre.

Lui fece una risata che sembrò una scarica statica attraverso il congegno per alterare la voce. «Sono dovunque vai tu».

Lei deglutì a fatica, cercando di mantenere la calma. «Cosa vuoi?».

«Prima di tutto, voglio congratularmi con te».

«Per cosa?».

«Per non aver aperto bocca all'udienza. Non hai detto niente dell'aggressione da parte dei cani fuori dal magazzino. Hai mostrato un grande buon senso. Lo stesso di cui hai dato prova non contattando la polizia».

«Come sai che non ho contattato la polizia?».

«Perché sei una stronza ambiziosa».

«E questo che c'entra?».

«So che non andresti semplicemente alla polizia a raccontare quello che sai. Sei il genere di persona che si aspetterebbe da loro qualcosa in cambio, qualche ghiotta notizia che sarebbe comparsa sul giornale. Ma non ho visto niente d'interessante negli articoli con la tua firma, di recente. Perciò posso presumere che tu non sia andata alla polizia».

Deirdre rimase in silenzio, vagamente innervosita per come lui sembrava conoscerla bene. «Adesso cosa vuoi?».

«Perché pensi che io *voglia* qualcosa? Io sono una persona molto generosa, Deidre».

«Che cosa offri?».

«Un flash di agenzia. Il primo dei sei beneficiari di Sally Fenning morirà tra breve».

Deirdre fu percorsa da un brivido, ma cercò di continuare ad ascoltare. «Quando?».

«Esattamente tra due settimane».

«Quale dei sei?».

«In un certo qual modo dipende da te».

«Non capisco».

«Qui sta il patto. Puoi essere tu o può essere qualcun altro. Se toccherà a te, non sarà una morte veloce e indolore. Decidi tu. Vuoi vivere e spartire con me, il tuo socio, i quarantasei milioni di dollari? O vuoi morire?».

«È questa la scelta di cui mi hai parlato l'ultima volta?».

«Esattamente. Puoi scegliere di tenere la bocca chiusa e farci ricchi entrambi. O puoi scegliere d'informare gli altri, farmi arrabbiare e fare di te una persona defunta».

«Come ti aspetti che io faccia una scelta come questa?».

«Facile. Ecco come funziona. Tu te ne stai zitta per altre due settimane, e io lo riterrò un consenso da parte tua. Ne dedurrò che abbiamo raggiunto un accordo».

La mano di Deirdre stava tremando mentre parlava. «Perché mi fai questo?», chiese.

«Perché so che prenderai la decisione giusta».

«Non esserne così sicuro».

«Non fare la stupida, ragazza. Con la tua metà di quarantasei milioni di dollari ti puoi pagare un bel po' di sedute psicanalitiche per liberarti dall'angoscia. Perciò ricordati, tra due settimane da oggi cadrà la prima vittima. Se sei furba, quella non sarai tu».

«Tu sei malato».

«È vero. Ma su una cosa ho ragione. Se pensi che dovresti fare qualcosa per salvare gli altri, credi a me: non meritano di essere salvati».

Deirdre si concesse un attimo di riflessione, chiedendosi cosa avesse voluto intendere, ma quel momento si rivelò troppo lungo. La linea era silenziosa. La chiamata era terminata. Mise il cellulare nella borsa e si allontanò dalla scena del delitto: la storia di un altro cadavere nel retro di un furgone non le interessava più.

25

Jack era ansioso di scoprire quale parte del dossier investigativo vecchio di cinque anni fosse disposto a mostrargli il magistrato. Il giudice aveva concesso a Mason Rudsky due giorni per passare a Jack tutto quello che aveva condiviso con Deirdre Meadows sull'omicidio della figlia di Sally, e lo stato aveva aspettato fino al cinquantanovesimo minuto della quarantasettesima ora per notificare a Jack che il materiale era disponibile per essere esaminato da lui. Jack avrebbe potuto fare pressione per accelerare le cose, ma era stato impegnato due giorni a cercare di convincere una giuria in un altro processo che non si trattava davvero di rapina se il suo cliente aveva preso quaranta dollari e qualche spicciolo dal registratore di cassa, perché nell'uscire dal negozio aveva lasciato cadere il portafoglio con dentro cinquantotto dollari e quindi erano pari. Ma la linea di difesa di Jack non aveva funzionato, visto che l'imputato aveva lasciato sul luogo del delitto la sua carta di identità con tanto di fotografia e il numero della previdenza sociale.

Tutto il materiale sull'indagine relativa all'omicidio della piccola Katherine consisteva in un unico videotape. Era contenuto in una busta chiusa, con una dichiarazione giurata in cui Mason Rudsky sosteneva di non aver mostrato niente altro a Deirdre Meadows. Jack aveva portato Kelsey con sé. Era interessante avere il punto di vista di un'altra persona.

«Cos'è questa roba?», chiese Jack.

Un agente era seduto su una sedia pieghevole vicino alla porta della sala riunioni. Non rispose.

«Mi scusi, agente. Le ho chiesto cosa c'è in questo nastro».

«Mi dispiace», rispose l'agente. «Ho ricevuto ordini precisi da Mr. Rudsky di non rispondere a nessuna delle sue domande».

«Allora perché si trova qui?».

«Per assicurarmi che il nastro non esca da questa stanza».

«Visto che questa stanza è priva di finestre, lei potrebbe anche svolgere il suo incarico dall'altra parte della porta. Io e la mia collega vorremmo poter parlare liberamente mentre esaminiamo il nastro».

L'agente rifletté per un momento. «Suppongo che vada bene».

Jack lo ringraziò e chiuse la porta. Kelsey stava esaminando la cassetta. «Interrogatorio di S. Fenning», lesse sull'etichetta. «Risale a quasi cinque anni fa».

«L'ex marito di Sally mi ha detto che sono stati interrogati entrambi. Devono aver registrato su nastro la deposizione di Sally».

«Perché?».

«Una mossa furba per l'applicazione della legge se c'è la possibilità di ottenere una bella confessione spontanea che influenzerà positivamente una giuria».

«Che cosa poteva avere Sally da confessare?».

«Vediamo il nastro e cerchiamo di scoprirlo». Jack infilò la cassetta nel videoregistratore e accese il televisore. Sullo schermo azzurro vivo comparve una barra orizzontale, seguita da scariche e da un effetto neve. Quando questi effetti sparirono, Sally Fenning li stava fissando.

La sua immagine era la meno lusinghiera che Jack avesse mai visto della donna. Le palpebre erano pesanti, la pelle molto pallida. Una luce impietosa che le colpiva direttamente il viso non la aiutava. Sally non era il genere di donna che aveva bisogno del trucco per essere bella, ma anche una bellezza naturale aveva i suoi limiti, specialmente in un primo piano come quello.

«Sembra così stanca», osservò Kelsey.

«Qualcosa mi dice che non hanno incominciato a registrare all'inizio dell'interrogatorio. Si direbbe che fosse già trascorsa qualche ora».

«Quanto tempo era passato dall'assassinio di sua figlia?».

Jack controllò la data sulla custodia della cassetta. «Un paio di mesi, credo».

Dallo schermo Sally continuava a fissare la telecamera, in attesa.

Finalmente emerse la voce. «*È pronta a continuare*, Ms. *Fenning?*».

L'obbiettivo era sempre puntato sul viso di Sally, e la voce dell'uomo proveniva da fuori campo. «È Rudsky», osservò Jack.

«*Pronta*», disse Sally.

«*Voglio farle ancora qualche domanda sul molestatore che lei sostiene la stava perseguitando. Prima di tutto, mi può dire che aspetto ha?*».

«*Non proprio. L'ho visto una volta sola, da dietro. Una notte ho guardato fuori dalla finestra e ho visto qualcuno che scappava. Purtroppo non sono riuscita a distinguerlo molto bene*».

«*La sua voce com'è?*».

«*Non lo so di preciso. Tutte le volte che chiamava, la sua voce era alterata da un congegno meccanico*».

«*Sospetta di qualcuno? È stata molestata da qualche cliente del bar?*».

«*La cameriera di un bar viene molestata in continuazione da qualche mascalzone. Sono rischi del mestiere, in un certo senso. Potrebbe essere chiunque*».

La telecamera continuava a riprendere, ma c'era silenzio. Sally bevve un sorso d'acqua.

«Ms. *Fenning*», ricominciò Rudsky, «*ho qui un rapporto sui risultati del suo test con la macchina della verità*».

Kelsey distolse lo sguardo dallo schermo e chiese a Jack: «È stata sottoposta alla macchina della verità?».

«Evidentemente».

La voce di Rudsky proseguì: «*I risultati sono a dir poco interessanti. La risposta a una domanda, in particolare, mostra chiare indicazioni che lei stava mentendo*».

«*Non capisco come sia possibile*».

«*Esaminiamo la faccenda. La domanda era: "Ha mai tradito suo marito?". La sua risposta è stata negativa*».

«*Esatto*».

«*Lei mentiva, vero?*».

Jack esaminò attentamente la registrazione. Sally sembrava in preda a un conflitto quando batté le palpebre e rispose: «*Posso spiegare*».

«*La prego, lo faccia*», disse Rudsky.

«*È successo prima che ci sposassimo*».

La risata sarcastica di Rudsky provocò un crepitio negli altoparlanti. «*Com'è possibile che abbia tradito suo marito prima che vi sposaste?*».

«*Mike e io siamo stati insieme due anni. Qualche mese prima del matrimonio abbiamo litigato e ci siamo lasciati. Io ero distrutta. Mi sono appoggiata a una persona che pensavo fosse un amico, e lui... mi ero sbagliata. Tecnicamente non stavo tradendo Mike, perché non eravamo ancora sposati. In quel momento non stavamo neppure insieme. Ma in cuor mio mi sentivo una traditrice. Perciò non ho mentito quando ho risposto "No" alla domanda della macchina della verità. Ma avevo la sensazione di mentire, perciò sono sicura che la macchina l'ha percepita*».

Ci fu di nuovo silenzio, come se Rudsky cercasse di farla sentire a disagio. Finalmente arrivò la domanda successiva. «*Si aspetta davvero che io le creda?*».

«*È la verità*».

«*Incomincio a chiedermi se qualcosa di quello che ci ha detto finora sia la verità*».

Sally strinse le labbra, apparentemente sulla difensiva. «*Cosa vorrebbe dire?*».

«*Lei sostiene che c'era un tizio che la perseguitava*».

«*C'era veramente*».

«*Ma lei non è in grado di dirci che aspetto avesse*».

«*No*».

«*E non sa dirci che voce avesse*».

«*No*».

«*Non è in grado di dirci niente di quell'uomo, tranne che "potrebbe essere chiunque"*».

«*Vorrei poterle dire di più*».

«*E tutto questo è incominciato quanto tempo prima che sua figlia fosse uccisa?*».

«*Diversi mesi*».

«*Ma non ha mai parlato con la polizia di quel molestatore fino a dopo che è stata uccisa sua figlia*».

«Se avessi chiamato la polizia avrei ottenuto solo il risultato di farlo infuriare».

«Non l'ha detto neppure a suo marito».

«Pensavo che mi avrebbe costretta a lasciare il lavoro, e non potevamo permettercelo. E temevo che Mike facesse qualcosa di sciocco, come comperare una pistola. Non volevo una pistola in casa con una bambina di quattro anni».

«Smettiamola con le bugie, d'accordo, Ms. Fenning?».

Jack si fece più vicino allo schermo, sentendo che il procuratore stava per sferrare il colpo di grazia. Sally si stava innervosendo: la tensione provocata dal tono accusatorio di Rudsky cominciava evidentemente a farsi sentire.

«Non sto mentendo», disse con un tremito nella voce.

«La vera ragione per cui non ha parlato a suo marito di quell'uomo che la molestava è che temeva che lui pensasse che lo stesse tradendo di nuovo».

«Ma è pazzesco».

«Lei lo stava *tradendo di nuovo, vero? Per questo non ha detto alla polizia di quel tizio che la molestava».*

«Lei è del tutto in errore».

«Per questo non ha detto a suo marito che qualcuno la perseguitava».

«Non è vero».

«Cos'è successo, Sally? Lei non voleva lasciare suo marito, e il suo amante si è arrabbiato?».

«No».

«Al punto che ha incominciato a perseguitarla?».

«No».

«Al punto da uccidere sua figlia?».

«No, no!».

Sally era praticamente in lacrime. Nessuno le offrì un fazzoletto di carta. Si asciugò gli occhi con una manica.

«Andiamo, Sally. La verità è già venuta fuori dal test. C'erano segnali che stesse mentendo in un'altra risposta che lei ha dato».

«Quale?».

«Ha risposto "No" a questa domanda: "Sa chi ha ucciso sua figlia?"».

«Crede che io mentissi a questo proposito?», chiese Sally sbalordita.

«Sta scritto qui nel rapporto dell'esperto. La sua risposta mostra segni di menzogna».

«Allora la macchina si sbaglia».

«Oppure lei sta mentendo», replicò Rudsky.

Sally era sconvolta, e dava la sensazione di riuscire a mala pena a parlare. *«Sta forse insinuando che sto coprendo l'uomo che ha ucciso mia figlia?».*

«Lasci che le dica esattamente cosa intendo».

Jack vide la mano di Rudsky che si allungava verso la videocamera e premeva un pulsante. Lo schermo si fece immediatamente nero.

«Non c'è più niente?», chiese Kelsey.

«Prova a far avanzare velocemente qualche fotogramma».

Kelsey premette il tasto, ma il nastro era privo di immagini. «Sembra che la registrazione sia finita», disse. «Anche se in senso figurato incomincio ad avere un'immagine piuttosto chiara della vicenda».

«Anch'io», rispose Jack con una voce cupa. «E non è molto gradevole».

26

Kelsey aveva una lezione pomeridiana, perciò Jack le diede un passaggio fino alla facoltà di giurisprudenza della University of Miami. Restarono in silenzio la maggior parte del tempo, ascoltando la radio. Secondo il notiziario di *News at the Top of the Hour*, un sospetto terrorista era detenuto a Miami e sarebbe stato espulso.

«Oooh», disse Kelsey con una vena di sarcasmo nella voce. «L'espulsione. Che provvedimento severo».

«Già», rispose Jack in tono di scherno. «Si direbbe che abbiano preso un cucciolo che ha fatto pipì sul tappeto. "Cattivo terrorista. Cattivo, cattivo, cattivo. Tornatene al tuo campo di addestramento e non farti rivedere fino a quando non avrai imparato come introdurti come si deve in questo paese"».

Kelsey fece una risatina nervosa, indicativa dei tempi, poi proseguirono in silenzio lungo i prati affollati di studenti abbronzati e a torso nudo che giocavano a football. Era come se entrambi avessero bisogno di un po' di tempo per assorbire il contenuto di quel videotape. Solo quando Jack si fermò nello spiazzo davanti alla biblioteca della facoltà di legge, lui e Kelsey parvero pronti a parlare di quello che occupava davvero i loro pensieri.

«Jack, cosa pensi sia accaduto quando Rudsky ha spento la telecamera?».

«Sono sicuro che ha minacciato Sally. Intralcio alla giustizia, favoreggiamento in un omicidio, qualsiasi cosa gli sia venuta in mente».

«Giusto. L'ha minacciata di sbatterla in prigione a meno che... a meno che... cosa?».

«A meno che non gli dicesse chi aveva ucciso la figlia».

«È qui che secondo me la faccenda non sta in piedi. Forse perché sono madre, ma mi riesce difficile accettare che Sally potesse rifiutarsi d'identificare l'uomo che aveva ucciso la sua bambina, indipendentemente da quanto poteva essere travolgente la sua storia d'amore. Ammesso che ci fosse».

«E che mi dici di Susan Smith?».

«Chi?».

«La donna sposata del South Carolina che ha chiuso i suoi due bambini nell'auto e li ha fatti precipitare in fondo a un lago in modo da non avere più figli e piacere di più al suo amante».

«Credi davvero che Sally Fenning potesse arrivare a tanto?».

«Se dobbiamo credere a Tatum Knight, poteva arrivare fino al punto di ingaggiare qualcuno che la uccidesse».

«Questo è successo cinque anni dopo che la figlia è stata brutalmente assassinata. Stai parlando di un periodo totalmente diverso della sua vita. Prima di una tragedia del genere, probabilmente era una donna molto diversa».

Jack guardò fuori dal finestrino, riflettendo. «Un'osservazione valida. Ma ci sono altri motivi per cui Sally potrebbe essersi rifiutata di identificare l'assassino, motivi diversi da un senso distorto dell'amore».

«Quali?».

«Poteva avere *paura* a identificarlo. Come hai detto tu, lui aveva già pugnalato lei e ucciso sua figlia. Forse temeva che sarebbe tornato a finire il lavoro».

«Era a questo che voleva arrivare Rudsky nel videotape?», chiese Kelsey.

«Non è chiaro. Forse neppure lui sapeva con certezza se Sally stava intenzionalmente coprendo il suo amante o se si rifiutava di identificare l'assassino per paura. In entrambi i casi Rudsky era convinto, in base ai risultati del test della macchina della verità, che Sally aveva una relazione e che conosceva l'identità dell'assassino di sua figlia».

Kelsey scosse il capo e disse: «Se veramente Sally cercava di coprire il suo amante, allora era davvero spregevole».

«Chiunque sarebbe d'accordo su questo punto. Ma se Rudsky si era sbagliato in pieno – se lei non cercava di coprire qualcuno, e se non aveva neppure una relazione – allora è stata diffamata come nessuna madre dovrebbe essere».

«E se Deirdre Meadows era decisa a ripetere quelle stesse accuse nel suo libro, era colpevole quanto il procuratore».

«Il che potrebbe spiegare perché sono finiti entrambi nella lista dei beneficiari di Sally. La sua lista di nemici mortali».

Rimasero in silenzio. Kelsey controllò l'ora, calcolando quanto tempo le restava prima che iniziasse la lezione. «Allora dove ci porta tutto questo?», chiese.

«Tutto ci riconduce alla stessa domanda. Erano suoi nemici perché le loro accuse infamanti erano false? O perché avevano svelato una turpe verità?».

«Come pensi che potremo avere una risposta?».

«Nell'unico modo che conosco. Continuando a scavare».

Kelsey salutò con un cenno della mano tre donne che passavano accanto alla macchina. Compagne di classe, immaginò Jack. «Farò meglio ad andare», disse Kelsey. «Chiamami se c'è qualcos'altro che posso fare».

«D'accordo. Comunque, credo che ci vedremo domani sera».

«Domani sera?».

«Sì, quando vengo a prendere Nate. Gli ho promesso che venerdì lo avrei portato a mangiare una pizza al Big Cheese».

Lei scosse il capo con aria costernata. «Scusa, mi sono dimenticata di dirtelo. Mia madre lo ha invitato da lei per una maratona di *shuffleboard* destinata ai nipotini».

«Accidenti, ma questo ti costerà un bel po'».

«Oh, sì». Fece una risatina, poi socchiuse gli occhi e disse: «Questo significa che domani sera sei libero, eh?».

«Ovviamente».

«Allora...».

«Allora cosa?».

Gli rivolse un sorrisino malizioso. «Perché non ceniamo insieme?».

«Vuoi dire senza Nate?».

«Sì, un appuntamento».
Jack rimase un attimo a bocca aperta, e le sue parole tardarono qualche secondo a uscire.
«Qualcosa in contrario?», chiese Kelsey. «Improvvisamente sembra che ti abbia chiesto di fare l'assaggiatore di cibo per Saddam Hussein».
«Questo porta inevitabilmente te e me a un altro livello».
«Questa sarebbe l'idea».
«E probabilmente sarebbe un'idea fantastica, in altre circostanze. Ma pensavo che tra noi ci fosse una tacita intesa che non avremmo mai fatto una cosa del genere. Per il bene di Nate».
«Anch'io lo pensavo, fino a quando hai iniziato a stuzzicarmi quando eravamo al Just Books. Sembravi divertito dal fatto che io avessi in qualche modo dato l'impressione a Martin che noi due stessimo insieme. Questo mi ha fatto pensare che forse non era poi un'idea così folle».
Jack fece un profondo respiro. Rammentava quella conversazione e se n'era pentito. Al momento gli era sembrata innocente: un divorziato con un'autostima ferita che flirtava scherzosamente con una giovane donna molto attraente. Non si era aspettato che portasse a qualcosa, ma ripensandoci capiva che lei poteva aver frainteso il suo atteggiamento. «Scusami, Kelsey».
«Stammi bene a sentire, okay? Per la maggior parte degli uomini con cui esco, il fatto che io sia una mamma single è un inconveniente. Primo, dobbiamo piacerci a vicenda, e poi io devo sperare che a lui vada a genio mio figlio. Tu sei l'opposto. Sei un uomo fantastico che adora letteralmente mio figlio. E io non devo uscire con te perché... perché?».
«Perché se non funziona...».
«Sono stufa di vivere la mia vita in questo modo, Jack, temendo che non funzioni. E se invece *dovesse* funzionare?».
Jack ci pensò, concedendosi il lusso di pensare che non era rassegnato a portare per sempre in giro le cicatrici del suo divorzio. «Non posso negare di essermelo chiesto. In senso astratto, comunque».
«Un solo appuntamento. Non siamo neppure tenuti a

parlarne con Nate. Se ci accorgiamo che qualcosa non va, promettiamo di comportarci da adulti e di ritornare sui nostri passi. D'accordo?».

Jack abbozzò un sorriso, giusto per farle capire che c'era una possibilità. Lei gli prese una mano e suggellò il patto con una stretta per conto di entrambi.

«Dove vuoi andare?», le chiese Jack.

«Scegli tu. Mi piacciono le sorprese».

«Mi sta bene».

Kelsey sorrise, scese dall'auto, gli strizzò l'occhio e chiuse la portiera.

Jack la guardò allontanarsi cercando di non apprezzare troppo quello spettacolo.

Certo che mi sta bene.

Davanti alla porta di casa Miguel Rios si frugò in tasca in cerca della chiave. A cena si era concesso un margarita di troppo, e si era accorto di quanto fossero forti quando ormai era troppo tardi. La sua ragazza si era offerta di accompagnarlo a casa in auto e di passare la notte con lui, ma Miguel aveva respinto la proposta. Lei era diventata sempre più insistente da quando le aveva detto di essere in lizza per un'eredità di quarantasei milioni di dollari, apparentemente per nulla infastidita dal fatto che il denaro gli venisse dalla ex moglie.

Al quarto tentativo trovò la serratura, girò la chiave e aprì la porta. La cassetta delle lettere, sistemata proprio sotto la luce del portico, era piena della posta di almeno due giorni. Lui ne afferrò una manciata ed entrò in casa. Aveva le gambe stanche per aver pedalato tutto il giorno, uno degli svantaggi di essere un poliziotto in bicicletta. Si lasciò cadere sul divano, sollevò i piedi, accese il televisore con il telecomando e si mise a scorrere il mucchio di posta. Scartò il materiale pubblicitario e aprì una lettera senza mittente.

All'interno della busta c'era un unico foglio scritto a macchina. Non era indirizzato a nessuno in particolare, semplicemente "Ai miei compagni beneficiari". Il messaggio diceva:

Questa non è una minaccia. Mi limito a condividere un'informazione con voi. Tutti i beneficiari del testamento di Sally Fenning sono in grave pericolo. Intendo tutti noi, me compreso. Vorrei poter dire di più, ma devo limitarmi a questo: State attenti, se decidete di restare in gioco. State molto attenti. Vi prego di prendere molto seriamente questo consiglio.

La lettera non era firmata, ma in fondo c'era un nome scritto a macchina. Miguel lo lesse, poi prese il telefono e compose il numero del suo avvocato. Rispose la segreteria telefonica, con l'allegra istruzione da parte della segretaria di Parker Aimes di parlare chiaramente dopo il segnale acustico.

«Sono Miguel Rios e chiamo a proposito dell'eredità di Sally Fenning. Volevo informarla che ho ricevuto una lettera per posta. È di Alan Sirap. Il sesto beneficiario».

27

Era arrivato il momento di scoprire qualcosa di più su Alan Sirap.

Giovedì sera Jack aveva ricevuto una telefonata da Tatum, e a metà mattina di venerdì aveva avuto la conferma che tutti gli altri cinque beneficiari avevano ricevuto la stessa lettera. Tuttavia, nessuno sembrava sapere chi fosse Mr. Sirap, o per lo meno non erano disposti a condividere quello che sapevano. Jack organizzò di vedersi a pranzo con Vivien Grasso. Come avvocato che aveva redatto il testamento di Sally e come esecutrice testamentaria, Vivien aveva la responsabilità di individuare tutti gli eredi. Alla luce dell'ultima lettera, Jack voleva un aggiornamento su come procedevano le ricerche di Alan Sirap.

«È una strana lettera», commentò Vivien. Jack le aveva mostrato la copia di Tatum, e lei l'aveva letta molto rapidamente.

Jack sollevò gli occhi dal menu, che fingeva solo di leggere. L'Old Lisbon era il suo ristorante portoghese preferito, e a pranzo lui ordinava sempre la specialità della casa: calamari alla griglia e patatine fritte. Non era un piatto per tutti, ma di sicuro per quelli che erano stufi dei tipici calamari *à la Friday's*, impanati, fritti e affogati nella salsa marinara.

«Strana è un aggettivo per definirla», disse. «Però mi viene in mente anche minacciosa».

Lei fece un sorriso sardonico e gli restituì la lettera. «Andiamo, Jack. Qualcosa mi dice che il tuo assistito non si spaventa facilmente».

«Ho la sensazione che neppure la tua lo facesse».

«Sally ha avuto una vita difficile. Ma sì, anche lei era una dura».

«Fino a che punto la conoscevi veramente?».

«Fino a che punto conosciamo i nostri assistiti?».

«Alcuni meglio di altri».

Vivien spremette una fettina di limone nel suo tè freddo. «Ho a che fare con clienti molto facoltosi. Molti di loro difendono la loro privacy accanitamente. Sally non era diversa da loro».

«Allora intendi dire che...».

«La conoscevo abbastanza bene da redigere il suo testamento. È questo che intendevo dire».

Un cameriere portò loro del pane fresco e un piattino pieno di olio d'oliva nel quale intingerlo. Jack staccò un pezzetto di pane ma continuò a parlare: «Vivien, conosci mio padre da anni. Conosci me quasi da altrettanto tempo. Perciò sai che sono sincero quando affermo che quello che dirai qui resterà tra me, te e i calamari alla griglia».

«Oh, Dio, ci siamo».

Jack fece un leggero sorriso, poi tornò di nuovo serio. «Sally Fenning aveva intenzione di creare un perverso gioco di sopravvivenza del più avido?».

Lei tamburellò con le unghie sul tavolo, come se stesse riflettendo su come rispondere, o forse *se* rispondere.

«Non voglio metterti in difficoltà», disse ancora Jack. «Ma sta succedendo qualcosa di molto strano».

«Va tutto bene. Onestamente, l'ultima cosa che voglio è che tu o peggio tuo padre pensiate che mi lascerei coinvolgere in una sanguinosa campagna di vendette. Perciò mettiamola in questi termini. Ammetto che non è del tutto ortodosso redigere il testamento di Sally in modo che tutto vada al sopravvissuto tra sei eredi potenziali. Ma non avrei mai immaginato che le minacce e le lesioni fisiche facessero parte del piano di Sally».

«Allora qual era il suo piano?».

«Io l'ho capito così. Per Sally non c'era un aspetto positivo nel denaro. Quando ne aveva bisogno, non ne aveva. Quando lo aveva, non era felice».

«L'avevo capito».

«Per lei i soldi erano una maledizione. Perciò decise che alla sua morte avrebbe condiviso quella maledizione con le persone che non le piacevano. Per come avevamo strutturato il suo testamento, ognuno degli eredi sarebbe vissuto per l'intera durata della sua esistenza pensando di essere a un soffio dall'ereditare quarantasei milioni di dollari. Ma solo uno di loro avrebbe visto tutti quei soldi; e a quel punto lui o lei sarebbe stato forse troppo vecchio per goderseli. Una vendetta, ma non un atto criminoso».

«Che cosa ti aveva detto dei suoi nemici... gli eredi?».

«Nomi, indirizzi, numeri della previdenza sociale. Tranne che per Alan Sirap. Di lui avevo solo il nome. Sally aveva promesso di fornirmi gli altri dati, ma non ha mai trovato il modo. Francamente, con una ventinovenne in buona salute come cliente, non le facevo pressioni tutti i giorni per avere quei dati. Il testamento era valido anche senza».

«Da quello che dici, deduco che non hai fatto un controllo sui trascorsi dei potenziali beneficiari».

«Effettivamente no».

«Perciò non hai idea del perché il mio assistito sia un beneficiario del testamento di Sally».

«Io no. E tu?».

Jack cercò di svicolare: non poteva certo dirle che Tatum era un killer professionista. «In base a quello che ho appreso sugli altri, posso solo dedurre che Sally lo considerava un nemico».

«Sally non si è dilungata sui motivi per cui ha scelto Tatum Knight o gli altri».

«Non ti è sembrato strano?».

«Se un cliente non vuole svelare tutti i piccoli dettagli sporchi sugli eredi che ha scelto, francamente non sono affari miei. Era prerogativa di Sally lasciare il suo denaro a chi voleva, compresi i suoi nemici. Anche se questo comportava il fatto di diseredare sua sorella».

«Rene, giusto?». Jack si era proposto di approfondire la questione della sorella di Sally fin da quando il nome di lei era stato fatto durante l'incontro con la guardia del corpo di Sally, ma per una persona sola, che aveva altri clienti paganti, non era facile andare a fondo di ogni piccolo indizio.

«Esatto. Lei è l'unica parente di Sally ancora in vita».

Jack aspettò che l'aiuto cameriere venuto a riempire di nuovo i loro bicchieri d'acqua si allontanasse, poi chiese: «Cosa sai di lei?».

«So che Sally per un certo periodo ha lavorato a fianco di sua sorella in una missione umanitaria in Africa».

«Quando?».

«Prima che Sally si risposasse».

«Avevano litigato?».

«Non che io sappia. La sola impressione che avevo avuto da Sally era che lei volesse molto bene a sua sorella».

«Ma non le ha lasciato niente nel testamento».

«Vai a sapere».

Jack guardò fuori dalla finestra. Sulla trafficata Coral Way le auto in transito erano solo una macchia indistinta. «Immagino che la vendetta possa essere dolce», disse con voce distaccata. «Ma perché una donna senza altri parenti avrebbe dovuto diseredare una sorella che amava?».

«Non so rispondere», disse Vivien.

«Probabilmente c'è una sola persona in grado di farlo. Rene vive ancora in Africa?».

«Sì, l'ho informata della morte di Sally».

«Perciò hai il suo indirizzo esatto?».

«Ce l'ho nello studio. Rene è in Costa d'Avorio».

Dopo un attimo di riflessione, Jack disse: «Ho sempre desiderato andare in Africa».

«Ora hai la scusa per andarci».

Il cameriere tornò al loro tavolo e chiese: «Siete pronti per ordinare?».

28

Nello spirito del China Grill, di Smith & Wollensky, di Joe Allen e di innumerevoli altri ristoranti famosi di New York, il Nobu Restaurant sembrava funzionare anche meglio con l'abbronzatura di Miami Beach.

Jack aveva scelto Nobu per il primo appuntamento con Kelsey. Gli era sembrato perfetto: cena giapponese servita e consumata senza fretta, un'atmosfera gradevole, e la tipica gente di South Beach che impediva a due persone di restare a corto di argomenti di conversazione. Da parte sua, anche Kelsey era andata sul sicuro: aveva scelto di indossare nero su nero, con dei semplici gioielli d'oro: un look completamente diverso da quello del vestito rosso mozzafiato che aveva messo per la loro visita di lavoro al Club Vertigo. Tuttavia Jack l'aveva trovata ancora più seducente questa volta, non perché non avesse notato prima quanto fosse bella, ma perché non si sentiva più costretto a impedirsi di notare le piccole cose che lo avrebbero fatto sorridere molto tempo dopo la fine della serata. Il modo in cui i capelli le accarezzavano il collo. Il leggero movimento della testa quando sorrideva. Jack era pur sempre il suo datore di lavoro, e lei sarebbe sempre stata la madre del suo "fratellino" Nate. Ma quello era un vero appuntamento, o per lo meno un giro di prova, e lui doveva apprezzare il modo in cui lei si sforzava di dare l'impressione che niente altro avesse importanza.

«Devo svelarti un segreto», gli disse.

Erano le 22,40, ed erano tornati nel posto da dov'erano partiti tre ore prima: davanti alla porta di casa di Kelsey.

«Che cosa?», chiese Jack.

«Ho una baby-sitter di quindici anni».
«Perché sarebbe un segreto?».
«Dev'essere a casa alle undici, il che è esattamente la ragione per cui l'ho scelta».
«Cosa vuoi dire?».
«Era la mia scusa, in caso avessi avuto un ripensamento. Tu potevi dire andiamo a bere qualcosa da qualche parte, e questo mi avrebbe dato la possibilità di guardarti negli occhi e dirti in tutta sincerità che dovevo essere a casa per le undici».
«Ah».
«Non fare quella faccia triste. Ora vorrei aver fatto venire sua sorella maggiore».
Jack sorrise. «Mi fa piacere che tu abbia passato una bella serata. Sono stato bene anch'io».
«Ci resta ancora un po' di tempo». Kelsey guardò verso il dondolo del portico. «Ti va di sederti qualche minuto?».
«Certo».
Jack la seguì attraverso il portico. Era un piccolo dondolo, probabilmente fatto per lei e Nate. Si sedettero l'uno accanto all'altra, a guardare il prato, con le palme e le aiuole di fiori illuminate dalla luna. Una brezza agitava le foglie della quercia, con un fruscio simile a quello delle onde.
«Non ricordo quando mi sono seduto l'ultima volta su un affare del genere», disse Jack, dandosi una spinta con un certo slancio.
«È un dondolo, non una navetta spaziale, Jack».
«Scusa».
«Figurati».
Gli batté affettuosamente sul dorso della mano, e non ritrasse la propria. I polpastrelli delle sue dita e il palmo morbido erano posati sulla mano di lui. Jack fece ruotare lentamente il polso, e le loro dita s'intrecciarono. Una piccola cosa, ma sembrò molto di più.
«Che bello», disse Jack.
«Davvero».
Il dondolo continuava a oscillare e loro si godevano in silenzio la reciproca compagnia. Finalmente Jack disse: «Non per parlare di lavoro...».

«E allora non farlo».
«Ha a che fare solo in parte con il lavoro. Sono molto eccitato all'idea. Vado in Africa».
«Perché ci vai?».
«La sorella di Sally vive lì. Voglio parlare con lei. Ma soprattutto ci voglio andare. Sarà interessante».
«Dove?».
«In Côte d'Ivoire. Il nome francese della Costa d'Avorio».
«Lo so. Parlo un po' di francese».
«Fantastico. Allora potresti insegnarmi qualcosa. Il francese è la lingua ufficiale di quel paese».
«Tu non lo parli per niente?».
«Neppure una parola. A meno che tu non conti i versi di *Lady Marmalade*, sai, la vecchia canzoncina di Patti LaBelle. *Voulez-vous crochet avec moi?*».
Kelsey scoppiò a ridere. Jack chiese: «Cosa c'è di così divertente?».
«Si dice *coucher*, non *crochet*. Invece di "Vuoi venire a letto con me" tu hai detto "Vuoi fare l'uncinetto con me?"».
Risero insieme. Il silenzio che seguì non fu sgradevole, come un'implicita ammissione che ciascuno di loro stava pensando seriamente a come sarebbe stato "fare l'uncinetto" con l'altro. I loro sguardi s'incontrarono, e Jack sentì che le sue labbra si muovevano lentamente verso quelle di lei.
Un rumore proveniente dall'interno della casa li fece sobbalzare. Si volsero contemporaneamente, in tempo per scorgere per un attimo il viso di Nate inquadrato dalla finestra, seguito dall'eloquente oscillazione delle veneziane.
«Nathan, faresti meglio a non essere sveglio», lo ammonì Kelsey.
Lo sentirono ridacchiare mentre scappava via. Kesley sorrise a Jack e disse: «Allora, vuoi veramente uscire con una mamma single?».
Lui esitò. Da un certo punto di vista l'idea gli piaceva, ma continuava ad avere delle riserve. «Dobbiamo pensare a Nate».
«Sei così bravo con lui. La cosa mi fa davvero piacere».
«È un ragazzino fantastico».
«Sì, ma io parlavo di te. Ho conosciuto molti fratelloni

volontari. Secondo me, alcuni di loro si propongono perché li fa sentire meglio con se stessi, come se stessero restituendo qualcosa, compiendo un dovere civico. Ma ai migliori di loro piacciono veramente i bambini».

«Probabilmente faccio parte dell'ultimo gruppo».

«È questo che mi fa riflettere. Da dove deriva questo tuo atteggiamento?».

«Non lo so di preciso. Io e la mia ex moglie non abbiamo avuto figli, ma non perché non li volessimo».

«Scusami. Non volevo che la mia domanda diventasse *così* personale».

«Figurati. Non sono uno di quegli uomini convinti che sarebbero ancora sposati se avessero avuto dei figli nel loro matrimonio traballante».

«Non funziona. Posso testimoniarlo».

«Però un giorno vorrò avere dei figli».

Lei sorrise. «Ti chiedi come sarebbe il mondo con un Jack Junior?».

«Veramente... be', lasciamo perdere».

«Che cosa dobbiamo lasciar perdere?».

«Quello che sto per dirti non vuole essere uno scambio con il tuo piccolo segreto sulla baby-sitter di quindici anni, ma c'è già un Jack Junior, per così dire».

«Che cosa?».

«La donna con cui stavo prima di sposare Cindy ha dato un bambino in adozione. Lei sostiene che è mio. Io non sapevo neppure della sua esistenza fino a un anno fa».

«Quella donna te lo ha detto dopo che tu e Cindy vi eravate sposati?».

«Molto tempo dopo».

«Uauh. Niente male come dichiarazione. "Ciao, sono tornata, cos'hai fatto in tutti questi anni? A proposito, io ho partorito un figlio tuo"».

«Decisamente una sorpresa».

«Quanti anni avrebbe il ragazzo?».

«All'incirca l'età di Nate».

«Pensi che lo conoscerai un giorno?».

«Ne dubito. Ma se dovesse succedere, di sicuro avrò fatto una buona pratica con Nate».

Lei ritrasse la mano. «Pratica?».

Jack vide l'espressione del suo viso e si affrettò a dire: «Probabilmente non ho usato la parola giusta».

«Già. Direi che hai fatto una scelta pessima».

«Mi dispiace. Volevo solo dire che Nate è il tipico ragazzino vivace che mi ha preparato quasi a tutto».

«Il che suona proprio come "pratica"».

«Andiamo, Kelsey. Sai quanto significa Nate per me».

Lei si alzò dal dondolo per avvicinarsi alla balaustra del portico. Jack balzò in piedi e la raggiunse, ma lei non si voltò. «Ehi», le disse, parlando alla nuca di lei. Kelsey continuò a fissare il prato. Nessuna risposta.

«Con Nate *non* si tratta di far pratica», le disse.

«E con me?».

«Cosa?».

Lei si voltò a guardarlo in viso. «Il tempismo è molto importante in un rapporto, non credi?».

«Certo».

«Jack, sii onesto. Con quante donne sei uscito dopo il divorzio?».

«Qualche volta mi hanno organizzato degli appuntamenti».

«Allora io sono la prima donna che hai davvero corteggiato?».

«Corteggiato?», rispose, con un tono di voce un po' più tagliente di quanto non avrebbe voluto. «Onestamente, Kelsey, è stata più un'idea tua».

«Be', scusami se ti ho puntato una pistola alla testa».

«No, non l'hai fatto...». S'interruppe, poi si portò una mano alla fronte, confuso. «Cos'è successo? Un attimo fa eravamo seduti sul dondolo, mano nella mano, e subito dopo... non so cosa sia successo».

La porta di casa si aprì quel tanto da permettere alla baby-sitter di mettere fuori la testa e dire: «Mi dispiace molto, Kelsey, ma se non sono a casa entro le undici e un quarto, i miei genitori non mi lasciano più venire da te».

«Non devi scusarti. Se Mr. Swyteck se ne va ora, tu sarai a casa in tempo. Sei pronto, Jack?».

Aveva acconsentito in precedenza a dare un passaggio a casa alla baby-sitter. «Direi di sì».

La ragazza passò accanto a loro in punta di piedi e scese la piccola rampa di scale. Jack guardò Kelsey e disse: «Possiamo riparlarne, per favore?».

«Ti chiamo io».

«Quando?».

«Presto».

Erano uno di fronte all'altra, a pochi centimetri di distanza, ma nessuno dei due si muoveva, come se ora fossero in imbarazzo al pensiero che solo qualche minuto prima erano stati sul punto di scambiarsi un bacio della buona notte. Kelsey gli rivolse un sorriso teso e si limitò a dire: «Buona notte, Jack».

Entrò subito in casa, e Jack aspettò che si voltasse a guardarlo per dargli un segno d'incoraggiamento. Non arrivò. Mentre la porta si chiudeva lui si volse, raggiunse sul vialetto la baby-sitter che stava sbirciando maliziosamente da sotto la frangetta.

«Mi scusi se ho rovinato il suo momento, Mr. Swyteck».

Jack si grattò la testa con la chiave dell'auto, guardando ancora una volta verso la casa di Kelsey. «Non ti preoccupare. L'unica cosa di cui sono sicuro è che non sei stata tu a rovinarlo».

29

«Vengo in Africa con te», dichiarò Theo.

Jack aveva fatto una deviazione dopo aver accompagnato la baby-sitter. Theo e la sua band facevano la loro esibizione del venerdì sera in un jazz club sulla Washington Avenue. Jack lo aveva trovato durante l'intervallo di mezzanotte seduto all'estremità del lungo bancone del bar, anche se aveva rischiato di non vederlo nella luce fioca del locale. Era l'ambiente perfetto per i clienti del dopo mezzanotte: decine di candele di varie forme e dimensioni in una serie di elaborati candelieri. Theo stava raschiando una goccia di cera che si era solidificata sulla superficie del bancone.

«E invece tu *non* vieni in Africa», rispose Jack.

«Stai a sentire, tu sei un avvocato irrimediabilmente bianco diretto in un paese abitato da sedici milioni di africani, il cui stipendio settimanale non basterebbe a pagare le noccioline che ho appena finito di mangiare. Dovresti fare i salti di gioia all'idea di avere al tuo fianco una persona come me».

«D'accordo. Poi ne parliamo».

«È quello che hai detto ieri. È deciso, se ci vai tu ci vengo anch'io». Sollevò il bicchiere in un brindisi, e dopo parecchi lunghi momenti di riflessione, Jack ricambiò con la bottiglietta di birra.

«Ma non ti pago il biglietto aereo», disse.

«Ho rimediato il viaggio gratis per entrambi. Due volte al mese l'amico di un mio amico porta con un jet i dirigenti di una società petrolifera diretti in Africa. L'aereo è sempre mezzo vuoto. Noi partiamo martedì prossimo. Tu devi solo pagare i nostri biglietti fino a Houston».

«Di che tipo di aereo stiamo parlando?», chiese Jack con palese scetticismo.

«Ma Jack, ti pare che io non ti tratterei da quella rock star che sei?».

«È quello che avevano detto a Buddy Holly».

Squillò il cellulare di Jack, e lui riconobbe il numero di Kelsey. «Torno subito», disse a Theo, e attraversò in fretta il locale affollato per raggiungere un posto relativamente tranquillo vicino alla scala posteriore.

«Ciao». Aveva il telefono appoggiato a un orecchio, e un dito premuto sull'altro per cercare di attutire i rumori provenienti dalla stanza accanto.

«Mi spiace di avere reagito in maniera eccessiva», rispose Kelsey.

«È tutto a posto. Mi fa piacere che tu abbia chiamato».

«Nate ti è così affezionato. Nella sua vita non ha mai avuto nessuno come te. Suo padre e io abbiamo divorziato quando lui aveva tre anni».

«Come ti ho detto prima, lui è fantastico».

«Per questo non sono così sicura a proposito di noi due».

Jack smise di camminare. «È quello che ti avevo detto quando eravamo nella mia auto, dopo che tu hai suggerito che potevamo uscire a cena».

«Lo so, e avremmo dovuto dare ascolto al tuo istinto, non al mio».

«Perché questo improvviso ripensamento?».

«Quando eravamo seduti sul dondolo, e io ho visto la faccina di Nate nel riquadro della finestra, mi si è stretto il cuore. Era così felice di vederci insieme. Poi mi è balenata in mente un'altra immagine: quella di me tra qualche mese mentre cerco di spiegargli perché Jack non viene più da noi».

«Ma lo hai detto tu all'inizio. Sei stufa di vivere la tua vita preparandoti per quello di brutto che potrebbe accadere».

«Qualche volta, sì».

«Come dice sempre il mio amico Theo, al mondo ci sono due tipi di persone: quelli che rischiano e quelli...». Si bloccò. Andava bene parlare di quelli che rischiano e di quelli che mangiano merda bevendo una birra con Theo; ma in quel momento l'espressione gli sembrava un po' troppo pesante. «E quelli che non rischiano», concluse, facendo una smorfia per la mancanza di poesia della sua improvvisazione. «Comunque, sai cosa intendo».

«Sì. Ma io sono la madre di Nate. Devo fare attenzione ai rischi che corro».

«Non posso darti torto».

«Allora mi capisci?».

«Sì e no. Quello che sto cercando di dirti è che non mi aspettavo di stare così bene con te stasera».

«È complicato, lo so».

«Fino a quando le cose non hanno iniziato ad andare storte, sotto il portico, stavo cominciando veramente a pensare che *tu* avessi avuto l'idea giusta. Dopo il divorzio mi hanno organizzato degli appuntamenti con due donne. Entrambe avevano dei figli ragazzini, che francamente mi hanno spaventato a morte. Se devo uscire con una mamma single, perché non con quella che ha il figlio migliore del mondo?».

«Ci sono due aspetti della faccenda, ma...».

«Ma ora tu pensi che il mio primo istinto fosse quello giusto. Vedi cosa vuol dire essere una coppia di avvocati?», disse Jack scherzosamente. «Siamo riusciti a convincerci reciprocamente a invertire i ruoli».

«Senti, non dobbiamo risolvere il problema questa sera. Forse è una buona cosa che tu vada in Africa. Avremo tempo per riflettere».

«D'accordo. Un po' di tempo è una buona cosa».

«Allora siamo intesi? Lasciamo le cose come sono per un po', torniamo alla normalità».

Jack aveva la frustrante sensazione che le parole giuste fluttuassero da qualche parte tra loro, ma dannazione, non riusciva a trovarle. «Okay. Vada per la normalità».

«Ti ringrazio. Fai buon viaggio, okay?».

«Certo».

«Buona notte».

«Buona notte». Jack spense il cellulare e si sedette su un gradino, solo. Già adesso non gli piaceva la sensazione che gli comunicava la parola "normalità".

30

L'urinatoio del bagno degli uomini era di nuovo rotto, e due tizi erano occupati a gratificarsi a vicenda nell'unico cubicolo, perciò Theo uscì nel vicolo dietro il club attraverso la porta posteriore. Trovò uno spazio buio tra due auto parcheggiate, e scoprì che qualcun altro aveva avuto la stessa idea qualche minuto prima di lui.

«Figlio di puttana», disse andandosene.

Continuò lungo il vicolo buio, anche se all'improvviso si era scoperto a pensare più alla sua conversazione con Jack che alla sua vescica prossima a scoppiare. Non aveva rivelato al suo amico la vera ragione per cui voleva andare in Africa. Certo, sarebbe stato divertente, e di sicuro a Jack sarebbe servito un tipo come Theo per tenerlo fuori dai guai. Ma le sue motivazioni erano molto più personali. La polizia aveva puntato suo fratello come un possibile sospetto per l'omicidio di Sally Fenning, e solo Theo conosceva la portata del suo debito nei confronti di Tatum.

Il vicolo si faceva sempre più buio, e finalmente Theo si fermò a guardarsi attorno. Su entrambi i lati si vedevano le disadorne facciate posteriori di bar, empori, lavanderie automatiche. Mezzo isolato più avanti, le luci provenienti dalla Sixteenth Street erano un punto luminoso in tutto quel buio, come la luce in fondo al proverbiale tunnel. I muri erano fatti di mattoni beige e bianchi. Tutte le porte e le finestre avevano delle inferriate di sicurezza nere. Se socchiudeva gli occhi, Theo riusciva quasi a vedere una serie dopo l'altra di mani che afferravano quelle sbarre di ferro, mani senza volti, mani che lui aveva collegato a voci ansiose provenienti da celle vicine negli anni che aveva trascorso nel braccio della morte. Erano ricordi che avrebbe voluto cancellare per sempre. Ma con suo fratello nei guai, e con tutte quelle inferriate alle porte e alle finestre lì attorno, la sua mente tornò a una notte nel braccio della morte, quella che aveva creduto sarebbe stata l'ultima che avrebbe trascorso su questa terra.

Theo era seduto da una parte del vetro della prigione, Tatum dall'altra. Suo fratello sembrava colpito dalla sua testa calva.

«Cosa è successo ai tuoi capelli, amico?».

«È quello che fanno in questi casi», rispose Theo. Il barbiere della prigione gli aveva già rasato la testa e le caviglie, per agevolare il passaggio attraverso la pelle della scarica mortale della sedia elettrica.

«Swyteck incomincia a spaventarmi», disse Tatum. «Perché diavolo ci mette tutto questo tempo? Non ha mai lasciato che le cose arrivassero a questo punto prima».

«Fa quello che può. Qualche volta viene a mancare la merda da gettare contro il muro».

«Allora trovati un altro avvocato».

«Non ti danno un nuovo avvocato la sera prima di un'esecuzione».

«Ma tu hai bisogno di più tempo. *Io* ho bisogno di più tempo».

Dal giorno della condanna di Theo, Tatum aveva giurato di rintracciare fino all'ultimo membro dei Grove Lords, di minacciarli, di pestarli, di spaccar loro la testa: di fare tutto quello che era necessario per scoprire chi era entrato davvero in quel negozio e aveva ucciso il cassiere.

«Apprezzo tutto quello che hai fatto per me», disse Theo, «ma...».

«Ma un bel niente. Adesso non incominciare con quella stronzata dei saluti».

«Dobbiamo affrontare la realtà».

«La realtà è che non sei stato tu».

«Tu credi che io sia il primo innocente rinchiuso nel braccio della morte?».

«Un conto è esserci rinchiuso, un altro eseguire la condanna. Non possono farlo, cazzo».

«Possono, Tatum. E lo faranno».

Tatum controllò l'orologio sulla parete. «Dove diavolo è quel tuo avvocato?».

«Dovrebbe arrivare tra mezz'ora».

«Bene. Voglio parlargli».

«A che scopo?».

«Devo sapere se non c'è proprio più niente da fare».

«Lo sapremo presto».

«Non dire così. Se lui è a corto di idee, ne ho una io per lui».

«Che cosa?».

Con una penna scribacchiò qualcosa sul taccuino che aveva davanti. Poi si avvicinò al vetro e girò il taccuino in modo che Theo potesse leggere. C'era scritto: "Diciamo che sono stato io".

Theo guardò il fratello negli occhi. «Che cosa dovremmo dire?».

«Io sono una merda paragonato a te», disse con voce tremante. «Tu hai cervello. Potresti diventare qualcuno. Perciò diciamo che l'ho ucciso io. Ci assomigliamo un po'. Quella testimone oculare era piuttosto incerta. Magari si è confusa, non credi?».

«Tu faresti questo per me?».

«Sei il mio fratellino. Tu e io... merda, non farmelo dire. Siamo tutto quello che abbiamo, no?».

Theo sentì un nodo allo stomaco: avrebbe voluto rompere quella lastra di vetro che li separava. «Grazie, fratello», disse premendo il pugno contro il vetro. Tatum fece altrettanto dall'altra parte: la stretta di mano della prigione.

«Che ne dici?», chiese Tatum.

«Sei fantastico, veramente. Ma se anche ti lasciassi tentare, sarebbe comunque troppo tardi».

«Accidenti a te, smettila di dire che è troppo tardi».

«Non funzionerebbe comunque».

«Lo farò funzionare», dichiarò Tatum con rabbia crescente. «Posso far credere la mia versione a quei bastardi».

* * *

Alle spalle di Theo si aprì una porta, e nel vicolo si riversarono i rumori sordi provenienti dal club. Si volse e vide un uomo avanzare nel fioco bagliore di una luce di sicurezza, accanto al bidone della spazzatura.

«Jack?».

«Mi era sembrato di vederti uscire da questa parte. La tua band si sta preparando per il prossimo numero».

Theo si avvicinò e disse: «Devo aver perso la nozione del tempo».

«Cosa ci fai qui fuori?».

Theo mise un braccio attorno alle spalle di Jack e insieme si diressero verso la porta. «Ho fatto una passeggiata sul viale dei ricordi, amico. E bisognava esserci per sapere che posto di merda è».

«Io *c'ero*, ricordi?».

«Certo. Ricordo tutti quelli che c'erano. E intendo dire tutti».

Insieme rientrarono nel club e la porta si chiuse con il rumore metallico dell'inferriata di sicurezza.

Parte Terza

31

La Costa d'Avorio è all'incirca grande come la Germania o il New Mexico. Il problema di Jack era che andare *dalla* Germania *al* New Mexico è infinitamente più facile che andare dall'aeroporto di Abidjan alle praterie del nord.

«Non viaggio sui piccoli aerei», dichiarò.

«Tu cosa?», rispose Theo.

«Non ci volo. Ho avuto alcune brutte esperienze, e non ci volo più».

«Rappresenti un pessimo soggetto come mio fratello, e hai paura di volare su un piccolo aereo?».

«No, ho paura di *schiantarmi* con un piccolo aereo. Non ho nessun problema a volare».

Così era incominciata la parte via terra del loro viaggio, mezza giornata in autobus dopo un volo internazionale di diciassette ore. Il sistema stradale della Costa d'Avorio è tra i migliori dell'Africa occidentale, perciò sarebbe stata un'esperienza sopportabile se il tragitto di nove ore per arrivare a Korhogo avesse segnato la fine del viaggio. Sfortunatamente, la sorella di Sally non era a Korhogo, cosa che sorprese Jack. Prima di lasciare Miami, era riuscito a contattarla via e-mail, e da un Internet Café in città lei aveva confermato l'incontro. Una simpatica coppia di pensionati che gestivano il quartier generale del Children First comunicò a Jack la cattiva notizia.

«È andata a Odienné», disse Mr. Roberts.

«Accidenti. Quando torna?».

«Non lo sappiamo. Si è offerta come volontaria per una piccola emergenza medica».

«Come possiamo arrivare a Odienné?».

Era indiscutibile che qualsiasi spostamento, per quanto pianificato con cura e malgrado tutta l'esperienza di chi lo intraprendeva, era un potenziale disastro. Era anche evidente che i guai di solito cominciavano con una domanda del tipo: "Come si arriva a...".

Noleggiarono una vecchia Land Rover a Korhogo e si diedero il cambio alla guida, diretti verso ovest. Le strade che collegano le città principali della Costa d'Avorio erano asfaltate con un'unica eccezione. La strada fra Korhogo e Odienné era asfaltata solo fino a Boundiali, una cittadina il cui nome significa "tamburo asciugato dal sole", ma che sarebbe più appropriato chiamare "polvere così fitta che non è possibile distinguere la capra che ti sta accanto". Se tutte le strade fossero come gli ultimi centosessanta chilometri da Boundiali a Odienné, la ruota avrebbe potuto anche non essere mai inventata.

Raggiunsero la periferia di Odienné appena prima del tramonto. In due ore avevano visto solo un altro viaggiatore, un ragazzino magro e nudo che cavalcava una mucca bianca e marrone. Da un certo punto di vista sembrava di essere nel bel mezzo del nulla, eppure Jack capiva perché i capi nei secoli precedenti avessero scelto quella cittadina come capitale di tutto l'impero Kabadougou. A ovest, la catena dei monti Dienguélé si snodava fino al confine con la Guinea. A est si elevava il monte Tougoukoli, una cima di ottocento metri, piuttosto imponente non fosse altro perché sorgeva nel mezzo di una prateria apparentemente sconfinata. Jack si fermò sul bordo della strada, concedendo a entrambi un momento per scuotersi di dosso la polvere e godere il panorama prima di dirigersi nel centro abitato.

«Ho la schiena a pezzi».

«Non dare la colpa a me», disse Theo.

«Nessuno dà la colpa a nessuno».

«Il che dimostra che sono un tipo fantastico».

«Cosa?».

«La prossima volta prendiamo un aereo da Abidjan. Non m'interessa se devo minacciarti con una pistola e legarti alla dannata ala».

Jack si rinfrescò il viso con un po' d'acqua dalla borraccia. Theo stava bevendo il suo secondo litro di birra: quando erano partiti da Korhogo era ghiacciata, ma la temperatura pomeridiana di trentaquattro gradi l'aveva rapidamente intiepidita.

«Credi che la troveremo?», chiese Jack.

«Certo».

«Come puoi esserne così sicuro?».

«Perché se non la troviamo, piagnucolerai come una ragazzina per tutto il viaggio di ritorno a casa, dicendo che tutto questo viaggio è stato inutile. Perciò cacciatelo bene in testa, Jacko. Non ce ne andiamo finché non l'abbiamo trovata».

«Che discorso efficace», rispose Jack. «Hai mai pensato a una carriera come consulente motivazionale?».

Theo finì la birra e finse di grattarsi la testa con un solo dito, il medio, allungato al massimo.

Entrarono in città intorno alle sei e trenta, poco dopo che la popolazione di quarantasettemila abitanti, a maggioranza musulmana, aveva terminato le preghiere del tramonto. Odienné era una storica città agricola, ma la grande moschea era l'unica testimonianza rimasta dei suoi tesori architettonici. Il resto dei vecchi quartieri era stato frettolosamente raso al suolo nel quadro di un piano di urbanizzazione che aveva sostituito le strade buie e le vecchie case con degli edifici moderni del tutto anonimi: un altro aspetto della follia urbanistica per cui la Costa d'Avorio aveva sacrificato più foresta pluviale di qualsiasi altro paese del pianeta.

«Cos'è questo odore?», chiese Jack.

«Sembra carbone», rispose Theo.

Raggiunsero l'Hôtel les Frontières, uno dei migliori della città, ma *non* quello in cui stava Rene Fenning. I suoi colleghi del quartier generale di Children First di Korhogo erano stati in grado di dire a Jack solo che lei alloggiava nei pressi dell'Hôtel les Frontières. Risultò essere l'Hôtel Touristel, che ospitava soprattutto turisti al risparmio che arrivavano dal Mali o vi si recavano. L'inglese dell'impiegato dietro il bancone non era certo fluente, ma l'uomo era in grado di comunicare.

«Tre giorni fa c'è stato un incendio nel mercato», disse.
«Questo spiega l'odore», osservò Theo.
«La dottoressa Rene è venuta qui per dare aiuto. Venite. Seguitemi».
Li accompagnò fuori, attraverso un passaggio polveroso che conduceva sul retro dell'edificio, dove una grande tavola calda era stata trasformata in un ospedale. Lungo una parete era allineata una dozzina di letti, lungo un'altra era stata sistemata una dozzina di brande, e sul pavimento erano sparse decine di stuoie dai colori vivaci. Molte erano vuote, come se l'emergenza fosse finita. Jack contò undici pazienti, molti dei quali con le mani o le braccia fasciate.
Una donna con una mascherina chirurgica di fortuna, l'unica persona bianca della stanza, si avvicinò e disse: «Lei dev'essere Jack Swyteck».
«Sì. Questo è il mio amico Theo».
Lei si scoprì il viso, e Jack si rese conto che non si trattava di una maschera chirurgica, ma della copertura adeguata per una donna in una comunità musulmana, soprattutto per un'americana bionda che cercava di non offendere la sensibilità di nessuno. «Io sono Rene», disse mentre si stringevano la mano. «Vi dispiace se usciamo? Siete un po' impolverati e noi facciamo del nostro meglio per limitare i rischi di infezione».
Li accompagnò fuori attraverso la porta posteriore. Si era fatto buio, e Jack fu sorpreso nel constatare quanto fosse calata la temperatura nel poco tempo trascorso dal tramonto del sole.
«Mi dispiace di non avervi potuto aspettare a Korhogo», disse.
«Non si preoccupi. Ovviamente si è trattato di un'emergenza».
«Ora il peggio è passato. Abbiamo dovuto darci da fare, ma siamo riusciti a trasferire ad Abidjan i feriti più gravi».
«Scommetto che loro non avevano paura di volare», osservò Theo.
«Mi scusi?».
«Lo ignori», disse Jack, lanciando all'amico un'occhiata che diceva "per te non c'è niente di sacro?".

«Mi scuso per il mio aspetto», disse Rene. «Sono due giorni che non dormo quasi. So che avete fatto un lungo viaggio e che vorreste parlare di Sally».

«Possiamo farlo domani mattina», suggerì Jack.

«Sarebbe molto meglio verso mezzogiorno», rispose lei con un sorriso stanco.

«D'accordo».

«Qui accanto c'è un *maquis*», aggiunse Rene.

«Cos'è un *maquis*?».

«Voi due non siete qui da molto, vero? È l'equivalente di un caffè. Ci vediamo lì a mezzogiorno».

«Ottimo. A domani, allora».

Lei sorrise e rientrò. Mentre si chiudeva la porta alle spalle, Jack e Theo si guardarono, come se stessero pensando la stessa cosa.

«Uauh», disse Theo.

«È strano, vero? È identica a sua sorella».

«Dieci minuti sotto la doccia, ed è uno schianto».

«Accidenti! Per tutti questi anni ho pensato che tu fossi una persona superficiale e invece sei capace di guardare attraverso lo strato di sudore che copre una donna e immaginartela nuda e gocciolante appena uscita dalla doccia».

«Cosa diavolo hai detto?».

«Che è uno schianto anche senza aver fatto la doccia».

«Proprio quello che mi sembrava tu avessi detto».

«Coraggio», disse Jack, incamminandosi verso l'albergo, «andiamo a farci dare una stanza».

32

«Dov'è il suo amico?», chiese Rene.

Lei e Jack erano seduti al *maquis*, il caffè all'aperto vicino all'albergo. Era quanto di più informale si potesse immaginare per un ristorante: nient'altro che alcuni tavoli e panche sgangherati appoggiati direttamente sulla sabbia. Jack e Rene erano seduti l'uno di fronte all'altra, all'ombra di una tettoia di paglia intrecciata. L'aria odorava di pesce cucinato e di qualche cereale cotto al vapore, abbastanza appetitoso, anche se bisognava abituarsi al ronzare delle mosche e al caldo opprimente. Jack sudava semplicemente a stare seduto, ma Theo aveva avuto ragione sul conto di Rene: una doccia e una notte di sonno l'avevano trasformata in tutt'altra persona.

«Theo dorme ancora», rispose Jack.

«Problemi di fuso orario?».

«Piuttosto un problema di carburante. Lui e un paio di belgi diretti a Man sono stati alzati fino a tardi a bere una cosa chiamata *pitasi*».

Rene sorrise con l'aria di chi la sapeva lunga, come se fosse stata presente. «Gin africano. Un affare letale».

Un cameriere portò loro le bibite analcoliche che avevano ordinato e recitò il menu in francese. Jack lasciò che Rene ordinasse per entrambi, sperando di non ritrovarsi a mangiare occhi di impala bolliti.

«Lei e Theo siete una coppia di amici piuttosto interessante».

«Lo sento dire spesso».

«Vi conoscete da molto tempo?».

«Abbastanza. Lui venne accusato di omicidio quando era

ancora un adolescente. Io mi sono occupato del caso in appello, dopo che era stato rinchiuso nel braccio della morte. Si crea un legame abbastanza stretto con una persona dopo aver contato per cinque o sei volte le ore che mancano alla sua morte. Specialmente se si tratta di un innocente».

«E così il suo amico se l'è cavata grazie a lei?».

«Sono i colpevoli che se la cavano. Theo era stato fregato, e alla fine abbiamo dimostrato la sua innocenza».

Rene bevve un lungo sorso della sua bibita senza ghiaccio, assaporandola prima che diventasse tiepida per la calura del mezzogiorno. «È questa la sua specializzazione? Si occupa della pena di morte?».

«Non più. Appena laureato in legge ho lavorato per quattro anni in un posto chiamato Freedom Institute, che si occupava esclusivamente di casi di condannati a morte».

«Sembra piuttosto triste».

«Non più di altre cose. L'anno prima di laurearmi ho lavorato per uno studio legale di Wall Street. L'ultimo giorno sono salito in ascensore e ho premuto il pulsante del quarantaduesimo piano, come avevo fatto tutti gli altri giorni. Dietro di me è entrato un giovane avvocato e ha premuto il quarantuno, poi un altro tizio un po' più vecchio, e ha schiacciato il quarantatré, e poi una delle socie anziane, e... be', non so quale pulsante abbia schiacciato lei. Sono fuggito via di corsa. All'improvviso non potevo sopportare l'idea che quella sarebbe stata la mia vita, giorno dopo giorno: salire sullo stesso ascensore, premere lo stesso pulsante, chiudermi nello stesso cubicolo».

«Posso capirlo».

«Davvero?».

«Si guardi attorno. Questa non è una carriera del tutto normale per una persona che ha appena finito di spaccarsi la schiena come interno di pediatria».

Jack notò che aveva uno splendido sorriso, e lui le sorrise a sua volta. Non ci aveva pensato prima, ma loro due avevano veramente qualcosa in comune: entrambi avevano scelto un inizio tutt'altro che convenzionale per le loro rispettive carriere. Disse: «Se la sua esperienza assomiglia alla mia, sono sicuro che ha molti amici in patria che stanno facendo un sacco di soldi».

«Il denaro non è mai stato una mia priorità».

«Neanche per me, tuttavia...».

«Tuttavia che cosa?».

L'espressione di lui si fece più seria. «Che mi dice di Sally?».

Rene sospirò leggermente, come se avesse saputo che la conversazione sarebbe andata a finire in quel punto. «Sally era una persona molto complessa».

«Voi due eravate unite?».

«Sì, lo siamo state per la maggior parte del tempo».

«Per la maggior parte del tempo?».

Si strinse nelle spalle e rispose: «Eravamo sorelle. Avevamo le nostre divergenze e le abbiamo superate».

«Ho saputo che ha passato un po' di tempo qui con lei».

«Sì. La sua venuta mi aveva un po' sorpresa, ma immagino che niente avrebbe dovuto sorprendermi negli ultimi anni».

«Cosa intende?».

«Il volontariato in Africa non era esattamente adatto a Sally. Non mi fraintenda. Non è adatto alla maggior parte delle persone. Ma dopo l'assassinio di sua figlia, Sally voleva solo trovare un modo per guarire. È passata da un estremo all'altro, dalla vita mondana alla religione, dal volontariato al matrimonio con un miliardario. Penso che alla fine niente abbia funzionato».

Il cameriere portò quello che avevano ordinato: un piatto di cibo grumoso che sembrava riso mescolato con un po' di carne. Jack lo assaggiò con circospezione, ma lo trovò sorprendentemente gustoso. «Una buona scelta», disse. «Mi piace».

«Davvero? Per la maggior parte delle persone la carne di scimmia non è un sapore comune».

«Cosa???».

«Scherzavo».

Si scambiarono un sorriso, poi Jack tornò serio. «Mi dispiace molto per quello che è successo a sua sorella, perciò mi scuso in anticipo per alcune delle domande che dovrò farle».

«Capisco».

«Le sembrerà strano che glielo chieda, ma lei ha qualche motivo per credere che Sally avrebbe voluto uccidersi?».

«Un suicidio? Le hanno sparato in macchina mentre era ferma a un incrocio».

«Lo so. Ma quello che le sto chiedendo in realtà è se ritiene possibile che Sally abbia ingaggiato qualcuno per farsi uccidere».

Rene distolse lo sguardo, ma Jack riuscì ugualmente a cogliere l'espressione turbata sul suo viso. «Non lo so. Mi ero preoccupata per lei. Aveva un sacco di problemi, di molti dei quali sono certa lei è già a conoscenza. Problemi di soldi, quel tizio che la perseguitava, l'assassinio di sua figlia, il matrimonio fallito».

«E il libro che stava scrivendo quella giornalista del *Miami Tribune*? Ne sa qualcosa?».

Dopo un attimo di pausa rispose: «Sì. Se c'è una cosa che avrebbe potuto spingere Sally al suicidio, è proprio quel libro. Se non proprio il libro, almeno i presupposti su cui si basava».

«Qual è la sua opinione in proposito?».

«Sally aveva la sensazione che la incolpassero del fatto che l'assassino della figlia non fosse mai stato arrestato. Ne abbiamo parlato spesso. La faceva profondamente soffrire dover affrontare quelle accuse».

«Ha mai parlato con lei del test con la macchina della verità? Non voglio insinuare niente, ma ho saputo che il test ha segnalato che Sally mentiva quando ha risposto alla domanda "Lei sa chi ha ucciso sua figlia?"».

«Lei più di chiunque altro, visto che si è occupato della pena di morte, dovrebbe sapere che quei test non sono infallibili. La mia opinione è che se la macchina ha segnalato che mentiva, si è sbagliata».

«C'è un altro punto a proposito del quale la macchina ha indicato indici di menzogna. È stato alla domanda su una possibile relazione extraconiugale».

«Non so se Sally abbia tradito suo marito, se è questo che vuol sapere. Non mi ha mai parlato di un amante. Non ho mai ricevuto strane telefonate da Miguel in cui mi chiedeva: “Ehi, tu e Sally avete davvero cenato insieme ieri sera?”. Sa cosa intendo, quel tipo di controllo che ti aspetti da un marito se pensa che la moglie lo tradisca».

«Supponiamo che Sally avesse una relazione. Era il genere di persona che avrebbe... non so come porre la domanda».

«Che avrebbe coperto l’assassino della figlia per proteggere il suo amante? Assolutamente no. So che è quello che ha detto il procuratore, e che è quello che Deirdre Meadows voleva scrivere in quel suo stupido libro. Scusi il linguaggio, ma è un’autentica stronzata. Katherine era tutta la vita di Sally. Mia sorella non avrebbe mai coperto l’assassino di sua figlia per amore di un uomo».

«E se avesse taciuto per paura?», chiese Jack.

«Cosa intende?».

«Ancora una volta non sto facendo delle accuse. Voglio solo considerare tutte le possibilità. È possibile che Sally avesse paura a identificare l’assassino della figlia perché temeva che tornasse e uccidesse anche lei?».

«No, nel modo più assoluto».

«Come può esserne così sicura?».

«Perché conosco... conoscevo... mia sorella».

«Sa che c’era un tizio che la perseguitava prima che sua figlia fosse uccisa?».

«L’ho scoperto come tutti gli altri, dopo l’assassinio».

«Se è vero che qualcuno la perseguitava, come può respingere in modo assoluto la teoria secondo la quale quell’uomo era l’amante di Sally, e che lei aveva paura a identificarlo come l’assassino di sua figlia?».

«Perché so che dopo l’omicidio Sally era ossessionata dall’idea di scoprire chi era il suo persecutore. Gli dava letteralmente la caccia».

Jack posò la forchetta sul tavolo, assimilando quello che Rene gli aveva appena detto. «Non lo sapevo».

«È così. A meno che Sally non fosse la migliore attrice del mondo, sono convinta che non avesse mai *conosciuto* il suo persecutore, e tanto meno si fosse innamorata di lui».

«Come sa che ha cercato di dargli la caccia?».

«Come le ho già detto, Sally è venuta in Africa per cercare di superare il passato. Era distrutta al pensiero che l'assassino di sua figlia non fosse mai stato catturato. Alla fine, più di due anni dopo l'omicidio, il suo molestatore si mise in contatto con lei via e-mail mentre lei era in Africa. Eravamo insieme all'Internet Café a controllare la nostra posta quando lei lo ha scoperto».

«Che cosa è successo?».

«Prima io ho dato una scorsa ai miei messaggi, poi è toccato a lei. All'improvviso l'ho vista sbiancare in viso. Le ho chiesto cos'era successo, e lei mi ha risposto: "Ho ricevuto un messaggio dal tizio che mi perseguitava"».

«Lei lo ha letto?».

«Sì. Era gentile. Diceva semplicemente: "Ciao, come stai?". Non avresti mai detto che fosse di un molestatore. Ma immagino sia il modo in cui inziano tutte le comunicazioni da parte di individui come quelli».

«Cos'ha fatto Sally?».

«Ha incominciato a corrispondere con lui. Ha perfino chattato un paio di volte. Aveva un piano».

«Quale?».

«Cercava di organizzare un incontro faccia a faccia con lui».

«In Africa?».

«No. Era disposta a saltare sul primo aereo per Miami se lui fosse stato d'accordo di incontrarla».

«Non era un po' rischioso?».

«Infatti le ho detto: "Ehi, Sally, questo potrebbe essere l'uomo che ha ucciso Katherine e ti ha piantato un coltello nelle costole". Alla fine la convinsi a optare per un approccio più sicuro».

«Quale?».

«Continuare a comunicare on-line, vedere se lui si lasciava sfuggire qualche informazione che potesse aiutare la polizia a rintracciarlo».

«Ha funzionato?».

«Sally ci ha provato. Una settimana dopo l'altra faceva del suo meglio per fargli dire qualcosa sul posto dove viveva, che genere di auto guidava, qualunque cosa. Ma lui era molto abile. Non ha mai rivelato il benché minimo particolare su di sé. Aggirava sempre le domande chiedendo a lei di parlare di sé: che cosa stava facendo, che cosa indossava, se le sarebbe piaciuto un grande tu-sai-cosa dove-tu-sai».

«Alla fine lei è riuscita a cavargli qualcosa?».

«Una sera, al massimo della frustrazione, lo ha minacciato di non parlare più con lui on-line se non le diceva il suo nome. Lui gliene ha dato uno, ma io e Sally sapevamo fin troppo bene che era falso».

«Com'era?».

«Gesù, non ricordo. Un nome con un suono idiota».

«Provi a pensarci un minuto».

Aggrottò la fronte mentre si sforzava di ricordare. «Credo che fosse... no. Sì, Alan Sirap».

Jack rimase impietrito. «Alan S-I-R-A-P?».

«Sì. Lo conosce?».

Ovviamente Rene non poteva sapere che Sirap era il nome del sesto beneficiario, lo sconosciuto che non erano stati in grado di identificare. Jack si sistemò nuovamente sulla sedia e disse: «No, non lo conosco. Ma ho la sensazione d'incominciare a conoscerlo».

33

Dopo pranzo Jack diede un'occhiata dentro al cofano.

Si era offerto di dare un passaggio a Rene fino a Korhogo: avendo terminato il suo lavoro a Odienné, lei aveva accettato con piacere. Sfortunatamente, la loro Land Rover aveva manifestato l'equivalente automobilistico della tosse da fumatore. Jack non era un meccanico, ma aveva imparato un paio di cose dalla sua adorata vecchia Mustang, abbastanza per sapere che avrebbe dovuto per lo meno controllare i filtri prima di affrontare di nuovo la stessa strada polverosa che li aveva condotti a Odienné.

Theo era sdraiato sul sedile del passeggero, con i piedi appoggiati al cruscotto, e si faceva aria con un giornale piegato. «Sono convinto che funzionerà».

Jack stava esaminando un filtro dell'aria, soffiando via lo sporco. «Come fai a saperlo? Non hai alzato un dito per tutto il giorno».

«Non sto parlando della Rover. Parlo di questo *chapalo*».

«Che cosa?».

Sollevò la bottiglia e disse: «È una birra di miglio che mi hanno dato i miei amici del Belgio. Hanno detto che avrebbe curato i postumi della sbornia».

«Tu credi che bere dell'altro alcol sia il modo per riprendersi dopo aver bevuto troppo alcol?».

«Non è solo alcol. È *pimenté*, come lo bevono in Costa d'Avorio. Aggiungono peperoncino per dargli più forza. Tutto quello che so è che sta dando una bella botta ai miei postumi di sbronza».

«Fantastico», commentò Jack. «La prossima volta che mangio troppo, mi rimpinzerò di cheeseburger *pimenté*».

«Mi sembra un'ottima idea».

Jack chiuse il cofano, si avvicinò al posto di guida e introdusse il capo nel finestrino aperto. Erano parcheggiati nel vicolo accanto al loro albergo, approfittando dell'ombra assai ridotta dell'edificio a due piani. «La tua testa ha smesso di martellare abbastanza da permetterti di pensare ad Alan Sirap?».

Theo sorseggiò la sua birra e fece una smorfia, come se soffrisse di un momentaneo eccesso di *pimenté*. «Non ha nessun senso».

«Vuoi dire il fatto che Sally lo abbia nominato sesto beneficiario?».

«Si tratta della persona che ha pugnalato Sally e ha ucciso sua figlia. E Rene dice che sua sorella voleva tornare a Miami per conoscerlo personalmente? È questo che non ha senso».

«Be', Rene è riuscita a dissuaderla. Si era resa conto che poteva essere molto pericoloso».

«O di quanto potesse essere inutile».

«Come sarebbe?», chiese Jack.

«Penso che forse Sally non temeva d'incontrarlo perché era convinta che lui *non* fosse l'uomo che aveva ucciso sua figlia».

«Stai dicendo che cercava di fare una dimostrazione in negativo?».

«Eh?».

«La sola ragione per cui voleva incontrare il suo persecutore era per poterlo escludere come possibile sospettato dell'omicidio della figlia».

«Possibile, vero?», disse Theo.

«Sì. È anche possibile che lei sapesse esattamente quanto fosse pericoloso, ma che non avesse paura di morire. Proprio come non ne aveva due anni dopo quando ha cercato d'ingaggiare tuo fratello perché la uccidesse».

Theo socchiuse gli occhi. Il sole si era spostato in modo tale da creare un bagliore fastidioso sul parabrezza. «In entrambi i casi, immagino che lei odiasse questo Mr. Sirap tanto quanto gli altri eredi».

«Certo», disse Jack. «Sono state proprio quelle molestie

a portare all'accusa del procuratore secondo cui Sally cercava di coprire l'uomo che aveva ucciso sua figlia».

«Okay. Questo significa che cinque dei sei eredi sono legati al passato di Sally. Il che lascia un grosso interrogativo sul conto di mio fratello. Qual è il legame con Tatum?».

Jack distolse lo sguardo per un attimo. «Forse è la persona che ha reso possibile l'intero piano di Sally. Lo ha ricompensato per averla uccisa».

«No, no, non quadra. Sally non ha lasciato i suoi soldi per ricompensare qualcuno. Stava cercando di punire certe persone. La sua unica ragione per punire Tatum non era perché lui le ha consentito di realizzare il suo piano uccidendola, ma perché glielo ha reso quasi impossibile. Si è rifiutato di ucciderla».

«Rifletticci. Non è una punizione maggiore per gli altri cinque se lei nomina sesto beneficiario Tatum Knight?».

«Per questo non ha bisogno di Tatum. Aveva già Alan Sirap, o qualunque sia il suo vero nome. Perché avrebbe dovuto aver bisogno di due...».

Jack aspettò che il suo amico finisse, poi si rese conto del motivo per il quale si era interrotto. «Due killer? È questo che stavi per dire?».

Theo bevve d'un fiato il resto della sua birra, poi gettò la bottiglia fuori dal finestrino. Andò a fracassarsi contro il muro di mattoni. «L'hai detto tu, non io», disse in tono rabbioso.

«Andiamo, Theo».

«Andiamo un bel niente. Non sono venuto fin qui per dimostrare che mio fratello è colpevole. Sarebbe bello che almeno per dieci minuti tu facessi finta di credere che è innocente».

«Io non...».

Theo scese dall'auto e si diresse verso l'hotel. Jack lo seguì all'interno, ma Theo attraversò la hall andando verso il ristorante, probabilmente per rimpiazzare la bottiglia di *chapalo*. Rene stava pagando il conto al banco del ricevimento.

«Cosa gli è successo?», chiese.

«Un brutto caso di *pimenté* andato di traverso». Jack le prese la valigia e disse: «Possiamo caricare i bagagli».

La precedette fuori dall'albergo e sistemò la valigia nel bagagliaio. Rene si accomodò nel sedile accanto al guidatore e Jack si mise al volante. Nonostante il finestrino aperto, non entrava neppure un filo d'aria a mitigare il calore del sole di metà pomeriggio. Jack era fradicio di sudore semplicemente per aver portato la valigia di Rene fino all'auto.

Rene si stava guardando nello specchietto retrovisore, raccogliendosi i capelli in previsione del lungo e torrido viaggio che dovevano affrontare. Jack distolse lo sguardo quando lei lo sorprese a fissarla, anche se non parve seccata per quell'attenzione.

Con una forcina in bocca chiese: «Quando pensa di chiedermelo?».

«Chiederle che cosa?».

«La domanda che deve avere in mente. Perché Sally non ha lasciato neppure un centesimo dei suoi quarantasei milioni di dollari alla sua cara sorellina Rene?».

Jack si tolse il cappello impolverato e si asciugò il sudore dalla nuca con una bandana. «Questa è sicuramente una delle prime domande della mia lista».

«Che cosa aspetta?».

«Onestamente avevo pianificato di far passare un giorno o due, per conoscerla un po' meglio, in modo da capire se mentiva oppure no. A quel punto glielo avrei chiesto».

Rene socchiuse gli occhi e domandò: «Crede di arrivare a conoscermi *così* bene?».

«No, non intendevo... quello che sto cercando di dire è che imparo piuttosto in fretta».

Lei sembrò divertita dal suo imbarazzo. Gli prese una mano e disse: «Per favore, potrebbe... potresti mettere un dito qui?».

Jack premette il dito al centro della lunga treccia alla base della nuca. Rene la legò con un pezzo di corda colorata, del tipo che lui aveva visto vendere dalle donne africane per le strade di Korhogo. In pochi secondi, Rene aveva trasformato completamente il suo aspetto; e in qualche modo non costituì affatto una sorpresa per Jack constatare che era comunque splendida anche con tutti i capelli raccolti dentro il cappello.

Lo guardò e chiese: «Devo dirtelo ora?».

«Che cosa?».

«Di me e di Sally. E del suo testamento».

«Adesso è un buon momento».

«Sicuro? Posso aspettare se pensi che sarai un giudice migliore della mia sincerità dopo aver condiviso tutte le buche della strada fino a Korhogo».

Era evidente che si stava prendendo gioco del "piano" di Jack. «Correrò il rischio. Dimmi», rispose lui.

Rene fece un profondo respiro, prendendo un'aria più seria. «La verità è che Sally e io abbiamo avuto un piccolo litigio».

«Quanto piccolo?».

«Veramente, non proprio piccolo. Dopo che se n'è andata dall'Africa ci parlavamo a malapena».

«Cosa è successo?».

«Quand'era qui le cose andavano a meraviglia. Tutti le volevano bene alla Children First. Due sorelle che lavoravano fianco a fianco per una buona causa, che combattevano contro lo sfruttamento dei bambini nei campi di cacao. Fui molto triste quando decise di partire e pensai di capire le sue ragioni. Fino a un paio di mesi dopo, quando scoprii che Sally si sarebbe sposata».

«Con quel miliardario».

«Non un miliardario qualunque. È proprietario di una piantagione di cacao che impiega bambini schiavi».

«Non ne avevo idea», rispose Jack, scuotendo il capo. «Uauh! Devi esserti sentita del tutto tradita».

«Ero furiosa».

«Lo sei ancora?».

«A posteriori mi rendo conto che Sally era psicologicamente distrutta dalla morte di sua figlia. Come ti ho già detto, aveva provato tutto, dal volontariato a un matrimonio d'interesse. Niente riusciva a farla felice».

«Tranne forse una cosa», suggerì Jack.

«Che cosa?».

«Basandomi sul suo testamento, direi la vendetta».

I loro sguardi s'incontrarono. Dopo qualche secondo, Rene disse: «Sei la prima persona con cui abbia parlato di queste cose. Credo che neppure l'avvocato che si occupa del patrimonio di Sally sappia tutto».

«Grazie per averlo detto a me. Avevo sperato che facendo questo lungo viaggio sarei arrivato alla verità».

«Forse è arrivato il momento che anch'io arrivi alla verità. A tutta la verità».

«Cosa vorresti dire?».

«Pensavo a quello che hai detto ieri: ti chiedevi se Sally fosse arrivata a un punto così basso nella sua vita da assoldare qualcuno per ucciderla. A parte me, mi viene in mente solo un'altra persona che la conosceva abbastanza bene da rispondere a questa domanda».

«Ti ascolto».

Negli occhi le passò uno scintillio, come d'improvvisa energia. «Vorresti conoscere il ricchissimo ex marito di Sally?».

«Credevo che vivesse in Francia».

«È francese, ma vive qui per la maggior parte dell'anno».

«Puoi organizzare un incontro?».

«Non ti prometto niente, ma con il tuo amico Theo insieme a noi, possiamo riuscire a fare quasi tutto. Cervello, bellezza, muscoli. Come potremmo fallire?».

«So chi di noi ha i muscoli. Perciò a me resta il ruolo di...».

«Dei *bagagli*», disse con una strizzatina d'occhio, come a voler confermare che lei era due delle tre cose. «E adesso vai a recuperare il tuo muscoloso amico. Stiamo perdendo tempo».

34

La strada in direzione sud era tutta asfaltata fino a Man, una città di circa 150.000 abitanti, in un paesaggio naturale mozzafiato. Era chiamata la "città delle diciotto cime", un nome un po' troppo romantico per un insieme confuso e decisamente poco attraente di centri urbani sparsi in una valle e circondati dalle montagne. Jack non aveva idee preconcette sul conto delle città dell'Africa occidentale, tuttavia Man gli ricordava qualcosa di totalmente diverso, un posto che non riusciva a identificare, fino a quando Theo non parlò.

«Assomiglia a una merdosa città del Colorado, senza tutti quei bianchi».

Passarono la notte a Man, e il mattino dopo si misero in viaggio per la regione delle piantagioni di caffè e cacao, nella Costa d'Avorio occidentale. L'aria era stata ripulita da una pioggia nel primo mattino, il colpo di coda della stagione delle piogge durata sette mesi. Viaggiare a un'altitudine maggiore era un piacevole cambiamento rispetto alle piste polverose che attraversavano le pianure riarse del nord, ma il panorama non era bello come Jack si era immaginato. Alti crinali boscosi lasciavano intuire come doveva essere tutta quella regione un tempo, prima che il disboscamento e l'agricoltura distruggessero le foreste pluviali.

«Non ci siamo ancora?», chiese Theo.

Jack e Rene erano seduti davanti, Theo sul sedile posteriore. Theo rivolse all'amico un ampio sorriso nello specchietto retrovisore, scoprendo non i denti ma uno spicchio d'arancia che per qualche ragione infantile fece ridere Jack. Gli fece pensare a una cosa che avrebbe potuto fare Nate, il che gli ricordò Kelsey, e questo lo fece sentire vagamente colpevole per aver ammirato con discreta frequenza le belle gambe di Rene da quando erano partiti da Man. Tutto questo lo portava a pensare che forse dopotutto non era interessato a Kelsey. Forse lei era solo riuscita a riportare alla vita una parte di lui che aveva pensato fosse morta dopo il divorzio.

È una buona cosa che ci siamo fermati in tempo, pensò. Forse non era stata una coincidenza che lui avesse colto al volo l'occasione di partire al primo accenno di qualcosa di serio tra loro.

«Ancora mezz'ora circa», disse Rene.

Theo borbottò qualcosa e si rimise a dormire. Nei chilometri successivi la strada si trasformò in sterrato. Ogni traccia della foresta era sparita, lasciando il posto a file ininterrotte di alberi di cacao. A migliaia, per chilometri e chilometri, su per le colline e nella valle, ogni albero alto circa sei metri, con grandi foglie verdi e lucenti.

«Rallenta», disse Rene.

Jack avanzò a passo d'uomo mentre lei gli indicava un gruppo di persone che lavoravano nel campo. I capi squadra erano giovani a torso nudo, ciascuno armato di un lungo palo con un coltello all'estremità. Era compito loro scegliere i baccelli maturi di cacao, staccarli col coltello dall'albero e farli cadere a terra. Alle spalle dei giovani c'erano ragazzi più giovani, quasi dei bambini, con il machete in mano e una sigaretta stretta tra i denti: erano impegnati nel faticoso rituale di curvarsi a raccogliere baccelli e spaccarli per recuperare da ciascuno una manciata di semi di cacao.

«Quel ragazzino laggiù», disse Rene. «Probabilmente non ha più di dieci anni».

Di nuovo Jack pensò a Nate. «Da dove vengono questi bambini?».

«Dal Mali, dal Burkina Faso, un po' da tutte le parti. Dai paesi più poveri che si possa immaginare».

«Come arrivano fin qui?».

«Talvolta vengono rapiti. Di solito sono raggirati. I *locateurs*, i reclutatori, vanno alle fermate degli autobus, nei mercati delle città, dovunque, e promettono una bella vita a questi ragazzini. È tutto un imbroglio. Vedi quel gruppetto di cinque laggiù? Probabilmente l'ex marito di Sally ha pagato sessanta dollari a un *locateur* per tutti e cinque».

«Questa è la sua piantagione?».

«Una delle ventimila».

«Ventimila?», ripeté Jack sorpreso.

«Sembrano tante, ma in questo paese ci sono oltre seicentomila piantagioni di caffè e di cacao».

«Un'enorme quantità di semi».

«Un'enorme quantità di denaro», replicò Rene, spostando di nuovo lo sguardo sui lavoratori nel campo. «E un'enorme quantità di ragazzini».

Jack la guardò, notando un lampo di autentica preoccupazione nei suoi occhi. Avvertì una strana ondata di emozioni contrastanti: tristezza per la tragedia contro cui lei cercava di combattere e ammirazione per la passione con cui lottava. Sembrava un pensiero stranamente egoistico, mentre dei bambini faticavano nei campi intorno a lui, ma Rene era decisamente il genere di donna che poteva far sentire di nuovo vivo un divorziato.

«Imbocca questa strada», gli disse.

Lo sterrato lasciò il posto a una strada asfaltata, e Jack si rese conto che la loro piccola deviazione era finita. «E adesso dove andiamo?», chiese.

«Quasi fino a Daloa, dove Jean Luc ha una casa».

Jack dovette riflettere un momento: aveva quasi dimenticato che Jean Luc era il nome del ricco secondo ex marito di Sally. «Lo hai mai conosciuto?».

«No».

«Sai qualcosa di lui?».

«È cittadino francese, ma è vissuto qui per la maggior parte della sua vita».

«Ovviamente molto facoltoso».

«Ovviamente. Ti ho appena dato un'idea di quanto gli costi la mano d'opera».

«Immagino che Sally fosse al corrente della sua ricchezza quando ha messo gli occhi su di lui».

«Era piuttosto attraente nella foto che ho visto. Ma era tra i sessanta e i settanta. Trai le tue conclusioni».

Si fermarono davanti al cancello alla fine della strada asfaltata. Dalla guardiola uscì un uomo armato.

Theo si agitò sul sedile posteriore. «Volete che me ne occupi io?», chiese.

«Posso occuparmene io», rispose Rene. «Questo è un caso in cui la somiglianza con mia sorella dovrebbe essere un vantaggio».

«Come se potesse mai essere uno svantaggio», commentò Theo.

Lei gli rivolse un sorrisino, poi scese dall'auto. La guardia le andò incontro a metà strada. Jack li sentì parlare in francese.

«Cosa sta dicendo?», chiese Theo.

«Chi pensi che sia, io? Maurice Chevalier? A questo punto, non ci resta altro che fidarci di lei».

«Sei convinto?».

«Sì».

«Bene. Perché se lei mi vende a quel tizio, ti inseguo col machete».

Jack si mise a canticchiare *Thank Heaven, for Little Girls*. Rene e la guardia avevano terminato la loro conversazione con uno scambio di sorrisi e molti *merci, merci*, tutti segni che Jack ritenne di buon auspicio. Rene risalì in macchina, e la guardia aprì il cancello per farli passare.

«Che cosa gli hai detto?», chiese Jack.

«Un mago non rivela mai i suoi trucchi», rispose lei.

«Trucchi un accidenti», disse Theo. «Gli hai promesso cinquanta bigliettoni quando usciamo».

«Venticinque. Come lo sai?».

«So questo genere di cose», dichiarò Theo.

«Vai avanti per questa strada», disse Rene. Jack seguì la strada superando piccoli alberi di cacao che crescevano all'ombra di altre piante più grandi, di banane e di caffè. Dopo un chilometro di una strada polverosa e dissestata imboccarono un vialetto relativamente ben tenuto. Girava intorno a uno stagno, portando a una grande casa sulla riva del fiume, ai piedi della montagna. Era la casa più bella che Jack avesse visto da quando era arrivato in Africa, ma ben lungi dalla fastosa dimora che si era aspettato.

«Un'abitazione piuttosto modesta per un multimiliardario», osservò.
«È normale», rispose Rene. «Se esibisci il tuo denaro, qui, attiri i banditi. È l'interno a essere lussuoso».
Parcheggiarono davanti alla casa, accanto a due altri SUV. Jack prese con sé una cartellina con i suoi documenti legali. Uscì un uomo africano che li accolse sulla veranda. Evidentemente la guardia lo aveva avvisato via radio dell'arrivo dei visitatori. L'uomo e Rene parlarono in francese, poi lei si rivolse a Jack e disse: «Questo è Mr. Diabate, l'assistente personale di Jean Luc. Vuol sapere il motivo della nostra visita».
Jack aprì la cartellina e gli mostrò una copia del testamento e del certificato di morte di Sally. «Digli che sono un avvocato che viene dagli Stati Uniti, e che ho qualche domanda da rivolgere all'ex marito di Sally».
Rene tradusse, poi guardò Jack e chiese: «Che genere di domande?».
«Digli che hanno a che fare con il denaro...».
«Jack, dacci un taglio», disse Theo. «Rene, ripeti il tuo trucco. Chiedigli se vuole incontrare parecchie volte Andrew Jackson».
«Non sarebbe male», disse l'uomo in inglese.
Jack rimase sorpreso, ma se il tizio parlava inglese valeva la pena di spendere qualche bigliettone. Controllò il contenuto del portafoglio, poi si fermò. «È qui Jean Luc?».
«Per modo di dire», rispose l'uomo.
«Cosa significa?».
Diabate batté un piede a terra, in attesa. Jack gli allungò alcune banconote e lo guardò mentre le contava in silenzio. Se le cacciò nella tasca della camicia, apparentemente soddisfatto, poi guardò Jack e disse: «Monsieur, Jean Luc è morto».

35

Tatum sapeva che non avrebbe dovuto farlo. Ma quando l'avvocato non c'è, il cliente balla. Soprattutto quando se n'è andato anche suo fratello.

Prima di partire per l'Africa Jack lo aveva ammonito severamente: per nessuna ragione Tatum doveva avere un qualsiasi contatto con gli altri beneficiari di Sally. Facendolo avrebbe violato il divieto del tribunale. Tatum aveva promesso di "stare tranquillo" e di "non fare niente di stupido". Tecnicamente parlando, in effetti non aveva promesso di seguire il consiglio di Jack. Inoltre, c'era solo un beneficiario con cui voleva parlare, il che significava che ce n'erano altri quattro con cui non si sarebbe messo in contatto, il che equivaleva ad attenersi per l'ottanta per cento alle istruzioni del suo avvocato. Dal punto di vista di Tatum era qualcosa di cui essere dannatamente fiero.

Gerry Colletti stava portando a passeggio il cane nella strada davanti a casa, quando Tatum lo raggiunse. Era mattino presto, e Colletti era in vestaglia e pantofole: sotto il braccio aveva il quotidiano ancora chiuso. Tatum gli arrivò alle spalle prendendolo alla sprovvista nel momento in cui si era chinato a raccogliere con la paletta gli escrementi del suo barboncino.

«Pensavo che tu dicessi solo delle stronzate, Colletti, non che raccogliessi anche la merda».

Colletti lasciò cadere il giornale e si guardò alle spalle, visibilmente allarmato. Raccolse gli escrementi in un sacchetto di plastica e disse: «Stai violando l'ordinanza restrittiva. Vattene, o telefono al giudice».

«Non faccio male a nessuno».

«Hai oltrepassato la distanza stabilita dal tribunale. Non importa se mi fai del male oppure no».

«Non importa? In questo caso, potrei anche menarti a sangue. Non ha senso finire in prigione per aver solo parlato».

Colletti fece un mezzo passo indietro nel tentativo di mettere uno spazio maggiore tra loro. Il suo cagnolino ringhiò e mostrò i denti. «Buono, Muffin».

«Il tuo cane si chiama *Muffin*?», lo derise Tatum.

«Tu avvicinati e lei ti stacca una gamba a morsi. Di cosa vuoi parlare?».

«Speravo che tu e io potessimo arrivare a un'intesa».

Il volto di Colletti si fece leggermente meno teso, come se l'approccio di Tatum gli piacesse. «Che cosa proponi?».

«Primo, devi convincerti che non sono stato io ad aggredirti nel parcheggio».

«Non m'interessa».

«Come sarebbe a dire?».

«Ho già convinto il giudice che sei stato tu. Posso convincere anche la polizia e una giuria; potrei anche convincere il tuo stesso avvocato. A me non interessa se è vero o no, purché io possa provarlo».

«Tu non puoi provare un bel niente. Sei come quel sacchetto di merda di cane che tieni in mano».

«Ti sbagli di grosso, Mr. Knight. Ho messo sulle tue tracce il mio miglior investigatore. Ha scoperto alcune cosette molto interessanti sul tuo conto».

Tatum sorrise e scosse il capo. «E così avrei un curriculum di un certo peso. Capirai! Ma questo non cambia i fatti. Non sono stato io a pestarti».

«Allora non mi hai capito. Se non ti fai da parte e non rinunci alla tua parte di eredità, un tipo come me può creare un mucchio di problemi a un tipo come te».

«Credi che sia così facile?».

«La mia offerta è sempre valida. Anzi, voglio renderla ancora più allettante. Trecentomila dollari in contanti per te, senza rischi».

«Ah, sì? Dovrei rinunciare alla possibilità di rimediare quarantasei milioni di dollari solo perché lo dici tu?».

«No, perché se non lo fai finisci in galera».

Tatum non sorrideva più. Sentiva montare la rabbia. «Sei fuori di testa, Colletti».

«Al contrario. Sei tu fuori di testa. Per me questa è ordinaria amministrazione».

«Credi di essere così in gamba?».

Colletti raccolse da terra il suo cane e lo strinse tra le braccia accarezzandogli la testa mentre cullava la piccola palla di pelo bianco. «Come credi che sia entrato in questo gioco?».

«È chiaro. Sally Fenning stava cercando di servire ai suoi nemici la propria versione di vendetta. Tu avevi rappresentato suo marito nella loro causa di divorzio».

«E credi che sia stato *questo* a farmi inserire nella lista?».

«Non è abbastanza?».

«Oh, Tatum, sei più stupido di quanto io pensassi. Miguel mi aveva detto di andarci leggero con Sally, il che mi aveva lasciato un bel po' di munizioni e nessun modo per usarle. Sembrava un vero peccato aver scoperto tutta quella spazzatura su Sally e lasciare che andasse sprecata. Poi ho avuto un lampo di genio. Se Miguel non voleva usarla a suo vantaggio, potevo servirmene io per i miei interessi».

«Di cosa diavolo parli?».

«Bastava solo un piccolo avvertimento a Sally: se non avesse ceduto alle mie richieste, avrei reso di pubblico dominio il fatto che lei aveva una relazione con l'uomo che aveva ucciso sua figlia, e che lo stava coprendo».

«Dove l'hai saputo?».

«Non sono affari tuoi. Ma ancora una volta, non hai capito. Delle mie accuse contro di lei ero ancora meno sicuro di quelle contro di te. Ma ce l'ho fatta ugualmente».

«A fare cosa?».

Colletti gli rivolse un sorrisetto soddisfatto. «Chiedi a qualsiasi avvocato divorzista che abbia avuto come cliente una moglie ferita e ti dirà che portarla a letto è come sparare a un pesce in un barile. Ma far sì che la moglie apra le gambe quando è cliente dell'avvocato *di parte avversa*, be'...», aggiunse con un'aria compiaciuta, «è veramente un bel colpo».

«Credi che anch'io aprirò le gambe?».

«No», rispose, con un'aria più seria. «Tu sembri più il tipo che si china a prenderlo in quel posto».

Tatum si avventò su di lui e lo afferrò alla gola. Con l'altra mano cercò di trattenere il cane, che però riuscì a liberarsi dalla stretta di Colletti e addentò Tatum a un polso. Tatum fece volare l'animale dall'altra parte della strada e arretrò per il dolore. Il suo polso stava sanguinando.

Colletti si massaggiò la gola. Tatum non lo aveva stretto a lungo, ma la presa era stata forte, da arte marziale. Riprese fiato e disse: «Visto, Tatum? Perfino Muffin si è preso un pezzo di te». Raccolse il suo prezioso cane e si allontanò.

Tatum, furente, rimase a guardare, stringendosi il polso.

36

Percorsero metà della strada per Korhogo prima di fermarsi in un albergo per la notte. Sarebbe stato molto più facile costeggiare il grande lago Kossou e prendere la strada nazionale a nord, ma avevano optato per la panoramica che attraversa il Parco Nazionale della Marahoué perché Jack non aveva intenzione di lasciare l'Africa senza aver visto un po' di fauna selvatica, oltre a Theo.

«Stanno lanciando dei bambini», proclamò Theo.

«Che cosa?», disse Jack.

Stavano cenando in un altro *maquis*: pollo alla griglia e *attiéké*, un contorno fatto di radici grattugiate. Nella piazza al di là della strada si era radunata una folla di persone. Un gruppo di adolescenti si muoveva al ritmo di un tamburo, ma la maggior parte del pubblico sembrava concentrata su uno spettacolo in particolare.

«Lo giuro davanti a Dio», ribadì Theo. «Laggiù ci sono dei bambini che volano per aria».

«Sono i giocolieri di bambini», spiegò Rene.

«Giocolieri di bambini?».

«È un'antica tradizione della gente Guéré, Dan e penso Wobé. I giocolieri si esercitano per mesi. Le ragazzine sono scelte con cura dalla tribù. Devono essere magre, agili, e decisamente non inclini al pianto. Cinque anni è l'età migliore».

«E le fanno volare per aria?», chiese Jack.

Theo si era messo in piedi sulla sedia per vedere meglio. «È incredibile. Andiamo a dare un'occhiata».

«L'Africa ha alcune tradizioni meravigliose», spiegò Rene, «ma questa non va esattamente d'accordo con la mia formazione come pediatra».

«Passo anch'io», disse Jack.

«Fate pure». Theo si mise in bocca un pezzo di pollo grigliato e attraversò la strada.

Jack trangugiò un altro bicchiere di vino di palma. Dopo mezza bottiglia, aveva incominciato ad apprezzarlo. Rene si riempì il bicchiere, poi lo sollevò e disse: «A Jean Luc. Che possa riposare in pezzi».

Jack si unì al brindisi, comprendendo che lei non voleva augurare di riposare "in pace" all'ex marito di Sally neanche da morto. «Una sorpresa, non è così?».

«Non proprio. Daloa può essere un posto pericoloso, anche se si è prudenti».

«Evidentemente lui non lo è stato abbastanza».

«È sufficiente un solo errore. La Croce Rossa quest'anno ha scelto Daloa come centro delle sue attività per la giornata mondiale dell'AIDS. Questo cosa ti suggerisce?».

«Immagino che Jean Luc avesse un debole per le donne del posto».

«O per qualcuno dei ragazzini che aveva comprato».

La voce di lei era amara, e Jack non volle neppure pensare a quante volte una cosa simile doveva essere accaduta. Chiese: «Quando hanno divorziato lui e Sally?».

«Qualche mese fa. Perché?».

«Ci stavo pensando mentre eravamo in viaggio. Il fatto che lui sia morto di AIDS potrebbe gettare una qualche luce sullo stato mentale di Sally».

«Ci ho pensato anch'io».

«Jean Luc l'aveva contagiata?».

«Non lo so».

«Questa eventualità spiegherebbe alcune cose che ho sentito sul conto di Sally».

«Che cosa hai sentito?».

Il segreto professionale gli impediva di dirle che Sally aveva cercato di assoldare Tatum per farsi uccidere. Doveva mantenersi sulle generali, così come aveva fatto durante il loro primo incontro a Korhogo.

«Non sembrava particolarmente preoccupata di morire. E non lo dico con leggerezza. Capisco quello che ha passato. La mia sensazione è che dopo l'assassinio di sua figlia non avesse nessuna ragione per continuare a vivere. Se aveva contratto l'AIDS, forse pensava che non fosse il caso di rimandare l'inevitabile».

«Sei tornato alla teoria che mi hai esposto in precedenza, e cioè che Sally potrebbe aver ingaggiato qualcuno per farsi uccidere?».

«Non è molto difficile credere che in quelle circostanze possa aver assoldato qualcuno perché mettesse fine alla sua vita».

Rene distolse lo sguardo, sentendosi sommergere dalla tristezza. «Mentirei se ti dicessi che non mi ero preoccupata per Sally. Ma non riesco proprio ad accettare l'idea che possa aver assunto qualcuno per farsi uccidere. Perché prendersi tutto quel disturbo? Perché non uccidersi da sola?».

«La ragione potresti essere tu».

«Stai dando la colpa a me?».

«No, no. Proprio il contrario».

«Non ti seguo».

«Ecco qualcosa che potrebbe aiutarti a capire. Qualche anno fa ho visto in televisione un servizio su un'attrice che aveva vinto un Academy Award. Non ricordo chi fosse, ma non è importante. Il fatto è che prima di raggiungere il successo era così infelice da decidere di suicidarsi. Però temeva che i suoi amici e i suoi familiari si sentissero in colpa per non essersi accorti della sua depressione in tempo per impedirle di uccidersi. Perciò aveva cercato di assoldare un tizio per farsi ammazzare e lasciar credere che si trattasse di un omicidio casuale. Il killer l'aveva convinta a desistere».

«Perciò tu credi che Sally...».

«Io credo che possa aver trovato un killer meno pietoso».

«Hai idea di chi possa essere?».

Jack guardò al di là della strada. Theo stava ballando con due donne, ridendo e agitando le braccia con l'aria di divertirsi molto. A Jack venne in mente la conversazione che aveva avuto col detective incaricato del caso di Sally, il quale aveva cercato di convincerlo che Tatum era del tutto diverso da suo fratello Theo.

«È questo il problema che devo risolvere», rispose Jack.

37

Kelsey era immersa fino al collo nell'omicidio: in tutti i suoi elementi, dalla premeditazione alla ferita mortale.

Il diritto penale era stato il suo corso preferito del primo anno, e nelle ultime settimane lei aveva trascorso forse più ore del necessario a studiarlo. Dedicava sempre più tempo al caso Sally Fenning e i media incominciavano a lasciar trapelare che la polizia stava restringendo il campo delle persone sospettate. Se Tatum fosse stato incriminato, lei avrebbe voluto fare da assistente a Jack al processo, ma *solo* se lui avesse pensato che lei conosceva bene la materia.

Bevve l'ultimo sorso di caffè freddo e chiuse i libri. La biblioteca della facoltà di legge della University of Miami restava aperta fino a mezzanotte e di nuovo lei era rimasta fino all'ultimo. Gli aspirapolvere ronzavano già sulla moquette, e un frenetico secchione imprecava contro una fotocopiatrice che era stata spenta per la notte.

«Buona notte, Felipe», disse Kelsey allo studente con la coda di cavallo che lavorava alla scrivania.

«Notte», rispose lui.

Oltrepassati i sensori, Kelsey uscì in cortile. La notte era fresca e lei posò la sacca dei libri sulla panchina per infilarsi la felpa. Quando era arrivata per la lezione serale c'era molta gente, perciò aveva parcheggiato all'estremità della zona destinata agli studenti. Doveva attraversare il campus, ma non ebbe un attimo di esitazione fino a quando raggiunse un tratto buio di marciapiede, sotto un gruppo di grandi baniani. Quando era arrivata c'era ancora il sole, e a mezzanotte quella passeggiata era tutt'altra cosa. Il folto fogliame non lasciava filtrare il chiarore della luna, la luce dei lampioni e qualsiasi tipo di illuminazione. Di fronte a lei c'erano solo ombre, differenti sfumature di nero. I baniani erano alberi strani e terrificanti, con radici simili a corde che pendevano dai rami e arrivavano al suolo come lunghi tentacoli. Kelsey si faceva strada in quella specie di giungla schivando quelle radici penzolanti, muovendosi come se stesse sciando al rallentatore. Nell'oscurità andò a sbattere contro una di esse e sussultò. Fece un passo indietro e cercò di riprendere il controllo di sé, ma il suo cuore accelerò freneticamente i battiti. A metà strada del tratto sotto i baniani provò l'improvviso impulso di voltarsi e fuggire. Si costrinse a proseguire e urtò nuovamente contro una radice penzolante, che si intrecciò tra i suoi capelli facendola tremare per tutto il corpo. Si liberò e si affrettò a proseguire, agitando il braccio come un machete nella giungla. Accelerò il passo fin quasi a correre, quando di colpo andò a sbattere contro qualcosa che la costrinse a fermarsi e le mozzò il fiato in gola.

Maledetta radice.

Cadde, si rialzò e riprese ad avanzare, ma si ritrovò di nuovo a terra. Stava per mettersi a urlare quando lui le balzò addosso, premendole le ginocchia sul ventre.

«Non ti muovere», disse l'uomo con un rauco sussurro.

Parlava come se avesse in bocca un batuffolo di cotone per camuffare la voce. Si vedeva a malapena che indossava un passamontagna, ma la pistola che le aveva puntato in volto era ben visibile.

«Non farmi del male», disse Kelsey con voce tremante.

«Spero di non esserci costretto».

«Ti prego, prenditi la mia borsa, tutto quello che vuoi».

«Hai quarantasei milioni di dollari in quella borsa, dolcezza?».

Kelsey avvertì una fitta dolorosa allo stomaco, e non solo a causa delle ginocchia di lui. «Cosa vuoi dire?».

«Tu lavori per Swyteck, e lui rappresenta Tatum Knight».

«È vero».

«Tatum è uno degli eredi di Sally Fenning».

«Uh-huh».

L'uomo le premette sullo zigomo la canna della pistola. «Hai due settimane per cambiare la situazione».

«Cambiare? Non capisco».

«Non m'importa come farai. Ma tra due settimane voglio che Jack Swyteck abbia convinto il suo cliente a rinunciare alla sua parte di eredità e a ritirarsi dal gioco di Sally».

«Non so come fare».

«Trova il modo».

«Come?».

«Te l'ho detto. Non m'interessa come».

«E se non ci riesco?».

La pistola era sempre premuta sul suo viso, ma Kelsey sentì qualcosa di acuminato contro le costole, qualcosa di simile a una stilettata non proprio dolorosa, ma molto persuasiva. «Devi fare come ti dico, stronza. O Nate, il tuo ragazzino, farà la stessa fine della figlia di Sally Fenning».

Kelsey era rimasta senza fiato. Riuscì a malapena a dire: «Ti prego, non mio figlio».

«Ti prego un cazzo. E tutto questo deve restare tra noi. Se vai alla polizia, se racconti in giro quello che ti ho detto, sarà Nate a pagare. Capito bene?».

Una lacrima scivolò lungo la guancia di Kelsey, e andò a fermarsi nell'incavo prodotto dalla canna della pistola.

«*Capito?*», ripeté l'uomo aspramente.

«Sì», rispose Kelsey con la voce rotta.

Con un rapido movimento l'uomo si alzò e la fece rotolare sul ventre. «Conta fino a mille prima di muoverti», disse.

Kelsey rimase con il viso appoggiato sul terreno, temendo di fare anche la minima mossa, troppo spaventata per contare mentre i passi di lui svanivano echeggiando nell'oscurità.

38

Il mattino dopo Jack andò a correre. Non solo per fare esercizio. Voleva controllare i suoi messaggi telefonici, e il negozio più vicino che offriva un servizio telefonico internazionale distava tre chilometri: venivano chiamate *cabines téléphoniques*, ma non erano cabine vere e proprie, bensì telefoni privati che venivano affittati. Avrebbe potuto andarci in macchina, ma Theo era uscito con la Land Rover in cerca di ciambelle. Rene gli aveva detto che sarebbe stata una completa perdita di tempo, ma Theo era stato colto da quel genere di fame irrefrenabile che avrebbe potuto fargli mondare un'intera risaia in cambio di un sacchetto di patatine.

Jack era inzuppato di sudore quando arrivò al negozio in fondo alla strada. Era mattino presto, e a Miami, in estate, era abituato a correre a lungo. Ma la gara tra il caldo africano e Jack Swyteck era finita 1 a 0. Mise le mani sui fianchi, chiedendosi per un istante se quello che vedeva davanti a sé fosse un miraggio. La loro Land Rover era parcheggiata davanti al negozio: Theo era seduto sul cofano, impegnato a divorare del cibo.

«Che cosa hai trovato?», chiese Jack.

«Croissant».

«Niente ciambelle?».

«Abbastanza simili».

Jack entrò nel negozio e pagò la tariffa richiesta al commesso, che lo indirizzò verso il telefono privato nel retro. Chiamò la centralinista, le disse d'interrompere la chiamata quando la spropositata tariffa al minuto avesse raggiunto i cinquanta dollari, poi si collegò alla sua segreteria telefonica.

Il messaggio più recente era arrivato appena un'ora prima, l'una e trentasette del mattino a Miami. Era di Kelsey. Le tremava la voce, e sembrava che avesse pianto. «Jack, ti prego, chiamami quando ricevi questo messaggio. È molto importante».

Seguirono altri messaggi di lavoro, ma dopo quello di Kelsey Jack non riusciva a concentrarsi, perciò riattaccò. Era indeciso sul da farsi. A Miami non erano neppure le tre del mattino, ma il messaggio di Kelsey sembrava troppo grave perché lui aspettasse ancora tre o quattro ore. Chiamò di nuovo la centralinista e le diede il numero di Kelsey.

«Pronto?». Dalla voce sembrava che non l'avesse svegliata.

«Sono io, Jack. Va tutto bene?».

«No», rispose, tradendo un profondo turbamento. «Ma sono contenta che tu abbia chiamato».

«Cosa è successo?».

Lei si affrettò a riferigli quanto era accaduto. Jack avrebbe voluto prendersi qualche istante per cercare di calmarla, ma temeva che interrompessero la comunicazione da un momento all'altro. «Sei riuscita a dargli un'occhiata?».

«No, era troppo buio. Ma sono quasi certa che indossasse un passamontagna».

«Cerca di ricordare quanti più particolari possibili, e scrivi tutto. La sua altezza, l'odore, il peso, un eventuale accento».

«Parlava come se avesse del cotone in bocca, perciò non so esattamente che voce avesse».

«Va bene così. Scrivi tutto».

«Ho tanta paura».

«Hai chiamato la polizia?».

«No».

«Kelsey, devi chiamare la polizia».

«No! Lui mi ha detto...». S'interruppe, come se ci fosse qualcosa di cui non voleva parlargli.

«Ti ha detto che cosa?», chiese Jack.

«Non posso andare alla polizia».

«Ti ha minacciata?».

Lei rimase di nuovo in silenzio, e Jack capì che gli stava

nascondendo qualcosa, forse per non farlo preoccupare per dei problemi che lui non poteva risolvere da un altro continente. «Kelsey, torno a Miami».

Sentì quanto fosse sollevata quando gli rispose: «Mi sentirei infinitamente meglio se tu ritornassi».

«Sono praticamente in capo al mondo, ma incomincio a darmi da fare appena riattacco. Troverò il modo per tornare a casa».

«Grazie».

«Non ti preoccupare, okay?».

«Troppo tardi».

«Posso farti avere una guardia del corpo, se questo ti fa sentire più sicura».

«No, non è necessario. Se mi prende il panico andrò a stare da mia madre».

«Sei certa?».

«Sì. Mi basta che tu torni, Jack. Quando sarai qui sistemeremo tutto».

«Okay. Se tutto va bene, ci vediamo domani».

«Sì», rispose lei con voce sommessa. «Lo spero».

Al tramonto si ritrovarono nel posto da dove erano partiti, nella zona delle coltivazioni di cacao vicino a Daloa. Ritornare al punto di partenza non era un gran progresso, ma un rientro veloce a Miami si stava rivelando più difficile del previsto. Erano a un giorno di macchina dall'aeroporto internazionale di Abidjan, e questa era la buona notizia. A meno che Jack non volesse sborsare altri tredicimila dollari per volare a Miami via Parigi, sarebbero stati costretti a restare in Costa d'Avorio per almeno altri tre giorni. Fu a quel punto che Theo architettò il Piano B.

«Sei sicuro di poterti fidare di quei tizi?», chiese Jack.

«Sono belgi. Hai mai conosciuto un belga che non fosse affidabile?».

Theo scalò la marcia portando la Land Rover lungo alcune delle strade più buie e accidentate che avessero mai percorso. Sul sedile posteriore, Rene riceveva degli scossoni tali che la testa urtava quasi contro il tettuccio. Jack si limitava a osservare le goccioline di pioggia che incominciavano a cadere sul parabrezza.

«Dove hai conosciuto quei belgi?», chiese Rene.

«Erano i miei compagni di bevute a Odienné. Jack mi aveva abbandonato per andare a dormire. Quei due sono stati così gentili da farmi conoscere il loro gin africano».

«Ci raggiungono qui?».

«No. Noi dobbiamo cercare un tizio di nome Lutu».

«Non mi sembra un nome belga», osservò Jack.

Theo si fermò a un incrocio senza una ragione apparente. Erano circondati da campi di cacao, lontano dalle luci della città, avvolti nell'oscurità anche a causa delle nubi che si stavano addensando sulle loro teste.

«E adesso cosa c'è?», chiese Jack.

«Da qui proseguiamo a piedi», rispose Theo.

«Per *dove*?».

Theo controllò la sua mappa, niente di più che delle linee indecifrabili che aveva scarabocchiato sul retro di un tovagliolo mentre parlava al telefono con i suoi amici belgi. «Lungo questa strada. La pista d'atterraggio dovrebbe essere oltre quegli alberi».

«La strada prosegue in quella direzione. Perché non possiamo andarci in macchina?».

«Perché mi hanno detto di non farlo».

«Perché?».

«Perché, perché, non so *perché*. Ci siamo ubriacati. Io gli ho dato il mio numero di Miami e gli ho detto di venire a prendere un po' di sole. Loro mi hanno dato il numero di alcuni amici dai quali stavano a Man e mi hanno detto di chiamare se avevo bisogno di qualcosa. Io ho chiamato. Loro mi hanno aiutato. Punto. Non ti basta?».

Scesero tutti e tre dall'auto, sulla strada sterrata. La pioggia era più simile a una foschia umida, ma le cupe nuvole temporalesche illuminate controluce dalla luna piena cominciavano ad assumere un'aria minacciosa. Jack si mise in testa il cappello e prese la sua sacca dal bagagliaio. Non era molto pesante, ma lui non era entusiasta all'idea di trascinarsela sulla schiena chissà per quanto tempo prima di trovare quella misteriosa pista di atterraggio.

Il rombo sordo e continuo di un motore d'aereo si propagò attraverso il terreno coltivato. Jack alzò lo sguardo verso il cielo ma non vide nulla. Il rumore proveniva da un punto sulla terraferma, presumibilmente dalla pista al di là delle alte file degli alberi di cacao.

Theo controllò il suo orologio e disse: «Merda, amico. Dobbiamo correre».

«Consegnerò la Land Rover appena arrivo a Korhogo», disse Rene.

«Grazie», rispose Jack. «E grazie di tutto. Sei stata veramente di grande aiuto».

«Figurati. Mi dispiace che ci siamo conosciuti in una circostanza come questa».

«Anche a me. Ma se vieni a Miami...».

Lei sorrise e disse: «D'accordo. E se tu dovessi tornare a Korhogo... non chiamarmi, perché vorrebbe dire che sei del tutto fuori di testa».

Jack sorrise a sua volta, e con la velocità di un colibrì lei gli posò un piccolo bacio su una guancia. «Ci vediamo», disse.

«Sì, ci vediamo», rispose Jack, decisamente preso alla sprovvista. La guardò tornare alla macchina, salire al volante e partire.

Theo si schiarì la gola. «Sì, sì, sì, ti resta sempre Parigi. E adesso andiamo, Bogart, l'aereo parte».

Jack diede un'occhiata al cielo notturno, che minacciava davvero un acquazzone. Il motore dell'aereo si faceva sentire più forte. «Andiamo», disse.

Avanzarono uno di fianco all'altro lungo il sentiero accidentato, facendo attenzione a non slogarsi una caviglia. Jack ansimava, Theo grugniva, e il rumore dell'aereo era terribilmente vicino. «Ancora... un po'...», disse Theo, cercando di prendere fiato.

«Ci aspetterà?».

«No, accidenti».

«Vuoi dire che se perdiamo l'aereo...».

«Restiamo tu», rispose, ansimando, «io, e le antilopi».

Jack accelerò l'andatura, con Theo alle calcagna. La strada tagliava il bosco di alberi di cacao, anche se in molti punti era ricoperta da grosse foglie di banano simili a ventagli. La nebbiolina si era trasformata in pioggia vera e propria, e Jack sentiva le gocce tamburellare sul tetto di fronde. Si mossero rapidamente tra gli alberi fino a raggiungere una radura sul lato opposto. Appena si trovarono allo scoperto la pioggia divenne un acquazzone. Nel giro di qualche secondo si ritrovarono inzuppati fino al midollo.

«Merda!», esclamò Jack.

«Ecco l'aereo», disse Theo, indicando un paio di luci di posizione all'estremità della cosiddetta pista che non era niente altro che un campo d'erba e di terra battuta.

«Hai detto che era un turboelica».

«Ho mentito».

«Che cos'è?».

«Un bimotore Cessna».

«Un piccolo aereo? Te l'avevo detto che non volavo su quel genere di aereo».

Theo guardò in aria, verso la pioggia battente. «Allora puoi passare la notte qui a dormire nelle pozzanghere». Si voltò e si mise a correre verso l'aereo.

Dopo un istante di riflessione, Jack lo seguì. Quando giunsero in fondo alla pista, un uomo saltò fuori dall'aereo. Era alto come Theo e completamente vestito di nero. Jack e Theo si fermarono, raggelati. L'uomo stava puntando una pistola contro di loro.

«Calma, amico», disse Theo. «Siamo amici di Hans e Edgar».

«I belgi», aggiunse Jack.

«Quali sono i vostri nomi?». L'uomo parlava con un accento che Jack non riusciva a identificare.

«Lui è Jack. Io sono Theo».

L'uomo sorrise e infilò di nuovo la pistola nella cintura. «Io sono Lutu. Salite».

Theo avanzò, ma Jack non si mosse. «Andiamo», gli disse Theo.

La pioggia scrosciava, i motori ululavano, e l'amico dei belgi pazzi stava riponendo una pistola. «Non credo», rispose Jack.

Proprio in quel momento, all'altra estremità della pista

comparve un altro paio di fari. Era una Jeep scoperta, piena di uomini. Due di loro avevano una mitragliatrice a tracolla.

«Per la miseria», esclamò Lutu.

«Per la miseria *cosa?*», chiese Jack.

«Lo sapevo che non dovevo aspettare così a lungo voialtri. Sembra che non riusciremo a prendere questo aereo senza una rissa».

«Cosa intendi con "prendere"?», chiese Theo.

«Cosa intendi con "una rissa"?», chiese Jack.

«Il proprietario di questa piantagione non paga i suoi conti, e noi ci riprendiamo questo aereo. Ma forse il proprietario non è molto contento, capite cosa intendo?».

Jack lanciò un'occhiataccia a Theo e disse: «Stiamo facendo un esproprio?».

«Come facevo a saperlo?».

Jack gli colpì la testa e le spalle con il cappello inzuppato.

«Ehi, ehi!», disse Theo. «Vuoi tornare a casa sì o no?».

Nel buio risuonò un crepitio di spari. La Jeep piena di guardie armate si avvicinava a tutta velocità.

«Merda!», esclamò Jack.

«Salite!», intimò Lutu.

Si arrampicarono su un'ala e salirono a bordo. Lutu prese la cloche, Theo si allacciò la cintura sul sedile accanto al suo, e Jack si sistemò alle loro spalle. L'aereo cominciò a muoversi prima che Jack riuscisse a trovare la cintura, e i motori ruggirono mentre Lutu chiedeva loro tutta la potenza di cui disponevano. L'aereo acquistava velocità sulla pista accidentata, con scossoni così forti che Jack rimbalzava da una parte all'altra come la pallina di un flipper.

«Mi dispiace», disse Lutu. «Devo sbrigarmi a farlo decollare!».

Jack s'incastrò tra i sedili per non sbattere la testa contro il soffitto. La pioggia scrosciava contro il parabrezza, mentre i tergicristalli si muovevano furiosamente. Jack riuscì a dare un'occhiata alla Jeep che si avvicinava a tutta velocità. Era un gioco pericoloso, l'aereo contro la Jeep, Lutu contro quel pazzo che puntava contro di loro la sua mitragliatrice. Jack vide l'improvviso rinculo nella spalla dell'uomo.

Ci stanno sparando addosso!

«Uuuuau!», gridò Theo, divertendosi pazzamente.

L'aereo finì in un'altra grossa buca sulla pista, e Jack venne scaraventato all'indietro. Doveva aggrapparsi a qualcosa, e afferrò Theo per la gola.

«Uuuh-*gulp*!».

Lutu tirò verso di sé la cloche, e i sobbalzi cessarono mentre si sollevavano di qualche preziosissimo metro dal suolo.

«Tiralo su!», disse Jack.

«Guarda qui», rispose Lutu. Mantenne l'aereo esattamente all'altezza giusta per decapitare chiunque fosse a bordo della Jeep che andava loro incontro.

«Sei pazzo?», gridò Jack.

L'aereo si stava avvicinando paurosamente alla Jeep. Gli occupanti saltarono giù un attimo prima di essere decapitati.

«Uuuh-uuh!», gridò Theo.

«Oh, merda!», esclamò Lutu.

Gli alberi all'estremità della pista si avvicinavano velocemente. Lutu tirò la cloche verso di sé, completamente, facendo impennare rabbiosamente l'aereo. Jack ricadde sul suo sedile e sbatté la testa, restando quasi stordito. Riuscì con fatica a mettersi in ginocchio, con lo sguardo che passava dall'altimetro alle cime degli alberi sempre più vicine.

«Coraggio, piccolo», disse Lutu.

«Ti prego, mio Dio», sussurrò Jack.

Superarono di un buon mezzo metro l'albero più alto.

«Sì!», esultò Theo. Lui e Lutu si diedero un cinque. Jack tastò il bernoccolo che si stava formando sulla sua nuca.

Theo si voltò a guardarlo, con un sorriso radioso, e disse: «Mi sei debitore per tutto questo, Swyteck!».

«Sì, e non vedo l'ora di ripagarti». Jack si lasciò cadere sul suo sedile cercando freneticamente la cintura di sicurezza mentre l'aereo si librava nella notte, salendo di secondo in secondo.

39

Nella sala riunioni di Vivien Grasso l'atmosfera era ancora più tesa di quanto Jack si fosse aspettato. Quale esecutrice testamentaria di Sally Fenning, Vivien era seduta a capo del tavolo rettangolare. Alla sua sinistra c'erano Jack e Tatum, seguiti da Deirdre Meadows e dal suo avvocato. Sull'altro lato del tavolo erano seduti Miguel Rios, Gerry Colletti e Mason Rudsky, ciascuno con il proprio avvocato. Tutti gli occhi erano puntati su Jack, come per dire: "*Sarà meglio che il motivo sia valido*".

Subito dopo essere tornato a Miami, Jack aveva chiesto a Vivien di convocare una riunione nel suo ufficio come prima cosa il lunedì mattina. Naturalmente, Jack aveva sperato che il fatto di trovarsi faccia a faccia con gli altri beneficiari potesse far trapelare qualche informazione su chi era la persona che minacciava Kelsey. Ma quello era un obiettivo secondario, che avrebbe dovuto affrontare con cautela perché l'ammonimento dell'aggressore aveva lasciato Kelsey così spaventata da non voler dire neppure una parola alla polizia o a chiunque altro. Jack fu molto più diretto nell'affrontare il punto principale della sua scaletta.

«Rene mi ha detto che Alan Sirap era l'uomo che perseguitava Sally».

Sulla stanza cadde un silenzio che parve interminabile. Alla fine Vivien disse: «Allora esiste veramente un Alan Sirap?».

«No. Secondo Rene, è un nome fasullo che lui ha dato a Sally durante una delle loro comunicazioni via Internet. Ma quella è stata la migliore informazione di cui Sally disponeva sul conto di quell'uomo».

«Non credo che sia sufficiente», dichiarò Vivien.

«Sufficiente per cosa?», domandò Jack.

«Per stabilire un suo diritto all'eredità. Non dico che sia impossibile. Sono certa che da qualche parte nella storia della nostra giurisprudenza un tribunale ha confermato la validità di un testamento in cui per indicare il beneficiario si usava un soprannome o persino uno pseudonimo. Ma dovrebbe essere il beneficiario stesso a farsi avanti e dimostrare di essere effettivamente la persona indicata nel testamento».

Cadde di nuovo il silenzio, come se ciascuno dei presenti riflettesse sulle possibili implicazioni. Fu Jack a parlare per primo. «E così, nominando Alan Sirap come uno dei beneficiari, Sally voleva indurre il suo persecutore a uscire allo scoperto e dire: "Sono io, Alan Sirap". In effetti, lei gli aveva offerto una scelta: rivelarsi come il suo persecutore e avere una possibilità di ricevere quarantasei milioni di dollari, oppure rimanere in silenzio».

«Non sono disposta a dare conto in questa sede delle intenzioni di Sally», dichiarò Vivien.

«Be', io sì», intervenne Miguel. «Voi continuate a dimenticare che ero sposato con Sally quando quel bastardo è comparso per la prima volta, e se volete la mia opinione lui è quel pezzo di merda che ha ucciso nostra figlia. Perciò chiariamo subito una cosa: questo Sirap non ha nessuna intenzione di farsi avanti e di svelare la sua identità, neppure per quarantasei milioni di dollari».

«Dipende», osservò Jack. «Forse è convinto che nessuno possa *provare* che lui abbia fatto qualcosa oltre a mandare qualche e-mail a Sally».

Il procuratore si affrettò a intervenire, come se il riferimento alle "prove" lo toccasse nel vivo. «Con tutto il rispetto per Mr. Rios, sappiamo già che Mr. Sirap, chiunque egli sia, non resterà in silenzio. Ciascuno di noi ha ricevuto una lettera da lui in cui ci ammoniva senza mezzi termini a uscire dal gioco».

«Esatto», dissero gli altri, in un coro improvviso di consensi.

Rudsky continuò: «Perciò ora siamo a conoscenza di parecchi fatti chiave. Primo, ciascuno di noi ha ricevuto una lettera intimidatoria da parte di un certo Mr. Sirap. Secondo, sappiamo che Sirap è il nome usato dall'uomo che perseguitava Sally Fenning. Terzo, almeno qualcuno di noi sospetta che sia lo stesso uomo che ha pugnalato Sally e ucciso sua figlia. Sostanzialmente, signore e signori, la questione si può riassumere in questi termini: ora ciascuno di noi è intrappolato in un gioco di sopravvivenza del più avido con un killer a sangue freddo».

Cadde di nuovo il silenzio, con uno scambio di occhiate inquiete: un silenzio infranto da un lento applauso sarcastico. Era stato Gerry Colletti a compiere quel gesto polemico. «Bello stratagemma, Swyteck», disse in tono ironico.

«Di cosa sta parlando?».

Colletti lanciò un'occhiata di fuoco a Jack, poi si guardò in giro, come per sollecitare il sostegno degli altri. «Sappiamo tutti che ci sono due modi per restare il solo erede del denaro di Sally. Uno è sopravvivere agli altri. L'altro consiste nel persuadere gli altri a ritirarsi. Credo di essermi espresso correttamente, non è vero, signora esecutrice testamentaria?».

«Esatto», rispose Vivien.

«Perciò, a parte la soluzione di sopprimerci a vicenda, tutti noi dobbiamo stabilire una strategia. Possiamo fare un patto, per esempio ciascuno di noi si prende un sesto. Non abbiamo ancora esplorato apertamente questa strada, ma stiamo tutti manovrando: evidentemente ciascuno di noi cerca di mettersi in condizioni di assicurarsi una parte maggiore del malloppo».

«Questa riunione non prevede di parlare di manovre», osservò Jack.

«*Tutto* quello che facciamo è una manovra», replicò Gerry. «Alcuni di noi sono intelligenti, altri no. Per lo meno uno di noi è così trasparente da massacrarmi di botte», aggiunse, guardando Tatum, «e da cercare di convincermi con le minacce a ritirarmi. Ma ora sembra che Mr. Knight sia riuscito ad allearsi con qualcuno che ha un piano più realizzabile: spaventare a morte gli altri beneficiari, far sì che ciascuno di noi pensi che questo misterioso Mr. Sirap è pronto a ucciderci, cosicché i più deboli tra di noi abbandonino la gara».

«Vuole insinuare che io ho organizzato questa riunione semplicemente allo scopo di spaventare qualcuno?», disse Jack.

«Qual è il suo onorario se vince Tatum Knight, Mr. Swyteck? Un terzo di quarantasei milioni di dollari? Niente male come spiccioli».

«Questo è un atteggiamento molto cinico da parte sua», replicò Jack. «Io posso solo dire che spero che gli altri non siano altrettanto miopi e che prendano sul serio questa faccenda».

«Anch'io spero che la prendano seriamente», dichiarò Gerry. «A tal fine, io sono disposto a fare a ciascuno dei beneficiari la stessa offerta che avevo proposto all'assistito di Mr. Swyteck. Pagherò duecentocinquantamila dollari in contanti, e subito. Senza condizioni. Dovete solo rinunciare al vostro diritto all'eredità».

Alcuni dei presenti si scambiarono delle occhiate, ma nessuno parlò.

«Qualcuno è interessato?», chiese Gerry.

«È legale?», s'informò Deirdre.

«Non ci vedo niente d'illegale», rispose Vivien. «È prassi comune che i beneficiari di un testamento trattino gli uni con gli altri».

«Sentito?», disse Gerry. «Direttamente dalla bocca dell'esecutrice testamentaria».

Deirdre fece una smorfia. «Chi sarebbe così pazzo da rinunciare alla possibilità di assicurarsi quarantasei milioni di dollari?».

«Io lo sarei», dichiarò Mason Rudsky.

Tutti gli occhi si spostarono sul procuratore.

Gerry disse: «Ho un interessato alla mia proposta?».

L'avvocato di Rudsky sembrava sull'orlo di un arresto cardiaco: guardò il suo cliente e disse, con voce tremante: «Adesso non prendiamo decisioni affrettate, Mason».

«Sciocchezze», rispose Rudsky. «Qualcuno ha già picchiato a sangue Gerry Colletti. Ora sembra che il sesto beneficiario sia sospettato di essere un killer di bambini. Non riesco a immaginare niente altro che una fine tragica per tutta questa vicenda».

«Parliamone in privato», suggerì il suo avvocato.

«No. Io mi chiamo fuori. Ms. Grasso, non appena sarà perfezionato il trasferimento di denaro da parte di Mr. Colletti, io le farò avere tutti i documenti necessari per rinunciare all'eredità».

«È proprio sicuro di volerlo fare?», chiese la donna.

«Sicurissimo».

Negli occhi di Gerry comparve uno sprazzo di luce. «Qualcun altro?».

Tutti si guardarono attorno in silenzio, come per tastare il polso collettivo.

«Bene», disse Gerry. «Mr. Rudsky si è appena assicurato un quarto di milione di dollari. E il resto di noi ha appena migliorato le proprie probabilità da una a sei a una a cinque».

«Ricordatevi di questo», disse Rudsky, guardando ciascuno dei presenti negli occhi. «Potrebbe essere un buon risultato. Potrebbe essere un risultato disastroso. In entrambi i casi, quello che ha detto Mr. Colletti è assolutamente vero: le vostre probabilità sono aumentate. Nel bene, o nel male».

Il procuratore e il suo avvocato si alzarono. Nessun altro si mosse, e i due uscirono senza neppure una stretta di mano. La porta si richiuse, creando uno sgradevole silenzio durante il quale nessuno sembrava sapere cosa dire.

Jack decise di tenere per sé i suoi pensieri: *Io non avrei saputo dirlo meglio, Mr. Rudsky.*

40

Kelsey non riusciva a respirare. O almeno aveva la sensazione di non riuscirci. A un certo livello di consapevolezza sentiva il torace dilatarsi e i polmoni espandersi, ma il suo cuore batteva all'impazzata per il panico mentre lei cercava faticosamente di immettere aria nei polmoni. Aria fredda, pesante che le bruciava le narici e la gola. Riusciva a inspirare tutta l'aria che voleva, più di quanto voleva, ma non a espirarla. Sembrava che le riempisse i polmoni e vi restasse, e nonostante tutti i suoi sforzi non riusciva a espellerla. Le schizzavano fuori gli occhi, le braccia si muovevano scompostamente. Cercò di gridare, ma inutilmente. L'aria era troppo densa, troppo umida.

Acqua! Affondava, si sentiva venir meno, combatteva una battaglia inutile. Le sue gambe erano asciutte, ma la testa era inzuppata d'acqua, sommersa, intrappolata sotto qualcosa. Non poteva muoversi, non poteva neppure girare la testa. Riusciva solo a inspirare più forte, ad assorbire quel liquido freddo e nero che la stava soffocando.

La stanza piombò nell'oscurità. La sua mente era assente. All'improvviso si era completamente asciugata, i suoi polmoni erano del tutto liberi. Ma il cuore le martellava ancora nel petto mentre le immagini tornavano a fuoco, anche se non era più esattamente un sogno. Era in parte sogno, in parte ricordi: ricordi orribili della giornata peggiore di Nate quando era un bambino piccolo, una giornata così terrificante che la sua mente si rifiutava di fargliela rivivere, tranne quando era troppo stanca per opporsi, sospesa in uno stato di semicoscienza.

* * *

Kelsey si affrettò lungo il marciapiede, e non si preoccupò di bussare alla porta principale. Era la casa della sorella maggiore e lei poteva andare e venire a suo piacimento. Mentre attraversava il soggiorno per entrare in cucina, sentì sua sorella e un gruppo di amiche ridere mentre giocavano a carte sedute al tavolo. Salutò, poi si diresse verso la stanza dove i bambini stavano giocando sul pavimento. Kelsey ne contò cinque, tre maschi e due femmine, sopra i quali torreggiava una torre di Lego che avevano costruito.

«Dov'è Nate?», chiese.

I ragazzini ridevano e litigavano nello stesso tempo, troppo concentrati sulla loro torre per rispondere. Una donna anziana era seduta sul divano, con un occhio sui bambini e l'altro sulla televisione. «È in cucina», rispose. «Con sua madre».

«No, sono io sua madre».

«Ha detto che voleva la mamma».

Kelsey sentì un tuffo al cuore. Percorse di nuovo il corridoio, infilando la testa dentro le varie stanze da letto e chiamando Nate, ma senza ottenere risposta.

«Dov'è Nate?», chiese quando entrò in cucina.

Sua sorella non alzò gli occhi dalle carte. «Nella stanza dei giochi con gli altri bambini».

«Non c'è».

«Come, non c'è?».

«Non c'è. E non è da nessuna parte!». Lo chiamò ancora una volta, a voce abbastanza alta da essere sentita in ogni angolo della casa. Silenzio.

Le donne gettarono le carte e si dispersero in direzioni diverse: una verso il soggiorno, una verso il garage, una verso il giardino.

«Nate!».

«Dove sei, Nate?».

«Nate, tesoro!».

Kesley corse nel giardino sul retro, chiamandolo a gran voce, correndo da un'estremità all'altra della casa, controllando i bidoni della spazzatura e dietro i cespugli. A un tratto, svoltato un angolo, rimase impietrita. Lungo un lato della casa correva una specie di pontile in legno, su cui era appoggiata una vasca. Era protetta da un grande coperchio di plastica che serviva per tenere fuori le foglie e gli animali. Doveva tener lontani anche i bambini, quando era chiusa con lucchetto. Ma non c'era nessun lucchetto. Kelsey si precipitò su per gli scalini, e quasi cadde in ginocchio.

Accanto alla vasca c'era la copertina di Nate.

«Nate!», gridò, mettendosi a sedere di colpo sul letto. Ansimava, e aveva la faccia coperta di un sudore freddo. Si guardò intorno, e si rese conto con sollievo che si trovava nella sua stanza da letto. Era in casa sua. Aveva avuto di nuovo quell'incubo, o più precisamente quel ricordo che tornava a ossessionarla in sogno. Allora Nate aveva solo due anni. Non sapeva nuotare, ma fortunatamente la vasca era piena solo per metà.

Kelsey scese dal letto e si avviò silenziosamente verso la cucina. La luce era ancora accesa e le fotocopie erano sul tavolo, esattamente dove le aveva lasciate. Da quando era stata aggredita, aveva raccolto ulteriori informazioni sulla morte della figlia di Sally. Aveva esaminato i risultati delle sue ricerche prima di andare a letto, cosa che si era rivelata un terribile errore.

O forse un ammonimento provvidenziale.

Si sedette al tavolo e sfogliò la raccolta di vecchi articoli. Si fermò sull'ultimo, quello che riportava il rapporto del medico legale su come era morta la figlia di Sally. "Asfissia da annegamento". Kelsey scorse ancora una volta l'articolo, anche se non riusciva a concentrarsi completamente. La sola idea era troppo dolorosa per qualsiasi madre, per qualsiasi essere umano.

Quello psicopatico, chiunque fosse, aveva lavato le proprie mani e il coltello nella vasca da bagno, poi aveva annegato la bambina nell'acqua arrossata dal sangue della madre.

Quel pensiero fece rabbrividire Kelsey, e ancora una volta le riecheggiarono nella mente le parole del suo aggressore. "Se Tatum Knight non rinuncia, il tuo ragazzino farà la stessa fine della figlia di Sally Fenning".

Il sogno l'aveva lasciata talmente esausta da costringerla a sostenersi la testa per pensare chiaramente. Era sempre più decisa a non informare la polizia. Se l'uomo avesse voluto stuprarla o fare del male a Nate, avrebbe potuto farlo facilmente. Ma lui voleva che Tatum uscisse dal gioco, nient'altro che questo. Lei doveva credere alla minaccia che sarebbe stato Nate a pagare se lei avesse coinvolto la polizia. Eppure qualcuno, da qualche parte, cercava di convincerla che doveva fare qualcosa. Altrimenti perché avrebbe fatto quel sogno?

A meno che il messaggio non volesse dirle che era già troppo tardi.

Quel pensiero le fece gelare il sangue. Si alzò e prese il telefono. Sua madre viveva in un alto condominio con un servizio di sicurezza ventiquattr'ore su ventiquattro: il posto più sicuro che Kelsey conosceva. Aveva deciso di non andare con Nate, non volendo che lui e sua madre leggessero la preoccupazione nei suoi occhi. Fece il numero e parlò appena ebbe sentito il "Pronto" assonnato.

«Mamma, sono io... Lo so che è tardi, scusami. Ma dovevo sapere se Nate sta bene... Grazie al cielo». Prese fiato, poi aggiunse con voce tremante: «È decisamente meglio che lui resti con te per un po'».

41

Deirdre Meadows fissava lo schermo vuoto di un computer. Neppure il brusio proveniente dall'animatissima redazione del *Tribune* riusciva a risvegliare il suo spirito di giornalista di cronaca nera. Non poteva addurre la scusa della mancanza di materiale: una prostituta trovata morta nel Biscayne Boulevard, un giudice di circoscrizione scoperto a farsi corrompere, e non era ancora ora di pranzo; ma la sua mente era altrove.

«Cosa bolle in pentola?», le chiese il direttore passando accanto al suo disordinato cubicolo.

«Le solite prelibatezze di Miami», rispose stancamente.

Nel corso delle ultime ventiquattr'ore, da quando aveva lasciato lo studio di Vivien Grasso con un gigantesco nodo allo stomaco, non aveva fatto altro che rimuginare. Era tutta colpa di Jack Swyteck. Era tornato dall'Africa e subito aveva messo tutti in guardia contro il pericolo rappresentato da "Alan Sirap". Lei era stata aggredita dai cani e minacciata da un folle che aveva promesso di uccidere lei o uno degli altri beneficiari, e non ne aveva parlato con nessuno. Non voleva pensare che l'unico suo motivo fosse il denaro. Si trattava della sua personale incolumità.

Ma il silenzio era veramente l'unica soluzione?

Al diavolo, pensò. Non toccava a lei salvare gli altri. Se rimanevano nel gioco di Sally – dopo la lettera di Alan Sirap, dopo che Swyteck li aveva messi in guardia che Sirap era il molestatore di Sally, dopo che Tatum Knight aveva riempito di botte Gerry Colletti, dopo che Gerry si era offerto di rilevare la loro parte di eredità in cambio di un quarto di milione di dollari ciascuno – allora qualunque cosa fosse loro accaduta, sarebbe stata solo colpa loro.

Il telefono squillò, e lei afferrò il ricevitore. «Meadows», disse.

«Come sta questa mattina la mia reporter preferita?».

Strinse più forte il telefono. Era la stessa voce metallica, quella della sua fonte. «Non sono affatto la tua preferita, amico».

«Non è vero. Io sono un uomo di parola, e le tue due settimane di silenzio fanno di te la mia socia. Incredibile che sia passato tanto tempo dalla nostra ultima conversazione, non trovi?».

«Cosa vuoi da me?», chiese Deirdre.

«Ancora una volta, devo congratularmi con te. So che ieri hai avuto un'altra opportunità di parlare della nostra società con il gruppo, e hai fatto la cosa giusta. Hai tenuto la bocca chiusa».

«Come lo sai?».

«Ho le mie fonti, proprio come te».

«Chi?».

«Che domanda!».

«Come sai che sono affidabili?».

«Lo sono. Proprio come quelle che vorresti avere tu».

Deirdre prese penna e taccuino. «Quanto vorrei averle?».

«Abbastanza per scrivere quanto sto per dirti».

Lei si sentì raggelare. Lui riusciva a vederla, o la conosceva abbastanza bene da immaginare che avesse preso un taccuino?

«Ho deciso di ricompensarti», disse ancora l'uomo. «Considerala una piccola gratifica per buona condotta».

«Ti ascolto».

«Sono sicuro che non hai dimenticato il nostro accordo: essere la prima a morire, o quella che eredita quarantasei milioni di dollari».

La voce di lei tradì la sua tensione. «Come potrei dimenticarlo?».

«Bene. Perché non voglio che tu pensi che mi sono ammorbidito. Voglio che tu capisca che è nell'interesse di tutti che tu faccia come ti viene detto».

«Cosa vorresti dire?».
«Che non devono morire tutti».
«Non deve morire *nessuno*».
«Dipende da te, non credi?».
«No», rispose lei seccamente. «Non puoi scaricarmi tutto addosso».
«Non usare questo tono con me», rispose, alzando la voce. «O potrei cambiare idea».
Deirdre cercò di frenare la sua rabbia e di addolcire il tono di voce. «Cambiare idea su cosa?».
«Ho una storia per te».
Cercò di nuovo il taccuino, con la mano che tremava quando appoggiò la penna sulla carta. «Che genere di storia?».
«A proposito di Tatum Knight».
«È un buon inizio».
«Ecco cosa voglio che tu scriva. Tatum si è incontrato con Sally Fenning due settimane prima che lei morisse. Era andata in un bar di cui è proprietario Theo, il fratello di Tatum. Lo Sparky's».
«Di cosa hanno parlato?».
«Lei lo ha ingaggiato per farsi uccidere».
Per un attimo Deirdre rimase senza parole. «Lei *cosa*?».
«Sei sorda?».
«No. Però, che storia. Ma io non posso scrivere una cosa del genere senza che sia confermata».
«Tu puoi, e lo farai».
«Ma mi servono due fonti prima che il *Tribune* pubblichi un articolo del genere...».
«Chiudi il becco e sta' a sentire, cazzo! Non ti ho detto di *pubblicare* l'articolo. Ti ho detto di scriverlo».
Deirdre era confusa. «Perché scriverlo se non posso stamparlo?».
«Lo porti a Jack Swyteck e lo *minacci* di pubblicarlo».
«In cosa consiste la minaccia?».
«Gli dici che l'articolo uscirà domani in prima pagina, a meno che il suo cliente non incarichi l'avvocato che si occupa del testamento di Sally di cancellare il suo nome dalla lista dei beneficiari».

Deirdre aveva ascoltato tutto, ma non aveva scritto niente sul taccuino. Tutto quello le sembrava troppo strano per prenderne nota. «Cos'è questa storia?».

«Come ho già detto, non è necessario che muoiano tutti. Se otteniamo che qualcuno degli altri beneficiari si tolga di mezzo, è come se fosse morto, giusto?».

Deirdre rimase un attimo a riflettere, rammentando che nella riunione del giorno prima Gerry Colletti aveva sostenuto la stessa cosa. «Esatto».

«Perciò tu scrivi l'articolo, Deirdre. Scrivilo bene. Fa' pensare a Tatum Knight che sta per passare in cima alla lista dei sospettati per l'assassinio di Sally Fenning. Perché se non abbandona il campo, torniamo al mio piano originale. Qualcuno deve morire».

La comunicazione s'interruppe. La sua fonte se n'era andata. Lentamente, Deirdre posò il ricevitore, poi si abbandonò sulla sedia, mentalmente esausta. Non le andava l'idea di ricattare qualcuno, ma minacciare Tatum Knight con una storia fasulla era sicuramente meglio che farsi da parte e aspettare che la sua fonte facesse fuori uno dei beneficiari.

Tamburellò con le dita sul taccuino, riflettendo. Sally Fenning aveva assoldato Tatum Knight per farsi uccidere. Scrivilo, ma non pubblicarlo. Sarebbero bastate quelle parole messe sulla carta per convincere Tatum Knight ad abbandonare la corsa per assicurarsi quarantasei milioni di dollari. Solo quelle parole...

No. Non le parole. Le parole da sole non avevano abbastanza potere per intimorire due persone come Jack Swyteck e Tatum Knight.

Le parole avevano quel tipo di potere solo se rispondevano a verità.

Fece scorrere lo sguardo in giro lungo la sua caotica redazione e osservò su una parete la targa di bronzo in onore dei giornalisti del *Tribune* che in passato avevano vinto il Pulitzer. Poi si fermò sulla porta dell'ufficio del direttore che aveva bocciato la sua proposta di fare un pezzo investigativo su Sally Fenning.

Gesù, e se fosse tutto vero?

42

South Coconut Grove è un labirinto di tranquille strade residenziali che attraversano una foresta tropicale. Non è un caso che le piccole piazze e le stradine si chiamino Leafy Way, Poinciana e Kumquat. Gli alberi, il fascino e la privacy sono le caratteristiche che rendono appetibili quelle abitazioni, ciascuna delle quali circondata da un pezzetto di giungla. La gente ci abita perché uno potrebbe issarsi sul tetto della casa accanto e nessuno mai lo saprebbe.

La gente se ne va perché ti potrebbero uccidere nel vialetto di casa tua e nessuno se ne accorgerebbe.

Il detective Rick Larsen parcheggiò la sua Chevy senza contrassegni dietro la fila di volanti con le luci blu che lampeggiavano. Prese il taccuino, scese dall'auto e oltrepassò la lussureggiante bougainvillea e il boschetto di bambù che costeggiava la strada. Le sere in Coconut Grove erano come la mezzanotte nella Foresta Nera, e anche più buie quando il cielo era coperto. Si era messo a piovere dopo il tramonto, ed era difficile dire se la pioggia stesse ancora battendo o se il vento stesse semplicemente facendo cadere le gocce dalle fronde degli alberi. Una confusione tipica del Grove.

Larsen sentì delle voci provenienti dall'altro lato dei cespugli. Si chinò per passare sotto il nastro giallo della polizia che chiudeva l'accesso al vialetto. Facendo scricchiolare la ghiaia sotto i piedi, s'introdusse nella scena del delitto e chiese: «Cosa abbiamo scoperto?».

I flash lampeggiavano mentre la squadra investigativa fotografava la zona. Altri poliziotti setacciavano lentamente il giardino in cerca di qualsiasi cosa potesse servire alle indagini. Il corpo giaceva a faccia in giù sulla ghiaia. Una vice medico legale era inginocchiata accanto al cadavere: lo esaminava mentre dettava le sue osservazioni a un registratore.

Un giovane poliziotto in divisa, il primo ad arrivare sulla scena del delitto, mise rapidamente al corrente Larsen. «Bianco di sesso maschile. Intorno ai cinquanta».

«Abitava qui?».

«No. La proprietaria della casa lo ha trovato qui quando ha portato fuori l'immondizia. Ha chiamato la polizia».

«Lo conosceva?».

«No. Ha detto di non averlo mai visto prima».

«Ha notato qualcosa?».

«No».

«Nessun testimone?».

«Non ancora».

«Nessun documento d'identità sul corpo della vittima?».

«Nessuno. Indossava una T-shirt e dei pantaloncini da ginnastica senza tasche. A giudicare dalle scarpe e dall'abbigliamento, si direbbe che fosse fuori a camminare o a fare jogging. Tranne che non era granché in forma. È più probabile che facesse una camminata, probabilmente perché il medico gli aveva ordinato di muoversi e di cercare di abbassare il colesterolo».

«Nient'altro?».

«Direi che è tutto. Adesso se ne occupa il medico legale».

Larsen prese qualche appunto sul taccuino, poi si avvicinò al cadavere. Il medico era a metà di una frase di quanto stava registrando: «... ematomi pregressi, il torace e le estremità sbiancano alla digitopressione».

Spense il registratore, alzò gli occhi sul detective e disse: «Come stai, Rick?».

«Meglio di lui».

«Così bene, eh?».

Lui accennò il suo consueto mezzo sorriso. «Cos'è successo?».

«Con il femore destro fratturato, per lo meno sei costole incrinate, un gomito rotto in iperestensione, il collo spezzato, e Dio solo sa che genere di lesioni interne, direi che è stato qualcosa di più di una scivolata e di una caduta».

«Il lavoretto di un'auto pirata?».

«Molto probabile».

«Com'è finito nel vialetto? Fatto volare o trascinato qui?».

«Fatto volare. Ho segnato le tracce del volo. Probabilmente è stato colpito in un punto a sud del vialetto, venendo lanciato come un missile attraverso quel banano mezzo fracassato. È atterrato nel giardino di fronte, dove abbiamo piantato quella bandierina, poi è scivolato sul vialetto».

«Qualcuno sta controllando eventuali segni di sbandata?».

«Finora non se ne sono trovati. La strada è bloccata fino alla Main Highway. Puoi controllare personalmente».

«Lo farò». Fece per allontanarsi, poi si fermò. Era un suo piccolo rituale quello di dar sempre un'occhiata alla faccia della vittima prima di occuparsi dei rilievi, delle misurazioni e dei dettagli. Era un modo efficace per ricordare a se stesso che il suo lavoro aveva a che fare con le persone.

Si chinò e puntò la luce della piccola torcia sul viso dell'uomo, e rimase sbalordito. «Figlio di puttana», disse a bassa voce.

«Lo conosci?».

«E tu no? È un vice procuratore generale».

«Lavoro per il Miami-Dade solo da pochi mesi. Non ho avuto molti contatti con loro».

«Be', questo è uno con cui non lavorerai più», replicò seccamente. «È Mason Rudsky».

43

Jack era solo sulla sua veranda coperta a guardare il luminoso spettacolo dei lampi sopra Biscayne Bay, quando squillò il telefono. Esitò, ricordando che la sua ex moglie era terrorizzata all'idea di sollevare il ricevitore durante un temporale, come se un lampo potesse entrare in casa attraverso la linea telefonica e incenerirti sull'istante. Diceva sempre che bisognava avere un assoluto disprezzo per la vita umana per aspettarsi che qualcuno andasse al telefono quando c'erano dei lampi.

Forse è lei, pensò con una punta di sarcasmo. Sollevò il ricevitore. «Pronto».

«Buona sera, Mr. Swyteck».

Jack diede una rapida scossa all'apparecchio. La voce aveva un suono metallico, e lui incominciava a chiedersi se quella paranoia sui telefoni e i lampi fosse giustificata. «Chi parla?».

«Non riattacchi. Se lo fa se ne pentirà».

La voce era sempre distorta, ma Jack sapeva che non c'era niente che non andasse nel suo telefono. «Di che cosa mi vuole parlare?».

«Di Mason Rudsky».

«E allora?».

«È morto».

Jack sentì improvvisamente il bisogno di sedersi. «Morto?».

«Sì, molto».

«Cosa ne sa?».

«Questo. L'auto rubata che lo ha investito non verrà mai trovata».

«Dov'è il cadavere?».

«Non c'è bisogno che se ne proccupi. I poliziotti sono già sulla scena del delitto».

«Allora perché ha chiamato me?».

«Perché lei sembra l'unica voce nel gruppo degli eredi di Sally Fenning che tutti ascoltano. E io ho un messaggio per loro».

«Quale sarebbe?».

«Dica loro che l'uomo che ha investito Mason Rudsky sapeva che lo stesso Rudsky si era ritirato dalla gara organizzata da Sally Fenning».

Jack si alzò in piedi, come se camminare avanti e indietro potesse aiutarlo a pensare. «Mi sta dicendo che è stato un omicidio?».

«Assolutamente sì. Nessuno ha frenato. Non si troverà nessun segno di sbandata sulla strada».

«Ucciso da chi?».

«Ripeto, da qualcuno al corrente del fatto che Mason Rudsky aveva accettato l'offerta di Gerry Colletti».

«Intende i duecentocinquanta bigliettoni?».

«Intendo dire che Mason Rudsky è stato ucciso da qualcuno che sapeva che lui non era più in corsa per ereditare i quarantasei milioni di dollari di Sally».

«Non capisco. Se lo sapeva, allora perché ucciderlo?».

«Questa è la parte che tutti devono capire. Soprattutto lei, perché mi è giunta voce che anche al suo cliente vengono fatte pressioni perché si ritiri».

«Sono sicuro che tutti sono sotto pressione. È così che si gioca questa partita».

«Be', adesso non è più così», disse l'uomo, mentre la voce contraffatta si faceva tagliente.

«È stata Sally a concepirla in questo modo», replicò Jack. «Si può vincere sopravvivendo agli altri, o convincendo gli altri a rinunciare».

«Non m'interessa quello che aveva previsto Sally. Voi idioti potreste pensare di poter vincere la partita in quel modo, ma la morte di Rudsky manda un messaggio forte e chiaro. C'è solo una persona che prende i soldi, e c'è solo una persona che ne uscirà viva».

«Allora cosa intende dire? Più nessuna rinuncia?».

«Esatto. Più nessuna rinuncia».

«Allora, cosa diventa?», chiese Jack. «Una lotta all'ultimo sangue?».

«Adesso è una faccenda personale. Un nuovo gioco. Il *mio* gioco».

«Chi le dà il diritto di cambiare le regole?».

«Vada alla sua cassetta delle lettere».

Jack smise di camminare. «Che cosa?».

«Vada a quella fottuta cassetta delle lettere».

Jack attraversò la casa con il cordless premuto contro l'orecchio. La sua cassetta della posta era montata sul muro al di là della porta d'ingresso. Controllò il giardino e la strada per vedere se c'era qualcuno che lo stava osservando. «Ci sono», disse.

«Guardi nella cassetta».

Avvicinò cautamente una mano al coperchio, chiedendosi se potesse schizzar fuori un serpente o un ratto. Tenendosi il più lontano possibile, sollevò il coperchio con la punta delle dita. Si aprì, ma non schizzò fuori nulla. Dentro c'era una busta.

«Cos'è?», chiese Jack parlando al telefono.

«L'apra».

Non era incollata. Infilato nella busta c'era un ciondolo d'oro a forma di cuore. «Bello», disse Jack. «Ma lei non mi sembra il mio genere».

«Era di Sally Fenning, spiritoso».

Jack si sentì in colpa per aver scherzato su quell'argomento. «Come lo ha avuto?».

«Guardi dentro», disse l'uomo, ignorando la domanda.

Il medaglione aveva una chiusura su un lato e si apriva come un libro. All'interno c'era la fotografia di una bambina. Jack aveva visto abbastanza foto da sapere che raffigurava Katherine, la figlia di quattro anni di Sally.

Nonostante un improvviso nodo alla gola, Jack riuscì a chiedere: «Sally lo aveva addosso quando lei le ha sparato?».

«Non ho mai detto di averle sparato».

«Lo indossava il giorno che è morta?».

«No», rispose. «Non è possibile».

«Allora come lo ha avuto?».

Dall'altra parte della linea ci fu silenzio. In lontananza lampeggiò un fulmine e la linea telefonica crepitò. Finalmente l'uomo rispose: «Sally lo aveva al collo la notte in cui le ho piantato il coltello nel torace e ho annegato la sua principessina».

Jack sentì un click, seguito dal segnale di linea. Per un attimo non riuscì a muoversi, ma il fragore di un altro tuono lo fece sobbalzare. Delicatamente rimise il medaglione nella busta, si precipitò in casa, e chiuse la porta con la catena e con il chiavistello.

44

Il mattino seguente Jack era il primo della fila davanti alla porta del detective Larsen.

Lo aveva chiamato immediatamente dopo la telefonata dell'uomo con la voce contraffatta. Rimpiangeva di non averla registrata, ma la polizia non avrebbe comunque potuto usare un nastro: in Florida era illegale registrare delle conversazioni senza un mandato o senza il consenso degli interessati. Jack riferì la telefonata come meglio poté, e la sua memoria fu assolutamente precisa quando si trattò del medaglione. Si dichiarò più che disponibile nei confronti della polizia, e in cambio chiese solo un favore. Ritornò alle nove e mezza nell'ufficio di Larsen per riscuoterlo.

«Pensiamo che sia autentico», dichiarò Larsen.

Jack era seduto sulla scomoda sedia di legno dall'altro lato dell'ingombra scrivania in metallo. «Era di Sally?».

«Quando è stata uccisa sua figlia, ha denunciato la scomparsa solo di un oggetto, un medaglione a forma di cuore che aveva appeso al collo».

«Questo potrebbe essere un duplicato?».

«Poco probabile. Secondo quanto contenuto nel dossier, Sally aveva detto che l'oggetto era d'oro a quattordici carati, ed era stato acquistato alla Latham's Custom Jewelry del Seabold Building. Questa mattina per prima cosa abbiamo parlato con il proprietario del negozio. Questo è in oro quattordici carati, e senza ombra di dubbio è uno dei loro oggetti».

«Perciò presumibilmente esiste solo un modo in cui l'uomo della telefonata può esserselo procurato».

«Molto probabile».

«Okay. Grazie per l'informazione».

«No, grazie a te, Jack. Apprezzo molto che tu sia venuto a riferirmi di questa telefonata. Quando non hai acconsentito a quel colloquio con il tuo assistito dopo che ti ho passato quella soffiata sul libro di Deirdre Meadows, ho incominciato a pensare che non mi volessi più bene. Ma direi che adesso siamo pari. Naturalmente, ora capisco perché non volevi che io parlassi con Tatum. Il giornale di oggi e tutto il resto».

«Quale giornale?».

«Prima pagina del *Tribune*. Sai...». Squillò il suo telefono. Con un grugnito, Larsen si scusò e rispose.

Prima pagina? Larsen era sempre più impegnato in una discussione tra colleghi che non interessava minimamente Jack. Cercò di attirare l'attenzione del detective, ma lui si strinse nelle spalle e continuò la sua accesa discussione, riuscendo a declinare la parola "fottere" come sostantivo, verbo, aggettivo e avverbio in una sola frase, una dimostrazione verbale del suo essere un veterano della polizia.

Jack doveva assolutamente vedere un giornale, e non era disposto ad aspettare che Larsen finisse il suo stupido battibecco. Con un cenno di saluto e scusandosi silenziosamente, uscì dall'ufficio. Cercando di non sembrare un fuggiasco, si diresse verso l'uscita il più velocemente possibile e si fermò alla piccola edicola appena fuori dal posto di polizia.

Il *Miami Tribune* era proprio davanti ai suoi occhi, praticamente urlando il suo messaggio da metà della prima pagina: LA MILIONARIA ASSASSINATA SI ERA INCONTRATA CON UN KILLER A PAGAMENTO, di DEIRDRE MEADOWS.

Non era un titolo a tutta pagina, ma era abbastanza vistoso. E il sottotitolo, anche se a caratteri leggermente più piccoli, era anche peggio: UN ASSASSINO È L'EREDE DI 46 MILIONI DI DOLLARI. Jack acquistò una copia, si sedette su una panchina e divorò l'articolo.

Riusciva a malapena a credere a quello che stava leggendo. C'era tutto quello di cui avevano parlato lui e Tatum. Il suo incontro con Sally allo Sparky's. Il desiderio della donna di morire. La loro discussione a proposito di prezzolare qualcuno che la uccidesse. E, naturalmente, un'ampia digressione sugli ultimi sviluppi del caso, compresa l'ingiunzione del giudice contro Tatum per la sua presunta aggressione a Gerry Colletti seguita da una efficace conclusione con riferimento a un altro articolo sull'auto pirata che la notte prima aveva ucciso Mason Rudsky.

Comunque, un dettaglio spiccava per la sua assenza dall'articolo: non c'era una sola parola sul rifiuto di Tatum di assumersi l'incarico.

Un bell'esempio di giornalismo obiettivo, Deirdre.

Infilò il giornale nella cartella, prese il cellulare e chiamò Deirdre al *Tribune*. Ci vollero un paio di minuti perché il centralino inoltrasse la chiamata alla persona giusta, ma finalmente sentì la voce di lei.

«Meadows», disse.

«Parla Jack Swyteck. Ho appena letto il suo articolo sul mio assistito».

«Mi fa piacere che abbia chiamato. Conferma o smentisce?».

Riusciva quasi a sentirla gongolare. «Ha qualche importanza? Lei non mi ha neppure interpellato».

«Dovevo rispettare una scadenza. Non c'era tempo».

«Meglio essere primi che nel giusto, vero?».

«No. Ma è bello essere primi. Soprattutto quando so di essere nel giusto».

Jack si alzò dalla panchina e si diresse verso la strada: all'improvviso aveva sentito il bisogno di allontanarsi dalla stazione di polizia. «Chi è la sua fonte?».

«Perché mai dovrei dirglielo?».

«Effettivamente non ne vedo la ragione. Per lo meno, trattandosi di una giornalista che non si è neppure preoccupata di rivelare ai suoi lettori il fatto di non poter essere obiettiva».

«Di cosa sta parlando?».

Jack si fermò sull'angolo della strada, e quasi cadde dal marciapiede. «Mi prende in giro? Lei è uno dei cinque potenziali eredi rimasti. Se gli altri quattro si ritirano o subiscono lo stesso destino di Mason Rudsky, lei resta quella che si assicura quarantasei milioni di dollari. Non crede che il suo articolo avrebbe dovuto spiegarlo chiaramente?».

«No. Il pezzo non riguardava me».

«E invece sì, dal principio alla fine, e i suoi lettori dovrebbero saperlo. Il suo articolo esercita una notevole pressione sul mio cliente per convincerlo a uscire dal gioco».

«In che modo?».

«Lei lo sa benissimo. E non si aspetti che sia io a spiegarglielo, in modo che lei possa ricavarne qualche ingegnosa citazione per il giornale di domani».

«Non sto facendo la furba. Sono veramente perplessa. Come può il mio articolo veritiero su un incontro tra Sally Fenning e il suo assistito indurlo a rinunciare all'eredità?».

«Non cambi argomento. Lei avrebbe dovuto svelare il suo interesse personale nella faccenda».

«Questo articolo non è stato ispirato da un interesse personale, bensì da una fonte attendibile».

«È questo il punto. La fonte potrebbe avere avuto lo stesso interesse. Lei è davvero così stupida, o fa solo finta?».

«Non si permetta d'insultarmi, Swyteck».

«E allora la smetta di giocare sporco».

«Non ho intenzione di dirle chi è la mia fonte».

«D'accordo. Ma dovrebbe per lo meno considerare la possibilità che tutta la storia sia una truffa».

«Ideata da chi?».

«Da uno degli altri potenziali beneficiari. Uno qualunque di loro potrebbe avere inventato tutto quanto e raggirato lei e il *Tribune* convincendovi a pubblicare qualcosa che avrebbe portato all'esclusione di Tatum dall'eredità. Come ha detto Colletti alla riunione, il ritiro di un beneficiario incrementa le probabilità degli altri».

«La mia fonte non è uno dei beneficiari».

Jack si fermò al passaggio pedonale. Non si era aspettato che Deirdre gli svelasse qualcosa, e sicuramente non quello che gli aveva appena detto. «Come lo sa?», le chiese.

«Di solito non parlo alla polizia dei miei articoli, ma dopo la morte di Rudsky la scorsa notte ho fatto un'eccezione. Avendolo detto a loro, tanto vale che lo dica anche a lei».

«Mi dica che cosa?».

«Un uomo mi ha telefonato un paio di settimane fa. È lui la mia fonte».

«Glielo chiedo di nuovo: come sa che non è uno degli eredi?».

«Perché vuole spartire il malloppo con me se vinco. Un altro beneficiario non avrebbe bisogno di fare un patto del genere. Fa già parte del gioco».

«Bene, non voglio discutere su questo punto, ma lei dimostra la validità dell'altra cosa che ho detto. Questa persona – la sua fonte – ha un interesse personale a che lei vinca il malloppo, perciò direbbe qualunque cosa per danneggiare Tatum e costringerlo a rinunciare all'eredità».

«Ha assolutamente ragione».

«Lo so. Un giornale come il *Tribune* non dovrebbe pubblicare un articolo basato su una sola fonte priva di credibilità».

«Il *Tribune* non farebbe mai una cosa del genere. Per questo sono andata a cercarmi una seconda fonte».

Jack fece una pausa, quasi temendo di fare la domanda. «Di chi si tratta?».

Lei fece una risatina condiscendente. «Di solito, a una domanda come questa, le risponderei di andare a farsi fottere. Ma lei e il suo presuntuoso atteggiamento da "il mio cliente è del tutto innocente" mi avete seccato abbastanza perché le dica questo: se la mia fonte fosse più vicina a lei... be', mettiamola in questo modo, non credo ci sia nessun altro più vicino a lei».

Jack rimase in silenzio, come se gli avessero dato un pugno nello stomaco.

«Adesso se vuole scusarmi», disse Deirdre, «ho una scadenza da rispettare».

Riattaccò, ma Jack non si mosse. Rimase a fissare il suo cellulare, cercando ancora di capire cosa aveva appena detto quella giornalista, e il pensiero lo fece star male. *Nessuno più vicino.*

Un autobus cittadino gli passò accanto rombando, avvolgendolo in una nube di gas di scarico. Non se ne accorse neppure. «Merda», disse infilandosi in tasca il cellulare.

45

La conversazione con Theo non andò bene.

Lui ci sarebbe passato sopra, senza dubbio, e comunque il tono di Jack non era stato particolarmente accusatorio. Più ci aveva riflettuto, più gli era sembrato impossibile. Impensabile che Theo tradisse suo fratello con *chiunque*, e meno che mai con una giornalista troppo ambiziosa. Ma Jack sentiva di doverlo per lo meno escludere totalmente come "la fonte" prima di affrontare la persona che secondo Deirdre Meadows era più vicina a Jack di chiunque altro.

«Kelsey», disse sorpreso. «Non sapevo che venissi oggi».

Quel giorno non sarebbe dovuta andare in ufficio e tuttavia era seduta sul divano nell'ufficio di Jack, ad aspettare il suo arrivo. «Posso parlarti un minuto?», gli chiese.

«Certo». Jack si mise a cavalcioni di una sedia, di fronte a lei. Durante il tragitto per arrivare in ufficio aveva provato una decina di volte il suo discorso, ma dall'espressione di lei si rese conto che in qualche modo la stava mettendo a disagio. «Kelsey, prima di affrontare qualsiasi altro argomento, c'è una cosa che devo sapere».

«Ti prego. Lo so cosa stai per dire. Il giornale di oggi. L'articolo su Tatum».

«Sì?», chiese in tono esitante.

Kelsey fece un profondo respiro, visibilmente dibattuta. «Non so come dirtelo».

Jack avvertì una fitta dolorosa allo stomaco, sentendosi male al solo pensiero, ma le parole uscirono con rabbia. La guardò negli occhi e disse: «Hai parlato con Deirdre Meadows?».

Lei sbatté due volte le palpebre, poi distolse lo sguardo.

E lui capì. Non voleva essere duro, ma non poté fare a meno di scuotere incredulo la testa.

«Perché?», chiese.

Quando Kelsey sollevò lo sguardo, aveva gli occhi pieni di lacrime. «Avevo paura di dirtelo. Sapevo che avresti pensato che ero un'idiota. Lei mi ha raggirato, Jack».

«Ti ha raggirato? E come?».

«Mi ha telefonato e mi ha detto di sapere già che Tatum si era incontrato con Sally prima che lei fosse uccisa. Conosceva tutti i particolari che Tatum aveva dato a noi: la sera di pioggia, l'appuntamento al bar di Theo dove lei aveva cercato di assumerlo per farsi uccidere. Quello su cui sbagliava completamente erano i tempi. Sosteneva di aver saputo da fonte sicura che l'incontro era avvenuto meno di ventiquattr'ore prima che lei fosse uccisa. Le ho detto che la sua fonte si sbagliava. Allora lei è diventata sgradevole».

«Cosa vuoi dire?».

«Ha detto senza mezzi termini che se io non la convincevo del contrario lei avrebbe pubblicato l'articolo in questi termini: Tatum e Sally si erano incontrati ventiquattro ore prima che lei morisse. Le ho detto che doveva assolutamente parlare con te, ma ha risposto che non l'avevi richiamata e lei aveva una scadenza da rispettare».

«E tu che cosa le hai detto?».

«Sono stata molto decisa. Ho ribadito: "Non posso dirle se c'è stato un incontro oppure no. Posso solo dirle che non c'è stato nessun incontro ventiquattr'ore prima che Sally morisse"».

«Una buona risposta».

«Ma lei non si è accontentata. Ha aggiunto: "Mi dica quando è avvenuto, o io mi attengo alle ventiquattr'ore". Non sapevo che fare, ma nell'agitazione del momento non potevo immaginare che la cosa intelligente da fare era farmi da parte e lasciarle pubblicare qualcosa che sapevo essere falso. Così le dissi che non erano ventiquattr'ore, bensì all'incirca due settimane».

«Maledizione, Kelsey, come potevi non sapere che lei stava solo cercando una conferma del fatto che quell'incontro c'era stato davvero?».

«Perché lei sapeva già tutto in proposito».

«Ti ha fatto credere di sapere tutto. Invece aveva in mano solo una voce non ufficiale, che di sicuro non poteva pubblicare. Ha bluffato. Ma dopo aver parlato con te, aveva una fonte».

«Mi dispiace tanto».

«Ne sono convinto. Ma per l'amor del cielo, non puoi permettere a un giornalista di manipolarti in questo modo».

«Non so cosa dire. Ho fatto un casino. Ma tieni conto che ultimamente non sono nello stato d'animo migliore».

«Tutti abbiamo dovuto affrontare un sacco di difficoltà».

«No, tu non capisci». Tirò su col naso e disse: «Quell'uomo ha minacciato di far del male a Nate».

«Che cosa?».

«L'uomo che mi ha aggredito fuori dalla biblioteca ha detto che se Tatum non esce dal gioco...». La sua voce si spezzò, come se lei non riuscisse neppure a dirlo.

«Lui cosa fa?».

«Ha detto...». Guardò la foto incorniciata che Jack teneva sulla scrivania: Nate seduto sulle spalle di Jack. Le tremarono le labbra quando disse: «Mi ha detto che Nate avrebbe fatto la stessa fine della figlia di Sally».

Jack sentì montare una profonda rabbia. «Che figlio di puttana. Non avevi neppure bisogno di dirmelo, sapevo che quello è il modo in cui avrebbe agito quel vigliacco».

«Per questo ho mandato Nate a stare da mia madre, come mi avevi detto tu».

«Vorrei che tu avessi seguito anche il resto dei miei consigli e fossi andata alla polizia».

«Non posso. Ha detto che in quel caso lui avrebbe fatto del male a Nate, e io non voglio correre un rischio simile. Ma non capisci cosa sto passando, e il motivo per cui ho commesso quell'errore? Sono terrorizzata. Sai come può farmi sentire una minaccia del genere. È già abbastanza orribile quello che è successo a quella povera bambina. Ma Nate... la prima volta che lo hai portato sulla barca di Theo ti ho raccontato di quell'annegamento. Continuo ad avere degli incubi».

«Quando si tratta di te e Nate, non trovi nessuno più

solidale di me. Ma devi riprendere il controllo di te stessa. Non puoi essere come creta molle nelle mani di una giornalista».

«D'accordo. Ma spero che per lo meno questo spieghi il mio comportamento. Un uomo aveva minacciato di affogare mio figlio se Tatum non abbandonava la partita. Io ero confusa, non sapevo cosa fare, con chi parlare. All'improvviso telefona quella giornalista e incomincia a fare domande su una conversazione che Tatum Knight ha avuto con Sally Fenning prima di essere uccisa».

«Avresti dovuto terminare la conversazione esattamente a quel punto».

«Lo so, ma giuro, Jack, lei sapeva già tutto. Ho pensato di aiutare il nostro cliente dicendole che l'incontro non era avvenuto solo ventiquattr'ore prima che Sally fosse uccisa».

Jack le rivolse uno sguardo duro. Non riusciva quasi a credere a quello che stava per dire, ma dentro di lui l'avvocato aveva preso il sopravvento. «Pensavi davvero di aiutarlo, Kelsey? O pensavi che quello fosse un modo per dare al tuo aggressore esattamente quello che voleva, e cioè far uscire dal gioco Tatum Knight?».

La bocca di lei si spalancò per lo stupore. «Non posso credere che tu mi stia accusando di una cosa simile».

«Ti ho solo fatto una domanda».

«La risposta è no. Accidenti, no».

Jack cominciava a pentirsi di aver fatto la domanda così bruscamente, ma come avvocato di Tatum doveva essere risoluto.

Kelsey parlò con voce tremante. «Credi veramente che io abbia violato di proposito il segreto professionale che esiste tra un avvocato e il suo cliente? Non voglio di certo finire sulla lista nera del Tribunale della Florida prima ancora di essermi laureata in legge».

Jack si concesse un attimo per liberarsi di una parte dei suoi sospetti. Kelsey sembrava troppo scossa da tutta quell'esperienza per mentire sulle sue intenzioni in quel momento. «Okay», le disse. «Hai fatto un casino. Finiamola qui. Ma quello che hai fatto è molto grave».

«Smettila, Jack».

«Smettila cosa?».

«Mi sono scusata cinquanta volte. Quella giornalista mi ha preso nel momento sbagliato. Da quando sono stata aggredita non ho più avuto una sola notte di sonno. L'unica cosa a cui riuscivo a pensare erano Nate, quella bambina, e un folle che li faceva affogare in una vasca d'acqua insanguinata, mentre le loro gambette si agitavano...».

Non riuscì più a controllarsi, e scoppiò a piangere. Si era praticamente accasciata. D'impulso, Jack le si avvicinò. Lei si alzò, e diede l'impressione di desiderare che Jack la prendesse tra le braccia; ma lui si fermò. All'improvviso si sentiva più il suo datore di lavoro che non il suo sostegno. «Su, su», le disse posandole sulla spalla una mano che voleva essere rassicurante. «Andrà tutto bene».

«Mi sento terribilmente in colpa. Vorrei riuscire a rimediare».

«Non ti preoccupare. Andrà tutto bene».

Cercò di tirarsi indietro per mettere una certa distanza tra i loro corpi, ma lei gli prese una mano e disse: «Ne sei sicuro?».

«La verità è che prima o poi dovevamo affrontare questo problema. Tatum si è incontrato veramente con Sally. E lei ha cercato d'ingaggiarlo per farsi uccidere. L'unico modo per controllare il danno è giocare sul fatto che Deirdre ha omesso dall'articolo il rifiuto di Tatum ad assumere l'incarico».

«Posso aiutarti?».

«Me ne occupo io».

Li separava una trentina di centimetri, troppo pochi perché Jack si sentisse a suo agio. Kelsey aveva dei grandi occhi espressivi che gli comunicavano un misto di emozioni. Imbarazzo. Rimorso. Lei gli strinse la mano e disse: «Per me è importante che quanto è accaduto non cambi l'opinione che tu hai di me».

Lui non rispose.

Kelsey riuscì a fare una debole parvenza di sorriso. «Credi di poter perdonare una preoccupata madre single per aver fatto un errore da studente di legge?».

Jack si concesse qualche attimo per riflettere, cercando d'ignorare l'espressione del suo viso e il tocco della sua mano, sforzandosi di cancellare dalla mente il ricordo del momento magico nella veranda della casa di lei, e delle notti che lui aveva trascorso da solo a chiedersi come "avrebbe potuto essere" tra loro. Avrebbe avuto bisogno di un po' di tempo per chiarire le proprie emozioni; e lo infastidiva vagamente il fatto che lei avesse giocato la carta della mamma single/studente di legge in quella circostanza. Ma disse quello che riteneva lei avesse bisogno di sentire, solo parole, nessun sentimento dietro di esse. «Ti perdono».

Lei sorrise abbastanza per mostrare il suo sollievo. «Andrà tutto bene tra noi?».

«Certo. Ma il verdetto è ancora in sospeso sulla questione più grave».

«E quale sarebbe?».

«Tatum ti perdonerà?».

46

Il bar era affollato, soprattutto di ventenni, un gregge disposto a bere acido per batterie purché fosse a buon mercato. Deirdre era al suo quarto gin and tonic: era seduta in un séparé con la sua migliore amica, Carmen Bell, una giornalista freelance, autoproclamatasi poetessa, che avrebbe ammesso solo con Deirdre che la sua vera ambizione nella vita era scrivere melensi biglietti di auguri per Hallmark. Si vedevano ogni mercoledì per bere qualcosa, dopo che Deirdre aveva consegnato il suo pezzo; ma quella era una serata più speciale delle altre.

«Dieci e lode per la prima pagina», disse Carmen. «Un buon lavoro, ragazza».

Deirdre sgranocchiò un cubetto di ghiaccio e sorrise. «Il meglio deve ancora venire».

«Dimmi tutto».

Deirdre si guardò alle spalle per assicurarsi che nessuno potesse sentirla. Il séparé accanto al loro era pieno dei soliti avventori di fine giornata lavorativa: tre tizi che tracannavano tequila, mentre le loro ragazze erano impegnate in giochini idioti.

Deirdre disse: «Ricordi com'ero furiosa quando il mio direttore ha bocciato la mia idea di un articolo investigativo in tre parti su Sally Fenning?».

«Sì, problemi di bilancio, blah, blah, blah».

«Be', adesso non ci sono più problemi di bilancio. Ora mi ha dato via libera».

«Uauhh! Ce l'hai fatta».

Deirdre prese una nocciolina dalla ciotola. «Così sembra».

Carmen si chinò in avanti e chiese con la voce bassa che usava solo per scambiare segreti: «Dimmi. Chi è la fonte?».

«Carmen! Mi sorprendi».

Lei sorrise con l'aria di chi la sa lunga. «Tu non hai idea di chi sia, vero?».

«Assolutamente no», rispose Deirdre, unendosi alla risatina dell'amica.

Poi Carmen si fece seria. «Hai paura di lui?».

«Un po'».

«Solo un po'?».

«Be'...», rispose Deirdre, sollevando leggermente le spalle. «Sono meno spaventata ora che ho parlato con la polizia».

«Aspetta un momento. Da quando un giornalista svela le sue fonti alla polizia?».

«In questo caso è diverso. Si tratta di una fonte che ha minacciato di uccidermi».

Carmen spalancò gli occhi. «Che cosa?».

«Niente. Dimentica quello che ho detto. Siamo qui per festeggiare. L'ultima cosa di cui ho bisogno è che tu mi metta paura».

Carmen mordicchiò la cannuccia di plastica, fino a quando la parte che sporgeva dal cocktail non fu completamente appiattita e segnata dai denti.

«La smetti, per favore?», disse Deirdre in un tono tagliente.

«Scusa. È solo che non mi piace l'idea che i miei amici vengano minacciati di morte».

«Sto molto attenta, okay?».

«Bene. E spero che tu sia anche furba».

«Oh, lo sono. Cosa ne dici di qualcosa del genere? *Johnny, ho paura, posso dormire da te questa sera? Johnny, abbracciami. Johnny, mi aiuterebbe a dormire molto meglio se potessimo svegliarlo ancora una volta e metterlo dritto...*».

«Okay, okay, ho capito», dichiarò Carmen con un sorriso.

«Hai capito *veramente*?».

«Be', da un punto di vista tecnico, no».

«Allora questo è un altro modo in cui in questo momento la mia vita va molto meglio della tua».

«Spero che tu prenda le piattole».

Deirdre scoppiò a ridere mentre estraeva dalla borsa una banconota da dieci dollari. La posò sul tavolo, poi mostrò la chiave dell'appartamento del suo ragazzo e disse: «Scusa se bevo e scappo, ma Johnny mette la catena alla porta se non arrivo prima delle undici».

«Merda, Deirdre. Quando troverai un uomo che non ti costringe a precipitarti a casa sua per poterlo vedere nudo?».

«Non appena eredito quarantasei milioni di dollari».

«Non che il denaro abbia importanza per te».

«Certo che no. Chi ha bisogno di soldi?».

Riuscirono a mantenere una faccia seria per circa due secondi, poi scoppiarono a ridere. «Ci vediamo», disse Deirdre.

Si fece strada tra la folla rumorosa, e avrebbe potuto giurare di attirare più sguardi del solito. Dipendeva tutto dall'atteggiamento, e da quella mattina ne aveva assunto uno nuovo. Uno sconosciuto le aprì perfino la porta.

«Grazie», disse lei con un sorriso, e uscì.

Il sole si era tuffato da tempo nelle Everglades, lasciando il posto a una di quelle perfette sere d'autunno, con un'aria sufficientemente pungente da far dimenticare la dannata calura estiva e l'umidità che avevano imperversato fino a Halloween. I diciotto dollari chiesti dal parcheggiatore erano una rapina e come al solito Deirdre era venuta senza monete per il parchimetro, perciò aveva infilato la sua piccola Honda in un posto libero nel vicolo accanto all'emporio. Le era sembrata una buona idea quando il negozio era aperto, ma ora le finestre erano buie e non c'erano più clienti. Il crepuscolo aveva la capacità di dare un nuovo aspetto alle cose.

Prese la chiave dalla borsa mentre attraversava velocemente il parcheggio. Un uomo era seduto al volante di un camioncino rosso, e in un primo tempo l'espressione del suo viso la preoccupò, finché non vide la zazzera di capelli biondi che si agitava sul grembo di lui. Era facile scommettere che quel tizio non l'avrebbe seguita. La piccola Honda era appena svoltato l'angolo, e il brusio soffocato del bar si attutiva man mano che Deirdre avanzava nell'oscurità.

L'allarme della sua auto emise un suono acuto quando

premette il pulsante del comando a distanza. Salì a bordo, chiuse rapidamente la portiera, e inserì la chiave per l'accensione. Il tremito delle mani rendeva difficile anche un'operazione così semplice, decisamente più per colpa dei nervi che dei drink.

Maledizione, datti una calmata, ragazza.

Il motore si avviò al secondo tentativo. Inserì la marcia e partì talmente in fretta da far schizzare la ghiaia. Accese la radio per calmarsi.

Aveva mentito a Carmen. La sua fonte l'aveva spaventata più di "un po'". Era consapevole che sottoporre ai suoi editori l'articolo su Tatum Knight significava sfidare apertamente gli ordini di quell'uomo misterioso. Lei non sapeva con certezza che cosa avrebbe potuto fare, ma di sicuro avrebbe fatto *qualcosa*. Era andata alla polizia, sperando che potesse offrirle protezione. Le avevano dato un opuscolo pieno di consigli prestampati per le vittime di molestatori, e le avevano detto di tornare quando avesse accettato di far intercettare le sue telefonate a casa e sul posto di lavoro. Forse a quel punto si sarebbe potuto parlare di protezione.

Un giornalista con il telefono sotto controllo. *Sono fuori di testa?*

Arrivò a casa di Johnny a tempo di record. La paura, il gin, l'adrenalina l'avevano fatta guidare più veloce del solito. Il parcheggio davanti al palazzo di Johnny era pieno, le tornò alla mente il commento di Carmen. Lo stronzo avrebbe per lo meno potuto lasciarle libero il suo posto auto, per non costringerla a parcheggiare nella zona per gli ospiti e fare un lungo tratto a piedi al buio. Era tentata di tornarsene a casa, ma si sentiva davvero più al sicuro a dormire con lui.

Gables Point era un tranquillo quartiere di condomini, non molto ben illuminato, con molti alberi. Deirdre percorse il marciapiede lungo la zona delle piscine: non era la strada più diretta per raggiungere il condominio di Johnny, ma l'illuminazione era migliore, tranne negli ultimi cento metri, dove il marciapiede si snodava attraverso una foresta di callistemon pendenti. La luce che proveniva dalla piscina l'accompagnò per un po', ma quando le venne a mancare Deirdre si fermò. Nell'ultimo mese aveva fatto quel percorso almeno una decina di volte, senza pensarci neppure un istante. Ma in quel momento l'istinto le suggeriva di voltarsi e fuggire nella direzione opposta. Era tardi. Era buio. C'erano molti grandi alberi dietro ai quali qualcuno poteva nascondersi.

Stai diventando paranoica.

Metteva un piede davanti all'altro, guadagnando via via velocità, con le pulsazioni sempre più accelerate. Nel corso della sua carriera era entrata in posti ben più pericolosi, una notte dopo l'altra, come reporter di cronaca nera per il *Tribune*. Interviste con assassini, cadaveri in abbondanza, era tutto lavoro di routine. In questa circostanza non c'era proprio niente di cui aver paura.

Era arrivata a metà strada. Il marciapiede faceva una curva, ma lei andò dritto. Non c'era tempo per fare il percorso panoramico, e comunque con quel buio non c'era molto da ammirare. Stava attraversando il prato quando sentì qualcosa. Si fermò a guardare dietro di sé, non vide nulla, non sentì nulla. Ma era sicura di aver udito qualcosa un attimo prima. Un rumore di passi. Dietro di lei.

O forse era frutto della sua immaginazione?

Si mise a correre a tutta velocità, scostando i rami che le sferzavano il viso. Si stortò una caviglia e si lasciò sfuggire un grido di dolore, ma proseguì comunque. Mancava una ventina di metri alla casa di Johnny. Era tornata sul marciapiede e si era lanciata nella volata finale. Superò con un solo balzo i tre gradini, poi si mise a cercare freneticamente, al buio, la sua chiave.

Lo stronzo non mi lascia neppure accesa la luce del portico.

Trovò la chiave, e utilizzando entrambe le mani per controllare il tremito, riuscì a infilarla. La serratura scattò, lei fece ruotare la maniglia e si appoggiò alla porta. Si aprì solo di un palmo, poi venne bloccata dalla catena.

Merda!

Lanciò una rapida occhiata alle sue spalle e di nuovo non vide nulla. O no, forse un'ombra.

«Johnny, apri questa maledetta porta!».

Spinse e tirò ripetutamente la porta, scuotendola con violenza, per cercare di svegliarlo.

«Johnny!».

Sentì di nuovo dei passi, e il suo cuore mancò un battito: poi provò un senso di sollievo. I passi venivano dall'interno.

«Johnny, sono io!».

La porta si chiuse, e la catena all'interno venne tirata. La maniglia girò, e Deirdre si precipitò dentro, ansiosa di vederlo, di vedere qualcuno. Lui l'afferrò, lei si gettò tra le sue braccia, la porta sbatté, e lei si trovò stretta nella sua morsa prima di rendersi conto di quanto era accaduto.

Non era Johnny.

Sentì la lama gelida di un coltello appoggiata alla sua gola. «Fottuta puttana», disse l'uomo con un sussurro rabbioso. «Ti era stato detto di *scrivere* l'articolo, non di pubblicarlo».

Lei urlò, ma quel grido venne udito solo dalla sua mente: la lama tagliente le aveva inciso profondamente la gola, affondando nella laringe fino all'osso del collo, facendola tacere per sempre.

47

Alle quattro di venerdì pomeriggio Jack e Tatum erano di nuovo in aula.

Erano passati meno di due giorni dall'omicidio di Deirdre, e tutto era cambiato. O, per lo meno, tutto era diventato più intenso e Jack non riusciva a liberarsi: lo scatenamento dei media, le telefonate degli avvocati degli eredi sopravvissuti, le domande degli investigatori. Era stato un vicino a vedere il sangue che filtrava da sotto la porta d'ingresso il mattino del giorno del Ringraziamento. I poliziotti avevano trovato il cadavere nell'ingresso e Johhny legato nella cabina armadio della camera da letto, illeso ma con gli occhi bendati. Un testimone inutile: non aveva visto niente. Naturalmente il detective Larsen si era rivolto a Jack e al suo assistito per avere delle risposte, visto che l'ordinanza restrittiva emessa dal giudice aveva già etichettato Tatum come il criminale del gruppo. L'omicidio di Mason Rudsky era tuttora un mistero, e non era di nessun aiuto il fatto che Deirdre Meadows fosse stata uccisa lo stesso giorno in cui il *Tribune* aveva pubblicato il suo articolo con la notizia che Tatum era stato assoldato per uccidere Sally Fenning.

«In piedi!».

Entrò in aula il giudice Parsons. I presenti si alzarono immediatamente, e il rumore dei piedi fu notevolmente più forte che nelle altre udienze. Tutte e quindici le file di posti destinati al pubblico erano stipate di spettatori, in prevalenza rappresentanti dei media. Era la prima udienza dopo che un procuratore e un'ambiziosa giornalista avevano trovato una fine prematura nella corsa per assicurarsi quarantasei milioni di dollari e i geni dell'informazione locale si erano finalmente decisi a occuparsi seriamente del fatto, anche se non c'era di mezzo uno scandalo sessuale.

«Sedete, prego», disse il giudice.

Jack e Tatum tornarono ai loro posti, ancora una volta separati dagli altri.

Miguel Rios, Gerry Colletti e i loro avvocati erano seduti al tavolo accanto al banco della giuria, in quel momento vuoto. Vivien Grasso, nella sua veste di esecutrice testamentaria, si era sistemata in modo da non essere dalla parte di nessuno di loro.

Alan Sirap continuava a non presentarsi.

Il cancelliere del tribunale dichiarò aperta l'udienza relativa al patrimonio di Sally W. Fenning, e il giudice prese la parola. In un primo momento diede l'impressione di essere imbarazzato, ma forse stava solo aspettando che le telecamere fossero pronte a riprendere il suo discorso.

«Buon pomeriggio», disse con una voce adatta a un funerale. «Sarebbe una negligenza da parte mia non esprimere le mie serie preoccupazioni per la tragedia che si è abbattuta su questa vicenda. Particolarmente in questo giorno, successivo a quello del Ringraziamento, desidero trasmettere le mie sentite condoglianze agli amici e ai familiari di Mason Rudsky e Deirdre Meadows.

«Detto questo, voglio assicurare tutti che sono venuto in quest'aula senza idee preconcette sugli eventuali responsabili di questi terribili eventi. Lo dico perché oggi dobbiamo affrontare una mozione molto seria presentata da Mr. Colletti, uno dei potenziali eredi. Voglio che Mr. Colletti e tutti i presenti comprendano che questa corte non si lascerà condizionare da emozioni o da sdegno che possano indurla ad adottare misure straordinarie. Insisto perché vengano esibite delle prove e, nel caso esistano, farò in modo che abbiano il necessario peso. Ma non prima. Sono stato chiaro?».

«Sì, Vostro Onore», risposero all'unisono gli avvocati.

Tatum si chinò verso Jack e gli sussurrò: «Mi piace questo discorsetto».

Jack fece un lieve cenno d'assenso, senza lasciar trapelare

la sua preoccupazione. Rammentava con inquietudine le arringhe che aveva sentito in tribunale quando era procuratore federale, quando il giudice si scagliava contro il governo per qualche "tattica oltraggiosa" che "urtava la coscienza della corte", per poi provvedere a spedire l'imputato a soggiornare per un tempo infinito nella terra dei morti viventi.

«Mr. Colletti, proceda, la prego», disse il giudice.

Il suo avvocato fece per alzarsi dalla sedia, ma Gerry lo bloccò con un gesto perentorio della mano e si fece avanti come per dire: *Me la gestisco io.* Era visibilmente un cambiamento di programma dell'ultimo minuto, e Jack sapeva esattamente cosa stava succedendo. Le luci della ribalta erano troppo sfavillanti perché Gerry Colletti cedesse la scena a un altro avvocato.

Gerry si avvicinò al leggio al centro dell'aula, con un'ultima occhiata alla telecamera prima di voltare la schiena ai presenti per rivolgersi alla corte. «Vostro Onore ha tutte le ragioni. Questa che ho presentato è una mozione molto seria. Suffragata da un valido motivo».

«Sarò io a giudicarne la validità», replicò il giudice seccamente.

«Indubbiamente. Come ben sa la corte, lo stato della Florida ha una legge comunemente nota come lo Slayer Statute, che proibisce a un assassino di ereditare il patrimonio della sua vittima».

«Sono al corrente di questa legge. E come ho dichiarato nelle mie considerazioni iniziali, m'interessa sapere quali prove lei intende presentare per dimostrare che la legge va applicata a questo caso».

«Tatum Knight è un beneficiario dell'eredità di Sally Fenning. Questa mozione si propone d'invocare lo Slayer Statute per escluderlo dal testamento».

«In base a quali prove, Mr. Colletti?».

«Di sicuro avrà letto l'articolo apparso sul giornale di ieri, da cui si evince che Mr. Knight è un killer di professione assoldato per uccidere Ms. Fenning».

«Obiezione», disse Jack, alzandosi in piedi. «Da quando incriminiamo dei presunti assassini sulla base di articoli di giornale?».

«Accolta», dichiarò il giudice. «Gli articoli di giornale sono ammissibili in certe circostanze, ma se questo è tutto quello di cui dispone, Mr. Colletti, direi che la sua mozione è a dir poco prematura».

«Giudice, ammetto di non essere in condizioni, al momento, di dimostrare che Tatum ha ucciso Sally Fenning».

Il giudice non nascose la sua irritazione. «Allora cosa ci facciamo qui?».

«Alla luce della morte di Mason Rudsky e Deirdre Meadows, pensavo fosse imperativo sollevare il problema di fronte alla corte proprio in questo momento, sia pure per un eccesso di prudenza». Lanciò un'occhiata al cliente di Jack e aggiunse: «Giusto nel caso che Mr. Knight uccida anche me, prima che io abbia il tempo di raccogliere le prove».

«Obiezione», disse Jack. «Questa cosiddetta mozione seria si sta trasformando in una sceneggiata senza il supporto di uno straccio di prove».

«Mr. Colletti, può dimostrare che lei personalmente corre un pericolo del genere?».

«Sì. Per questo ho unito questa mozione che si appella allo Slayer Statute alla richiesta che Mr. Knight sia accusato di oltraggio alla corte per aver violato un'ingiunzione del tribunale. A suo tempo era stato ordinato a Mr. Knight di tenersi alla distanza di almeno cinquecento metri dagli altri beneficiari, tranne che nelle udienze e negli incontri ufficiali con l'esecutrice testamentaria di Sally Fenning. Come ho riferito dettagliatamente nella mia mozione, Mr. Knight mi ha aggredito ancora una volta mentre portavo a passeggio il mio cane davanti a casa».

Il giudice diede una rapida occhiata al testo della mozione. «Secondo quanto dichiara, questo è successo quasi una settimana fa. Perché ha impiegato tutto questo tempo a esibire questa prova?».

«Per essere sincero, questo individuo mi terrorizza. Ma dopo la morte violenta di due degli altri beneficiari, ho deciso che non potevo esimermi dal portare all'attenzione della corte questa ulteriore prova».

Il giudice annuì, apparentemente soddisfatto della spiegazione. «Mr. Swyteck, abbiamo letto tutti la mozione di Mr. Colletti. Qual è la sua risposta?».

Jack si alzò e disse: «Se mi è concesso, vorrei interrogare Mr. Colletti a proposito delle fotografie che ha allegato alla sua mozione».

«Fotografie?». Il giudice sfogliò la pratica, con l'aria di essersele lasciate sfuggire.

Intervenne Gerry. «Ho presentato parecchie fotografie che mostrano la gravità delle percosse che ho ricevuto da Mr. Knight in questa seconda occasione. Come ho dichiarato nella mia mozione, il suddetto Mr. Knight, in preda a una profonda agitazione, mi ha afferrato per la gola, mi ha gettato a terra e mi ha preso a calci parecchie volte».

«Tutte cazzate», sussurrò Tatum.

Jack gli posò una mano sulla spalla, per calmarlo. «Vostro Onore, credo di avere il diritto di interrogare il testimone sull'autenticità di quelle fotografie».

«L'autenticità?», disse Gerry con voce indignata. «Lei vorrebbe insinuare...».

«Fate giurare il testimone», ordinò il giudice.

Gerry scosse il capo, come se fosse tutta una perdita di tempo. Poi andò a sedersi al banco dei testimoni, e il cancelliere gli fece prestare il giuramento di rito.

Jack si avvicinò e disse: «Mr. Colletti, quelle fotografie delle sue lesioni... chi le ha scattate?».

«Le ho prese io personalmente. Ho una macchina fotografica con l'autoscatto. Premi un bottone, ti metti in piedi davanti alla macchina e hai la tua foto».

«Quando le ha scattate precisamente?».

«Immediatamente dopo il mio secondo incontro con Mr. Knight. Quello descritto nella mia denuncia».

«E qual è lo scopo di queste foto?».

«Be', non sono il tipo che si vanta, perciò di norma non inserirei in un documento pubblico delle immagini di me a torso nudo». Sorrise, con la palese speranza di aver pronunciato una frase a effetto per il notiziario della sera.

Il giudice alzò gli occhi al cielo, e sull'aula cadde il silenzio. Gerry si schiarì la voce e aggiunse: «Le ho accluse per mostrare alla corte quanto fossero gravi le percosse che ho subito una seconda volta da parte di Mr. Knight».

Jack tornò al suo tavolo e prese altri due gruppi di fotografie. Ne porse uno al giudice e disse: «Vostro Onore, ho parecchi ingrandimenti di particolari che abbiamo ricavato da uno degli originali di Mr. Colletti. Mi scuso per non averle sottoposte prima alla corte, ma abbiamo ricevuto la mozione questa mattina, perciò il laboratorio fotografico mi ha consegnato queste copie solo qualche minuto fa».

«Scuse accettate».

Jack si rivolse al testimone, gli passò la prima foto del mazzo e disse: «Mr. Colletti, le sembra che questo ingrandimento rappresenti in modo chiaro e corretto il suo braccio sinistro preso dalla fotografia originaria?».

Gerry lo esaminò e rispose: «Sì, direi che si tratta del mio braccio».

Jack gli passò un'altra foto e disse: «Ecco un ingrandimento più ravvicinato. Le sembra che rappresenti in modo chiaro e corretto il suo avambraccio sinistro?».

«Direi di sì».

«Un'ultima foto. E che mi dice di questa? È un ingrandimento ancora più ravvicinato. Le sembra che rappresenti in modo chiaro e corretto il suo polso sinistro?».

«Sì, è il mio polso».

«E questo è il suo Rolex?».

«Sì».

«È dotato di un datario, vero?».

Gerry esitò, come se avesse fiutato il pericolo. «Sì».

«Dia un'altra occhiata alla foto. Vuole gentilmente leggere la data che indica quel datario?».

Con un'aria di sgomento, Gerry rispose sommessamente: «Indica NOV 2».

«Cioè il 2 di novembre, giusto?».

Colletti si agitò nervosamente sulla sedia, come se cercasse una scappatoia dalla trappola che gli aveva teso Jack.

Il giudice esaminò attentamente la sua copia, poi rivolse uno sguardo irritato al testimone e disse: «Mr. Colletti, risponda la prego».

«Presumo di sì».

«E, secondo i miei calcoli, il 2 di novembre cadeva all'incirca due settimane prima del suo presunto secondo incontro ravvicinato con il mio assistito, giusto?».

Gerry non rispose.

Jack si fece ancora più vicino. «Mr. Colletti, queste foto non sono state scattate dopo il suo presunto secondo incontro con Mr. Knight il 15 novembre. Si riferiscono alla presunta aggressione di cui è stato vittima fuori dal pub John Martin's nelle prime ore del mattino del 2 novembre. È così?».

Sull'aula cadde il silenzio. Tutti gli occhi erano puntati sul testimone che continuava a fissare la foto, come se volesse far cambiare la data. Finalmente si strinse nelle spalle con aria sbarazzina e disse rivolto al giudice: «Gesù, non so come ho potuto fare tutta questa confusione».

«Credo che abbiamo sentito abbastanza», dichiarò il giudice.

«Be', un momento, signor giudice», disse Gerry. «Se questa dev'essere un'udienza probatoria, vorrei avere la possibilità di interrogare Mr. Knight».

Far testimoniare Tatum era l'ultima cosa che Jack avrebbe voluto. Se Gerry non avesse bluffato sulle fotografie, probabilmente Jack non sarebbe stato in grado d'impedirlo, ma ora doveva sfruttare il suo momento. «Giudice, in tutta franchezza, sembra che ci possa essere stata una violazione tecnica dell'ordinanza restrittiva della corte».

«Tecnica!», esclamò Gerry. «Mi ha afferrato per la gola».

«Sì, Mr. Colletti», disse il giudice. «Abbiamo visto tutti le sue fotografie».

Dal pubblico si levò un sommesso coro di risate. Jack disse: «Stipuleremo una multa di cinquecento dollari, con l'intesa che non saranno tollerate ulteriori violazioni della presente ordinanza».

«Mi oppongo», disse Gerry.

«Chiuso l'argomento», dichiarò il giudice puntando il martelletto per dare enfasi alla sua affermazione. «E intendo tolleranza zero, Mr. Swyteck. La prossima volta il suo assistito finirà in prigione».

«D'accordo», rispose Jack.

Il giudice spostò lo sguardo su Gerry. «Se vuole, può portare avanti la sua mozione per escludere Mr. Knight dal testamento in base allo Slayer Statute. Ma sia ben chiaro: non chieda un'udienza e non faccia perdere tempo a questa corte se non ha delle prove da esibire».

«Sì, Vostro Onore», grugnì Colletti.

Rivolto ai presenti, il giudice disse: «Se non c'è altro da sottoporre alla corte, dichiaro...».

Vivien Grasso si alzò e disse: «Vostro Onore, c'è ancora una cosa».

Tutte le teste si volsero verso di lei. «Di cosa si tratta?», chiese il giudice.

Vivien parlò con aria addolorata. «Negli ultimi giorni ho riflettuto seriamente su questo problema, e mi scuso se lo sollevo solo ora. Ma quello che è successo in quest'aula ha contribuito a farmi prendere una decisione irrevocabile».

«A che proposito?», chiese il giudice.

«Desidero rinunciare all'incarico di esecutrice testamentaria di Sally Fenning».

L'attenzione dei presenti si risvegliò, come se avessero fiutato qualcosa di sensazionale.

«Come dice?», chiese il giudice.

«Uno dei miei compiti più importanti quale esecutrice testamentaria consiste nel distribuire il patrimonio agli eredi. Ma non mi sento di fare una cosa del genere quando i beneficiari possono arrivare a picchiarsi e a uccidersi a vicenda per assicurarsi l'eredità».

Rispose il giudice: «Le assicuro che nessuno distribuirà beni o riceverà una qualsiasi eredità fino a quando gli omicidi di Mason Rudsky e di Deirdre Meadows non troveranno una spiegazione esauriente».

«Lo apprezzo, giudice. Ma io ho preso la mia decisione».

«Temo che non sia sufficiente. Per legge, questa corte non può concederle di dimettersi dall'incarico fino a quando non viene trovato un sostituto».

«Ho provveduto in tal senso», rispose Vivien. «Ho interpellato parecchi possibili sostituti. Proprio ieri uno di loro ha accettato di prendere il mio posto se avessi deciso di lasciare quest'incarico».

«Chi è?».

Vivien si volse verso i presenti e disse: «Si trova in aula in questo momento. Rene Fenning, la sorella di Sally».

Jack si voltò così rapidamente da rischiare di spezzarsi l'osso del collo. Dalla metà dell'ottava fila di posti destinati al pubblico si alzò una donna in tailleur blu, accuratamente truccata, con i capelli perfetti, come se fosse uscita da una rivista di moda. In quell'ultima notte di pioggia in Africa, Jack aveva salutato una donna molto diversa, anche se non meno bella.

«Ms. Fenning?», disse il giudice.

«Dr. Fenning, per la verità. È medico», disse Vivien.

«Dr. Fenning, Ms. Grasso ha esposto correttamente le sue intenzioni?».

«Sì, Vostro Onore».

«Si faccia avanti, prego. Tanto vale che ufficializziamo la sostituzione».

Mentre Rene avanzava, sull'aula era sceso il silenzio, con l'eccezione del sommesso rumore delle penne sui taccuini mentre i giornalisti riscrivevano l'attacco dell'articolo che sarebbe comparso il giorno dopo. Anche Jack seguiva con attenzione i movimenti di Rene. Aveva colto tracce della sua bellezza in mezzo alla sporcizia e al sudore dell'Africa. Aveva immaginato quale avrebbe potuto essere il suo aspetto in un altro posto, in condizioni diverse, ma perfino la sua fervida immaginazione non era riuscita a renderle giustizia. Non si era aspettato di rivederla, e mai avrebbe immaginato che potesse accadere così presto. Non era ancora del tutto chiaro quale sarebbe stato il suo contributo nella gestione del patrimonio di Sally, ma a un livello totalmente diverso, che lo faceva sorridere tra sé e sé, era contento che lei fosse venuta a Miami.

«Accidenti, è anche più strafiga di sua sorella», sussurrò Tatum.

Jack avrebbe potuto dirgli che Rene aveva anche un cervello adeguato, ma lasciò perdere: era una questione di genetica se i fratelli Knight non potevano fare a meno di dire delle cose ovvie.

Rene passò attraverso il cancelletto a battente in mogano e andò a fermarsi accanto a Vivien Grasso, presso il leggio. Il giudice l'accolse con un affabile sorriso, poi la interrogò brevemente sulla sua origine familiare e sui rapporti con la sorella. Niente che Jack non sapesse già, ma era interessante sentirlo di nuovo dalla viva voce di Rene.

Poi il giudice si rivolse ai presenti e chiese: «Gli eredi hanno qualche obiezione alla nomina del Dr. Fenning a esecutrice testamentaria di sua sorella?».

Silenzio. Il giudice proseguì: «Stando così le cose, chiedo al Dr. Fenning di venire nel mio ufficio alla fine dell'udienza. Ci sono dei documenti da riempire e c'è da prestare giuramento. Buona fortuna a lei, mia giovane signora. La seduta è tolta», concluse, con un colpo di martelletto.

«Tutti in piedi!».

Si alzarono tutti, obbedienti. Il silenzio regnò per i dieci secondi che il giudice impiegò a dirigersi verso il suo ufficio; non appena fu sparito dietro la pesante porta di legno, si scatenò il mormorio di cento diverse conversazioni.

Colletti lanciò un'occhiata a Jack attraverso l'aula, ma lui e il suo avvocato avevano visibilmente una gran fretta di uscire e di rendersi disponibili a rilasciare dichiarazioni alla stampa. Raccolsero velocemente le loro cose e s'infilarono nell'affollato corridoio centrale, seguiti da Miguel Rios e dal suo avvocato. Jack fece per dirigersi verso Vivien Grasso, per dirle che non nutriva rancore, ma Rene si avvicinò e gli chiese: «Sorpreso?».

«In un caso come questo, non c'è niente che possa sorprendermi».

«Immagino che il fatto che tu sia venuto in Africa abbia in qualche modo risvegliato la mia coscienza. È giunto il momento che io faccia la mia parte per scoprire cos'è accaduto a mia sorella».

«Credo che tu abbia preso la decisione giusta».

Rene distolse per un attimo gli occhi, poi tornò a guardare Jack. «Immagino che ci rivedremo presto».

«In che senso?».

«Che incontrerò tutti gli avvocati, naturalmente».

«Ah, sì, certo. Quando vuoi».

«Sono sicura che tu sei più impegnato di me. Io sono

all'Hyatt fino a quando non trovo un appartamento. Chiamami, fammi sapere quando va bene per te».

«D'accordo».

Un reporter chiamò Rene dall'altro lato della balaustra. Molti altri giornalisti aspettavano nel corridoio centrale, ansiosi di parlare con la nuova esecutrice testamentaria, l'unico familiare vivente di Sally.

Rene guardò Jack e disse: «Immagino di essere sul punto di fare la mia prima esperienza nello schivare le domande trincerandomi dietro un meraviglioso "No comment"».

«Se sei furba».

Lei sollevò un sopracciglio, e Jack aggiunse: «E se loro non si sono fatti più furbi».

«Non male come salvataggio».

«È quello che facciamo noi avvocati».

Lei accennò un sorriso e disse: «Mi fa piacere rivederti».

«Anche a me fa piacere rivederti».

Rene si volse per avviarsi verso l'uscita. Jack raccolse le sue cose, poi d'istinto sbirciò alle sue spalle, e la sorprese a voltarsi a sua volta a guardarlo. Si scambiarono un piccolo sorriso, come se avessero avuto lo stesso pensiero imbarazzante, qualcosa del tipo *Non riesco a credere di aver guardato, ma è bello sapere che lo hai fatto anche tu*. Poi Rene sparì tra la folla, e Jack scorse Kelsey in piedi presso la balaustra. Si scusò con il suo assistito e le fece cenno di raggiungerlo. Lei attraversò il cancelletto a battente e si appartarono presso lo scanno, per non farsi sentire da orecchie indiscrete.

«Meglio essere prudenti», disse Kelsey.

«Prudenti su che cosa?».

«Se tu e la nuova esecutrice testamentaria continuate a farvi gli occhi dolci, domani sarete su tutti i giornali».

«Noi non... dobbiamo proprio parlarne qui?».

«È lei il motivo per cui non mi hai voluto accanto a te in questa udienza?».

Jack incominciava ad avere la sensazione di essere sotto accusa, e non gli piaceva affatto. «È stato Tatum a non volerti qui. Dopo il modo in cui hai abbassato la guardia rivelando a Deirdre Meadows delle cose protette dal segreto professionale, non si fida più di te. Mi dispiace».

«E tu?».

«Kelsey, non è questo il luogo».

«È una semplice domanda: ti fidi di me?».

Jack si concesse una pausa di un attimo, come se la domanda fosse troppo complessa per essere affrontata in quell'ambito. «Sì. Mi fido di te».

«Più che di Rene?», chiese ancora, stringendo gli occhi.

«Conosco Rene a mala pena».

«Non l'avrei mai detto!».

Jack abbassò la voce, non perché temesse di farsi sentire da orecchie indiscrete, ma perché la situazione stava diventando sgradevole. «Kelsey, prima della mia partenza per l'Africa mi era sembrato fossimo d'accordo di lasciare le cose in sospeso tra noi per il bene di Nate. Perciò non so proprio come risponderti».

«Basta che tu sia onesto con me. Come dovrei sentirmi quando tu fai gli occhi dolci a un'altra donna in un'aula di tribunale, meno di quarantott'ore dopo avermi detto che tutto sarebbe andato bene tra noi?».

«Intendevo dire che tutto sarebbe andato bene tra noi *professionalmente*».

«Professionalmente? Il modo in cui mi guardavi non era più professionale delle occhiate che lanciavi a Rene poco fa».

«Io non...». Quel tentativo di negare non suonava sincero. Vide la delusione sul viso di Kelsey, come se lei avesse preferito un qualsiasi diniego piuttosto di un altro dolore.

«Senti», disse Jack, «non so cosa credi di aver visto. Ma onestamente non ho idea di cosa potrà accadere».

Lei scosse lentamente il capo. «Allora sei cieco».

«Che cosa?».

«Quella donna è vissuta per quasi tre anni in uno schifoso deserto africano. Svegliati, Jack».

Se ne andò, e lui non la seguì. Rimase a guardarla in silenzio, non sapendo cosa pensare, non volendo pensare più a quella storia. Ma non riusciva a smettere di pensare, e questo lo faceva sentire in colpa.

Perché riusciva a pensare solo a Rene.

Parte Quarta

48

Da Sparky's era l'happy hour, ma Jack non si sentiva affatto di buon umore. Da quando aveva lasciato il tribunale, era rimasto seduto su uno sgabello del bar a rimuginare, sfogandosi con Theo, che si stava occupando del bar ma soprattutto teneva d'occhio il registratore di cassa per assicurarsi che il suo nuovo barista non lo imbrogliasse. Lo Sparky's non attirava una clientela molto raffinata: era un posto di ritrovo per gli impiegati di entrambi i sessi, mentre i professionisti affollavano i bar di Brickell Avenue o Alhambra Circle. Non c'erano la vodka Ketel One, lo scotch Chivas Regal, e la sola birra d'importazione era El Presidente, una *cerveza* dominicana che Theo vendeva sottocosto ai raccoglitori di pomodori di Homestead ogni martedì sera perché di sicuro non c'era nessun altro che facesse loro un favore. Ma sotto un profilo umano, l'happy hour di Sparky's era la solita vecchia storia. Cattiva illuminazione, musica assordante, drink in abbondanza. Nei bagni, distributori automatici di preservativi e mentine per l'alito che facevano bruciare la lingua. Gruppi di uomini che sbirciavano le donne, gruppi di donne che sbirciavano gli uomini, gente che parlava troppo forte, la stessa scena ogni week end, inibizioni sparite e giudizi compromessi con ogni solitario passo falso nella danza degli accoppiamenti fra una birra e un liquore.

«Chiamala», disse Theo, abbastanza forte da farsi sentire al di sopra del rumore delle bottiglie e delle futili conversazioni che si svolgevano presso il bancone del bar.

«Chi dovrei chiamare?», chiese Jack.

Theo mandò via una cameriera con un vassoio di cocktail due al prezzo di uno. C'erano altre due ordinazioni in attesa, ma lui mise da parte gli scontrini e allungò una mano sotto il bancone: un gesto che poteva significare solo guai in arrivo, sotto forma della sua riserva personale. Solo allora Jack notò che il suo amico indossava la sua famigerata T-shirt con la scritta "Non sono così Pensi come Ubriaco".

«Ti prego, no», disse Jack.

Con un sorrisetto diabolico Theo tirò fuori due bicchieri e la sua bottiglia speciale di Herradura Tequila Añejo. «Tu prendi quel telefono e fai il numero di Rene. Altrimenti facciamo una gara di tequila».

«Con o senza la rete di sicurezza?».

Theo spinse da parte la saliera e la piccola ciotola di fettine di limone. «Senza».

«Sei crudele, amico».

«Non ci fermiamo finché uno di noi non cade a terra. E diciamolo, Jacko: sappiamo entrambi che non sarò io a guardare il soffitto».

«Cosa ti fa credere che io voglia chiamarla?».

«Perché stai parlando di lei da circa mezz'ora. Perciò la chiami subito, o passerai tutta la giornata di domani con una borsa di ghiaccio sulla testa».

«L'Herradura non mi lascia mai dei postumi di sbronza».

«Non parlo della tequila. Voglio dire che ti darò tante botte in testa che dovrai andare nella stanza accanto per sentire il suono delle tue orecchie. Perciò non chiedermi un'altra dannata volta se credo che dovresti chiamarla. Chiamala e basta».

Theo spinse il telefono sul bancone, ma Jack era ancora combattuto. Da un punto di vista strettamente strategico, avrebbe dovuto starle addosso senza perdere altro tempo. L'ultima cosa di cui lui e il suo assistito avevano bisogno era che Gerry Colletti o il detective della omicidi Larsen parlassero a Rene di Tatum, prima che potesse farlo Jack. Ma c'era qualcosa che lo preoccupava, facendolo esitare. Guardò Theo e disse: «Non voglio dire che stesse flirtando, ma ci è andata dannatamente vicina».

«Cerchi di farmi ingelosire?», rispose Theo, poi aggrottò

la fronte e schioccò in direzione di Jack un bacione esageratamente sonoro.

Jack lo ignorò. «Perché dovrebbe essere carina con me, e tanto meno flirtare? Se dobbiamo credere al giornale di ieri, Sally Fenning, la *sorella* di Rene, ha ingaggiato il mio cliente perché le ficcasse un proiettile in testa».

«Hai appena detto le parole magiche, Jacko: *se dobbiamo credere* al giornale di ieri. È chiaro che Rene non ci ha creduto. Una ragione di più perché tu la chiami al telefono e ti infili nel...».

«Theo», lo riprese Jack.

«Campo. Stavo per dire nel suo *campo*».

«Sì, certo».

Theo gli allungò il telefono. «Chiamala».

Jack trovò il numero dell'albergo sull'elenco telefonico. Theo lo osservò in silenzio, come per assicurarsi che componesse davvero quel numero. Il centralinista dell'albergo gli passò la stanza di Rene, e lei rispose al terzo squillo.

«Ciao, Rene, sono Jack», disse, poi aggiunse: «Swyteck», come un idiota, facendo alzare gli occhi al cielo a Theo.

«Ciao», rispose lei. «Stavo per uscire».

«Non ti trattengo. Volevo solo proseguire il discorso che abbiamo iniziato in tribunale. A proposito di fissare un nostro incontro».

Theo fece una smorfia e disse: «Un *incontro?*».

Jack lo zittì con un gesto della mano e aspettò che lei rispondesse. L'attesa gli sembrò più lunga di quanto fosse in realtà, ma Jack ebbe la netta sensazione che lei stesse riflettendo su qualcosa.

Finalmente disse: «Puoi venire a prendermi tra mezz'ora?».

«Stasera?».

«Be', se stasera non va bene...».

«No, va benissimo».

«Sei sicuro? Stavo giusto per prendere un taxi. Ma visto che hai chiamato, pensandoci bene preferisco non andarci da sola».

«Lascia perdere il taxi. Ti ci porto io. Dove devi andare?».

Lei rispose con un tono di voce serio e inespressivo. «Alla vecchia casa di Sally».

«La grande villa sulle Venetian Isles?».

«No». Fece di nuovo una pausa, poi disse: «La vera vecchia casa. Quella in cui è stata assassinata Katherine».

Jack strinse più forte il ricevitore, ma non parlò.

«Non sei tenuto a venire se non vuoi», aggiunse Rene.

La musica, le risate, le interminabili chiacchiere che lo circondavano, all'improvviso diventarono un unico ronzio fastidioso nella sua testa. «Voglio venire», disse. «Vengo a prenderti tra venti minuti».

49

Uscendo dal centro di Miami presero la coda finale dell'ora di punta, e non arrivarono nella Ninety-fifth Street fino quasi alle sette, quando era già calata la sera.

Il quartiere degli affari di Miami Shores sorgeva tra la I-95 e la U.S. 1; quasi ovunque regnava un'atmosfera da piccola città: tranquille strade residenziali, l'emporio sull'angolo vicino al ristorante, campanili bianchi che uscivano dall'ampio baldacchino di foglie di palma e di fronde di quercia. Era un quartiere in transizione, in gran parte ammodernato grazie all'afflusso di famiglie giovani, soprattutto nelle zone lontane dall'interstatale. Ma la vecchia casa di Sally non era solo stata costruita negli anni '60, era intrappolata lì, ad appena due isolati dalla I-95: una casa stile ranch, con due camere da letto. Aveva ancora le persiane originali alle finestre, la tettoia di alluminio e un portico che gridava a gran voce "proprietà in affitto".

Jack si aspettava quasi di vedere sul prato un fenicottero di plastica rosa.

Parcheggiò la Mustang nel vialetto. Sugli scalini, illuminato dalla luce giallastra della veranda, era in attesa un uomo panciuto che indossava un paio di blue jeans e una maglietta scollata a V.

«Chi è?», chiese Jack sbirciando attraverso il parabrezza.

«L'amministratore della proprietà», rispose Rene. «Tu assecondami, d'accordo?».

«Cosa devo fare?».

«Non gli ho detto che mia sorella abitava qui e che volevo solo dare un'occhiata. Ho raccontato che avevo bisogno di trovare casa in fretta e che ero disposta a dargli il dieci per cento in più dell'affitto attuale se il posto mi fosse piaciuto. Per questo ha accettato di ricevermi di venerdì sera».

«Ora ci abita qualcuno?».

«Un uomo anziano che vive da solo. Mi è stato detto che dopo l'omicidio riescono ad affittare solo mese per mese, e neanche sempre».

«Con quello che è successo, immagino che bisogna essere piuttosto disperati per vivere qui».

«Sì», disse, e le venne a mancare la voce quando aggiunse: «Anche più di quanto lo fosse Sally».

Percorsero il vialetto, e l'amministratore li accolse in fondo alla rampa di scalini. «Lei dev'essere Jimmy», disse Rene.

«Esatto». Lo stuzzicadenti che teneva in bocca si muoveva quando parlava e l'uomo teneva i pollici infilati nei passanti della cintura.

«Io sono Rene, questo è Jack». Seguì un giro di strette di mano. «Siamo qui per vedere la casa».

Jimmy strizzò un occhio, per un tic nervoso, e disse: «Sapete della bambina che è stata uccisa qui, vero?».

«Sì, lo sappiamo».

«Bene. Voglio che sia tutto chiaro dall'inizio. Perché qui arriva gente di continuo, sapete. Si guardano in giro, la casa gli piace, poi scoprono della bambina e cambiano subito idea. Mi fanno perdere tempo».

«A noi sta bene».

«Niente bambini, eh?».

«No», rispose Rene. «Niente bambini».

L'uomo prese dalla tasca un grosso mazzo di chiavi, trovò quella giusta, e fece scattare la serratura. Aprì la porta, e immediatamente fece un passo indietro. Il tanfo di lettiera di gatto sporca colpì Jack in pieno viso come uno straccio inzuppato di ammoniaca.

«Maledetti gatti», esclamò Jimmy. «Lo svitato che adesso abita qui ne ha undici».

«Undici?», chiese Jack.

«Già. Io non sopporto quei bastardi puzzolenti. Voi fate pure un giro. Io aspetto qui».

Rene entrò per prima e accese la luce. Jack la seguì mentre Jimmy rimase indietro. La porta si chiuse non appena furono entrati. Apparentemente Jimmy era deciso a evitare il puzzo di gatti.

Il soggiorno era piccolo e ingombro di mobili, con un consunto tappeto verde che andava da parete a parete. Il divano era coperto da un sudicio lenzuolo bianco, e Jack contò cinque gatti che ci dormivano sopra. Anche due poltrone, un'ottomana e perfino il tavolino erano coperti con vecchie lenzuola, e Jack contò altri tre gatti.

«Che puzza, qui dentro».

Rene si limitò a lanciargli un'occhiata che diceva: *Prova a vivere in Africa tre anni, amico.*

Jack fece un passo avanti, poi sobbalzò quando un giocattolo per gatti gli finì sotto una scarpa. Fece una risatina nervosa, mentre Rene rimase impassibile. All'improvviso sembrava dimentica dei rumori, degli odori, di tutto quello che non era il passato che era venuta a scoprire. Anche Jack aveva avvertito un cambiamento di umore. Non più battute scherzose, sorrisi allegri, distrazioni forzate che impedissero loro di respirare e assorbire la tragedia avvenuta in quella casa, l'orribile delitto che aveva posto fine alla vita di una bambina e cambiato per sempre una giovane madre.

«Lei aveva ventiquattro anni quando è accaduto», disse Rene con voce tremante.

Jack restava immobile, come se sentisse scorrere nelle vene il proprio sangue. Ventiquattro anni. Riusciva a ricordare com'era quando aveva ventiquattro anni? Riusciva solo a immaginare cosa si provava a essere una donna di ventiquattro anni con una figlia di quattro: una donna praticamente in miseria, costretta a lavorare fino a tarda sera in uno squallido locale, con il marito che faceva un doppio lavoro per evitare la bancarotta alla sua famiglia? Era quella la vita da principessa che Sally aveva sognato da ragazzina, tornare a casa a mezzanotte, sei sere alla settimana, con addosso l'odore delle sigarette e della birra, con il bel viso troppo truccato, i capezzoli che sporgevano dal top troppo aderente e i pantaloncini di nylon che le salivano su per le natiche fino quasi a diventare un tanga, perché sembrando una puttana avrebbe rimediato qualche dollaro di mancia in più? Jack si chiedeva se ci fosse stato un tempo nella sua vita da adulta in cui Sally era stata davvero felice. Si chiedeva anche se Sally poteva essersi resa conto che quella sua piccola vita schifosa non era poi così male, che avrebbe potuto essere molto peggio, che il vero incubo doveva ancora incominciare.

«Non credo di riuscire ad andarci da sola», disse Rene.

D'istinto, Jack si avvicinò, le prese il braccio e insieme si avviarono lungo il corridoio buio. Camminavano lentamente, i tacchi che risuonavano sul pavimento crepato, *click-clock, click-clock*, come a voler segnare il tornare indietro nel tempo, la loro discesa in un passato indicibilmente buio. Jack non la costringeva ad andare più veloce di quanto lei volesse: ma si muovevano appena e alla fine lei si fermò davanti alla porta aperta del bagno.

Jack le era accanto: accese la luce del corridoio, che permise loro di vedere all'interno. Un gatto era seduto sul coperchio del water, come se aspettasse qualcosa da bere, ma fuggì subito via. Il lavello era macchiato di ruggine, e la muffa aveva scurito le piastrelle di ceramica bianca. Una profonda incrinatura attraversava lo specchio sull'armadietto dei medicinali. Proprio di fronte a loro c'era una porta che presumibilmente conduceva nel patio.

«È da qui che è entrato», disse Rene.

«Le finestre con le persiane?».

Rene annuì e aggiunse: «Ha infilato un braccio all'interno e ha aperto il chiavistello».

Jack guardò la serratura, immaginando la maniglia che girava, si chiese cosa stessero facendo Sally e la piccola Katherine quando quell'estraneo le aveva raggiunte, e cosa fosse passato nella mente di quel mostro quando aveva chiuso la porta alle sue spalle, era entrato e si era diretto verso la stanza da letto. Era esaltato e fremente, sessualmente eccitato, senza alcun timore? O forse aveva paura, l'unica paura di un sociopatico, il timore perverso che la realtà non fosse all'altezza delle interminabili ore di fantasie contorte, il timore che tutti quei progetti e le attese non portassero a niente perché non sarebbe stato sufficiente che la bambina fosse tutta sua, e anche la sua bella mamma, e che lui potesse fare di loro quello che voleva.

Rene entrò, superò il lavandino, poi si fermò, senza fiato. Jack capì immediatamente perché. La vasca da bagno era sparita. Era stata sostituita da una cabina-doccia; ma l'impronta era rimasta come una cicatrice gigantesca, la conferma spietata di quello che era successo. Jack aveva visto molte scene del delitto e molte fotografie di scene del delitto, ma non ci si era mai abituato. Guardandole ti rendevi conto che era veramente accaduto, che non si poteva tornare indietro, che quell'orribile gusto amaro ti sarebbe salito alla gola perché tu potessi sentire il sapore del dolore, delle grida, dell'orrore assoluto delle vittime. Proprio lì, in quello stesso posto, quell'uomo si era inginocchiato sul pavimento, aveva riempito la vasca d'acqua, aveva lavato via dal coltello il sangue di Sally. Proprio lì, aveva lavato via il sangue dalla camicetta di Sally, sciacquandola e strizzandola finché l'acqua era diventata di un rosso acceso. Poi aveva preso la figlia di Sally, ancora viva, con i piedi e le mani legati, e l'aveva messa nella vasca, sicuramente traendo un ultimo momento di piacere dall'orrore negli occhi della bimba. Poi, lentamente, l'aveva messa a faccia in giù nell'acqua, ed era rimasto a guardare, godendo. Jack sapeva che quell'uomo era rimasto a guardare, perché aveva passato quattro anni a difendere dei mostri come quello nel braccio della morte, aveva visto la luce che brillava nei loro occhi quando raccontavano le loro imprese, assassini a cui non interessava uccidere se non potevano godersi fino all'ultimo minuto la morte che infliggevano. Quel figlio di puttana aveva guardato il corpo della bimba che si contorceva, la sua testa che si agitava, le gambe legate che sbattevano come una volgare imitazione della Sirenetta; e la curiosità di quel mostro non era stata soddisfatta finché non aveva visto con i propri occhi quanto liquido insanguinato potevano contenere i piccoli polmoni.

«Dovremmo andarcene», disse Jack.

«No. Voglio vedere la stanza da letto».

Uscirono dal bagno e proseguirono lungo il corridoio. La porta era socchiusa, abbastanza per permettere a un gatto di passare. Rene la spalancò e accese la luce. Il lampadario a soffitto aveva quattro lampadine, ma solo una era accesa: la stanza era poco illuminata e piena di ombre, ombre di gatti, a decine. Gatti sul letto, sul cassettone, sul pavimento, in cesti per indumenti sparsi per la stanza. Gatti ovunque, e Jack sentì che i suoi occhi cominciavano a lacrimare.

«Sembra che i suoi undici gatti abbiano avuto dei gattini», osservò.

«Voglio controllare la cabina armadio».

Da quello che aveva letto a proposito del delitto, Jack sapeva che l'aggressore si era nascosto nella cabina armadio. Rene girò attorno a un gomitolo addormentato di pelo arancione, e Jack la seguì nella stanza. Lei si fermò davanti alla porta dell'armadio.

«Vuoi che l'apra io?», chiese Jack.

Rimase a fissarla un attimo ancora, poi si limitò ad annuire.

Jack si era offerto di aprirla senza un attimo di esitazione, ma mentre afferrava la maniglia sentì dentro di sè qualcosa che lo tratteneva. Erano passati cinque anni dal delitto, da allora dozzine di persone diverse erano vissute in quella casa, e razionalmente lui sapeva che non c'era nulla da temere al di là di quella porta. Ma a livello viscerale, dov'era davvero importante, provava una certa resistenza.

«Ti prego», disse Rene. «Aprila».

Il metallo della maniglia era freddo, come l'acqua gelida che doveva scorrere nelle vene del killer. Abbassò la maniglia. La serratura scattò. Tirò verso di sé la porta e all'improvviso vide guizzare qualcosa di nero, che gli fece salire il cuore in gola.

Un gatto schizzò via passando sopra le sue scarpe.

Lui e Rene si scambiarono un'occhiata, come per calmarsi i nervi a vicenda. Jack spalancò la porta e guardò all'interno.

«Hai detto che è entrato attraverso la porta del bagno?».

«Così mi aveva raccontato Sally. Il rapporto della polizia dice che c'erano segni di effrazione sulla porta del bagno».

«Perciò lui entra in bagno, percorre il corridoio fino alla stanza di Katherine, e si nasconde nella cabina armadio».

«Questo è quanto ipotizzato dalla polizia».

Jack indicò la porta d'accesso al soffitto all'interno della cabina armadio e disse: «Dove pensi che conduca?».

Rene guardò in alto e rispose: «In soffitta?».

Lungo tutta una parete della cabina armadio c'erano delle mensole che salivano verso l'alto come una scala. Jack salì fino al terzo ripiano, premette sul compensato e la porta si aprì. «È una soffitta. Mi chiedo se può essere venuto da qui».

«È possibile. Non credo neppure che Sally conoscesse tutte le ipotesi che la polizia aveva preso in esame o respinto. Il procuratore è stato molto riservato riguardo a questa indagine».

«Non dirlo a me. Qualche settimana fa ho avuto un piccolo scontro a questo proposito. Finché considerano le indagini in corso, non sono disposti a rivelare un granché».

«Ti dispiacerebbe dare un'occhiata?».

«In soffitta?».

«La polizia ha avuto cinque anni per risolvere questo delitto. Perché non diamo un'occhiata per conto nostro?».

Jack si strinse nelle spalle. «Okay. Perché no?».

Si arrampicò su per gli scaffali, spinse di lato la porta e infilò la testa nella soffitta. L'aria era soffocante, e cominciò immediatamente a sudare: la temperatura doveva essere di almeno dieci gradi superiore al resto della casa. Aspettò che gli occhi si adattassero alla semioscurità, poi trovò una lampadina nuda che pendeva da un filo. Tirò la cordicella, e la soffitta si illuminò.

«Ho trovato la luce», disse.

«Bene», rispose Rene, con la voce attutita dal soffitto.

Jack si sollevò ancora. La soffitta non aveva un vero e proprio pavimento, solo travi e isolamento, perciò distribuì il suo peso su tre travi: piedi, sedere, mani. L'illuminazione non era granché, ma sufficiente per vedere che la soffitta correva per tutta la lunghezza della casa, da un'estremità all'altra del tetto a spiovente. Jack si trovava nella parte più alta, proprio al centro, e anche lì la distanza tra la sua testa e il soffitto era meno di un metro. Non vide nessuna finestra.

«Non vedo come possa essere entrato qui dall'esterno», disse. «Non c'è nessun accesso».

«E da un'altra stanza?».

Temeva che lei lo avrebbe detto. «Controllo».

Strisciò sulle travi, facendo attenzione a non scivolare e a non mettere una mano o un piede in fallo. Quanto più si allontanava dall'apertura, tanto più il caldo aumentava. Sentiva che la camicia fradicia di sudore incominciava ad appiccicarsi alla schiena. Sfregò con un piede sul materiale da isolamento e immediatamente si sollevò una nuvola di fibre ammuffite. Jack tossì per espellere dai polmoni quelle particelle vecchie di trentadue anni. Non vide da nessuna parte un'altra porta di accesso alla soffitta.

«Credo che l'unico modo per salire quassù sia dalla cabina armadio», gridò.

«Io potrei andare a controllare l'armadio dell'altra stanza da letto», gridò a sua volta Rene.

Jack osservò la sua posizione: la testa che sbatteva contro il soffitto, il corpo allungato sulle travi come se si stesse allenando per la corsa delle carriole alla festa del paese. *Adesso ci pensa.* «Buona idea», rispose.

Riusciva a distinguere i passi di lei che attraversavano il corridoio che collegava le due stanze da letto. Sentì aprirsi una porta, presumibilmente quella della camera matrimoniale, e poi un'altra, presumibilmente quella della cabina armadio.

«Niente», la sentì gridare.

La lampadina tremolò, e la soffitta piombò nell'oscurità.

«Merda», borbottò Jack. Rimase nella stessa posizione, sperando che tornasse presto la luce. Dalla cabina armadio sottostante arrivava un po' di luce, per cui non era completamente buio. Jack sapeva che le travi erano distanziate di quaranta centimetri l'una dall'altra, nel modo regolamentare, quindi lui sarebbe stato in grado di uscire anche con quella scarsa illuminazione. Aspettò che gli occhi si adattassero, e a quel punto notò qualcosa.

All'altra estremità della soffitta, proprio sopra la stanza matrimoniale, filtrava un raggio di luce. *Che diavolo?*

«Rene, dove sei?».

«Nella stanza matrimoniale».

«Vedi un buco nel soffitto?».

Aspettò la risposta, che fu un semplice "no".

Il raggio di luce proveniente dalla stanza matrimoniale continuava a brillare come un laser. Jack non lo aveva notato prima, per la semplice ragione che la soffitta era illuminata. Ma quando era piombata nel buio, e con la luce accesa nella camera sottostante, quel raggio era diventato perfettamente visibile. Jack si avvicinò strisciando fino alla distanza di un braccio.

Fissò per un attimo la luce, e notò che vicino alla trave l'isolamento era stato asportato. Il foro era non più grande di una monetina, ma era inconfondibilmente un foro, e considerando il materiale da isolamento asportato, era stato chiaramente fatto di proposito. Jack si accovacciò e sbirciò attraverso quella piccola apertura.

«Rene, sei sicura di non vedere un buco?».

Dopo una breve pausa, come se stesse controllando, disse: «No. C'è solo il ventilatore a soffitto».

Il ventilatore a soffitto. Jack spostò ancora un po' di materiale d'isolamento. Trovò una scatola elettrica e una staffa per il ventilatore. E poi c'era un altro supporto, collegato alla trave ma non al ventilatore: sembrava non avere nessuna funzione. Jack diede un'occhiata più attenta, e la luce che filtrava dal foro fu sufficiente per permettergli di leggere il nome del fabbricante stampato su un lato della staffa: Velbon.

Probabilmente non avrebbe avuto alcun significato per lui, se la sua ex moglie non fosse stata una fotografa. Velbon era uno dei più noti fabbricanti di cavalletti e supporti per videocamere. Jack si rese immediatamente conto di quello che aveva scoperto.

Diede un'altra occhiata attraverso il foro, un foro che dalla stanza da letto sarebbe sembrato niente più che una fessura nel ventilatore, e ricavò una perfetta visuale del letto.

Cinque anni prima era stato il letto di Sally. Lui poteva osservarla mentre andava a letto, dormiva, faceva tutto quello che le piaceva fare nel suo letto.

«Rene?», disse abbastanza forte da farsi sentire di sotto.

«Sì?».

«Non c'è alcun dubbio che tua sorella fosse vittima di un maniaco che la perseguitava».

50

Alle sei di lunedì mattina Gerry Colletti era in cucina, vestito di tutto punto, pronto per andare al lavoro. Controllò la sua immagine nello specchio dell'armadietto e, come sempre, fu soddisfatto di quello che vedeva. Molti avvocati si erano lasciati sedurre dalla moda casual, ma non Gerry. Il vestito era di Armani. Le scarpe di Ferragamo. La cravatta di seta e le calze (si poteva giudicare a quanto ammontava il patrimonio di un uomo dalle sue calze) entrambe di Hermès. La camicia era fatta su misura a Hong Kong, come del resto tutte le sue camicie, perché non esisteva un designer al mondo in grado di fare le camicie per uno scherzo della natura con un collo misura 19 e maniche 30. Gerry non faceva esercizio fisico da quando aveva lasciato la squadra di wrestling dopo il college: a meno che non si considerasse fare ginnastica portarsi a letto le clienti. Perciò nel suo caso erano gli abiti che facevano l'uomo, gli abiti e un buon sarto.

«Gabby, ordina dell'altro Hawaiian Gold», disse nel registratore. Faceva sempre una lista di tutte le cose personali che la sua segretaria doveva procurargli, ma all'improvviso si rese conto che trattandosi di Gabby era meglio essere molto chiari. «Intendo il *caffè* Hawaiian Gold», precisò, prima di infilare il registratore nella tasca interna.

Si versò una tazza di caffè per il viaggio, si mise sotto il braccio il *Wall Street Journal* e si diresse verso la porta che portava dalla cucina al garage.

Aveva volutamente trascorso un week end tranquillo.

Il modo in cui Swyteck lo aveva messo in imbarazzo durante l'udienza di venerdì pomeriggio gli bruciava ancora. Non era da lui commettere uno stupido errore come quello con le fotografie e la data sul suo orologio. Quel genere di svista gli diceva una cosa: che lui non era abbastanza paziente. Cervello e pazienza erano tutto quello che serviva per vincere quella gara: due cose che Tatum Knight e Miguel Rios non possedevano. Sarebbe stata la loro rovina. Solo loro due si frapponevano tra lui e quarantasei milioni di dollari. Be', loro e Alan Sirap.

Chiunque esso sia.

Gerry entrò nel garage e premette l'interruttore sulla parete che accendeva la luce e apriva la porta ribaltabile. La sua BMW color verde smeraldo scuro era pronta per uscire, lavata e lucidata, scintillante sotto la luce fluorescente. Gerry si fermò ad ammirarla mentre la porta del garage si alzava rumorosamente. Aveva sempre avuto una passione per le auto. A modo suo, anche suo padre era stato un amante delle macchine: un meccanico con la tuta macchiata di grasso, le unghie sporche, il salario minimo, che in tutta la vita non aveva mai avuto una macchina nuova. Suo padre non aveva mai posseduto niente di nuovo. *Loro* non avevano mai posseduto niente di nuovo. Sua madre li aveva abbandonati quando lui aveva dieci anni, era tornata a prendere Gerry, aveva chiesto il divorzio, aveva portato via tutto al suo ex marito e poi aveva sposato l'avvocato che si era occupato del suo divorzio. Un avvocato molto *furbo*. Dopo aver sposato quel figlio di puttana, sua madre lo aveva rispedito dal padre, rimasto senza un soldo.

Ironia del destino.

Gerry premette un pulsante sul portachiavi, il dispositivo di allarme emise un suono acuto e le portiere dell'auto si sbloccarono. Gerry salì a bordo, si mise al volante e chiuse la portiera. Si sistemò comodamente: la tazza di caffè nell'apposito sostegno, il giornale aperto sul sedile accanto per poter leggere durante le soste nel traffico, monete per i pedaggi. Si diede un'ultima controllata nello specchietto retrovisore, poi girò la chiave dell'accensione.

Niente.

Riprovò, ma ci fu solo un click, poi nulla: un rumore patetico, tanto più quando si è abituati al rombo esaltante di otto cilindri perfettamente all'unisono.

Gerry pensò subito alla batteria, ma escluse immediatamente quella possibilità. Le portiere si erano sbloccate azionando il pulsante, e quando lui aveva aperto la portiera si era accesa la luce interna. Anche l'orologio funzionava. C'era qualcosa che non andava nell'avviamento.

O qualcuno lo aveva manomesso.

Un altro uomo si sarebbe spaventato, ma Gerry si limitò a sorridere. Si vantava di essere un tipo impavido. Nel suo lavoro molti ex mariti lo avevano minacciato, e alcuni lo avevano anche aggredito. Non era possibile avere una professione come la sua senza avere due palle grosse come globi, e le sue erano fatte di bronzo.

Qualcuno aveva manomesso la sua auto. Fantastico. Era proprio l'ulteriore prova d'intimidazione di cui aveva bisogno per far escludere Tatum Knight dall'eredità in base allo Slayer Statute. Quell'idiota non riusciva proprio a controllarsi, e all'improvviso Gerry non ebbe alcun dubbio: Tatum Knight aveva strappato i fili dall'alternatore come ritorsione per l'abilità che lui aveva dimostrato in tribunale. Swyteck poteva anche essersi aggiudicato qualche punto per lo stile nell'udienza di venerdì, ma la strategia di Gerry sarebbe stata vincente sulla lunga distanza. E se Knight continuava a fare delle idiozie come questa, avrebbe raccolto i frutti persino prima del previsto.

Sbloccò il cofano, scese dall'auto e si mise di fronte alla vettura per controllare. Se era come aveva immaginato, avrebbe fatto una denuncia alla polizia. Ma non voleva gridare al lupo prima del tempo. Voleva vedere materialmente quei fili strappati via dallo starter, e magari fare anche qualche foto.

Il cofano si era sollevato di una decina di centimetri prima di venire bloccato dal gancio di sicurezza. Mise le mani sotto il cofano per cercare il congegno per sbloccarlo. Non ricordava l'ultima volta che aveva aperto il cofano, e non sapeva esattamente dove si trovasse. Aveva entrambe le mani sotto il cofano, quando un'indistinta massa nera gli piombò addosso dall'alto, piombando come Spider Man da sopra la porta aperta del garage sollevata contro il soffitto sopra di lui. Una massa enorme, che prese la forma di un uomo saltato sul cofano dell'auto chiudendolo con tutta la forza del suo peso sulle dita di Gerry. Questi sentì lo spruzzo di sangue contro il ventre, e il ripugnante rumore delle ossa spezzate che solo un secondo prima erano appartenute alle sue preziose mani.

Una corda si strinse intorno al suo collo, facendo tacere le sue urla; poi l'aggressore si allungò verso l'alto e richiuse manualmente la porta del garage. La testa di Gerry si inclinò all'indietro, e lui vide che proprio sopra di sé la botola di accesso alla soffitta era stata aperta: un passaggio nascosto dalla porta aperta del garage, che non c'era quando lui era entrato in garage con la porta ancora chiusa.

Gerry era faccia a faccia con il suo aggressore senza essere in grado di scappare o di alzare le mani straziate in un gesto di difesa, e neppure di liberare le dita da sotto il cofano che lo intrappolava come un animale. Il dolore era così intenso che tutto il suo corpo s'irrigidì in preda agli spasmi. Cercò di gridare, ma il cappio intorno al collo si strinse ancora di più. Con la visuale offuscata dal dolore, non era in grado di vedere quasi nulla; ma vedeva abbastanza per capire che il suo aggressore lo stava fissando con il viso nascosto da un passamontagna.

La tensione della corda si allentò. Gerry poteva respirare e sentire di nuovo. L'uomo stava dicendo qualcosa.

«Povero Gerry Colletti», si fece beffe di lui. «Ce l'avevi messa tutta per assicurarti il malloppo».

«Eh?», cercò di dire, ma riuscì a emettere solo un grugnito.

«Se solo avessi saputo che gli accordi erano già stati presi».

«Che cosa....», cominciò a dire, ma la corda si strinse intorno al suo collo, e di nuovo gli mancò il respiro. Sentì che le ginocchia gli cedevano, e sarebbe caduto a terra se il suo aggressore non avesse tenuto la corda alta come se fosse un cappio appeso al ramo di un albero. Gerry sentì che la vita lo abbandonava mentre l'uomo gli diceva: «Ci vediamo all'inferno, Gerry. Mi dicono che sia una grossa miniera d'oro».

51

Il detective Rick Larsen della omicidi arrivò a casa di Gerry Colletti appena dopo l'ora di cena. Era stato un giorno d'autunno gradevolmente fresco, ma la temperatura si abbassava dopo il tramonto. L'abbigliamento tipo di Larsen era una camicia bianca a maniche corte con la cravatta allentata, ma quella sera aveva fatto un'eccezione e aveva indossato una giacca a vento, più che sufficiente. I suoi vecchi amici di Buffalo stavano già arrancando nell'immancabile mezzo metro di neve del giorno del Ringraziamento.

In fondo al vialetto c'erano due volanti, per tenere lontano i curiosi. Il furgone del medico legale era parcheggiato a ridosso delle auto della polizia. Il nastro giallo delimitava tutto il giardino come scena del delitto.

Tecnicamente Larsen era fuori servizio, ma aveva lasciato detto di chiamarlo immediatamente se fosse successo qualcosa a uno dei restanti eredi di Sally Fenning. Con Mason Rudsky e Deirdre Meadows già all'obitorio, non ci voleva un genio per capire che c'era un piano in atto. Larsen aveva pensato di far pedinare Rios, Colletti e Knight, in modo che la polizia potesse accorrere immediatamente se fosse accaduto qualcosa a uno di loro. Ma i pedinamenti erano costosi, e nel bilancio non c'erano abbastanza fondi per uno, figuriamoci per tre; soprattutto quando l'istinto gli diceva che probabilmente il killer si sarebbe defilato per un po', fino a quando tutto quel putiferio mediatico non si fosse calmato. Prima di colpire ancora, avrebbe aspettato qualche settimana, se non addirittura qualche mese.

In uno dei pochi errori compiuti nella sua lunga carriera, l'istinto lo aveva mal guidato.

Larsen scese dall'auto e raggiunse il poliziotto in divisa incaricato di controllare l'accesso alla scena del delitto.

«È chi pensiamo che sia?», chiese.

«Ancora nessuna identificazione ufficiale. Ma si tratta della sua casa, della sua auto, e direi che la faccia corrisponde alla foto della patente. Se non è Gerry Colletti, è il suo gemello».

«Chi l'ha trovato? Qualcuno che passava qui davanti in macchina?».

«No. La porta del garage era chiusa».

«Non mi sembra chiusa». La sua voce aveva un tono di rimprovero, come se sperasse davvero che qualcuno della sua squadra non meritasse una bella sfuriata per aver alterato la scena del delitto.

«L'ha aperta la sua segretaria. Lo ha visto dalla finestra, ha pensato che potesse essere ancora vivo, perciò ha aperto la porta».

«La sua segretaria?».

«Lui aveva mancato undici appuntamenti fissati per la giornata, non rispondeva né al cercapersone né al cellulare. Nel tardo pomeriggio, molto preoccupata, è venuta qui. Lo ha trovato in garage».

Larsen percorse con lo sguardo il lungo vialetto di mattoni. La scientifica era al lavoro nella zona intorno all'ingresso del garage, e l'assistente del medico legale stava esaminando il cadavere.

«La segretaria è ancora qui?».

«Su un'auto della polizia. Ho raccolto la sua deposizione, ma è troppo sconvolta per guidare fino a casa sua».

«Chiedile di tenersi a disposizione, okay? È probabile che le voglia parlare». Con una strizzatina d'occhio e una pacca sulla spalla dell'agente, si avviò verso il garage.

Una raffica di vento sollevò alcune foglie di mango cadute e le fece vorticare oltre la porta. Era un vento di nordest, di quelli che portano quei terribili fronti freddi che verso fine novembre potevano far scendere la temperatura di parecchi gradi. A Larsen piaceva l'aria pungente, anche se era solidale con quei poveracci che spendevano due mesi di stipendio per andare in giro per Miami Beach vestiti da inverno. Lui era un tipo solidale con il suo prossimo, o almeno così gli dicevano. Prendeva ogni omicidio come un fatto personale, dimostrava un'autentica compassione verso le famiglie e le vittime. Anche quando la vittima era uno stronzo di avvocato.

«Gerry Colletti», disse a nessuno in particolare fermandosi sulla porta del garage.

La corda era ancora intorno al collo della vittima. Le mani insanguinate erano ancora intrappolate sotto il cofano, il corpo afflosciato sulla parte anteriore dell'auto, come un povero cervo investito da qualcuno che guidava a grande velocità sull'autostrada. Larsen soffermò lo sguardo sulle mani e disse: «Ouh!».

«Già». Il medico legale era in ginocchio, intento a prendere delle misure. «Ricordo che quando avevo dodici anni mia sorella mi ha sbattuto sulle dita il coperchio del pianoforte».

«Deve fare un male terribile».

«Puoi giurarlo. Naturalmente una corda del genere stretta intorno al collo riesce a distrarti piuttosto efficacemente dalle dita».

«Lo strangolamento è la causa della morte?».

«Dai un'occhiata tu stesso. La corda è ancora intorno al collo, e non credo che sia stata messa lì per fuorviarci. Abbiamo zone emorragiche nella mucosa delle labbra, dentro la bocca e le palpebre. Faccia e collo congestionati e paonazzi. Tutti segni compatibili con lo strangolamento».

«Ritengo che possiamo escludere il suicidio».

«Sono d'accordo. L'ecchimosi sul collo è una linea orizzontale», disse il medico, indicandola. «Nel caso di un suicidio per impiccagione, il segno è verticale, a forma di V rovesciata. Un suicidio con strangolamento a linea orizzontale è piuttosto raro».

«Specialmente con le mani intrappolate sotto il cofano di un'auto».

«Giusta osservazione, Colombo».

Un agente scese da una scaletta nel garage. Era il giovane partner di Larsen. «Rick, da' un'occhiata a questo».

La scaletta era accanto alla macchina, dalla parte del passeggero. Larsen salì fino al quarto scalino, abbastanza per trovarsi con la testa fra il soffitto e la porta del garage ribaltata all'indietro. Il pannello dell'apertura era stato spinto di lato, e Larsen proiettò la luce della sua piccola torcia all'interno della soffitta. «Punto di accesso», dichiarò.

«Già, così sembra», disse il suo partner.

Mentre scendeva la scaletta, Larsen ricostruì la scena così come la vedeva nella sua mente. «L'assassino si nasconde in soffitta. Sente aprirsi la porta del garage. Fa scorrere il pannello di accesso mentre il rumore del meccanismo di apertura copre gli altri suoni. Colletti non sente niente. E non vede niente, perché la porta aperta del garage nasconde la botola. L'assassino aspetta che Colletti si porti sul davanti dell'auto e piomba su di lui».

«Perché le mani della vittima sono sotto il cofano?».

«Ci ha pensato l'assassino. La macchina non parte. Scommetto che le chiavi sono ancora inserite». Larsen sbirciò attraverso il finestrino dalla parte del passeggero e si rispose da solo: «Infatti».

Il medico legale si alzò in piedi e disse: «Ehi, Colombo, guarda qui».

Larsen si avviò borbottando verso la parte anteriore dell'auto, desiderando che l'altro smettesse di chiamarlo Colombo. «Che cosa?».

Il dottore teneva una lente di ingrandimento puntata sulla spalla sinistra della vittima. «Sembra che ci sia una macchia secca».

«Sangue?».

«No. Il sangue secco su un vestito di questo colore risulterebbe marrone. In questo caso quello che è visibile a occhi nudo è l'alone esterno della macchia».

«Cosa ne deduci?».

«Il tessuto dell'abito è misto seta. Hai mai versato dell'acqua sulla seta, per esempio su una cravatta o qualcosa del genere?».

Larsen fece una smorfia e disse: «Una cravatta di seta? Non credo. Ma una volta mi è successo di pisciare per sbaglio su un paio di pantaloni di poliestere».

«Per tua fortuna non erano di seta. L'acqua lascia sulla seta una macchia con un alone come questo».

«Stai dicendo che questa è acqua?».

«No, ma qualcosa che ha un alto contenuto d'acqua e che asciugando non lascia una traccia molto visibile». Inarcò un sopracciglio per rafforzare la sua affermazione e aggiunse: «Forse sperma».

Il partner di Larsen ridacchiò. «Che cosa? Lei pensa che abbia strangolato Colletti e poi si sia masturbato dopo aver concluso il suo lavoretto?».

Larsen e il medico erano impassibili, come se avessero visto cose ben più strane. Poi il detective diede un'altra occhiata al cadavere, alle mani martoriate ancora intrappolate sotto il cofano, ai lividi intorno al collo, che denunciavano il ricorso a una forza ben maggiore di quella necessaria per soffocare la vittima. «Qui c'è molta rabbia, una bella dose di disprezzo per la vittima».

«Il che è compatibile con un individuo che compie il delitto per eccitarsi. In senso letterale».

Larsen scosse il capo. «Non credo che sia sperma».

«Ce lo dirà il laboratorio».

«Scommetto dollari contro ciambelle che è saliva».

«Saliva?».

Larsen annuì lentamente, assorbendo la scena, ricostruendo il delitto ancora più dettagliatamente con gli occhi della mente. «Come ho detto, siamo davanti a un profondo spregio. C'è qualcosa di personale. Non gli bastava ucciderlo. Ha dato un'ultima occhiata a quel misero corpo abbandonato sul cofano della BMW da ottantamila dollari, ha raccolto nella gola fino all'ultima goccia l'odio che aveva in corpo, e l'ha buttato fuori».

«Gli ha sputato addosso?».

«Sì», rispose Larsen mentre un sorriso sognante gli si disegnava agli angoli della bocca. «Ringraziamo la nostra buona stella. Gli ha sputato addosso».

52

«Vogliono che tu dia un campione di DNA per il test», disse Jack. Tatum si asciugò la schiuma della birra dal labbro superiore, in silenzio, come se il suo avvocato dovesse dire qualcosa di più prima di meritare una risposta.

Un ristorante non era il luogo che Jack avrebbe scelto per un incontro del genere, ma Tatum abitava nella parte nord di Miami Beach, e si era lamentato come un bufalo ferito all'idea di guidare "fino a Coral Gables" per incontrarsi con il suo avvocato. Perciò Jack aveva suggerito di pranzare al Gusto, un ristorante cubano nella zona di Lincoln Road. Il servizio era molto cordiale e il cibo decisamente buono, perfetto per un primo appuntamento o un piacevole pranzo tra amici. Ma le storie colorite che venivano servite insieme al pasto sembravano decisamente sciocche quando il tuo principale obiettivo era convincere il tuo assistito a dare un campione dei suoi fluidi corporali.

Il cameriere posò davanti a Jack la bistecca alla griglia che aveva ordinato, poi fece scivolare davanti a Tatum la specialità della casa e disse: «*El balsero* per lei, señor».

«Cosa diavolo è?», chiese. «Credevo di aver ordinato dei semplici gamberi».

«La specialità della casa è a base di gamberi», spiegò Jack. «Qui la chiamano *el balsero*. Credo che voglia dire "lo zatteriere"».

«Sì, esatto». Il cameriere sorrise orgogliosamente, e Jack ricambiò il sorriso, anche se un po' sconcertato. Aveva clienti, amici e persino parenti che erano arrivati veramente a Miami con una zattera, perciò non sapeva quale fosse la reazione politicamente corretta a un piatto chiamato "lo zatteriere". Ma quello *era* un ristorante cubano, il cameriere era più cubano di lui, e un nostalgico murale di Havana Harbor era dipinto su una parete; perciò Jack continuò a sorridere.

Tatum fissava il suo piatto.

El balsero, spiegò il cameriere, era la creazione personale di uno chef di talento con uno strano senso dell'umorismo e probabilmente troppo tempo a disposizione. La zattera era stata ricavata scavando una banana così lunga che avrebbe fatto la gioia di Freud. Gli occupanti della zattera erano rappresentati da sei gamberi ripieni con la coda in alto, saldamente trattenuti da una salsa enchilada al pomodoro. Delle patatine a fiammifero su entrambi i lati della zattera rappresentavano ovviamente le pagaie.

«Assomiglia più a una gondola che a una zattera», osservò Tatum.

«Pensavo piuttosto a una canoa», disse Jack. «Lewis e Clark che pagaiano su un fiume di salsa mojo».

«Ah», intervenne il cameriere con un ampio sorriso d'intesa. «Superman».

«No, no. Quelli sono *Lois* e Clark. Io parlo degli esploratori del diciannovesimo secolo... sa, Lewis, Clark, Sacajawea?».

Il cameriere si strinse nelle spalle con un'espressione smarrita. Jack pensò per un attimo di spiegarsi nel suo stentato spagnolo, poi lasciò perdere. «Non importa. *Gracias por la comida*», disse, ringraziando il cameriere per il cibo.

«*De nada*», rispose.

Jack cosparse di cipolla e prezzemolo tritato la sua bistecca, versò i fagioli neri sul riso e aggiunse un po' di salsa piccante, come piaceva a lui. Quando alzò lo sguardo, i gamberi di Tatum erano spariti.

«Buonissimi», lo sentì dire. «Lois era particolarmente saporita».

«Lewis», precisò Jack, liquidando l'argomento con un gesto della mano.

Tatum si appoggiò allo schienale della sedia, apparentemente sazio di gamberi e di chiacchiere frivole. Guardò Jack e disse: «Dimmi perché devo dare il mio DNA a Larsen».

«Per toglierti di dosso una muta di poliziotti della omicidi».

«Credono che io abbia ucciso Colletti», disse, con il tono di fare un'affermazione più che una domanda.

«Certo che sì».

«Non sono stato io».

«Lo so. Theo mi ha detto che voi due eravate a pesca sulla sua barca la notte scorsa. E non siete tornati a casa fino a questa mattina».

Tatum bevve un altro lungo sorso dal suo grande bicchiere di birra. «Lo hai detto alla polizia?».

«Sì».

«E vogliono ancora il mio DNA?».

«Larsen non dà molto credito a un alibi che può essere avvalorato solo da tuo fratello. Francamente non posso dargli torto».

Tatum si chinò in avanti e disse: «Non gli dai torto, o anche tu credi che Theo stia mentendo per me?».

Jack distolse lo sguardo, non sapendo cosa rispondere. «Dove sono i pesci, Tatum?».

«Non hanno abboccato», rispose in tono piatto.

«Neppure uno in tutta la notte, eh?».

«I pescatori tornano continuamente a mani vuote. Theo ha fatto persino una battuta mentre tornavamo a casa: come dice sempre Jack, per questo lo chiamano pescare e non...».

«Prendere, lo so, lo so. Ora ascolta: il tuo alibi da solo non funziona. Questa mattina ho avuto un colloquio faccia a faccia con Larsen. Non dico che verranno ad arrestarti stasera, domani o dopodomani. Ma la pressione è al massimo. Sto cercando di gestire le telefonate della polizia, dell'avvocato di Miguel, degli avvocati degli eredi morti, della stampa. Incomincio a sentirmi un giocoliere più che un avvocato. Larsen ci sta offrendo un modo scientifico per scagionarti prima che mandiamo tutto in malora e che lui venga a metterti le manette ai polsi».

«Spiegati meglio».

«C'è una macchia sul vestito di Colletti. È risultata essere saliva, e ce n'è abbastanza per consentire un test del DNA. Visto che era sulla schiena, non è probabile che sia della vittima, perciò pensano che chi l'ha ucciso gli abbia anche sputato addosso».

«Che cosa stupida da fare».

«Gli omicidi possono diventare un fatto personale e le emozioni possono prendere il sopravvento. Comunque, la polizia vuole un campione del tuo DNA. Il laboratorio mette a confronto i due, e se non corrispondono... bingo, qualcun altro balza in testa alla lista dei sospetti».

«E se mi rifiuto?».

«Se hanno altre prove sufficienti per collegarti al delitto, possono ottenere un mandato dal tribunale, costringerti a dare un campione di capelli e un tampone salivare, qualcosa che non richieda un intervento chirurgico».

Tatum mangiucchiò la banana vuota, senza dire una parola. Dopo qualche istante, Jack gli chiese: «Allora, che ne dici?».

Tatum sollevò lo sguardo, con un'espressione terribilmente seria. «Lascia che mi arrestino».

«Che cosa?».

Bevve la sua birra fino all'ultima goccia e disse: «Mi dispiace, Jack. Non posso dare il mio DNA agli sbirri».

53

Theo capiva perfettamente, ma sapeva che non sarebbe mai riuscito a spiegarlo a Jack.

Era stato Jack a raccontargli dell'incontro al ristorante, e Theo considerava Jack molto in gamba, ma un avvocato laureatosi a Yale con un padre ex governatore non poteva neanche cominciare a capire perché Tatum non voleva dare un campione del suo DNA. Solo Theo poteva farlo, ma questo non significava che condividesse la decisione del fratello. Gli aveva perfino telefonato, ma senza ottenere niente.

«Potrebbe dimostrare la tua innocenza. Non lo capisci?».

«Non do nessun DNA».

«Ma è roba che funziona. È stato un test del DNA che mi ha liberato dal braccio della morte».

«Tu non avevi scelta, Theo. Eri già nel braccio della morte».

«Ed è proprio lì che vogliono mettere anche te. Fa' il test».

«No».

«Merda, Tatum! Perché no? Siamo stati a pesca tutta la notte. Tu sei innocente. Io *so* che sei innocente».

«Allora piantala di chiedermi di fare quel fottuto test».

La conversazione sarebbe potuta durare altri trent'anni, e Theo non avrebbe fatto nessun progresso nel cercare di convincerlo. Quando Tatum prendeva una decisione, non c'era modo di fargliela cambiare. Era stato così tutta la vita. Ma forse questa volta aveva ragione. Se Jack Swyteck non riusciva a capirlo, be', poco male. Se Theo non voleva accettare la decisione di suo fratello, era una sua scelta. La gente non pensava che Tatum Knight fosse un uomo di principi, ma nessuno lo conosceva come Theo. E Theo sapeva esattamente che cosa gli passava per la testa. Due neri, fratelli – non appartenenti a una stessa gang, o fratelli del genere Puoi-dividere-il-mio-ago-per-un-assaggio-di-anfetamina – ma fratelli veri, usciti dallo stesso grembo, nati dalla stessa madre drogata che una notte era uscita ed era stata sgozzata da uno stronzo che non aveva ritenuto che il pompino di lei valesse dieci dollari. Forse avevano lo stesso padre, o forse no (probabile, perché si assomigliavano molto); ma in ogni modo non avrebbero mai saputo chi era. Un alibi di quei due ragazzi senza futuro non era sufficiente per il detective Larsen e il suo branco di segugi. Avevano bisogno di un DNA, di un'inoppugnabile prova scientifica d'innocenza, o l'alibi di Tatum non aveva nessun valore. Be', che andassero a farsi fottere, diceva Tatum. Tutti quanti.

Theo lo capiva. Per lo meno, voleva capirlo. Non era facile starsene a guardare il proprio fratello rinunciare a un'occasione unica per dimostrare la sua innocenza e dirottare su qualcun altro quei maledetti segugi. Non dopo aver sprecato quattro anni della sua vita nel braccio della morte per un crimine commesso da un altro. Ci voleva un bel paio di palle per tenere testa in quel modo a un detective della omicidi, guardare quel demonio negli occhi e dirgli: "Mi vuoi? Vieni a prendermi". Theo ammirava suo fratello per questo. In effetti, da quel punto di vista si assomigliavano molto. I fratelli Knight non indietreggiavano mai davanti a qualcosa o a qualcuno, non avevano mai paura di affrontare i loro incubi peggiori. Con una sola eccezione. C'era un unico demone che Theo non era mai riuscito ad affrontare. Non era mai tornato in quel negozio aperto tutta la notte dove aveva trovato quel commesso in una pozza di sangue.

È arrivato il momento che tu ci torni.

Theo ricordava la strada. Fece lo stesso percorso di quella notte, che sembrava quella appena trascorsa, o forse quella di un milione di anni prima.

Erano le nove di sera, molto più presto rispetto alla disastrosa visita alle quattro del mattino: era altrettanto buio ma c'era molto più traffico. La strada era stata pavimentata di recente e c'era un nuovo spartitraffico. La pubblica amministrazione aveva piantato qualche palma per ingentilire il quartiere: non le maestose e splendide palme che si vedevano sui grandi viali che attraversano l'elegante Coral Gables, ma una varietà scura e cespugliosa, piantata solo per far tacere la gente quando si lamentava per la mancanza di spazi verdi. Così, dopo tutti quegli anni, gli abitanti del quartiere avevano finalmente rimediato quegli alberi dall'aria sofferente, con un paio di rami striminziti tesi inutilmente verso il cielo, con i tronchi puntellati e coperti di graffiti di una qualche gang.

Theo svoltò al semaforo. La sala da biliardo non c'era più, l'intero edificio era chiuso con assi e con le estremità bruciate da un incendio forse provocato da un'incauta sigaretta, o più probabilmente da uno stupido rifiuto da parte del proprietario dell'immobile di pagare un debito di gioco. Sull'angolo c'era ancora la stazione di servizio, ma le nuove pompe self-service avevano un che di fantascientifico se paragonate al vecchio impianto dei ricordi di Theo. E Theo ricordava tutto. Non aveva dimenticato niente: era tornato con la mente tante volte a quella notte, mentre giaceva solo nella cuccetta della prigione. Ma il solo pensiero di tornare indietro gli faceva battere il cuore.

Parcheggiò l'auto e spense la radio. Quella sera la musica aveva suonato a tutto volume, fino a quando non avevano parcheggiato dietro il negozio: a quel punto Lionel, il capo della gang, gli aveva dato le istruzioni e cominciato l'iniziazione.

«Vuoi essere un Grove Lord, no?».

«Cazzo, sì».

«Hai cinque minuti per dimostrarlo. Poi me ne vado, con o senza te».

Theo scese dall'auto e chiuse la portiera, questa volta con la testa libera dall'alcol, ma offuscata da tanti ricordi, da tanti dubbi.

Nel vicolo la ghiaia scricchiolava sotto i suoi piedi. Theo si stava avvicinando al negozio dal retro, come aveva fatto quella notte. Era un percorso solitario nella stradina stretta e buia illuminata solo dal lampione davanti all'entrata principale. L'ultima volta aveva percorso a tutta velocità quel vicolo, ma ora avanzava lentamente, assorbendo i particolari. I mattoni sporchi dei muri, le crepe nell'asfalto sotto i suoi piedi, il rumore del traffico in lontananza. Raggiunse il marciapiede e voltò a sinistra, verso l'ingresso di Shelby's, tranne che non si chiamava più così. L'insegna recitava MORTON'S MARKET. Theo aveva saputo che il vecchio Shelby aveva venduto il negozio. Gli affari erano andati male per tutto il parlare che c'era stato su quel povero ragazzo di diciannove anni picchiato a morte da quel pezzo di merda di negro e dal suo piede di porco tascabile.

«Hai un dollaro, fratello?», chiese il barbone seduto sul marciapiede accanto all'ingresso.

«Togliti dai piedi», rispose Theo prima di fermarsi davanti alla porta a vetri. Rammentava lo stomaco stretto dalla tensione di quella notte e il sollievo nello scoprire che non c'era nessuno nel negozio e che il registratore di cassa era incustodito. A quell'ora era un po' diverso: riusciva a vedere due clienti, il commesso seduto al banco che guardava la ESPN su un piccolo televisore. Ma tutto sembrava praticamente identico, i corridoi sistemati allo stesso modo, lo stesso pavimento di piastrelle beige, la medesima disposizione della birra e degli snack vicino all'entrata. Poteva anche chiamarsi Morton's Market, ma per Theo era come tornare da Shelby's.

Aprì la porta ed entrò.

Il commesso lo scrutò per un attimo, poi riportò l'attenzione sul televisore. Theo girò attorno alla pila di quotidiani. Il commesso non lo degnò di una seconda occhiata. Theo Knight, ex detenuto nel braccio della morte, era appena entrato nel negozio e apparentemente a quel ragazzo non importava un bel niente. Sapeva cos'era accaduto lì dentro? Qualcuno glielo aveva detto?

Sei stato in quel magazzino?

Theo si fermò a osservare il corridoio, e lo sguardo lo riportò a quando aveva visto per la prima volta il sangue, quella traccia rosso vivo che aveva seguito come un idiota, fino alla prigione di stato della Florida e ai quattro anni di appuntamenti mancati con la sedia elettrica.

La porta d'ingresso si aprì. Theo si voltò, la testa del commesso girò di scatto. Erano entrati due adolescenti, entrambi neri. Indossavano tutti e due dei pantaloni sformati, delle maglie della squadra dei Miami Hurricane, pesanti catene d'oro, berretti di maglia nera che sembravano aver sostituito anche nei climi tropicali quelli portati con la visiera all'indietro dei tempi di Theo. Si muovevano con la tipica camminata delle gang, apparentemente immutata da una generazione all'altra. Questa volta il commesso diede l'impressione di innervosirsi. I ragazzi si separarono. Uno si avviò lungo il corridoio più lontano, l'altro imboccò quello più vicino. Camminavano su e giù, come se stessero perlustrando il posto, aspettando che i clienti avessero il buon senso di lasciarli soli con il commesso e la cassa.

Theo li osservava. Questa volta non sarebbe scappato. *Sono qui per te, amico.*

Finalmente uno dei due ragazzi, quello più vicino, scoppiò a ridere. L'altro rise anche più forte, senza una ragione apparente, una specie di scherzo privato a spese di Theo o del commesso spaventato. In ogni caso, a Theo non piacque: quei due incominciavano a farlo incazzare.

La loro risata si affievolì: lo scherzo era finito. Quello che aveva riso per primo prese un paio di Gatorade da un refrigeratore, si avvicinò al banco e ci posò sopra i soldi. Il commesso aveva sempre l'aria nervosa: non era più la paura dell'ignoto ma piuttosto quella di un pericolo fin troppo familiare. Allungò il resto e disse: «Grazie, Lenny».

«Io sono Leroy, testa di cazzo. Lenny è quello brutto».

Theo seguì con lo sguardo i due ragazzi che uscivano, ridendo e stuzzicandosi a vicenda. «Chi è brutto, pezzo di merda?».

Un attimo dopo se n'erano andati, in nessun posto in particolare. Lenny e Leroy, come Theo e Tatum. Fratelli adolescenti. Una coppia di duri del quartiere che se la spassavano bighellonando in giro e guardando la gente che si spaventava. Simili nell'aspetto. Vestiti uguali. Comportandosi nello stesso modo. Tanto che la gente li confondeva.

All'improvviso Theo si sentì raggelare. Era un pensiero nauseante ma incominciava a capire il rifiuto di suo fratello a sottoporsi al test del DNA per una ragione del tutto diversa, che non aveva niente a che vedere con il coraggio, o con una questione di principio, o con una sfida al detective Larsen. Si riduceva all'unica cosa che riguardava il test: la genetica.

Theo scosse il capo, non volendoci credere ma non potendo farne a meno.

Tatum, fottuto figlio di puttana.

54

Jack ebbe appena il tempo di sentire l'odore ma non il sapore del suo caffè prima che Theo facesse irruzione nel suo ufficio il mercoledì. Era seguito da Tatum, perciò Jack capì che si trattava di una cosa seria.

«Cos'è successo?», chiese, alzandosi da dietro la scrivania.

All'improvviso la sua segretaria comparve dietro le due imponenti masse umane che ostruivano la soglia dell'ufficio: era in punta di piedi e agitava una mano dal corridoio per attirare l'attenzione di Jack. «I fratelli Knight sono qui», disse.

«Grazie, Maria».

Theo chiuse la porta e ordinò: «Mettiti seduto, Tatum».

Tatum si sedette, e Jack fece altrettanto. Nessuno glielo aveva detto, ma con Theo che si rivolgeva al fratello usando quel tono di voce gli era sembrato saggio prevenire l'invito.

Tatum lanciò un'occhiata di fuoco al fratello minore. «Magari adesso mi dici cosa diavolo...».

«Chiudi il becco», lo interruppe Theo.

Da molto tempo Jack non vedeva il suo amico così fuori di sé. «Theo, calmati, d'accordo?».

«Calmarmi?», rispose con un sorriso rabbioso. «Mi sono calmato tutta la notte, e questo mi fa incazzare ancora di più. Perciò non dirmi di calmarmi».

«Cos'è successo la notte scorsa?», chiese Jack.

«Sono tornato da Shelby's».

Jack e Tatum si scambiarono un'occhiata, come se nessuno dei due sapesse come comportarsi.

Theo continuò a parlare, camminando avanti e indietro. «Cercavo di capire perché Tatum si rifiutava di sottoporsi al test del DNA per dimostrare la sua innocenza, quando suo fratello in quel modo era riuscito a uscire dal braccio della morte. Poi ho capito: *questa* è la ragione per cui non vuole sottoporsi al test del DNA».

«Di cosa stai parlando?», chiese Tatum.

«*Sai* benissimo di cosa sto parlando».

«Non ne ho idea».

«Ho buttato via quattro anni della mia vita nel braccio della morte. Basta con le bugie, Tatum».

«Adesso mi stai facendo incazzare. Non darmi del bugiardo».

«E allora piantala di mentire», rispose Theo, alzando la voce. «Non hai più scuse. Per questo ti ho trascinato fin qui, e non te ne ho parlato fino a quando tu e io non fossimo stati seduti davanti al nostro avvocato. Diglielo, Jack. Tutto quello che diciamo qui è protetto dal segreto professionale, giusto?».

«Siete entrambi clienti. Ma per due casi differenti. Sono un po' confuso da quanto sta accadendo».

«Jack, conferma solo che niente uscirà da questa stanza. Puoi promettermelo?».

Theo aveva gli occhi che quasi gli schizzavano dalle orbite. «Certo», rispose Jack cercando di calmarlo. «Tutto quello che direte è strettamente confidenziale».

«Niente di quello che diciamo qui dovrà mai essere ripetuto in un'aula di tribunale. Nessuno può uscire di qui e raccontare agli sbirri quello che ha detto l'altro, giusto?».

«Giusto», rispose Jack.

Theo guardò Tatum. «Dimmi, fratello».

«Che cosa dovrei dirti?».

«Voglio la verità».

«La verità su *cosa*?».

«Sei stato tu a uccidere quel commesso da Shelby's?». Theo non stava gridando, ma la sua voce era aspra e perentoria, e la domanda colpì come un getto di acqua gelata. Jack guardò Theo, poi Tatum, poi di nuovo Theo, chiedendosi cosa mai fosse accaduto nelle ultime ventiquattr'ore. Si aspettava che Tatum balzasse in piedi da un momento all'altro e prendesse per il collo suo fratello per aver detto una simile stronzata.

Tatum si limitò a fare una risatina e a dire: «Che cooosa?».

Era una risatina nervosa. Jack aveva colto una piccola incrinatura nella voce di Tatum, e sapeva che Theo stava cercando un'orribile verità che avrebbe cambiato le cose per sempre. Guardò Tatum e disse: «Tuo fratello vuol sapere se sei tu il componente dei Grove Lords che ha lasciato incolpare lui».

Tatum lanciò al suo avvocato un'occhiata che diceva: *Stai fuori da questa storia, Swyteck.*

Theo aveva ricominciato a camminare avanti e indietro, come parlando a se stesso. «Ecco di cosa mi sono reso conto la notte scorsa. Ti sei rifiutato di fare il test del DNA per l'omicidio di Gerry Colletti perché ti preoccupavi di un confronto».

«Non ho ucciso Colletti».

«Lo so. Ma non parlo di un confronto tra il tuo DNA e quello trovato nello sputo sulla giacca di Colletti. Tu avevi paura di un confronto con i capelli e la pelle che la polizia ha trovato sotto le unghie del commesso di Shelby's. Quel ragazzo ha lottato come una tigre, vero, Jack?».

«Così faceva pensare la scena del delitto».

«Quelli della scientifica che hanno testimoniato al mio processo hanno detto che il ragazzo aveva reagito, graffiando la testa del suo aggressore. Gli hanno trovato della pelle e dei capelli sotto le unghie. Il mio primo avvocato aveva cercato di servirsene al processo. Aveva chiesto alla giuria: "Perché non c'è nessun graffio sulla testa del mio cliente se la vittima aveva dei capelli e della pelle sotto le unghie?". Peccato che io sia stato arrestato e visitato da un dottore solo sette mesi dopo il delitto. In tutto quel tempo il graffio poteva essere guarito. Per lo meno è quello che il pubblico ministero ha fatto credere alla giuria. Ma alla fine si è risolto tutto. La pelle e i capelli hanno fornito un buon campione per il test del DNA. Al tempo del mio processo quel test non era molto usato. Quattro anni dopo invece sì. Quando Jack si è occupato del mio caso, si è servito di quel test per farmi uscire dal braccio della morte».

«E l'unico più felice di te sono stato io», dichiarò Tatum.

«Già, adesso so perché. Non mi sono chiari tutti i dettagli, ma aiutami tu, Jack. Una volta che viene fatto un test del DNA, la polizia tiene da parte quella roba, vero?».

«Stai parlando del CODIS», rispose Jack.

«Diglielo, Jack. Di' a Tatum quello che lui già sa, e quello che ho appena scoperto».

La scena si stava svolgendo in modo strano, come se Jack e Theo avessero fatto le prove. Ma erano anni, quasi quanti quelli di Theo, che Jack si chiedeva chi fosse il vero assassino, e ora che Theo era lanciato, Jack lo assecondava, passo dopo passo. «Il CODIS è il Combined DNA Index System dell'FBI», spiegò. «Se viene effettuato un test del DNA su un campione prelevato dalla scena del delitto, quel profilo del DNA viene inserito nei file del CODIS. Una volta che sono finalmente riuscito a far eseguire il test per confrontare il DNA di Theo con il campione di capelli e di pelle prelevati sulla vittima, il profilo del DNA dell'ignoto assassino è stato inserito nel database del CODIS».

«Ed è proprio questa la ragione per cui mio fratello non ha voluto sottoporsi al test. Anche se il suo DNA avesse dimostrato che non ha ucciso Gerry Colletti, un semplice raffronto con un profilo inserito nel database dell'FBI avrebbe potuto dimostrare che *era* stato lui a uccidere quel commesso».

Sulla stanza scese un silenzio carico di tensione mentre i due fratelli si fissavano a vicenda.

«Non è così che doveva andare», disse Tatum con calma.

«Oh, no!». La reazione di Jack era stata involontaria.

Tatum proseguì: «Era il mio passo successivo nei Grove Lords. Dovevo far fuori qualcuno, se volevo conquistare il mio territorio. E così Lionel sceglie quel commesso di Shelby's, senza una ragione particolare. L'ha scelto e basta. E io l'ho fatto fuori».

Theo sembrava sul punto di esplodere. Jack sapeva di dover dire qualcosa prima di ritrovarsi con un altro omicidio tra le mani. «Perché hai lasciato che incolpassero Theo?».

«Non doveva esserci nessun altro nel negozio. Ma quando sono uscito di corsa, ho superato un tizio sul marciapiede. Avevo paura che mi potesse identificare. Ehi, dovevo decidere in fretta. Ero spaventato. Perciò, quando sono tornato alla macchina, Lionel e io abbiamo escogitato il piano».

«Quale piano?», chiese Jack.

«Dovevamo trovare qualcun altro che entrasse in quel negozio».

Theo intervenne, con la voce che gli tremava per la rabbia: «Qualcuno che ti assomigliasse».

Tatum scosse il capo, e disse con un tono pieno di rammarico: «Io non volevo che fossi tu, Theo. L'ho detto a Lionel. Tutti i Grove Lords erano vestiti alla stessa maniera. Pantaloni neri, maglia dei Miami Heat, catene d'oro, berretto da baseball con la visiera all'indietro. Avremmo potuto prendere chiunque. Ma Lionel scelse Theo».

«E tu non ti sei opposto?».

«All'inizio sì. Ho detto niente da fare. Ma aveva un senso che fossi tu».

«Stronzate, Tatum. Era buio, ci vestivamo tutti allo stesso modo. C'erano almeno altri dieci Grove Lords che potevano assomigliare a te».

«Non ti abbiamo scelto solo perché ci rassomigliavamo. È stato un ragionamento più furbo».

«Furbo?», chiese Theo con voce stridente.

«Tu avevi quindici anni. Lionel aveva detto che non saresti stato accusato come se fossi un adulto. Io avevo quasi diciotto anni. Di sicuro avrei ricevuto una condanna da adulto. Per questo abbiamo scelto te».

Jack sentiva che Theo respirava affannosamente: la rabbia gli faceva bruciare i polmoni e la gola, impedendogli di parlare. Lo fece Jack al posto suo. «Perciò hai sistemato il tuo fratellino pensando che se la sarebbe cavata con la detenzione in un carcere minorile fino a quando sarebbe stata ripulita la sua fedina penale, all'età di diciotto anni».

«Quello era il piano».

Jack continuò a sondare. «Quel tizio che quasi hai travolto sul marciapiede fuori dal negozio... era il testimone oculare che ha erroneamente identificato Theo durante il confronto degli indiziati».

«Esatto».

«E con un affidabile testimone oculare, il procuratore

generale è partito piuttosto bene. Theo è stato incriminato come se fosse un adulto. E la giuria lo ha dichiarato colpevole di omicidio di primo grado».

«Poi ho saputo che era finito nel braccio della morte», disse Tatum. «È stato un incubo per me».

«Per *te*!», gridò Theo. «Fanculo, Tatum!».

«Non credi che soffrissi anch'io per com'eri finito?».

«No. Mi avresti lasciato morire».

«Non avrei mai lasciato che succedesse una cosa simile».

«L'ho sempre saputo che ero stato incastrato dai Grove Lords. Quante conversazioni abbiamo avuto tu e io attraverso il vetro del parlatorio, Tatum? Tutti e due ci spremevamo il cervello per scoprire chi era il bastardo. Non siamo mai riusciti a restringere il campo a meno di una cinquantina di nomi. Neppure una volta mi hai fatto capire di essere tu l'assassino. Per tutto il tempo, stavi solo *fingendo* di stare dalla mia parte quando ero nel braccio della morte. Ma saresti stato zitto fino alla fine, mi avresti lasciato morire per qualcosa che avevi fatto tu».

«Sai benissimo che non è vero. Ricordi che una sera mi sono offerto di confessare? Ho detto che avrei confessato se era quello che occorreva per tirarti fuori dal braccio della morte».

«Non dicevi davvero. Era un discorso dettato dal senso di colpa».

«Invece dicevo davvero».

Theo gli lanciò un'occhiata torva, poi guardò il suo avvocato. «Dimmi una cosa, Jacko. L'ultima volta che hai ottenuto un rinvio della mia esecuzione, quanto mancava perché mi friggessero sulla sedia?».

«Diciassette minuti».

«Hai ricevuto una telefonata dell'ultimo minuto da mio fratello che diceva: "Fermi tutti, hanno preso l'uomo sbagliato. Sono io il colpevole, io, Tatum. Sono io l'assassino!"».

Sapevano tutti la risposta, ma Jack disse ugualmente: «No».

Theo si avvicinò a suo fratello, con gli occhi traboccanti d'odio. «Cosa aspettavi, fratello, a intervenire?».

Tatum non lo guardò, e tenne gli occhi abbassati a

guardarsi le scarpe. «Sei mio fratello», rispose. «Posso rimediare».

«Troppo tardi», replicò Theo.

«No, stammi a sentire», disse con un tono di voce più incalzante. «Mi procurerò quel denaro, i quarantasei milioni di dollari di Sally Fenning».

«Che cosa, adesso vorresti comprarmi?».

«Dammi solo una possibilità di riparare».

«Ridammi i miei quattro anni».

«Lo farei se potessi, ma non posso».

«È un tuo problema».

«Sto facendo tutto quello che posso. Sono tanti soldi, Theo».

«Non voglio i tuoi soldi».

«Un casino di soldi, anche divisi per tre».

«Lasciami fuori da questa storia», dichiarò Jack.

«Non stavo parlando di te, idiota», rispose Tatum.

In quel momento, fu come se tutto si fermasse. Jack lo aveva sentito. Anche Theo lo aveva sentito. E dall'espressione di Tatum, era chiaro che avrebbe voluto non averlo detto.

«Per *tre*?», ripeté Jack.

«Ho detto tre?», rispose Tatum. «Volevo dire due».

«No», ribadì Jack. «Hai detto tre, e volevi dire tre. Se non sono io, chi è il terzo?».

Lo sguardo di Tatum si spostò più di una volta da Theo a Jack e viceversa. Era come se volesse dire qualcosa, ma sapesse che non c'era proprio niente da dire. Le parole gli erano sfuggite di bocca, e ora lo si sapeva: Tatum si era già accordato per dividere i soldi con qualcuno. Aveva un complice.

«Io me ne vado», dichiarò Tatum alzandosi di scatto dalla sedia.

«Tatum!», disse Jack; ma il suo assistito era già uscito dalla porta e stava procedendo velocemente lungo il corridoio. Jack lo seguì. «Tatum, se ti aspetti che io sia ancora il tuo avvocato, è il caso che parliamo».

Tatum si fermò, girò su se stesso e disse: «Sei licenziato, okay? Non dobbiamo parlare di un bel niente».

«Quali hai fatto fuori tu?».

Tatum spalancò gli occhi. «Bada a come parli, Swyteck».

«Sappiamo che non hai ucciso Colletti perché tu e Theo eravate a pescare. Perciò deve aver provveduto il tuo socio. Tu ti sei occupato della giornalista o del procuratore?».

Tatum fece un passo avanti, puntando un dito minaccioso contro Jack, che non indietreggiò. «Stammi a sentire. È come ha detto Theo là dentro. Tutto quello di cui abbiamo parlato è soggetto al segreto professionale. Tu tieni chiuso il becco».

«Il segreto professionale ha delle eccezioni».

Tatum lanciò a Jack un'occhiata di traverso. «Mi stai minacciando?».

«Ti sto solo dicendo come stanno le cose. Un avvocato non può rivelare quello che il suo cliente ha fatto in passato. Ma se ritiene che il suo cliente stia per commettere un crimine, può derogare dall'obbligo del segreto professionale. Da quello che ho sentito, sembra che il prossimo sulla tua lista sia l'ex marito di Sally».

Tatum fece un sorrisino, come se trovasse divertente il modo in cui il suo avvocato gli teneva testa. «Cos'hai intenzione di fare? Chiamare gli sbirri?».

Jack non rispose.

Il sorriso di Tatum si allargò. «Non credo proprio», disse prima di dirigersi verso l'uscita.

Jack passò accanto alla sua segretaria, visibilmente terrorizzata da quello che aveva sentito. Nell'atrio vuoto Jack chiamò Tatum e disse: «Forse lo dirò prima a Miguel Rios. Poi racconterò tutto ai poliziotti».

Tatum si fermò davanti alla porta. Il sorriso era sparito.

In quel preciso istante si aprì la porta, e comparve Kelsey, pronta a iniziare il suo lavoro. Tatum l'afferrò in una stretta vigorosa.

«Fermo!», esclamò Jack.

«Non ti muovere!», intimò Tatum.

La teneva davanti a sé come uno scudo umano. Gli occhi di Kelsey erano spalancati per il terrore. Tatum piegò la mano a mo' di pistola, con l'indice puntato alla tempia di lei, il pollice alzato come se fosse il cane della pistola.

«Non minacciarmi, Swyteck». Tirò il finto grilletto, fece scattare all'indietro la testa di Kelsey come se una pallottola da 9 mm le avesse appena fracassato il cranio, poi la spinse a terra.

Kelsey rotolò sulla moquette, ed emise un grido acuto, misto di paura e di sollievo, mentre correva da Jack.

Tatum lanciò verso di loro un'ultima occhiata rabbiosa. Jack, furioso, guardò il suo ex assistito sbattere la porta e sparire dietro il pannello di vetro trasparente con la scritta in lettere maiuscole JACK SWYTECK, AVVOCATO.

55

«Potrei ucciderlo», disse Theo.

Lui e Jack erano tornati in ufficio, soli. Jack aveva preso qualche minuto per calmare Kelsey, e le aveva chiesto di aspettare nella sala riunioni mentre lui e Theo cercavano di risolvere la situazione.

«Ucciderlo non è la soluzione», disse Jack.

«Lo so. Ma per lo meno devo riportarlo sul ring, questa volta senza guantoni».

«Capisco che tu sia incazzato. Lo sono anch'io. Ma per il momento dobbiamo mettere tutto questo da parte e pensare con lucidità».

«Pensare a cosa?».

Jack si mise a sedere dietro la scrivania, giocherellando con una graffetta mentre parlava. «Tatum ha appena minacciato Kelsey davanti ai miei occhi. Se non lo fermiamo, è probabile che l'ex marito di Sally sia il prossimo della lista. Tatum pensa che io non possa fare niente per fermarlo, perché ero il suo avvocato, o che non farò niente perché ho paura. Tatum ci deve ripensare, ma questo non significa che la soluzione sia di correre fuori a placcarlo».

«Hai intenzione di chiamare la polizia?».

«Prima riflettiamoci bene, okay?».

«Okay. Parla».

Jack tirò fuori dal cassetto della scrivania un blocchetto, come per prendere appunti; ma pensava e parlava troppo in fretta per avere il tempo di scrivere. «Incominciamo dall'inizio. Vivien Grasso ha parlato chiaro nel primo incontro con i beneficiari nella sua veste di esecutrice testamentaria di Sally. Ci ha detto a chiare lettere: "Se uno qualsiasi dei beneficiari dovesse uccidere gli altri con la speranza di ereditare tutto il malloppo, be', se lo scordi. Il movente sarebbe fin troppo ovvio, perciò non avrebbe nessuna speranza di cavarsela"».

«Tatum ha escogitato un modo per aggirare l'ostacolo».

«È quello che crede. Io penso che si sia accordato con un complice, qualcuno disposto a uccidere mentre lui si procurava un alibi».

«Del tipo "Ero fuori a pescare con mio fratello"», commentò Theo.

«Esatto. Finché ha una copertura che funziona, come un alibi o qualsiasi altra cosa, il fatto che alla fine della corsa resti solo lui non è sufficiente per escluderlo con l'accusa di omicidio. Forse ha ragione. O forse ha torto. Ma con un'eredità di quarantasei milioni di dollari ci si può procurare un eccezionale avvocato difensore».

«Una cosa è certa», disse Theo. «Conosco mio fratello. Se è arrivato fino a questo punto, non si fermerà di sicuro».

«Il che significa che dobbiamo scoprire chi è il suo complice».

«Qualche idea?».

Jack si appoggiò allo schienale, riflettendo. «Ci ho pensato molto. Sembra possibile che ci siano due killer all'opera; o, per lo meno, qualcuno si è preso il disturbo di dare l'impressione che ci siano due killer all'opera».

«Perché due?».

«Il primo è la persona che mi ha chiamato dopo l'assassinio del procuratore e mi ha detto che nessuno poteva uscire dal gioco. Devono morire tutti. Se dobbiamo prenderlo in parola, il denaro non è il suo obiettivo primario».

«Uno squilibrato del genere non mi sembra il tipo che può essere il complice di Tatum».

«Già. Ma l'altro killer, o per lo meno l'altro personaggio, è il tizio che ha aggredito Kelsey e ha detto che voleva Tatum fuori dal gioco».

«Aspetta un attimo. Se dici che questo tizio è il complice di Tatum, perché dovrebbe volerlo fuori dal gioco? Dovrebbe essere il contrario».

«Deve trattarsi di un trucco», rispose Jack. «Costituisce

una buona copertura per Tatum e il suo complice, no? Darebbe l'impressione che Tatum sia minacciato per indurlo a ritirarsi, ma in realtà Tatum e il suo complice stanno eliminando gli altri beneficiari in modo che Tatum resti il solo a ereditare il malloppo».

«Sembri piuttosto convinto che questo complice non sia uno dei beneficiari».

«Ha un senso solo se il suo socio *non* è già un beneficiario. Se lo fosse, non avrebbe bisogno di Tatum».

Theo si alzò e si mise a camminare avanti e indietro mentre pensava ad alta voce. «Perciò stiamo cercando un amico di Tatum che non è un beneficiario e a cui non fa senso il sangue».

Jack e Theo si guardarono, come se il nome fosse venuto loro in mente contemporaneamente. «Stai pensando alla stessa persona a cui penso io?», chiese Jack.

«Sembra ovvio, no?».

«L'uomo che per primo ha fatto entrare in gioco Tatum. Il bastardo che ha messo in contatto Sally con Tatum».

«L'ex guardia del corpo di Sally?», chiese Theo.

«Proprio lui».

Restarono un momento in silenzio, a riflettere sulla faccenda. Sembrava che tutto tornasse. «E adesso cosa fai? Vai alla polizia?», chiese Theo.

Jack scosse il capo. «Tuo fratello non è una delle persone che preferisco, ma resta il fatto che tutto quello che ho appreso sui suoi possibili atti criminosi rientra nel rapporto confidenziale tra avvocato e cliente».

«Ma mentre lui era nel corridoio ti ho sentito dire che il segreto professionale non è più valido se il cliente sta per commettere un crimine».

«Io sono un avvocato difensore, Theo. Devo essere molto sicuro di quello che faccio prima d'infrangere un segreto professionale».

«E non lo sei?».

«Non abbastanza. Non posso correre alla polizia e dire loro: Ehi, il mio cliente ha parlato troppo, si è lasciato sfuggire dividiamo il malloppo in tre invece che in due; e in base a questo io *penso* che possa essersi accordato con l'ex guardia del corpo di Sally per uccidere gli altri beneficiari».

«Allora cosa facciamo?».

«Principalmente, io faccio tutto quello che posso per farti pareggiare i conti con quel balordo di tuo fratello. Ti aiuto ad aiutarti».

«Ti ascolto».

«Credo che dovresti andare a trovare l'ex guardia del corpo di Sally».

Theo sorrise a bocca storta, stringendo a pugno la mano destra e massaggiandola con la sinistra. «Sarà un piacere».

«Niente maniere forti», disse Jack.

«Allora cosa vuoi che faccia?».

«Devi limitarti a seguire il mio piano».

«Il tuo piano?». Theo commentò con una risatina. «L'ultima volta che hai avuto un piano, io sono finito sequestrato da una bambola sudamericana che parlava russo; prigioniero in una squallida stanza d'albergo e incatenato al letto per tre giorni».

«E di cosa ti lamenti?».

Il sorriso di Theo si fece più ampio. «Okay, sei tu il capo, Jack. Qual è il piano?».

56

Optarono per una Smith & Wesson corta con la canna nichelata.

Jack e Theo avevano impiegato solo pochi minuti per formulare la loro strategia. Kelsey si era offerta di collaborare, e visto che era la persona che Tatum aveva minacciato più direttamente, Jack decise che meritava una ricompensa. Kelsey accettò di andare in macchina con Theo da un armaiolo di Biscayne Boulevard per indicare l'arma che assomigliava di più a quella che il suo aggressore le aveva puntato in faccia fuori dalla biblioteca.

«È questa», disse. Stava indicando un'arma attraverso l'anta della vetrinetta chiusa a chiave.

«Sei sicura?», chiese Theo.

«Era buio, e quell'uomo indossava una maschera. Ma la pistola era proprio contro la mia faccia, e dalla biblioteca usciva abbastanza luce perché potessi vederla. Non sarà stata lo stesso modello, ma di sicuro uno molto simile».

«Grazie», disse Theo. «Era proprio quello che mi serviva. Vuoi che ti riporti a casa?».

«No, la mia auto è ancora parcheggiata vicino all'ufficio di Jack. Puoi lasciarmi lì?».

«Nessun problema».

Jack era vicino al distributore dell'acqua quando Kelsey arrivò in ufficio. Disse che aveva dimenticato qualcosa sulla scrivania, ma Jack l'accompagnò all'auto: sentiva che lei aveva in testa cose più importanti. Erano sul marciapiede tra l'auto di lei e un ulivo cresciuto in un'aiuola quadrata.

«Ti sorprenderebbe sapere che questa mattina avevo intenzione di venire in ufficio per liberare la mia scrivania?».

«Nessuno ti aveva chiesto di andartene».

«Nessuno mi aveva chiesto di restare».

Anche se non era stata una decisione conscia da parte di Jack, lui non poteva negare la validità delle conclusioni di lei.

Kelsey disse: «Mi dispiace per come mi sono comportata in aula l'altro giorno, aggredendoti alla fine dell'udienza. Non è stato molto professionale».

«Capisco».

«Davvero? O lo dici solamente?».

«Tutto questo sta diventando una follia».

«Una follia? Jack, un farabutto armato di una pistola mi ha aggredita mentre tornavo dalla biblioteca e ha minacciato di annegare mio figlio. Oggi, il tuo cliente mi ha afferrata e ha finto di farmi saltare le cervella. Non do la colpa a te per nessuna di queste cose, ma è questa la cosa veramente folle: ho ancora la sensazione di dovermi far perdonare qualcosa da te».

«Non sto cercando di farti sentire in questo modo».

Il tono di lei si addolcì, ma la sua espressione era addolorata. «Voglio che superiamo questo... questo imbarazzo che si è creato tra noi da quando quella giornalista mi ha telefonato per parlarmi di Tatum».

«Vorrei che non fosse accaduto, ma non posso far finta che non sia successo».

«Mi ha raggirata, e io ci sono caduta».

«È stato un errore che avrebbe potuto far finire in prigione il nostro assistito».

«Dove apparentemente dovrebbe stare».

«Non è questo il punto».

«Lo so. Ho fatto uno sbaglio. Ho detto che mi dispiace».

Jack distolse lo sguardo. Kelsey si avvicinò, inclinando un poco la testa per incontrare lo sguardo di lui. «Ehi», disse con un debole sorriso. «Se stai per dire "Amore vuol dire non dover mai dire mi dispiace", credo che potrei strangolarti».

Dal modo in cui lo stava guardando, Jack capì che l'onestà era l'unica opzione possibile. «Kelsey, io...».

«Non dirlo».

«È importante. Sto solo cercando di dire che per cinque anni sono stato sposato con una donna che era al corrente di ogni mio segreto, personale o professionale. Mi fidavo totalmente di lei, e nonostante questo ci siamo lasciati. Che possibilità ha un rapporto dove quella fiducia viene distrutta prima ancora di incominciare?».

Sul marciapiede passò una donna che portava a spasso il suo cocker spaniel. Fece un cenno di saluto, allontanò il suo cane dalla scarpa di Jack e proseguì per la sua strada.

Kelsey guardò Jack e disse: «Ti piace davvero, eh?».

«È la prima volta che la vedo».

«Non intendevo lei. Parlavo della sorella di Sally. Rene».

Non sapendo cosa rispondere, Jack si strinse nelle spalle.

Kelsey fece un profondo respiro, poi emise un sospiro di rassegnazione. «Sei una brava persona, Jack. Francamente, penso che questa storia della fiducia a cui ti sei aggrappato sia un gioco mentale che fai perché hai paura di seguire qualsiasi cosa non abbia un senso dal punto di vista intellettuale. Ma tu meriti di avere quello che vuoi, anche se non sei molto bravo a capire perché lo vuoi veramente».

«Grazie. Credo».

«Spero che la tua storia funzioni».

«Non so neppure se c'è già qualcosa».

«Ci sarà».

Jack le rivolse un'occhiata interrogativa, chiedendosi come mai le donne riuscissero a vedere nelle altre donne cose che gli uomini non avrebbero notato neppure con un microscopio.

«Continuerò a fare la mia parte perché il tuo piano funzioni. Qualunque cosa tu e Theo abbiate bisogno». Allungò una mano come se volesse accarezzargli una guancia, poi la ritrasse. «Ci vediamo, Jack».

«Sì. Ci vediamo».

La guardò salire in auto e mettere in moto. Mentre si allontanava la salutò con un lieve cenno della mano. Forse lei l'aveva visto, forse no. Ma la stretta allo stomaco e la sensazione di vuoto che sentiva non erano per Kelsey. E neppure per Rene.

Maledizione, disse tra sé e sé. *Mi dispiace tanto, Nate.*

57

Theo era in vena di esibirsi. Da non confondersi con il suo frequente irresistibile desiderio di *azione*, che di solito implicava una notevole scorta di olio per massaggi, slip commestibili, preservativi extra large che brillano al buio. Piuttosto, lui si stava preparando a esibirsi dando prova del suo talento come attore.

Stai parlando con *me*?

Anche senza le telecamere in azione, non esiste una forma d'arte più autentica che trasformare un imbroglione come Javier, l'amico di Tatum, in un tremante modello di onestà.

«Posso entrare?», disse Theo. Era in piedi sul gradino davanti all'ingresso. Javier stava dall'altra parte della porta a zanzariera: indossava solo un paio di pantaloncini da ginnastica, senza camicia. Sembrava che fosse appena uscito dal letto: dormire fin dopo mezzogiorno doveva essere normale per il buttafuori di un club di South Beach. Era evidente che da ragazzo doveva aver fatto seriamente del sollevamento pesi, e forse aveva preso anche degli steroidi, ma cominciava a dar segni di un certo appesantimento. Aveva una grossa catena d'oro appesa al collo, e Theo notò che la pelle sui pettorali era rossa e irritata, come quella dei ragazzi in palestra che si facevano depilare il torace per le ragazze a cui non piacevano i peli.

Javier gli lanciò un'occhiata fredda, come se cercasse di capire se lo conosceva. «Assomigli un casino al mio amico Tatum. Devi essere quel rompicoglioni del suo fratellino».

«Mi chiamo Theo. È arrivato il momento che noi due parliamo».

«Di cosa?».
«Di affari».
«Che genere di affari?».
«Del genere che non si possono fare restando nella veranda».
Con un sorrisino, fece entrare Theo e lo precedette in cucina. Theo si sistemò su uno sgabello da bar, mentre Javier liberava il bancone da quattro grosse caraffe di plastica piene di polvere proteica e di integratori per il bodybuilding.
«Birra?», chiese Javier.
«No, grazie. Ho già fatto colazione».
Theo diede una rapida occhiata all'appartamento, mentre Javier prendeva una birra dal frigorifero. Nella stanza accanto alla cucina troneggiava un enorme televisore con maxischermo, nuovo. Il resto dei mobili sembrava fosse stato acquistato in blocco con quella topaia di appartamento. Se Javier era implicato in qualcosa d'illegale, doveva essere un elemento di poca importanza o un pezzo grosso che nascondeva molto bene il suo successo.
Javer si aprì una lattina di birra, poi si sedette sul lato opposto del bancone. «Allora, cosa c'è?».
«Ho ripensato all'offerta di Tatum».
Javier bevve dalla lattina, poi si asciugò la bocca con il dorso della mano. «Quale offerta?».
«I quarantasei milioni di Sally Fenning».
«E allora?».
Theo strinse gli occhi, pronto ad analizzare la reazione di Javier alla sua battuta successiva. «Ho deciso che sono d'accordo per un terzo del malloppo».
«Già», rispose Javier con tono di scherno. «E chi non lo sarebbe?».
«Allora ti sta bene?».
Javier bevve un altro sorso, poi fece un rutto. «Che cosa mi sta bene, amico?».
«Spartiamo in tre invece che in due?».
Javier sorrise con aria interrogativa. «Sai qualcosa che io non so?».
Theo era venuto lì abbastanza fiducioso nell'efficacia

del suo bluff, ma iniziava a chiedersi se Javier fosse davvero il complice di suo fratello. «Fai il finto tonto con me, Javier?».

Scolò il resto della birra e stritolò nel pugno la lattina di alluminio. «Ho l'aria di uno che fa il finto tonto?».

No, pensò Theo, ed era quello il problema. Era proprio ottuso, e questo creava un ostacolo nel piano di Jack. L'idea era che Theo andasse lì a bluffare per cercare di scoprire se la guardia del corpo di Sally era realmente il complice di Tatum. Ma se la loro teoria fosse stata esatta, Theo avrebbe dovuto fare maggiori progressi con quell'imbecille.

A meno che non stia facendo veramente il furbo.

Squillò il telefono. «Non te ne andare, ne riparliamo», disse Javier. Gettò nella pattumiera la lattina vuota e uscì dalla cucina.

Theo lo seguì con lo sguardo mentre si avviava verso il telefono, e all'improvviso si sentì a disagio per la piega che stava prendendo il piano di Jack. E se Javier stava veramente facendo il furbo? E se al telefono c'era Tatum, per dire che non ci si poteva fidare di Theo, che Theo doveva sparire?

Diede un'altra rapida occhiata in giro, e sentì accelerare le pulsazioni quando il suo sguardo si posò su un assortimento di coltelli da cucina nel ceppo vicino ai fornelli.

«Pronto», sentì dire a Javier al telefono; e Theo si chiese se la persona all'altro capo del filo fosse quella che lui sperava che fosse, o quella che temeva che fosse.

58

Il grosso problema era cosa fare con Miguel Rios.

Jack non aveva bluffato del tutto nel suo ufficio, quando aveva messo in guardia Tatum dicendogli che l'ex marito di Sally sarebbe stato il primo a sapere dell'apparente accordo per spartire il malloppo con un complice presumibilmente tanto pericoloso quanto misterioso. Tuttavia, nella minaccia era implicito il presupposto che prima Jack doveva decidere che infrangere il segreto professionale era la cosa giusta da fare anche sotto il profilo etico. Un presupposto non da poco. Il problema non era se il suo cliente (o il suo ex cliente, poco importava) avesse ucciso in passato. Jack non avrebbe potuto rivelare quell'informazione senza essere radiato dall'albo, neppure se avesse avuto in mano una confessione giurata. La questione era se Tatum avrebbe ucciso di nuovo in futuro. A meno che Theo non avesse fatto centro con Javier, Jack non aveva elementi per stabilire che il suo assistito stava per commettere un altro omicidio, e che la vita di un innocente era in imminente pericolo. Di sicuro non possedeva il genere di prove necessarie a un avvocato difensore per fare un passo azzardato come quello di tradire le confidenze del suo cliente.

Ma era pur sempre una questione di etica. Per lo meno voleva incontrarsi con Miguel, se non altro per assicurarsi che uno dei pochi eredi rimasti si rendesse pienamente conto del grave pericolo che correva.

«Crede che io non me la stia già facendo addosso dalla paura?», chiese Miguel.

Jack era seduto sul bordo del divano, e osservava Miguel camminare avanti e indietro sulla moquette. Da quando aveva invitato Jack nel suo soggiorno, non era stato in grado di sedersi. Parlava in fretta e con un tono aspro, e Jack poteva capire il motivo del suo nervosismo.

«Immagino che non serva un genio per rendersi conto di cosa sta succedendo», disse Jack.

«Allora, cosa fa il suo cliente?».

Jack non sapeva cosa rispondere. Non c'era molto che lui potesse dire, ma fece del suo meglio. «Io non rappresento più Tatum».

«Perché?».

«È tutto quello che le posso dire».

Finalmente Miguel smise di camminare avanti e indietro. Guardò Jack negli occhi, dando l'impressione di capire che l'avvocato cercava di comunicargli qualcosa di più. E Jack gli stava realmente mandando un messaggio. Era come in un processo, quando il difensore sapeva che il suo assistito stava rilasciando una falsa testimonianza. Alcuni avvocati ritenevano che l'unico comportamento etico fosse farsi da parte e lasciare che il cliente desse la sua versione dei fatti senza coinvolgimento da parte del difensore. Nessun avvocato si sarebbe potuto alzare e dire: "Il mio assistito sta mentendo"; ma nel momento in cui taceva e non faceva niente per sollecitare un'ulteriore testimonianza da parte del suo cliente, chiunque conoscesse le regole sapeva esattamente cosa stava succedendo.

Miguel era un poliziotto, e Jack sperava che avesse abbastanza buon senso da capire che Jack stava adoperando la stessa tecnica.

«Sta dicendo...».

«Glielo ripeto, è tutto quello che posso dire».

Miguel si sedette sul bracciolo del divano, poi scattò di nuovo in piedi e riprese a camminare per la stanza. «Fantastico. Prima Rudsky. Poi la Meadows. Poi Colletti. In questo modo resto io in corsa con Tatum Knight che mi ha terrorizzato dalla prima volta che l'ho visto. E con questo Alan Sirap, che apparentemente è lo pseudonimo del molestatore di Sally. E non c'è bisogno che le ricordi che sono ancora convinto che il molestatore di Sally sia l'assassino di nostra figlia».

«Sembra che lei abbia un quadro piuttosto chiaro della situazione».

«Migliore di quanto lei pensi. Senta qui». Si avvicinò allo stereo, poi estrasse una cassetta dalla sua custodia di plastica. «L'ho data alla polizia quasta mattina. È la registrazione di un messaggio che ho trovato sulla segreteria telefonica».

«Questa mattina?».

«Sì. È arrivato intorno alle otto e mezza, otto e trentadue secondo la segreteria».

Jack non disse nulla, ma prese mentalmente nota che a quell'ora Tatum era in macchina con Theo diretto verso il suo ufficio. Si chiese dove fosse Javier.

Miguel continuava a parlare mentre attivava il registratore. «Ero sotto la doccia quando è arrivata la chiamata, per questo ha risposto la segreteria. Mi sono spaventato a morte quando ho sentito il messaggio. Ho chiamato immediatamente la polizia. Per questo ho preso un giorno libero. Il detective Larsen vuole che stia a casa a ricevere la telefonata nel caso che quel tizio richiami».

«La voce le era in qualche modo familiare?».

«No. È alterata. Stia a sentire». Premette il tasto "Play", poi si allontanò dallo stereo. Ci furono un fruscio, un paio di scariche, poi la voce registrata di Miguel.

«*Pronto, sono Miguel. Lasciate un messaggio dopo il segnale acustico*».

Seguì un bip, poi silenzio. Jack guardò Miguel, che sembrò indicare con gli occhi che la registrazione stava per cominciare. Dopo parecchio tempo, il silenzio finalmente venne rotto.

«*Tu sei il prossimo, Miguel. Ma lo sai già, vero?*».

Jack si sentì gelare il sangue, e immaginò come doveva essersi sentito Miguel. Il fatto che Jack avesse già ascoltato quella voce rendeva il tutto ancora più terrificante. Era la stessa voce sorda e metallica che aveva chiamato anche lui, lo squilibrato che aveva detto che dovevano morire tutti. Ma c'era una grossa differenza. Nel messaggio a Miguel l'uomo sembrava molto più agitato.

«*Non pensare neppure di uscire dal gioco, stronzo. Non ser-*

virebbe. Non è stato d'aiuto a Mason Rudsky, non è così? È come ho detto a Swyteck. Morirete tutti, dal primo all'ultimo. E sai perché? Perché è quello che voleva Sally. Non aveva il coraggio di dirlo, e tanto meno di farlo. Ma io so cosa voleva veramente. Voleva punirvi. E ora tocca a me dare a voi bastardi il castigo che meritate. Rifletticі, Mikey. L'erede che sopravvive si prende quarantasei milioni di dollari. Che peccato che non ci sarà nessuno. Niente sopravvissuti».

Un fischio nell'altoparlante indicò la fine del messaggio. Miguel spense il registratore. Sembrava in attesa che Jack dicesse qualcosa, anche se non sembrava necessario. Era come Jack aveva sospettato. L'assassino si considerava il protettore e il vendicatore di Sally. Non era motivato dal denaro. Voleva giustizia per Sally, il genere malato di giustizia nato da un amore morboso. Il messaggio era chiarissimo.

Il persecutore di Sally era tornato, deciso a compiere la sua vendetta.

59

Theo era riuscito a sentire abbastanza della telefonata della guardia del corpo per capire che non parlava con Tatum. Era Kelsey, secondo il piano prestabilito.

Quella parte del piano, tuttavia, non rientrava nella strategia di Jack. Era una cosa che Theo aveva inventato a beneficio di Kelsey mentre andavano al negozio di armi. Se c'era una cosa che Theo detestava più di qualunque altra era un delinquente che minacciava i bambini. Aveva promesso a Kelsey che, con il suo aiuto, avrebbe cercato di scoprire se la guardia del corpo era il bastardo che le aveva puntato la pistola al volto e aveva minacciato suo figlio. Lei doveva solo chiamare al telefono Javier mentre Theo era da lui, e dirgli che continuava a pensare a lui dalla notte in cui si erano incontrati al Club Vertigo. Doveva tenerlo al telefono per dieci o quindici minuti, andando giù pesante: doveva dirgli che aveva trovato molto dolce e rispettoso il modo in cui lui aveva evitato di guardarle la bocca durante la loro conversazione a causa della sua dipendenza dalla pornografia, e come fosse difficile trovare a Miami un ragazzo così premuroso, e per di più tanto attraente.

«Lo pensi davvero?», chiese Javier alla sua interlocutrice, con un sorrisetto infantile.

Theo doveva uscire dalla stanza, non solo per evitare di scoppiare a ridere, ma perché faceva parte del piano. Batté sulla spalla di Javier e chiese: «Il bagno?».

Javier si limitò a fare un gesto con la mano, come se temesse d'interrompere anche solo con un monosillabo il suo rapporto con Kelsey.

Theo imboccò il corridoio, fiducioso che Kelsey sarebbe

riuscita a tenere incatenato a lungo quell'imbecille con la falsa speranza di fare del sesso telefonico.

Theo oltrepassò il bagno ed entrò nella stanza da letto del rubacuori. Kelsey aveva promesso di chiamarlo sul cercapersone quando fosse stata sul punto di terminare la telefonata, in modo da dargli il tempo di ritornare in cucina prima che Javier potesse sorprenderlo a curiosare.

Cercava la pistola. Kelsey non era riuscita a vedere il volto del suo aggressore, e neppure a identificare la sua voce visto che parlava come se avesse un batuffolo di cotone in bocca. Ma quella pistola era stata proprio davanti ai suoi occhi, la pistola simile a quella che lei aveva riconosciuto nel negozio di armi: un revolver Smith & Wesson con la canna nichelata.

Non c'era modo di sapere con esattezza dove il possessore di una pistola potesse tenere la sua arma, ma trattandosi di un criminale come Javier, un single senza bambini in casa, sembrava ragionevole immaginare che la nascondesse in un posto come il comodino, a portata di mano nel caso lo avessero colto di sorpresa nel bel mezzo della notte. Era un'ipotesi azzardata, ma se Theo avesse trovato un'arma che assomigliava sia pure lontanamente a una Smith & Wesson canna corta, sarebbe scoppiato un enorme casino.

La porta della stanza da letto era aperta, e Theo entrò silenziosamente. All'unica finestra non c'erano tende, solo delle minuscole tapparelle, e il sole del mattino che filtrava attraverso le stecche creava un effetto zebrato sul pavimento, sul cassettone, e sul letto disfatto. Era disorientante, ma piuttosto che accendere la lampada Theo costrinse i suoi occhi ad adattarsi. Con la porta aperta, sentiva Javier che continuava a parlare al telefono con Kelsey, cosa che lo tranquillizzava ulteriormente. Attraversò la stanza – il rumore dei suoi passi era attutito dalla moquette – e girò intorno alla scatola vuota della pizza a domicilio abbandonata sul pavimento accanto al letto; si avvicinò veloce al tavolino da notte e aprì il cassetto in alto.

Sobbalzò alla vista dello scarafaggio che lo fissò per un attimo per poi sparire velocemente. Nel cassetto c'erano solo un sacchetto semivuoto di patatine, alcune monete, e le briciole di numerosi altri snack che evidentemente Javier non aveva problemi a dividere con i suoi amici a sei zampette. Theo chiuse il cassetto in alto e aprì quello in basso. C'era di tutto: una macchina fotografica usa e getta, vecchie riviste, videocassette. Ma niente pistola.

Theo si avvicinò al cassettone. Il primo cassetto era pieno di biancheria e di calzini, un posto buono come un altro per nascondervi una pistola. Ma non c'era. E neppure nel secondo e nel terzo cassetto.

Che razza di guardia del corpo non ha neanche una pistola?

Si voltò a guardare il letto. Era disfatto, perciò riuscì a vedere il piccolo spazio tra il materasse e la rete. Era un nascondiglio ragionevole per un'arma: sarebbe stata facilmente accessibile a un uomo preso alla sprovvista nel sonno. Infilò la mano nella fessura e si fermò quando le sue dita sfiorarono il freddo metallo. Bingo.

Afferrò l'impugnatura ed estrasse la pistola, con il cuore che martellava alla prospettiva di vedere una Smith & Wesson con la canna nichelata. Ma non era la pistola descritta da Kelsey. Era completamente nera, e non era neppure un revolver. Theo aveva visto abbastanza armi da identificarla come una pistola Glock 9 mm. Perfino Kelsey, una persona del tutto inesperta di armi, avrebbe potuto facilmente distinguere un revolver nichelato da una pistola nera.

Ovviamente nessuno poteva sapere se quella era l'unica arma presente in casa.

Theo continuava a sentire Javier che parlava al telefono. Kelsey stava facendo un buon lavoro nel tenerlo occupato. Theo diede un'altra occhiata in giro per la stanza, poi decise di controllare la cabina armadio. Fece scorrere la porta a specchio, poi si bloccò. Si era aspettato di vedere dei vestiti appesi, ma l'intero armadio era rivestito di mensole, dal pavimento al soffitto; e su ciascuna c'era una fila di videocassette sistemate con il dorso verso l'esterno. Sembravano identiche: cassette di plastica nera con un'etichetta bianca sul dorso. Ognuna con una sola parola, in ordine alfabetico. Alicia. Amanda. Brittany. Due cassette per Caitlin. Quattro per Pauline. Centinaia di cassette, ciascuna con sopra un nome di donna.

In un primo tempo Theo non seppe cosa pensare, ma poi gli venne in mente. Jack gli aveva raccontato del supporto per la telecamera che aveva trovato nella soffitta del vecchio appartamento di Sally. Passò in rassegna le file di videocassette, cercandone una con il nome di Sally. Ma l'ultima mensola terminava con la lettera P. La seconda metà dell'alfabeto doveva essere stata sistemata in un altro posto.

Sentì vibrare il cercapersone appeso alla cintura. Era il segnale con cui Kelsey lo avvisava che stava esaurendo le cose da dire a Javier e che la loro conversazione stava volgendo al termine. Theo s'infilò nella cintura la pistola di Javier, pensando che avrebbe potuto averne bisogno. Poi prese una videocassetta a caso e la mise nella giacca per poter verificare in seguito la sua teoria. Uscì dalla stanza velocemente ma senza far rumore, corse in bagno e chiuse la porta. Compose il numero del cellulare di Jack, ansioso di avere conferma delle sue deduzioni.

«Sono io», disse.

«Cosa c'è?», chiese Jack.

Theo esitò, come se volesse concedersi un momento per assorbire la sua scoperta. Non era sicuro al cento per cento, ma per quale altro motivo un individuo come Javier poteva avere un armadio pieno di videocassette, ciascuna con il nome di una donna diversa?

«Vuoi fare una scommessa?», chiese.

«Su cosa?», rispose Jack.

«Ti do cinque a uno che il tizio che perseguitava Sally Fenning è riuscito a farsi assumere come guardia del corpo».

60

Jack tagliò corto al telefono. Theo gli aveva riferito velocemente quello che aveva scoperto, e lui voleva rivolgere la domanda all'ex marito di Sally: Javier, l'uomo che era diventato la sua guardia del corpo, poteva essere stato il suo persecutore e la persona che aveva ucciso sua figlia?

Miguel era seduto sul bordo del divano guardando fisso nel triangolo formato dai suoi indici appoggiati all'attaccatura del naso. Jack osservò la sua espressione farsi più rigida e la sua faccia diventare sempre più rossa.

«Si sente bene?», gli chiese.

«Non ci posso credere», rispose Miguel, con voce bassa e rabbiosa.

«Per il momento è solo una teoria. Ma sappiamo che Sally veniva molestata. Sappiamo che probabilmente qualcuno la riprendeva con una telecamera dalla soffitta sopra la sua stanza da letto. E ora troviamo un mucchio di videocassette nell'armadio della sua guardia del corpo».

Miguel non rispose. Sembrava che stesse cercando di assimilare il tutto.

Jack proseguì: «E questo concorda anche con il messaggio che ha trovato questa mattina sulla segreteria telefonica».

«Cosa intende dire?».

«Lui era la guardia del corpo di Sally. Il suo protettore finché lei era in vita. Il tizio che ha lasciato il messaggio sembra svolgere lo stesso ruolo. Quello di proteggerla, di vendicare la sua morte».

«Dobbiamo chiamare la polizia?».

«Non ancora. Theo vuole indagare ancora un po', vedere se riesce a farsi dare da Javier la cassetta con il nome di Sally. Non l'abbiamo ancora trovata, ma...».

«E non la troverete mai», dichiarò.

«Perché dice così?».

«Quale imbecille sarebbe tanto stupido da tenerla in giro così a lungo, dopo tutto quello che è successo?».

«Potrebbe restare sorpreso. Per persone del genere, è come collezionare trofei. Conservano i gioielli delle loro vittime, ciocche di capelli, indumenti, cose che una persona razionale brucerebbe alla prima occasione. Per questo dico che dobbiamo lasciare che Theo lo metta ancora un po' sotto pressione. Se chiamiamo la polizia, è garantito che la cassetta sparirà».

Miguel scosse lentamente il capo. «Come ha potuto Sally assumere quell'essere schifoso come guardia del corpo?».

«È stata ingannata. Non aveva mai visto il suo molestatore. Perciò quando anni dopo Javier si è presentato per ottenere il posto di guardia del corpo, lei non aveva nessun motivo di metterli in relazione».

Miguel abbassò gli occhi, mordendosi il labbro inferiore. «Non ci credo neanche per un istante. Sally non era il tipo da farsi ingannare».

«Be', allora questo significa che ha assunto intenzionalmente l'uomo che...».

Lo sguardo di Miguel si era acceso di indignazione. «Adesso lo ha capito, vero? Riesce a immaginare di essere così pazzo da coprire l'individuo che ha assassinato tua figlia?».

Jack fece un mezzo passo indietro. «Lei sta saltando a pesanti conclusioni. Vuol lasciare intendere che Sally provava qualcosa per il suo molestatore?».

«Non ho detto che sia stato un molestatore fin dall'inizio. Lo è diventato, come ho sempre pensato. Il tizio ha incominciato a perseguitarla dopo che lei lo ha piantato, o ha perso interesse per la loro relazione, o qualcosa del genere. Sapevo che quella puttana si vedeva con qualcuno. L'ho sempre saputo».

Jack rifletté un attimo, perplesso dalla sua risposta.

«Aspetti un minuto. La prima volta che noi due abbiamo parlato, lei mi ha detto la stessa cosa che ha detto alla polizia nel corso delle indagini per l'assassinio di sua figlia: che Sally non aveva mai parlato con lei o con qualcun altro del fatto che un uomo la molestava fino a dopo l'omicidio».

«Sì, e allora?».

«Questo sembra contraddire quanto ha appena detto: che lei sapeva che Sally si vedeva con qualcuno. Che l'aveva *sempre* saputo».

Miguel strinse gli occhi, come risentito per il modo in cui Jack analizzava le sue parole. «Voi fottuti avvocati cercate sempre di distorcere le cose».

«Cercavo solo di far quadrare le sue dichiarazioni, tutto qui».

«Quello che intendevo, quando ho detto che sapevo che Sally aveva una relazione, era che non mi sono accorto che mi tradiva fino a dopo che è stata uccisa nostra figlia, dopo che Sally aveva sostenuto di essere stata molestata».

«No, questo è quello che lei ha detto l'ultima volta che ci siamo parlati. Quello che ha appena sostenuto è del tutto diverso. Ha detto di averlo sempre saputo».

«Cosa vuole da me, Swyteck? Le piace fare questi giochetti con le parole? Sì, ho detto sempre. Da quando è stata uccisa nostra figlia e Sally ha tirato fuori questa storia del molestatore, ho sempre avuto dei dubbi. È questo il sempre. Non intendevo dall'inizio di questo fottutissimo mondo».

Jack, dopo un attimo di riflessione, decise che forse era stato troppo pressante. «Okay, ho capito».

«Avevo i miei dubbi, d'accordo? Ho sempre avuto dei dubbi sul fatto che Sally dicesse la verità quando affermava di non sapere chi fosse il suo persecutore. Il procuratore ha avuto gli stessi dubbi quando Sally non ha passato il test della macchina della verità».

«Okay, ho capito».

«Forse dovrei ricordarle che sono io quello che ha superato il test della macchina della verità quando gli sbirri mi hanno chiesto in tre modi diversi se avevo ucciso mia figlia, pugnalato mia figlia o fatto del male a mia figlia in un qualsiasi modo».

Jack lasciò vagare il suo sguardo. Miguel incominciava ad assomigliare ai molti clienti che lui aveva visitato in prigione, quelli che proclamavano la propria innocenza un po' troppo energicamente.

Miguel disse: «Mi piacerebbe rimanere qui a parlare tutto il giorno, ma ho delle cose da fare».

«Certo», rispose Jack. «Grazie per il tempo che mi ha dedicato».

«Si figuri».

Miguel lo accompagnò fino alla veranda chiusa che aveva trasformato in un ufficio. Senza averne l'aria, Jack registrò mentalmente tutto quello che faceva parte di quella stanza. Non cercava niente in particolare, ma il suo istinto gli diceva di scoprire tutto il possibile su Miguel, fino al colore delle pareti e al tipo di computer che possedeva.

Miguel aprì la porta, e Jack uscì. «Mi chiami se c'è qualcosa che posso fare per lei».

«Lo farò», rispose Miguel.

La porta si chiuse, e mentre si accingeva a percorrere il marciapiede, Jack ebbe la netta impressione che non avrebbe avuto notizie di Miguel. Per lo meno non molto presto.

61

Javier era seduto nella stanza della televisione quando Theo ritornò. Girò intorno agli sgabelli del bar, prese una sedia e ci si sedette a cavalcioni, con le braccia appoggiate allo schienale. Javier non era mingherlino ma Theo lo sovrastava, non per la stazza ma per l'atteggiamento.

«Allora, come sta la nostra amica Kelsey?», chiese.

Il sorrisino idiota sparì dalle labbra di Javier. «La conosci?».

«Se la conosco? Sono stato io a dirle di telefonarti».

«Tu? Be', grazie».

«Non ringraziarmi, idiota. Non avrai creduto che fosse vero, eh?».

«Hai ascoltato la nostra conversazione?».

«Diavolo no. Ho scritto io il copione. Kelsey aveva il compito di trasportarti nel regno della fantasia, perché io potessi andare a curiosare nella tua stanza da letto».

Javier aprì la bocca, ma le parole uscirono con qualche secondo di ritardo. «Sei andato nella mia stanza?».

Theo gli lanciò un'occhiata che avrebbe fatto scappare la maggior parte degli uomini. «Se c'è una cosa che odio più di un uomo che minaccia una madre single, è un uomo che minaccia il suo bambino. Perciò, dov'è, rubacuori? Dove nascondi il revolver nichelato? Quello che hai piantato in faccia a Kelsey».

Javier aveva l'aria di chi è sul punto di esplodere. Fece per alzarsi, poi si fermò.

«Sta' seduto, cazzo», disse Theo puntando la pistola che aveva preso in prestito.

«Ehi, quella è mia».

«Non te l'ha detto nessuno? Le armi sono dei pessimi animali da compagnia. In un attimo ti si rivoltano contro».

«Fa' attenzione. È carica».

«Lo so. L'ho capito dal peso». Era un buon modo per far sapere a Javier che aveva una certa familiarità con le pistole con il caricatore pieno.

Javier si risistemò sul divano, con gli occhi che passavano nervosamente dal volto serio di Theo al foro nero all'estremità della canna.

«Credo che prenderò quel drink che mi hai offerto prima. Ma niente birra», disse Theo.

Javier indicò il mobiletto dei liquori. «Serviti».

Theo si avvicinò al mobiletto, tenendo un occhio e la pistola puntati su Javier. «Vediamo cosa c'è», disse, passando in rassegna le varie bottiglie. «Scotch. Rum. Bourbon... se si può chiamare bourbon questa roba. Mia nonna usava un liquore migliore di questo per fare i dolci al bourbon per Natale».

«I poveracci non possono permettersi di scegliere».

Theo annuì, con un mezzo sorriso. «Resta fermo lì, amico. Voglio insegnarti un paio di cosette a proposito di chiedere l'elemosina».

Javier sprofondò di qualche centimetro nel divano.

Theo controllò le etichette di alcune altre bottiglie, poi ne scelse una. «Ci siamo. Vodka a settantacinque gradi. Questo sì che è un drink come si deve. Uno anche per te, rubacuori?».

«No, grazie».

Theo si avvicinò, stappò la bottiglia e puntò la pistola contro la guancia di Javier. «Invece vorrei che tu ne prendessi un po'».

«Come vuoi tu».

Theo incominciò a versargli la vodka sulla testa, vuotando la bottiglia da due litri fino a quando Javier e il divano furono inzuppati di alcol.

«Dimmi quando», aggiunse Theo.

Javier non rispose. Theo interruppe la doccia quando nella bottiglia rimase solo un dito di liquido. Poi tornò alla sua sedia e versò il resto del liquore sul tavolino che aveva di fronte, formando una piccola pozza. Prese un accendino dalla tasca e disse: «Si capisce sempre quando si tratta di roba buona. La vera vodka a settantacinque gradi dovrebbe bruciare con una bella fiamma blu».

Javier si irrigidì. Theo avvicinò l'accendino alla vodka versata sul tavolino, poi lo fece scattare. Si sprigionò una fiamma azzura che cominciò a danzare sul ripiano del tavolo. Javier si ritrasse sul divano, allontanandosi il più possibile. Theo lasciò guizzare le fiamme per un minuto, osservando Javier che sudava attraverso i pori inzuppati di vodka. Poi picchiò il palmo della mano sul tavolo e spense la fiammata con un colpo fragoroso che fece quasi saltare Javier dal divano.

Puntò la pistola verso l'occhio sinistro di Javier e gli chiese: «Sei un tipo sveglio?».

«Che cosa?».

«Voglio solo sapere se hai un cervello nella testa».

«Sì, la gente dice che sono piuttosto sveglio».

«Bene. Perché voglio che tu scopra una cosa per me. Credi di poterlo fare?».

Javier si strinse nelle spalle, senza rispondere.

«Ti ho fatto una domanda», ribadì Theo, con la voce che acquistava vigore. «Puoi fare una cosa per me?».

«Sicuro», rispose Javier con voce tremante. «Tutto quello che vuoi».

«Diciamo che do fuoco alla tua casa».

«Ti prego, amico...».

«Chiudi il becco!», tuonò Theo. «Lasciami finire, non m'interrompere. Capito?».

Javier annuì.

Theo abbassò il tono di voce, ma Javier sembrò ancora più nervoso. «Diciamo che do fuoco alla tua casa. E diciamo anche che ci sei dentro tu. Per il momento è solo un'ipotesi, rubacuori».

Javier lottava per non tradire alcuna reazione, ma il suo occhio sinistro si contraeva spasmodicamente.

Theo fece scattare l'accendino e lasciò guizzare la fiammella. Immediatamente sul volto di Javier si dipinse il terrore, come se all'improvviso si fosse reso conto di quanto fosse infiammabile, inzuppato com'era di vodka a settantacinque gradi.

«Fai attenzione con quell'accendino, okay?», disse. «Ti prego, non bruciarmi».

«Non ti preoccupare. Non ti lascerò bruciare a lungo. Forse trenta secondi, prima di essere costretto a piantarti una pallottola in testa. Mi preoccupo dei vicini. Non posso lasciarti correre per il soggiorno gridando come uno spirito impazzito. Fiammeggiante». Le sue labbra si curvarono in un sorriso sinistro. «Spirito fiammeggiante. Mi piace. Un nome fantastico per un drink. Vodka a settantacinque gradi e magari una fettina di jalapeño. Sono un dannato genio, non trovi?».

«Certo, amico. Come vuoi tu. Metti solo via l'accendino, okay?».

Theo si sedette, mentre il suo sorriso svaniva. Aveva un sorriso disarmante che gli veniva naturale. Ma poteva prendere un'aria cattiva come quella di Tatum se s'impegnava, e in quel momento stava facendo del suo meglio per assomigliare esattamente al fratello maggiore. «Dimmi dove sei andato a pescare il nome Alan Sirap, coglione».

«Chi?».

«Il nome fasullo che hai dato a Sally Fenning su Internet».

«Giuro davanti a Dio che non so di cosa parli».

«Davvero? E allora perché l'hai ripresa con la videocamera?».

«Che videocamera?».

«Ho visto la tua piccola biblioteca, tutti quei nastri nel tuo armadio. Non ne ho visto uno di Sally, ma sono sicuro che lo troveremo qui, da qualche...».

«Ma non...».

«Chiudi il becco!», gli urlò Theo. «Ti ho già detto che non devi interrompermi».

«Scusami, okay? Ma...».

«Non rimbeccarmi, testa di cazzo. Scommetto che non eri neppure la sua guardia del corpo. Forse non hai neppure lavorato per lei, vero? Cos'è, ti eri *autonominato* sua guardia del corpo? Un bel modo per dire che eri il suo molestatore?».

Javier stava diventando cereo in viso.

Theo fece scattare l'accendino, poi regolò la fiamma in modo da ottenere una lingua di fuoco di una decina di centimetri. «Mostrami la cassetta di Sally».

«Non c'è nessuna...».

«Ti trasformo in un toast, amico».

«Te lo assicuro, non c'è nessuna cassetta».

«Non raccontarmi balle!».

«Non ti sto mentendo! Ti prego, non bruciarmi, amico!».

Theo spense l'accendino, poi prese dalla tasca interna la cassetta con scritto "Pauline" e la gettò a Javier. «Falla partire. Vediamo come lavori».

«Non è un lavoro mio».

«Falla partire!», gridò Theo.

«Okay, okay». Javier prese la cassetta, si alzò lentamente e si diresse verso il televisore. Theo continuò a tenergli la pistola puntata alla testa. Javier infilò la cassetta nel videoregistratore e sintonizzò il televisore. Lo schermo guizzò, poi divenne tutto blu. Theo si aspettava di vedere una rudimentale ripresa con le immagini rubate di una donna ignara che dormiva nel suo letto o si trovava nel suo bagno: una donna di nome Pauline che quel pervertito aveva spiato con una telecamera nascosta, così come aveva fatto con Sally.

Ma risultò essere tutt'altra cosa. Mentre l'immagine si metteva a fuoco sullo schermo, Theo sentì una donna che gemeva e un uomo che grugniva. Una splendida donna bionda, nuda, era sdraiata supina, e fluttuava beata su un materasso ad acqua, con le gambe con i tacchi a spillo puntate verso il soffitto, a formare una V. Un uomo con dei fianchi incredibilmente forti stava sotto di lei, e faceva del suo meglio in una di quelle posizioni terribilmente scomode che avevano un senso solo se il sesso doveva essere un divertimento per chi guardava e non per chi lo praticava.

«Quella è Pauline Preston», disse Theo.

«La conosci?».

«È una delle mie preferite».

«Ho quattro cassette di lei. Un mio amico mi fa delle

copie pirata giù a un videoshop. Io le conservo in ordine alfabetico, con il nome della protagonista. I titoli dei film non mi dicono niente».

«Mi stai dicendo che tutte quelle cassette nel tuo armadio sono film porno pirata?».

«È una specie di hobby».

«Un hobby? Ci saranno un centinaio di cassette là dentro».

«Okay, a volte la situazione mi sfugge un po' di mano. Lo ammetto. L'ho anche detto al tuo amico Jack quando ci siamo incontrati al Vertigo Club. Credo di essere...».

Theo aspettò che finisse, ma lo sguardo di Javier sembrava incollato alle immagini sul teleschermo. Apparentemente Pauline aveva bisogno di una doccia, ma in qualche modo aveva perso la strada ed era finita negli spogliatoi di una squadra maschile di rugby.

«Tu credi di essere cosa?», chiese Theo.

«Sono dipendente», disse con voce flebile, senza riuscire a staccare gli occhi dallo schermo. «Sono del tutto dipendente da questa merda».

Theo si strinse leggermente nelle spalle e disse: «Chi non lo è?».

62

«Hai minacciato di bruciarlo vivo?», chiese Jack. Era in auto, fermo a un semaforo, con una mano sul cellulare e l'altra premuta tra gli occhi, come per allontanare un'emicrania.

Theo spiegò: «Non è come se lo avessi inzuppato di benzina o roba del genere. Ho usato la vodka. Come quel gioco che si fa da bambini quando ti schizzi il liquido dell'accendino sulla mano e poi lo incendi».

«Credo di essermi perso questo gioco», disse Jack.

«Il combustibile brucia, ma il tuo braccio no. Comunque, il peggio che poteva accadere al nostro rubacuori era qualcosa di simile a una brutta scottatura da sole. Ma lui è troppo stupido per saperlo, perciò mi ha detto tutto».

Jack non era sicuro che quella bravata fosse così innocente come pensava Theo. «Basta trucchi del genere, okay?».

«Adesso non ce n'è bisogno. È venuto fuori che dopotutto quei video non erano stati girati con una cinepresa nascosta. Sono tutti film porno pirata».

«Che cosa?».

«Il nostro rubacuori è un pervertito, ma non è un molestatore. Per lo meno, non quello di Sally. Te l'assicuro, non c'è niente come la minaccia del fuoco per tirar fuori la verità da qualcuno. Decisamente lui non è Alan Sirap».

Incominciava a cadere una pioggia sottile, abbastanza forte da far scendere le gocce a zigzag sul vetro della macchina di Jack prima di essere spazzate dai tergicristalli. Tempo pazzo di Miami: un minuto splendeva il sole, quello dopo pioveva. «Potrebbe sempre essere il complice di Tatum», azzardò Jack.

«Niente affatto. Tatum non si prenderebbe mai un complice così imbecille».

«Può darsi che tu abbia ragione. A dire la verità, incomincio ad avere una sensazione sgradevole nei confronti di Miguel».

«Spiegati meglio».

Il semaforo era diventato verde e Jack stava per immettersi nell'incrocio quando dalla direzione opposta vide arrivare verso di lui un'ambulanza. Si fermò, e mentre il veicolo gli passava velocemente accanto osservò le lettere dipinte sul cofano in senso contrario.

E fu allora che tutto gli divenne chiaro.

«Cazzo!», esclamò.

«Cosa c'è?», chiese Theo.

«Torno da Miguel».

«Jack, cosa succede?».

«Devo controllare una cosa».

«Vuoi che ti aiuti?».

«No, grazie. Se avrò bisogno di accendere un fuoco, strofinerò insieme due pezzetti di legno».

«Battuta terribile».

«Ti chiamo dopo». Jack mise fine alla telefonata e invertì la marcia. In meno di cinque minuti si ritrovò di fronte alla porta di Miguel. Dovette bussare tre volte prima che Miguel gli aprisse.

«Già di ritorno?», disse senza invitarlo a entrare.

«Credo di aver dimenticato gli occhiali da sole».

«Non li ho visti, ma vado a dare un'occhiata».

«Le dispiace se aspetto dentro? Sta cominciando a piovere».

Miguel esitò, come se fosse più che un po' sospettoso, poi acconsentì. «Certo. Aspetti qui».

Jack entrò e chiuse la porta. Come molte case della Florida costruite negli anni '60, quella di Miguel non aveva un vero e proprio ingresso. La porta d'entrata si apriva su quella che in origine era una veranda coperta che Miguel aveva trasformato in un piccolo studio domestico.

Con la coda dell'occhio Jack vide Miguel in soggiorno cercare gli occhiali da sole dietro i cuscini del divano, sul tavolo, nella zona dove era stato seduto il suo visitatore. Jack aveva solo pochi secondi, ma erano più che sufficienti. Il computer era lì accanto, e a lui serviva solo dare una occhiata allo schermo dalla giusta angolazione. Fece due passi avanti, lanciò velocemente un'occhiata e rimase impietrito.

Il computer era spento e Jack si era accostato nello stesso modo in cui indubbiamente lo faceva Miguel, giorno dopo giorno, prima di accenderlo. Lo schermo era nero, e sul vetro c'era un'immagine riflessa: quella di un enorme poster che riproduceva il manifesto Art Nouveau della Fiera Mondiale – *Exposition Universelle* – del 1900. In alto era scritto il nome della città che l'aveva ospitata, riflesso al contrario sullo schermo: S-I-R-A-P. Paris.

In un flash, Jack immaginò Miguel seduto al computer, a tarda notte, che fingeva di essere il molestatore di Sally e chattava con la sua ex moglie in Africa. Di punto in bianco Sally gli aveva chiesto come si chiamasse. Ovviamente lui non poteva dirle il suo vero nome. Ne aveva inventato uno fasullo, il primo che gli era venuto in mente. Senza neppure rendersene conto, aveva digitato il nome che aveva visto riflesso sullo schermo del computer un giorno dopo l'altro, una settimana dopo l'altra, un mese dopo l'altro, tutte le volte che si avvicinava a quello schermo nero per accendere il computer. Quel nome si era impresso nel suo inconscio, così come si era impresso in quello di Jack poco prima quando per la prima volta era passato in quella stanza uscendo dalla casa di Miguel, ma se n'era reso conto solo quando aveva visto l'ambulanza che passava con le lettere scritte al contrario – A-Z-N-A-L-U-B-M-A – sul cofano.

«Sirap», disse, istintivamente.

Jack udì il rumore di una pistola che veniva armata. Prima che potesse muoversi, la canna di una pistola venne premuta contro la sua nuca.

«Non ti muovere». Era la voce di Miguel, ma proveniva dal lato opposto della stanza. Miguel era arrivato dalla scala che conduceva alla stanza da letto del piano superiore. Jack non poteva vedere chi gli stava alle spalle, ma era chiaro che era una persona diversa da Miguel a puntargli la pistola alla nuca.

«Girati da questa parte», gli intimò Miguel. «Lentamente».

Jack si voltò, sempre con lo sconosciuto alle spalle e la pistola sempre premuta contro la nuca.

Si ritrovò proprio di fronte a Miguel. Anche lui gli puntava contro una pistola.

«Sapevo che eri tu», disse Jack. «Sally ti ha tradito una volta, proprio prima che vi sposaste. Lo ha ammesso nella cassetta con l'interrogatorio del procuratore. Di che cosa avevi paura, Miguel, che ti avesse tradito di nuovo?».

«In questo momento non ho paura di niente, Swyteck».

Jack sentì aumentare la pressione dell'arma contro la nuca. Doveva guadagnare tempo, così continuò a parlare. «Interessante quella videocamera da sorveglianza sopra il letto della tua vecchia casa. Non c'erano finestre in soffitta. Doveva essere installata da qualcuno che aveva accesso alla casa: un accesso regolare, qualcuno che poteva andare a cambiare le cassette. Hai idea di chi potesse essere, Miguel?».

«L'ho già detto alla polizia, non ne ho la minima idea».

«Io penso che fosse qualcuno che abitava in quella casa», disse Jack, con un'espressione sempre più dura. «Tu spiavi e molestavi la tua stessa moglie, vero? Qual era il tuo piano, Miguel? Spaventarla al punto da farla smettere di tradirti?».

Miguel lo fissò a sua volta, con un'espressione carica di rabbia. «È troppo pretendere che tua moglie non ti tradisca?».

«Non è una scusa per aver ucciso la propria figlia».

«Già», disse Miguel con tono beffardo.

Quella reazione gelida confermò i sospetti di Jack. «Dammi pure del ficcanaso, ma ho controllato quando sono stato qui poco fa, e questa seconda visita me lo conferma. Di tutte le foto incorniciate sulla scrivania, sul tavolino, appese alle pareti, non ce n'è neppure una di tua figlia».

Miguel non rispose, continuando a tenere la pistola puntata al torace di Jack.

Jack strinse gli occhi, con lo stesso sguardo che aveva adottato infinite volte durante i controinterrogatori in tribunale. «Non era tua figlia, vero, Miguel?».

La pistola incominciò a tremare, sia pure in maniera impercettibile. Miguel era furioso.

Jack proseguì. «Per questo sei riuscito a superare il test della macchina della verità. Ti hanno chiesto se avevi ucciso tua figlia, e tu hai risposto no. Era la verità. Non era tua figlia. Com'è successo, Miguel? È stato l'amante che Sally ha avuto subito prima del vostro matrimonio?».

L'espressione di Miguel confermò che le cose stavano così. «Credi di essere furbo, vero, Swyteck? L'unico che ha capito tutto».

«No», rispose Jack. «Credo che l'avesse capito anche Sally. Per questo non ha superato il test della macchina quando le hanno chiesto se conosceva l'uomo che aveva ucciso sua figlia. Non consapevolmente, ma in fondo al cuore sì. Sapeva che l'assassino di sua figlia era suo marito. Solo che aveva troppa paura di lui per dirlo».

Miguel rivolse a Jack un'occhiata carica d'odio, poi abbassò la pistola. Per un istante Jack pensò di averlo miracolosamente convinto a desistere. Ma lo sguardo di Miguel si concentrò sulla persona armata che stava alle spalle di Jack.

«Sparagli, Tatum».

Jack trasalì. Non era stata del tutto una sorpresa, ma sentire il nome di Tatum gli diede comunque una scossa.

«Veramente credo che sia il tuo turno, capo», rispose Tatum.

«Turno?», disse Jack. «Voi due idioti fate i turni?».

«Non è incominciata così», spiegò Tatum. «Ma dopo che ho detto a Miguel che Colletti aveva fottuto sua moglie, nel senso letterale del termine, durante il divorzio, non vedeva l'ora di sparare a quel bastardo. Per me andava benone. Finché potevamo farli sembrare tutti ammazzati per mano di quel finto molestatore pazzo, Alan Sirap, eravamo tranquilli».

«Chi era di turno quando è arrivato il momento di piantare una pistola contro la faccia di Kelsey?».

«Toccava a me», disse Miguel, e in quel momento Jack notò che stringeva un revolver nichelato. «Non volevamo farle del male. Lo scopo era solo far pensare alla gente che l'assassino volesse far uscire dal gioco Tatum».

«Sembra che tu fossi incaricato delle minacce, vero, Miguel? Le telefonate a Deirdre Meadows, la telefonata a me dopo che era stato ucciso il procuratore, il messaggio fasullo di questa mattina sulla tua segreteria. Eri sempre tu, vero?».

«Che importanza ha? Potevo essere io, poteva essere Tatum. Basta comperare un dispositivo da quaranta dollari per contraffare la voce, e potrebbe essere chiunque».

«Credi veramente di potertela cavare?».

«Forse sì», rispose Miguel. «O forse no. Ma per quarantasei milioni di dollari io dico che vale la pena di correre il rischio».

«Ma siete entrambi eredi. Uno di voi deve uscire dal gioco e poi vi spartite il malloppo tra di voi, giusto? Oppure uno di voi deve uccidere l'altro e prendersi tutto quanto».

«Una cosa alla volta, Swyteck. Ammazzalo, Tatum».

«No. Ho detto che tocca a te».

«Cosa diavolo importa a chi tocca? Sparagli».

«Importa a me», rispose Tatum.

«Perché?».

«Perché so che tu puoi uccidere quando c'è di mezzo il tuo machismo latino, come hai fatto con Gerry Colletti. E so che sai minacciare le persone, come con Kelsey. Ma voglio vederti uccidere per soldi. Solo per soldi. Come ho fatto io con Deirdre e Mason Rudsky».».

«D'accordo, rompiballe. Lo ammazzo io».

Jack lo guardò diritto negli occhi, sperando che il contatto visivo potesse farlo desistere. Sembrò funzionare per un attimo, perché Miguel tenne la pistola lungo il fianco. Ma poi abbassò lo sguardo come se volesse spostare il bersaglio dalla testa di Jack al suo torace. Alzò il braccio, e Jack si trovò a guardare la canna della pistola.

Prima che Miguel potesse premere il grilletto, la finestra si disintegrò sotto una raffica di colpi. Quattro rapidi spari, tutti diretti al torace di Miguel, che indietreggiò barcollando, colpito da ogni proiettile, e cadde sul pavimento in una pozza di sangue.

Tatum si gettò a terra per mettersi al riparo, trascinando Jack con sé. Gli premette la pistola contro la testa. Era il suo ostaggio, la sua via di salvezza.

Jack era quasi schiacciato sotto il peso di Tatum. Non riusciva a muoversi e comunque non avrebbe osato farlo, con la pistola che gli premeva contro il cranio. Con la guancia appoggiata al pavimento, Jack vedeva le suole delle scarpe di Miguel dall'altra parte della stanza. Un rivolo di sangue stava scorrendo lentamente lungo il piccolo solco tra le piastrelle di ceramica.

Finalmente, dalla porta giunse una voce. «Lascialo», disse Theo.

«Porta dentro le chiappe», gridò Tatum. «O gli faccio saltare le cervella».

Jack rimase perfettamente immobile. Avrebbe voluto gridare con tutto il fiato che aveva in gola, per dire a Theo di scappare, di sparire. Ma sapeva che sarebbe stato inutile. Sapeva che Theo non lo avrebbe abbandonato.

Jack sentì aprirsi la porta, poi il rumore dei passi pesanti di Theo sul pavimento di piastrelle. «Pattuglia speciale», disse.

Era una tipica battuta da Theo, di cui un giorno avrebbero potuto ridere, se fossero vissuti abbastanza per raccontare quella storia.

Tatum fece alzare Jack da dietro il divano, facendosi scudo con il suo corpo, con la pistola premuta contro la sua testa. Jack incontrò lo sguardo di Theo, ma solo per un istante. Theo stava fissando intensamente suo fratello.

«Hai chiamato gli sbirri?», chiese Tatum.

«No. Questa è una faccenda che voglio risolvere personalmente».

Jack spalancò gli occhi, come per dire "Avresti fatto meglio a chiamare la polizia". Ma aveva visto la profonda determinazione negli occhi di Theo e aveva capito che voleva davvero risolvere personalmente quella faccenda.

«Raccogli la pistola di Miguel», disse Tatum.

L'arma era sul pavimento, accanto al corpo di Miguel.

Theo si accinse ad attraversare la stanza, e Tatum fece ruotare il corpo di Jack – lo scudo – mentre Theo passava accanto a loro per raggiungere il cadavere. Aggirò la pozza di sangue, poi si chinò a raccogliere la pistola.

«Non a mani nude, imbecille», disse Tatum. «Usa la giacca».

Theo si sfilò la giacca a vento e l'avvolse come un guanto attorno a una mano. Raccolse la pistola, poi guardò di nuovo suo fratello, come per dire: *E adesso?*

«Dobbiamo ucciderlo», dichiarò Tatum.

«Noi non dobbiamo fare un bel niente».

«Hai ragione. Devi farlo tu. Con la pistola di Miguel».

Theo non rispose.

«Fallo, Theo. Uccidi Jack adesso. Se non lo fai tu, lo faccio io».

«Credi che io prenda ordini da te?».

«Sto parlando di un affare da quarantasei milioni di dollari, amico. Li dividiamo a metà. Non capisci? Sono tutti morti tranne me. Il malloppo è mio. Mio e tuo. Devi solo premere il grilletto, e siamo soci. Un lavoretto pulito».

«E cioè?».

«Ascoltami. Questa è la storia. Jack, tu e io siamo venuti ad affrontare quel vigliacco di Miguel. Lui ha confessato tutti gli omicidi e ha sparato a Jack. Poi tu hai sparato a Miguel. Siamo a posto, fratello. Dobbiamo solo liberarci di Jack».

Theo non rispose.

«Ci stai pensando, vero?», disse Tatum tra i denti. «La metà di quarantasei milioni di dollari. Andiamo, fa' come dice tuo fratello. Uccidi Jack con la pistola di Miguel».

Theo era muto come una tomba.

«Spara, maledizione!».

Theo s'inginocchiò accanto al cadavere di Miguel. Strinse la pistola nella mano di Miguel e la sollevò lentamente.

«Ancora meglio», disse Tatum, con voce eccitata. «Facciamo che sia il dito di Miguel a premere il grilletto».

Era come se l'arma fosse impugnata da Miguel. Theo, tenendo tra i suoi grossi palmi la mano senza vita di Miguel, prese la mira in direzione della testa di Jack.

«Benone, Theo. Devi solo premere».

Il cuore di Jack mancò un battito. Theo era un amico. Non avrebbe mai sparato all'avvocato che lo aveva salvato dalla pena di morte. Non in un milione di anni. Per niente al mondo.

Tranne forse per ventitré milioni di dollari.

«Theo», disse. «Questa è una follia, amico. Tatum ti ha già fregato una volta, e lo rifarà».

«Sparagli», urlò Tatum.

In un attimo, la pistola scattò e un proiettile attraversò sibilando la stanza. L'arma di Tatum volò in aria, e la sua testa venne proiettata violentemente all'indietro. Jack si tuffò in avanti, sul pavimento. Theo corse accanto al fratello ferito.

Tatum era supino, respirando a fatica e stringendosi la gola. Il proiettile gli aveva attraversato il collo. Il sangue sgorgava a fiotti dalla carotide recisa, a ogni battito del cuore che si affievoliva, fino a quando lui non fu circondato da un cerchio rosso che s'ingrandiva sempre più. I suoi occhi si appannarono, riempiendosi di un'espressione smarrita che Jack non vedeva dai tempi in cui difendeva i condannati a morte: un'inconfondibile, quasi incongrua espressione di paura e di sconcerto negli occhi di un assassino che all'improvviso era costretto ad affrontare il fatto di essere mortale.

Tatum alzò lo sguardo verso Theo. Riusciva a stento a parlare: aveva la gola piena di sangue, ma il proiettile era passato lateralmente, risparmiando le corde vocali. «Pezzo di merda», disse con una voce remota, impastata, soffocando nel proprio sangue. «Hai ammazzato tuo fratello».

Theo guardò Jack, poi di nuovo Tatum, con un'espressione impassibile. «Ti sbagli di nuovo, Tatum. L'ho salvato».

La testa di Tatum colpì il pavimento, e il suo corpo si irrigidì nell'immobilità della morte.

63

Jack era al timone e osservava Theo raggiungere solo la prua della barca per gettare in mare le ceneri. Era il mattino presto di domenica. L'orizzonte era ancora arancione per il sole nascente, e un vento caldo portava con sé i sussurri dell'oceano provenienti da est: forse da Nassau, il che sembrava appropriato, visto che Tatum amava andarci per giocare d'azzardo. I gabbiani seguivano la barca sui profondi flutti blu, pronti a rubare un'esca. Uno di loro si tuffò tra le onde, afferrò col becco un frammento d'osso, poi lo lasciò cadere a mezz'aria.

«Non lo vogliono neppure gli spazzini», disse Theo, con la voce che si perdeva nel vento.

La sepoltura in mare era stata un'idea di Theo. Uscire in barca a pescare con il fratello era stato l'unico momento in cui si era sentito legato a lui: miglia di mare azzurro tra loro e un mondo che non aveva accolto i fratelli Knight esattamente a braccia aperte, un mondo che sembrava aver sempre saputo che sarebbe stato meglio senza Tatum. Indubbiamente lui era un pessimo elemento, ma non era il caso di festeggiare la sua morte. Theo aveva bisogno di tempo, non tanto per elaborare il lutto quanto per venire a patti con il tradimento di suo fratello. Jack era deciso a lasciargli tutto lo spazio di cui aveva bisogno.

Entrambi avevano raccontato tutto alla polizia sul luogo del delitto. Jack si era assunto il compito di far fronte alla conseguente frenesia dei media, non perché gli piacesse la pubblicità, ma perché Theo la detestava anche di più. Nel giro di qualche ora, tutti i telegiornali della sera riportavano che Tatum Knight aveva ucciso Sally Fenning in uno strano omicidio su commissione in cui la donna che l'aveva assoldato era contemporaneamente il bersaglio, e che Miguel Rios aveva ucciso la figlia di Sally in un delitto provocato dalla gelosia che era rimasto insoluto per cinque anni. I particolari erano diversi, a seconda del telegiornale sul quale ci si sintonizzava, ma per la maggior parte il giornale dava la versione corretta, soprattutto grazie al lavoro di ricerca svolto dalla defunta Deidre Meadows. L'ultimo articolo dettagliato era uscito nell'edizione domenicale. Si basava ampiamente su stralci del manoscritto inedito di Deirdre: era preceduto da un caloroso tributo del direttore alla giornalista, con discutibili affermazioni sul sostegno che il giornale le aveva dato "al cento per cento fin dall'inizio" nelle sue ricerche su Sally Fenning. Il tutto aveva vagamente l'aria di essere calcolato per far ottenere a Deirdre la candidatura postuma al premio Pulitzer che lei aveva inseguito disperatamente quando era in vita.

«Sono pronto», dichiarò Theo asciugandosi gli spruzzi salmastri dalla fronte. «Andiamo».

«Hai fatto una buona cosa», disse Jack.

«Già. Almeno non sarò tentato di pisciare sulla sua tomba».

Jack avviò il motore e si diresse verso la terraferma. Impiegarono circa un'ora per tornare indietro e rimasero in assoluto silenzio. Jack pensò che a Theo avrebbe fatto bene stare fuori di casa, e Theo era sempre disponibile per andare a mangiare; perciò si concessero una tranquilla prima colazione al Greenstreet, in un caffè all'aperto di Coconut Grove. Prima che succedesse la storia di Sally Fenning, era stato il posto preferito da lui e dal suo fratellino Nate per pranzare dopo aver pattinato sulle piste ciclabili di Main Highway, una strada ventosa e ombreggiata con dei piccoli negozi e ristoranti in una parte di Coconut Grove che conservava ancora qualche traccia del villaggio hippie pieno di alberi che era stato un tempo. Il pensiero di Nate lo rattristava ancora, anche se era ottimista. Kelsey non lavorava più per Jack e la nascente storia d'amore tra loro era stata troncata sul nascere. Ma dopo il modo in cui Kelsey aveva aiutato Theo alla fine, tutti sembravano rilassati. Jack e

Nate avrebbero potuto riprendere tranquillamente i loro rapporti una volta che Nate si fosse abituato all'idea che a quanto sembrava Jack e sua madre non erano fatti l'uno per l'altra.

Era tutto complicato, troppo per una semplice colazione domenicale. Mancavano solo un paio di settimane all'inverno. Il sole splendeva tiepido, dovunque c'era gente che faceva jogging e andava in bicicletta, persone in pantaloncini e T-shirt che guardavano le vetrine e portavano a spasso il cane: tutti chiari segni che la vita continuava e il dicembre nel sud della Florida non era così male. Jack era troppo assorto nella lettura del giornale per accorgersi che Theo aveva già finito le sue frittelle e aveva aggredito quelle del suo amico. Scorse il materiale rimaneggiato in prima pagina, poi si dedicò alla seconda parte dell'articolo su Sally Fenning con un misto di emozioni, ma prevalentemente con un senso di sollievo al pensiero che fosse tutto finito.

> "Sally stava morendo di AIDS", ha dichiarato Rene Fenning, una pediatra che lavora per un'organizzazione umanitaria in Africa, e che è stata l'ultima esecutrice testamentaria della sorella. "Dopo l'assassinio di sua figlia non aveva più realmente voglia di vivere; e anche se personalmente non ho mai saputo con certezza che fosse affetta dalla malattia fino a quando non ho visto il referto dell'autopsia, posso immaginare che il suo scoramento si fosse fatto più profondo dopo che il suo secondo marito l'aveva contagiata con il virus HIV". Rene nega che sua sorella si fosse sposata per la seconda volta solo 'per denaro', ma il *Tribune* ha accertato che l' ex marito al momento della morte era uno dei venticinque uomini più ricchi della Francia. Una gran parte di quel denaro, diciotto milioni di dollari che investiti in azioni erano diventati circa quarantasei milioni, sono andati a Sally dopo il loro divorzio avvenuto meno di due anni dopo il matrimonio. "Il denaro non l'hai mai resa felice", ha dichiarato Rene.
>
> Alla fine, la sua infelicità l'ha condotta ad assoldare un killer a pagamento per farsi uccidere, in quello

che praticamente era un suicidio. Secondo fonti vicine alla polizia, Sally non era riuscita a pensare a un modo migliore per abbandonare questo mondo che lasciare le persone che le avevano rovinato la vita a sbranarsi per i suoi milioni: un gioco mortale per la sopravvivenza del più avido, in cui un killer prezzolato e un molestatore noto solo come Alan Sirap avrebbero certamente reso le cose interessanti.

Jack saltò la lunga descrizione del testamento di Sally, del gioco mortale, degli omicidi, tutte cose che già sapeva. Andò dritto alla conclusione, soffermandosi su una dichiarazione del detective della omicidi Rick Larsen.

"Lei [Sally] probabilmente non aveva predisposto le cose in questo modo, ma di sicuro sapeva che si sarebbero create delle alleanze, che alcuni dei protagonisti avrebbero anche potuto ricorrere a misure estreme alle quali sono arrivati Tatum Knight e Miguel Rios: una specie di staffetta per eliminare gli altri eredi, con l'intento di far sembrare il tutto l'opera di un persecutore psicopatico, il misterioso Alan Sirap". Larsen si esprime con un tono quasi filosofico: si toglie il mozzicone di sigaro stringendosi nelle spalle e aggiunge: "L'opinione generale degli esperti a partita finita è che probabilmente Sally immaginava che questa sarebbe terminata con uno scontro fra Tatum Knight e Alan Sirap, senza sapere che Sirap era in realtà suo marito".

Alla fine, il fatto che Sally lo ignorasse ha avuto conseguenze tragiche per l'avvocato di Miami Gerry Colletti, il vice procuratore generale Mason Rudsky, e la giornalista del *Tribune* Deirdre Meadows. "Chiaramente la faccenda a un certo punto è diventata incontrollabile", ha dichiarato Rene Fenning. "Sono sicura che Sally si aspettava qualche litigio e forse anche qualche azione legale tra i suoi eredi. Ma credo si aspettasse anche che le persone uscissero dal gioco prima di arrivare alla violenza fisica. Mia sorella non avrebbe mai dato inizio a tutto questo se avesse pensato che le persone potessero morire per la loro avidità".

Nota del direttore: La giornalista del Tribune *Deirdre Meadows ha contribuito a questo servizio con articoli precedentemente pubblicati sul* Tribune *e materiale di un libro che stava scrivendo prima della sua morte.*

Jack mise da parte il giornale. Theo era seduto di fronte a lui al piccolo tavolo rotondo, e masticava velocemente, come se stesse cercando d'inghiottire un'intera frittella con il minor numero di morsi mai registrato.

«Qualcosa non va?», chiese con la voce soffocata a causa della bocca piena.

«Un articolo tutt'altro che esauriente».

L'intero corpo di Theo sobbalzò mentre inghiottiva un boccone troppo grosso. Jack quasi si aspettava di vedere un rigonfiamento sul suo collo, come se fosse un pitone che avesse mangiato un coniglio per colazione.

«In che senso?».

«Non risponde affatto alla domanda veramente importante».

«E quale sarebbe?».

Jack prese il portafoglio per pagare il conto, sapendo a priori che Theo aveva di nuovo "dimenticato" il suo. Guardò l'amico e disse: «La domanda per rispondere alla quale sono appena morte cinque persone: Chi riceverà i soldi?».

64

«Torno in Africa», disse Rene.

Era in piedi su un gradino della scala di Jack: indossava un giubbotto senza maniche e un paio di jeans larghi ma che non riuscivano a nascondere la sua figura. Jack era sulla soglia di casa sua, senza sapere esattamente cosa dire. «Così presto?».

«Temo di sì. Stavo andando all'aeroporto, e ho pensato di fermarmi per ringraziarti».

«Mi fa piacere che tu l'abbia fatto. Entra, ti prego. Se hai un minuto».

«Grazie».

Jack si fece da parte per farla passare. Theo arrivò dalla cucina per salutarli. Era stato a pesca nella barca che teneva dietro la casa di Jack, e puzzava di pesce.

«Mi scuso per l'odore», disse.

«Nessun problema. La mia tolleranza è piuttosto alta».

Dopo un attimo di riflessione, Jack disse: «Rene sta per tornare in Africa».

«Ah. Torni a combattere i mercanti di schiavi, eh?».

«Là il mio compito non è ancora terminato».

«Buon per te. Sei una ragazza straordinaria, lo sai?».

«Grazie. Più o meno».

«Ehi, mi stavo chiedendo una cosa», disse ancora Theo. «Un po' di tempo fa ho visto alla televisione che l'eccitazione che ti dà il cioccolato è la stessa che provi anche quando fai sesso».

«Theo, per favore», disse Jack.

«Ha a che fare con la parte del cervello che viene stimolata», spiegò Rene.

«Esatto. Il che significa che le persone che non fanno abbastanza sesso sono quelle che desiderano il cioccolato, giusto?».

«Immagino che sia così».

Theo inarcò un sopracciglio e chiese: «Questo significa che chi non mangia cioccolato sogna il sesso?».

Rene si limitò a sorridere.

«Theo», gemette Jack.

«Be', merda, Swyteck. Lei sarà lontana cinquemila chilometri a dormire da sola in una capanna prima che tu ti decida a chiederglielo».

«Theo, ti dispiace prenderci qualcosa da bere?».

Dopo un attimo di riflessione rispose: «Ho proprio la cosa giusta. Torno subito».

Jack aspettò che l'amico sparisse in cucina, poi fece accomodare Rene in soggiorno. Si sedettero uno di fronte all'altra, su due poltrone ai lati opposti del tavolino.

«È un'inesauribile fonte di divertimento, vero?», chiese Rene.

«Più che altro è inesauribile».

Si scambiarono un sorriso, poi Jack disse: «Ti dispiace se ti faccio una domanda un po' personale?».

«Forse no. Dipende».

«Riguarda Sally».

«Mi sembra legittimo, dopo tutto quello che hai passato».

«Mi lascia perplesso il fatto che lei abbia messo tutti i quarantasei milioni di dollari in questo gioco che ha creato per sei persone, che poi in realtà erano cinque, che lei considerava suoi nemici. Ho l'impressione che avrebbe potuto raggiungere lo stesso obiettivo con ventisei milioni o anche con sei».

«Ha impegnato tutto quello che aveva».

«Ed è proprio questo che mi disorienta. Un individuo come Tatum avrebbe combattuto altrettanto strenuamente per molto meno denaro. Voglio dire questo: non doveva *necessariamente* diseredare del tutto sua sorella. Avrebbe potuto lasciare a te venti milioni di dollari, e lasciare che gli altri si scannassero per i restanti ventisei».

«Avrebbe potuto. Ma non lo ha fatto».

Jack aspettò che aggiungesse qualcosa, poi chiese semplicemente: «Perché no?».

Rene abbassò gli occhi, come se cercasse la forza necessaria per dire quello che stava per dire: «Questa è una delle cose che sono venuta a dirti».

Senza accorgersene Jack si era spinto avanti, fin sul bordo della poltrona. «Sì?».

«Si è scoperto che non mi ha diseredato».

Jack batté le palpebre, come se non fosse sicuro di aver capito bene. «Vuoi ripetere?».

«Uno dei miei incarichi come esecutrice testamentaria di Sally consisteva nello scoprire tutti i testamenti e i codicilli. Be', si è scoperto che c'era un altro testamento».

«Un altro testamento?».

«Sì, scritto in francese. Lo teneva in una cassetta di sicurezza a Parigi. È postdatato rispetto a quello che ha fatto in Florida».

«Il che significa che sostituisce quello che ha fatto in Florida».

«Così penso».

«E lascia la sua fortuna a...?».

L'espressione di Rene si era fatta molto seria. «A me».

«Tutto?».

«Sì, tutto».

Jack non poté fare a meno di sorridere. «È fantastico. Il che significa che quelle persone qui in Florida si azzuffavano, si sbranavano e si uccidevano letteralmente a vicenda per un testamento che...».

«Non valeva neppure la carta su cui era scritto», concluse seccamente Rene.

«E tu, cosa ne sai?», chiese Jack.

«Sì. Cosa ne sai?».

«O forse la domanda più importante è: Tu che cosa ne *sapevi*?».

«In che senso?».

«Sei rimasta sorpresa quando hai trovato quel testamento? O sapevi che Sally aveva l'AIDS? Sapevi che stava macchinando qualcosa per distruggere i suoi nemici, per farla pagare a quelli che le avevano rovinato la vita? Sapevi che lei si era assicurata l'ultima risata postuma con un secondo testamento che lasciava tutto a sua sorella?».

«Speravo che tu e io fossimo concordi sul fatto che io sono rimasta del tutto sorpresa».

«Ho qualche ragione per pensarla diversamente?».

«No, a meno che tu non voglia credere che io me ne sia stata a guardare quel bagno di sangue, sapendo perfettamente che io sola avevo il potere di svelare l'esistenza di questo secondo testamento e porre fine a quella carneficina».

«Detesto pensare una cosa simile».

«Non lo avrei mai fatto. Sia chiaro, non sono sopraffatta dal dolore per la scomparsa di nessuno di loro. L'avvocato divorzista, il procuratore, la giornalista che voleva diventare ricca e famosa scrivendo quel maledetto libro. Tutti quanti hanno reso la vita impossibile per Sally. Ma io cerco di guarire le persone, non di ucciderle».

Jack rimase qualche attimo a riflettere. Lei lo stava guardando diritto negli occhi, e lui sentiva penetrare quello sguardo fin nelle ossa. Voleva crederle, e sentiva di essere convinto. Era già stato ingannato, profondamente, dalla sua ex, ed era piuttosto sicuro di saper distinguere la differenza.

Theo uscì dalla cucina con sei bicchieri su un vassoio, tre bicchieri da cocktail e gli altri pieni d'acqua. «Un drink?», chiese.

«Mi piacerebbe», rispose Rene, «ma con tutte quelle misure di sicurezza aggiuntive all'aeroporto, farò meglio a muovermi. Mi dispiace. Facciamo un'altra volta?».

«Certo». Jack si alzò. Lei salutò Theo, che ovviamente non riuscì a trattenersi e la strinse in un abbraccio odoroso di pesce. Jack l'accompagnò alla porta.

«Allora, cosa pensi di fare con tutti quei soldi?».

«Saranno provvidenziali per fare della beneficenza in Africa».

«Speravo che lo dicessi».

«Ovviamente, non sono un'idiota. Pensavo di metter via uno o due milioni per un mio pensionamento anticipato».

«Speravo che dicessi anche questo».

«Comunque, ti sorprenderebbe sapere quanto si può fare con una quarantina di milioni per realizzare i miei progetti. Vieni a trovarmi una volta o l'altra». Fece un mezzo passo avanti e gli diede un bacio su un angolo della bocca. «In qualsiasi momento, anzi».

Jack la guardò allontanarsi verso l'auto a noleggio. Theo lo raggiunse e gli offrì un drink.

«Hai intenzione di lasciarla andare?».

«Tornerà».

«No che non tornerà».

Jack fece un respiro profondo, poi espirò. «Hai ragione ancora una volta, amico mio».

Theo gli cacciò il bicchiere in mano. «Prendi. Ti sentirai meglio».

Jack trangugiò il drink, sussultò e bevve immediatamente uno dei grossi bicchieri d'acqua. «Gesù. Ho la bocca in fiamme».

«Perché la vodka è così gelata che nel scendere ha quasi l'effetto di bruciare. O forse ho esagerato con il succo di jalapeño».

«Jalapeño? Cosa diavolo è questo cocktail?»

«Spirito Fiammeggiante».

«Mai sentito nominare».

«Lo abbiamo inventato io e quel rubacuori di Javier qualche giorno fa».

Jack ricordò in ritardo che Theo aveva minacciato Javier per fargli vuotare il sacco. «Non credo che avrà successo».

«Maledizione. Speravo che ci avrebbe fatto diventare ricchi».

Jack sentì la portiera dell'auto di Rene che sbatteva e il motore che veniva acceso. Non poté fare a meno d'immaginare Rene che scendeva dall'aereo ad Abidjan, percorreva la strada lunga e polverosa per arrivare a Korhogo e finalmente sostituiva quel tugurio infestato dalle mosche con le pareti di fango e il tetto fatiscente con un posto decente in cui vivere e curare i suoi pazienti. Pensò anche a Gerry Colletti e agli altri, quelli che erano morti cercando d'impadronirsi del denaro di Sally. Poi incontrò lo sguardo di Rene che faceva marcia indietro, e vide l'appagamento sul suo volto, quello stesso che rendeva Theo una persona così piacevole da frequentare.

Rivolse un sorrisino a Theo e chiese: «E perché mai uno dovrebbe voler essere ricco?».

«Vuoi che ti elenchi le ragioni in ordine alfabetico per argomento, o numericamente da uno a quarantasei milioni?».

Jack ridacchiò, e i suoi occhi si rabbuiarono quando Rene suonò il clacson prima di allontanarsi. «Theo?».

«Sì?».

«Avrei proprio bisogno di una vacanza. Pensi che sarei un pazzo se andassi a trascorrerla in Africa?».

Theo tracannò uno Spirito Fiammeggiante senza neppure una smorfia. «Penso che saresti un pazzo se non lo facessi».

Ringraziamenti

Carolyn Marino e Richard Pine sono stati come al solito incredibilmente d'aiuto nel dare forma a questa storia, ma la mia gratitudine va molto oltre questo. Ogni volta che degli aspiranti scrittori mi chiedono consiglio, dico loro che la regola numero uno è "Fai in modo che sia un divertimento". Non sono certo di come questo possa succedere senza il miglior editor e il miglior agente in questo campo, ma per fortuna è una cosa di cui non devo preoccuparmi.

Come sempre ho un debito di riconoscenza verso i miei lettori/critici per i loro commenti sulle prime stesure del libro, la dottoressa Gloria M. Grippando (grazie mamma), Eleanor Rayner, Amy Kovner e Cece Sanford. Wesley Reid è stato più utile di quanto lui pensi sui viaggi in Africa (fai attenzione a quello che dici, potrebbe diventare un libro), e per quanto riguarda l'aspetto legale sono di nuovo grato all'avvocato Clay Craig per i suoi chiarimenti sullo "Slayer Statute" e sulle altre misteriose attività della "Corte dei Sussurri". Ovviamente gli errori sono totalmente miei, inclusi quelli in *Found Money*. (Okay, Clay, siamo pari, adesso?)

Molte persone hanno contribuito alla mia conoscenza del moderno traffico di bambini schiavi in Africa, inclusi Sudarsan Raghavan e Sumana Chatterjee; lo staff del senatore degli Stati Uniti Tom Harkin, Presidente del Comitato Agricolo del Senato; e un lungo elenco di persone all'Anti-Slavery International, il Dipartimento del Lavoro degli Stati Uniti, le Nazioni Unite, l'International Labour Organisation, Free the Slaves, e al Child Labor Coalition. Grazie anche alla Chocolate Manufacturers Association of the United States of America, all'American Cocoa Research

Institute e al World Cocoa Foundation che hanno fornito informazioni sull'industria internazionale del cioccolato e sulle piantagioni di cacao.

Ancora una volta ho ricevuto un piccolo aiuto sui nomi dei personaggi, questa volta dalla famiglia Roberts, il cui generoso contributo all'asta annuale a favore della chiesa episcopale di St. Thomas a Coral Gables ha fruttato loro un fittizio viaggio in Africa. Per altri cinquecento dollari, avrei messo nel pacchetto dello spray contro gli scarafaggi. Avrete miglior fortuna l'anno prossimo.

Infine, per Tiffany. Grazie, ti amo, potrei scrivere un libro su di te. Ma ti prometto che non lo farò.

FINITO DI STAMPARE NEL MESE DI GENNAIO 2007
DA GRAFICA VENETA S.P.A., TREBASELEGHE (PD)